JULY WINTER

Die Macht des goldenen Blutes

IMPRESS

© privat

July Winter liebte schon als Kind mythologische Geschichten mit tapferen Helden und verfasste bereits im Alter von acht Jahren ihre ersten kleinen Kurzgeschichten. Während des Studiums der Europäischen Literaturen entwickelte sie die ersten Ideen für ihren eigenen Roman und schuf ihre ganz eigene Fantasywelt – unterstützt von Freunden und Familie sowie epischen Soundtracks und einem großen Pott Kaffee. July Winter lebt mit ihrem Partner in der Nähe von Berlin.

Für alle, die manchmal das Gefühl haben, ihr Licht zu verlieren.
Denk immer daran, du strahlst heller als jeder Stern am Firmament.

PROLOG

Ein markerschütternder Schrei hallte durch die zahlreichen Gänge des Schlosses. So hell wie der Klang einer Geige und doch so schmerzverzerrt, dass das alte Gemäuer zu beben begann.

Regungslos verharrte Gawain vor dem Schlafgemach seiner Frau, blickte starr aus dem Fenster und versuchte händeringend, die Fassung zu wahren. So sehr er sich auch bemühte, die Maske eines unerschütterlichen Königs aufrechtzuerhalten, konnte er doch nicht verhindern, bei jedem weiteren Schrei zusammenzuzucken. Gezeichnet von entsetzlichen Qualen hatten diese Laute längst nichts mehr mit der sonst so sanften Stimme seiner Gemahlin gemein.

Arianas Wehen hatten bereits vor Stunden eingesetzt und mit jedem leidvollen Schrei wuchs seine Angst. Er durfte weder sie noch das Kind verlieren. Es war beinahe absurd, denn obwohl es noch nicht einmal geboren war, hing bereits jetzt so viel von diesem jungen, unschuldigen Leben ab. Dieses Kind würde die Herrscherlinie retten und sein adliges Blut ein für alle Mal in die Reihe der Könige aufnehmen. Es würde seinen Namen unsterblich machen.

Es musste überleben.

Mit zitternden Fingern fuhr sich Gawain durch das blonde Haar, nahm einen tiefen Atemzug und richtete den Blick weiter in die Ferne. Die Nacht hatte ihre dunklen Schwingen längst über Aurasis ausgebreitet und hüllte das Land in eine bedrückende Schwärze. Weder das helle Licht des Mondes noch das ferne Glitzern der Sterne waren am Firmament zu erkennen. Nur das unheilvolle Flackern unzähliger Feuerstellen nicht weit vor den Stadttoren durchbrach die Finsternis. Ein Anblick, der Gawain erschaudern ließ. Das Kriegslager des Feindes war nicht mehr weit entfernt.

Salis und seine versklavten Kreaturen waren auf dem Vormarsch. Inzwischen hatten sie den Grenzfluss überquert und die äußeren Mauern der Stadt beinahe erreicht. Obwohl Gawains Soldaten fortwährend versucht hatten, den Feind zurückzudrängen, war es ihnen doch nicht gelungen, sie zum Rückzug zu zwingen. Denn der einzige Weg führte über den silbernen Fluss, direkt in den veterischen Wald. Und dort waren Salis' Männer im Vorteil. Sie kannten die Tücken, die im undurchdringlichen Dickicht lauerten und wussten um die grauenvollen Kreaturen, die dort hausten und nur darauf warteten, frisches Fleisch zwischen ihre Klauen zu bekommen.

Dieser Kampf glich einem ewigen Spiel, einem unaufhörlichen Kräftemessen, das Gawain auf Dauer nicht gewinnen konnte. Ihm war bewusst, dass Salis diesen Krieg absichtlich in die Länge zog, dass er sich daran ergötzte, wie seine Soldaten mit jedem Tag müder wurden und das Volk in Hoffnungslosigkeit versank. Gawain selbst hatte Ariana, die Prinzessin der Goldenen Stadt, erst vor wenigen Monaten geheiratet und trug seit Kurzem die Krone auf dem Kopf. Er wusste, dass das Vertrauen in seine Fähigkeiten als Herrscher nach wie vor auf die Probe gestellt wurde und längst nicht gefestigt war. Doch Gawain würde nicht aufgeben. Es hieß, solange die Goldene Stadt stand, solange das Herz Aurasis' schlug, würde das Reich überdauern.

Alles, was er brauchte, war ein glühender Funken, der die Hoffnung neu entfachte. Der den Soldaten neuen Kampfesmut verlieh und seinem Volk einen Weg der Zuversicht offenbarte.

Und jener Funke sollte in dieser Nacht geboren werden. Dieses Kind würde verdeutlichen, dass die Königslinie nicht versagt hatte und sie den Glauben an einen Sieg nicht aufgeben durften. Noch nicht.

Angespannt ballte Gawain die Hände zu Fäusten und hielt an diesem Gedanken fest. Er klammerte sich daran wie ein Ertrinkender an seinen letzten Atemzug.

Erneut schrie Ariana unter Qualen auf, doch diesmal war ihre Stimme so schrill, dass sich der König ruckartig umwandte und auf das Schlafgemach zutrat. Das Herz schlug ihm bis zum Hals. Er konnte den hämmernden Puls bis in die Fingerspitzen fühlen. Mehrere Stimmen wurden laut, hektische Rufe erklangen und dann ... Dann wurde es schlagartig still.

Hunderte Gedanken schossen Gawain durch den Kopf, die Gefühle überschlugen sich in seinem Inneren und ließen eine schmerzliche Vorahnung in ihm aufkeimen.

Doch dann hörte er es.

Der helle Schrei eines neugeborenen Kindes zerschnitt die Luft und brachte sein Herz aus dem Takt. Wie von selbst setzten sich Gawains Füße in Bewegung, ehe er die vergoldete Klinke kraftvoll nach unten drückte und über die Türschwelle trat.

Das Erste, was er wahrnahm, war das herbe Aroma verschiedener Kräuter, vermischt mit dem metallischen Geruch von Blut. Trotzdem die Fenster weit geöffnet waren und ein kühler Windzug durch den Raum zog, wurde die Atmosphäre von einer schwülen, feuchtwarmen Luft erfüllt. Arianas Bett befand sich am Ende des Raums, eingehüllt in einen durchscheinenden Baldachin. Die meisten Kissen und Decken waren achtlos zu Boden geworfen worden, während das knisternde Kaminfeuer und unzählige Kerzen die Szenerie in ein flackerndes Spiel aus Licht und Schatten tauchten.

»Haben sie es geschafft?«

Gawains Stimme klang rauer als gewöhnlich. Unsicherheit und Angst spiegelten sich darin wider, während er versuchte, einen Blick auf seine Frau zu erhaschen. Belion, der Leibarzt der königlichen Familie, stand dicht über Ariana gebeugt, ehe er zu ihm herumfuhr und ihn angespannt musterte. Schweißperlen glänzten auf seiner faltigen Stirn, die Erschöpfung stand ihm ins Gesicht geschrieben.

»Sie leben«, verkündete der Arzt, doch lag in diesen Worten ein Unterton, der Gawains Angst von Neuem aufflammen ließ. Besorgt legte er die Stirn in Falten und sah, wie zwei Bedienstete mehrere rotbefleckte Laken zusammenrafften und eine Schale mit blutbesudelten Geburtsinstrumenten hinaustrugen. In diesem Moment schrie der Säugling abermals auf. Hastig stürmte Gawain an das Kopfende des Bettes, schaute in Arianas fahles, von

Schmerzen gezeichnetes Gesicht und ließ den Blick zu dem kleinen Bündel an ihrer Brust gleiten.

»Es war eine komplizierte Geburt, die Königin hat viel Blut verloren. Ihr könnt sehr stolz auf Ariana sein. Ich kenne nicht viele Frauen, die solch eine Tortur überleben würden«, erklärte Belion mit gedämpfter Stimme, ehe ein schwaches Lächeln auf seine Lippen trat.

»Ich gratuliere Euch zu einer wunderschönen Tochter, mein König.«

Unfähig, die Gefühle in seinem Inneren zu beschreiben, streckte der junge Herrscher die Hand nach dem Kind aus und bemerkte erst jetzt, wie stark seine Finger zitterten. Auch wenn er insgeheim auf einen männlichen Nachkommen gehofft hatte, würde eine junge Prinzessin doch ebenso ihren Zweck erfüllen. Sie würde den entscheidenden Funken Hoffnung entzünden.

Behutsam strich er seiner Tochter über den Kopf und zog dabei die Decke ein Stück zurück.

»Sie ist verletzt«, stellte Gawain erschrocken fest und besah den blutigen Kratzer hinter ihrem rechten Ohr. Umgehend schoss sein Blick zu Belion, der rasch nach der Decke griff, um das Haupt des Kindes zuzudecken. Dabei entging ihm jedoch nicht das merkwürdige Funkeln, das für den Bruchteil einer Sekunde in den Augen des Arztes aufblitzte.

»Wie ich bereits sagte, war die Geburt sehr schwer. Ich habe die Kleine mithilfe meiner Instrumente holen müssen. Der Kratzer ist nicht weiter tief und wird in den nächsten Tagen verheilen.«

Ein feiner Stich fuhr durch Gawains Brust und vermischte sich mit einem Gefühl, welches er nicht recht deuten konnte. Etwas stimmte nicht, irgendetwas entzog sich seiner Kenntnis. Abermals schaute er in Arianas blasses Gesicht und vernahm ihren schweren Atem. Sie schien derart erschöpft, dass sie nur mit Mühe die Lider offenhalten konnte. Doch als sich ihre Blicke für einen kurzen Moment trafen, erkannte er darin einen Ausdruck, den er noch niemals zuvor so klar und deutlich an ihr gesehen hatte.

Angst.

»Die Königin sollte sich nun ausruhen. Gebt ihr und Eurer Tochter ein wenig Zeit, um sich von den Strapazen zu erholen«, bat Belion eindringlich, doch konnte das aufgesetzte Lächeln seine angespannte Miene nicht überspielen.

»Natürlich. Doch bevor ich gehe, möchte ich meine Tochter einmal im Arm halten«, erwiderte Gawain und griff nach dem kleinen Bündel.

»Mein König, ich weiß nicht, ob …«

Mit einem einzigen vernichtenden Blick ließ Gawain den Arzt verstummen. Er duldete keine Widerworte. Durch die plötzliche Bewegung aufgeschreckt, begann die junge Prinzessin erneut zu weinen und veranlasste den König dazu, sie sanft zu wiegen und sich ein paar Schritte vom Bett zu entfernen.

Langsam trat Gawain an den Kamin heran und zog im Schein des Feuers abermals die Decke ein Stück zurück. Er spürte, wie Liebe und Stolz von ihm Besitz ergriffen, während er das Gesicht seiner Tochter eingehend betrachtete.

»Willkommen, Prinzessin«, flüsterte er und streichelte sanft über ihr Haupt, als sich seine Glieder plötzlich versteiften.

In dem Glauben, ein Trugbild gesehen zu haben, trat er einen weiteren Schritt an den Feuerschein heran und fuhr mit dem Finger über die kleine Wunde, die sich hinter dem Ohr des Kindes verbarg. Und in jenem Moment, in dem der Säugling erneut aufschrie und Gawain das goldschimmernde Blut erblickte, spürte er, wie etwas in ihm zerbrach.

Er fühlte, wie jegliches Gefühl des Glücks zerschmettert wurde und nichts als Schmerz zurückblieb.

Das konnte nicht sein. Das durfte nicht sein. Nur Wesen, die über magische Fähigkeiten verfügten, trugen goldenes Blut in sich. Wesen, die vor langer Zeit aus Aurasis verbannt worden waren und nun ein Leben in den Tiefen des veterischen Waldes fristeten.

Elfen.

Wie in Trance drehte sich Gawain zu Ariana, während alles in ihm schrie und sich vor Pein wandte. Sie hatte ihn betrogen. Sie hatte nicht nur ihren Mann, sondern den König von Aurasis hintergangen. Ein Verbrechen, das an Schwere kaum zu übertreffen war. Der bittere Geschmack des Verrats breitete sich auf seiner Zunge aus und vergiftete seinen Verstand mit einem alles verzehrenden Hass.

»Was hast du getan?«

Er sah den Glanz in ihren braunen Augen, die Panik, die jedwede Erschöpfung zurückdrängte und ihr dazu verhalf, mühevoll den Kopf zu heben.

»Gawain bitte, lass mich erklären …«

»Erklären?«, widerholte er fassungslos, während sich der Säugling schreiend in seinen Armen wand. Eine Woge der Abscheu jagte durch seinen Körper und ließ ihn leise nach Luft schnappen. Zu spüren, wie seine väterliche Liebe im Keim erstickt wurde, trieb ihn an den Rand des Erträglichen.

Dies war nicht sein Kind. Es war der Spross eines Elfen. Eines ehrlosen Wesens des Volkes, das nichts außer Niedertracht und Heimtücke kannte. Das goldene Blut war Zeuge seiner wahren Herkunft … und dem Verrat seiner Mutter.

»Mein König, bitte … gebt mir das Kind.«

Vorsichtig machte Belion einen Schritt auf ihn zu, während sein Blick verängstigt zwischen Gawain und dem Säugling hin und her schweifte.

»Du hast es gewusst.«

Der König war selbst überrascht, wie ruhig die Erkenntnis über seine Lippen trat. Sie stellte das vollkommene Gegenteil zu dem Durcheinander in seinem Inneren dar.

»Ich bitte Euch, Majestät … handelt nicht überstürzt! Gebt Eurer Frau die Möglichkeit, sich zu erklären!«

Ein trockenes Lachen erklomm Gawains Kehle. Er konnte den Hohn, der diesen Worten innewohnte, förmlich spüren.

»Meiner Frau? Diesen Titel hat dieses verräterische Weibsstück in jenem Moment verloren, als sie es wagte, mich zu hintergehen. Und ich werde …«

Ein ohrenbetäubender Knall zerschnitt die Luft und ließ die Mauern erzittern. Der König spürte, wie der Boden unter seinen Füßen zu beben begann, ehe er den Blick rasch zu einem der geöffneten Fenster schwenkte. Panische Rufe wurden laut, Befehle hallten durch die kalte Nachtluft, und noch bevor Gawain den Säugling in Belions Arme drückte und Hals über Kopf zum Fenster stürzte, wusste er es bereits:

Salis war in die Stadt eingedrungen. Diese Nacht würde seinen Untergang bedeuten. Wut wandelte sich zu Verzweiflung und Hass zu einer zerstörerischen Entschlossenheit.

Auch wenn er soeben alles verloren hatte, was ihm lieb und teuer war, so würde er die Goldene Stadt dennoch nicht kampflos aufgeben. Wenn es schon in einem Gemetzel enden musste, dann würde er an der Spitze seiner Soldaten stehen. Und vielleicht ... Ja, vielleicht würde sein Name so doch noch zu einer Legende werden.

»Ihr bleibt hier!«, befahl Gawain an Belion gewandt und vermied es, in Arianas Antlitz zu sehen. Er konnte ihr Gesicht nicht einen Moment länger ertragen.

»Und versucht erst gar nicht zu fliehen. Der Tod hat die Mauern dieser Stadt längst überwunden. Ihr könnt nirgendwo hin.« Mit diesen Worten hastete der König zur Tür, begleitet von den herzreißenden Schreien des Säuglings.

Auf den Gängen herrschte bereits wildes Durcheinander. Dumpfe Schritte hallten von den Wänden wider und vermischten sich mit verängstigten Rufen, die von allen Winkeln des Gebäudes ertönten.

Als Gawain den Innenhof des Schlosses erreichte, stieg ihm der beißende Geruch von verbranntem Holz in die Nase. Die Luft wurde von einem Nebelschleier aus Staub und dunklem Rauch erfüllt. Bedienstete strömten panisch aus den umliegenden Gebäuden und versuchten den vielen Soldaten auszuweichen, die allesamt Richtung Haupttor liefen. Angeführt wurden sie von Leutnant Calan, der, als er den König erblickte, sofort auf ihn zu rannte.

»Mein König, Salis hat die nördliche Stadtmauer zerstört! Das Händlerviertel brennt. Hauptmann Enior hat sämtliche Männer zusammengerufen, doch wir wissen nicht, wie lange wir die Stadt halten können!«

Gawains Verstand glich einem tosenden Strudel. Es fiel ihm schwer, auch nur einen klaren Gedanken zu fassen. So lange hatte er versucht, dem Schwarzmagier die Stirn zu bieten, doch schien es nun zu spät.

Er hatte alles verloren. Alles.

Für einen kurzen Moment senkte er die Lider und besah das goldene Blut, welches nach wie vor an seinen Fingern klebte. Die Abscheu erschütterte ihn bis ins Mark.

»Bezieht Position vor dem Haupttor, haltet Salis' Schergen so lang es geht zurück!«, befahl er und ließ seinen Blick zu dem Brunnen schweifen, der sich in der Mitte des Schlosshofes befand.

Die mächtige Gestalt des Sonnengottes, dem Schutzpatron der Goldenen Stadt, erhob sich aus einem runden, aus weißem Stein gemeißelten Becken und reckte das steinerne Haupt zum Himmel empor. Der strahlende Gott mochte sie in dieser Nacht verlassen haben, doch Gawain würde dem Reich ein Ende bereiten, von dem die Barden noch Jahrzehnte singen würden.

Zuerst jedoch musste er das Blut dieses Bastards von seinen Händen waschen. Wenn er starb, dann als reiner Mensch. Weder Magie noch Verrat sollten seine Haut besudeln.

Während Leutnant Calan mit seinen Soldaten zum Haupttor stürmte, eilte Gawain auf den Brunnen zu und streckte seine Hand in das kalte Wasser.

Und in jenem Moment, in dem das Blut des Kindes die Oberfläche berührte, erstrahlte das Wasser in einem gleißend hellen Licht. Für einen kurzen Augenblick wurde die Nacht zum Tag und tauchte alles in einen weißen Glanz. Der strahlende Schein breitete sich über den Innenhof aus und reichte bis in den letzten Winkel der Stadt.

Von Panik ergriffen zog Gawain seine Hand aus dem Brunnen, taumelte nach hinten und stürzte zu Boden. Augenblicklich erlosch das Licht. Ein heiserer Schrei drang aus seiner Kehle und verband sich mit einem Grollen, das gewaltiger war als alles, was er jemals vernommen hatte. Es glich einem entsetzlichen Todesschrei, dessen Macht das Erdreich erzittern ließ.

Hastig versuchte der König zurück auf die Beine zu kommen und so viel Abstand wie möglich zwischen sich und den Brunnen zu bringen. Die Gebäude, die ihn ringsherum umgaben, ächzten und knackten, Staub und Steine fielen krachend zu Boden. Und in jenem Moment, in dem Gawain dachte, dass das Schloss über ihm im Innenhof einstürzen würde, verstummten sämtliche Geräusche. Es war, als hätte ein lautloser Befehl jedweden Klang zum Erliegen gebracht, als stünde die Zeit plötzlich still.

Mit pochendem Herzen schaute Gawain zum Himmel hinauf, der eben noch vom hellen Glanz erleuchtet worden war. Als sein Blick erneut zum

Brunnen glitt, hörte er lediglich das leise Plätschern des Wassers, das sich sprudelnd in dem steinernen Becken verlor.

Hatte er all dies nur geträumt?

Mit wackeligen Beinen trat er einen vorsichtigen Schritt an die Skulptur des Sonnengottes heran, als plötzlich ein lauter Ruf von einem der Wachtürme erklang.

»Salis ist besiegt! Das Licht hat den Feind ausgelöscht! Die Stadt ist gerettet!«

Die Worte drangen nur langsam in Gawains Geist. Er fühlte sich in eine Art Trance versetzt.

Wie war das möglich?

Verwirrt zog der König die Stirn in Falten und versuchte sich die letzten Momente zu vergegenwärtigen. Instinktiv ließ er den Blick zu seinen Händen schweifen und spürte, wie die bittere Erkenntnis ihm die Kehle zuschnürte.

Ein erstickter Laut entfuhr ihm, während ihn die Wahrheit schonungslos zu Boden drückte.

Er wollte es nicht wahrhaben, doch es gab keine andere Erklärung: Das Blut des Kindes hatte die Stadt gerettet. In jenem Moment, in dem es sich mit dem Wasser verbunden hatte, musste es eine Art magischen Schutz ausgelöst haben. Einen Zauber, der vermutlich nicht nur die Stadt, sondern das ganze Reich gerettet hatte … Gawain wusste um die Macht der elfischen Magie, er kannte die Geschichten und Legenden, die von ihrer schützenden Wirkung schrieben.

Am liebsten hätte er freudlos aufgelacht und über die Ironie des Schicksals gespottet, doch er brachte keinen Ton heraus.

Dieses Kind, der lebendige Beweis für den Verrat seiner Frau, schien die Rettung Aurasis' zu sein. In seinem Blut befand sich offenbar eine Kraft, welche die Dunkelheit zurückdrängen konnte.

Und er musste diese Macht für sich nutzen, selbst wenn dies bedeutete, das Leben des Mädchens zu verschonen und seine wahre Identität fortan zu verbergen.

Ein Gedanke, der so schmerzhaft war, dass es ihn innerlich zu zerreißen drohte.

1. ERLOSCHENE TRÄUME

Anthea

»Das hat ja eine halbe Ewigkeit gedauert.«

Das Herz schlug der Prinzessin bis zum Hals, als sie durch das geöffnete Fenster stieg, über den schmalen Sims balancierte und schließlich einen ersten Fuß auf das schräge Dach setzte. Die Luft war getränkt vom Duft unzähliger Wildblumen, vermischt mit einer harzigen Note, die der Westwind über die Ebenen von Aurasis trug. Erleichtert nahm Anthea einen tiefen Atemzug, pustete sich eine schwarze Haarsträhne aus dem Gesicht und schaute zu dem blondgelockten Jungen, der sie mit einem verschmitzten Grinsen musterte.

»Ich freue mich auch, dich zu sehen, Aris. Und nur damit das klar ist, ich war diejenige, die sich an insgesamt drei Wachen vorbeischleichen musste«, erwiderte sie, ehe sie sich neben ihrem Freund auf dem Dachfirst niederließ.

»Und ich dachte, du kennst den Weg inzwischen auswendig«, entgegnete der Junge amüsiert.

»Der Weg ist nicht das Problem, sondern der Wachwechsel. Mittlerweile ändern sie die Zeiten wöchentlich«, antwortete Anthea seufzend.

»Außerdem hat der Unterricht diesmal länger gedauert. Ich musste ein paar meiner Lektionen noch einmal neu aufschreiben.«

»Was war es diesmal? Hast du wieder zu viel Tinte benutzt?«

Aris' graue Augen funkelten vor Schalk, ehe er sich entspannt nach hinten lehnte und die ausgestreckten Beine übereinanderschlug.

»So ähnlich. Meister Albert meint, dass meine Buchstaben so aussehen, als hätte ich sie mit einem Stock anstatt mit der Feder geschrieben. Er sagt, ihnen fehle der nötige Schwung. Ich habe nicht die leiseste Ahnung, was das bedeuten soll.«

Allein der Gedanke an die strenge Stimme ihres Lehrmeisters brachte Anthea dazu, die Augen zu verdrehen. Immer wieder hatte er von ihr verlangt, die Wörter neu aufzuschreiben, so lange, bis ihre Finger ganz steif geworden waren. Doch wie pflegte ihr Vater stets zu sagen? »Einer Prinzessin darf nur das Beste gut genug erscheinen. Es ist ihre Pflicht, jede Aufgabe mit Hingabe und beispiellosem Fleiß zu bewältigen. So lange, bis Perfektion zur Gewohnheit wird.« Ein verächtliches Schnaufen riss das Mädchen aus seinen Gedanken und lenkte seine Aufmerksamkeit zurück zu Aris.

»Warte nur ab, bis wir über Aurasis herrschen. Dann kannst du den alten Büchernarren mit einem einzigen Befehl vor die Tür setzen. Und ich werde für den Schutz des Reiches sorgen und dich von diesem dummen Ritual befreien.«

Ein zaghaftes Schmunzeln stahl sich auf Antheas Lippen, ehe sie instinktiv hinunter in den Palasthof sah. Beim Anblick des Brunnens spürte sie sogleich einen Stich in ihrer rechten Hand, der sie unweigerlich zusammenzucken ließ. Bald war es wieder so weit. Sobald die Sonne hinter dem Horizont verschwand, würde ihre Amme sie mit einer Nadel in den Finger stechen, einen Tropfen ihres Blutes in eine Phiole füllen und es dann in das sprudelnde Wasser träufeln. Lange hatte die Prinzessin gebraucht, um den Sinn hinter diesem Ritual zu verstehen und die Angst vor der spitzen Nadel zu verlieren. Ihr Vater sagte, dass sie stolz auf ihre Gabe sein solle. Dass es eine Ehre sei, diejenige zu sein, die der Sonnengott auserwählt hatte, um das Königreich zu schützen. Denn solange sich ihr Blut mit dem Wasser des Brunnens verband, konnten keine dunklen Mächte die Grenze Aurasis' überschreiten. Ihre Gabe hielt das Böse auf Abstand und sorgte dafür, dass nicht ein Funken schwarzer Magie über den silbernen Fluss gelangte, denn das Wasser des Brunnens stand in direkter Verbindung zum Grenzfluss.

Doch jedes kostbare Geschenk war mit einem Opfer verbunden. Vor allem dann, wenn ein Gott seine Finger im Spiel hatte. Niemand wusste dies besser als Anthea, denn der Schutz ihrer Heimat ging Hand in Hand mit dem Verlust ihrer Freiheit.

»Das wäre wirklich schön«, flüsterte sie und spürte den winzigen Hoffnungsschimmer, den Aris' Worte in ihr auslösten. In vier Jahren, wenn er das Mannesalter erreicht hatte, würden sie beide heiraten und das Land fortan als Königspaar regieren. Eine Verbindung, die bereits kurz nach ihrer Geburt beschlossen wurde, welche ihr Vater mit seinem engsten Freund und treuesten Lehnsherrn eingegangen war, um das Fortbestehen Aurasis' zu sichern.

Und auch, wenn weder sie noch Aris irgendein Mitspracherecht besaßen, so konnte

Anthea doch nichts Schlechtes an diesem Bund finden. Schließlich war es nicht jeder Prinzessin vergönnt, ihren besten Freund zu heiraten. In Aris' Gegenwart musste sie sich nicht verstellen und konnte ganz sie selbst sein. Sie vertraute ihm und hoffte, dass sie beide einen Weg finden würden, das Land auch ohne ihr Blut zu schützen. Ein Gedanke, der Antheas Hoffnung beflügelte, selbst wenn ihr vier weitere Jahre wie eine halbe Ewigkeit vorkamen.

»Vater sagte, dass ihr morgen abreist.«

Während sie die Worte aussprach, zog sich ihr Magen schmerzhaft zusammen. Betrübt schaute sie in Aris' Antlitz und versuchte, den Kloß in ihrem Hals zu ignorieren. Mit seinen vierzehn Sommern war er schon beinahe so groß wie die Soldaten der Palastwache. Das blonde Haar wirkte im warmen Licht der letzten Sonnenstrahlen fast so weiß wie die Blüten der Apfelbäume, die im Frühling den Obstgarten in ein schneeweißes Meer verwandelten.

»Ja, leider«, bestätigte der Junge bedrückt. »Vater will, dass ich in den kommenden Wochen meine Ausbildung vertiefe. Ich soll ihm bei seinen fürstlichen Pflichten über die Schulter schauen und in die täglichen Geschäfte eingeführt werden.«

Der Glanz in Aris' grauen Augen verlor mit jedem Wort an Intensität. Sie beide wussten, dass es Monate dauern würde, bis sie sich wiedersahen.

»Aber diesmal schreibst du mir, versprochen?«

Der Fürstensohn stieß einen lauten Seufzer aus und ließ sich theatralisch nach hinten fallen.

»Muss das sein? Du weißt genau, wie sehr ich diesen Schreibkram hasse.«

»Jetzt komm schon. Wenigstens einmal die Woche«, bat Anthea und stieß ihm gespielt in die Seite.

»Einmal die Woche? Auf keinen Fall! Höchstens einmal im Monat!«

»Versprochen?«

»Wenn es sein muss.«

Ein Lächeln schlich sich auf das Gesicht der Prinzessin, doch konnte es die Trauer über ihre baldige Trennung nicht gänzlich überspielen. Bedrückt nahm sie einen weiteren Atemzug und ließ den Blick über die Häuser ihrer Heimat schweifen. Die Goldene Stadt trug ihren Namen nicht allein aufgrund ihres unermesslichen Reichtums, sondern auch wegen ihrer einzigartigen Erscheinung.

Umgeben von sanften Hügeln und grünen Wiesen stach die Stadt wie ein schimmernder Bernstein aus der Landschaft hervor. Die gelben Dächer bildeten zusammen mit den aus Feldsteinen gefertigten Straßen und den unzähligen bunten Blumenkästen eine Sinfonie aus Farben. Vollkommen gleich, wie oft die Prinzessin diesen Anblick schon genossen hatte, sie verliebte sich jedes Mal aufs Neue in ihre Stadt. Bei klarer Sicht konnte man von ihrer Position aus sogar bis an die Grenze des Reiches schauen. Dort, wo sich der silberne Fluss einen rauschenden Weg durch die Landschaft bahnte und eine natürliche Barriere zum veterischen Wald bildete. Einem Ort, an dem Gerüchten zufolge noch immer Elfen und andere bösartige Wesen ihr Unwesen trieben und sehnsüchtig darauf warteten, dass Antheas Kräfte versiegten. Was wohl ein weiterer Grund dafür war, dass sie ständig überwacht wurde und weder mit den Kindern der Bediensteten spielen noch ohne Begleitung den Palastgarten erkunden durfte.

Allein hier, auf dem alten Dach der Palastküche, konnte sie einen Hauch von Freiheit spüren. Dies war ihr Zufluchtsort. Ihr Geheimnis, das sie allein mit Aris teilte. Hier gab es weder strenge Regeln noch tadelnde Blicke. Hier gab es nur sie zwei und eine Fülle von Träumen, die selbst die vielen Sterne am Firmament zu übertreffen schienen.

Doch jeder Traum musste einmal enden.

»Ich glaube, wir sollten langsam runterklettern. Wahrscheinlich sucht Eloise längst nach uns.«

Vorsichtig lugte Anthea über den Rand des Daches, doch konnte sie die füllige Gestalt ihres Kindermädchens nirgends entdecken.

»Warte noch kurz.«

Der nervöse Unterton in Aris' Stimme ließ die Prinzessin aufhorchen. Neugierig beobachtete sie, wie er in der Innentasche seines blauen Jacketts nestelte.

»Ich will dir noch etwas geben. Streck die Hand aus.«

Mit klopfendem Herzen tat sie wie ihr geheißen und spürte nur einen Augenblick später, wie etwas Kühles ihre Haut berührte. Überrascht erblickte sie einen kupferfarbenen Anhänger in Form eines Flügels.

»Der ist ja wunderschön«, hauchte sie und bewegte ihre Hand so, dass das Metall im Schein des Abendlichts zu funkeln begann.

»Ich habe auch so einen«, bemerkte Aris und zog einen zweiten, aus Silber gefertigten Flügel hervor.

»Ich schlage vor, dass wir die Anhänger bis zu unserem nächsten Treffen immer bei uns tragen und dann untereinander tauschen. So haben wir immer etwas, was uns an den anderen erinnert.«

Ein warmes Gefühl breitete sich in Antheas Brust aus. Ihr war bewusst, dass es sich bei diesem Anhänger um etwas ganz Besonderes handelte.

»Eine großartige Idee«, erwiderte sie und schloss ihre Finger um das kühle Metall.

»Prinzessin Anthea!«

Die gereizte Stimme ihres Kindermädchens hallte durch den Innenhof und gab der Prinzessin einen Ruck. Sie waren schon viel zu lang hier oben.

»Nichts wie weg hier!«

***

Anthea hatte nie gut einschlafen können, wenn Aris tags zuvor mit seinen Eltern und dem fürstlichen Gefolge abgereist war. Ruhelos wälzte sie sich von einer Seite auf die andere und versuchte vergeblich, sich auf das Prasseln der Regentopfen zu konzentrieren.

Während Eloise im angrenzenden Nebenraum so laut schnarchte, dass vermutlich der halbe Palast darunter litt, war die Prinzessin hellwach und starrte auf den durchscheinenden Stoff ihres Baldachins. Missmutig dachte sie daran, wie langweilig die nächsten Wochen werden würden, als sie plötzlich ein ungewöhnliches Geräusch vernahm. Das Donnern von beschlagenen Hufen hallte durch die Nachtluft und vermischte sich mit lautem Geschrei. Rasch schlug sie ihre Bettdecke zurück, eilte zum Fenster und spähte hinunter in den Hof. Sie sah zwei berittene Soldaten, die von ihren Pferden sprangen und auf direktem Weg in den nahen Thronsaal liefen.

Anthea wusste nicht genau warum, doch mit einem Mal schlug ihr das Herz bis zum Hals. Nervös ließ sie ihren Blick zum angrenzenden Zimmer schweifen, in welchem Eloise noch immer die absonderlichsten Geräusche von sich gab, ehe sie auf nackten Füßen durch das Schlafgemach schlich, die Tür öffnete und rasch hindurchhuschte.

Dies war nicht ihr erster nächtlicher Streifzug durch den Palast, sie wusste genau, welche Gänge sie wählen musste, um ungesehen an ihr Ziel zu kommen. Flink wie ein

Schatten eilte sie durch die mit Fackeln beleuchteten Flure und wich gezielt den müden Blicken der Soldaten aus.

Als Anthea einen der beiden Seiteneingänge erreichte, die direkt in den Thronsaal führten, hielt sie aufgeregt die Luft an. Sie konnte den Klang mehrerer Stimmen vernehmen, von denen eine eindeutig ihrem Vater gehörte. Vorsichtig legte sie eine Hand auf die Klinke und öffnete die Tür nur einen kleinen Spaltbreit, gerade weit genug, um die Gespräche ein wenig deutlicher verstehen zu können.

»Seid Ihr sicher?«

König Gawain klang angespannt, nahezu unwirsch.

»Vollkommen, Majestät. Es tut mir leid.«

Die Stimme des Soldaten wirkte erschöpft, als würde er jeden Moment in Tränen ausbrechen.

»Und der Junge? Was ist mit Aris?«

Antheas Herz machte einen Satz nach vorn, während sie sich fest auf die Unterlippe biss.

»Es gab keine Überlebenden. Von der Kutsche ist fast nichts übriggeblieben. Selbst die Bäume in der Umgebung wurden völlig zerstört. Es war ein einziges Massaker. Die Familie wurde nicht nur getötet, sie wurde in Stücke gerissen.«

Antheas Augen weiteten sich vor Entsetzen. Hastig schlug sie sich die Hände vor den Mund, ehe sie einen lautlosen Schrei ausstieß. Tränen sammelten sich in ihren Augen und strömten ungehalten über ihre Wangen. Alles in ihr tobte und kämpfte gegen die schreckliche Erkenntnis an, die unaufhaltsam in ihren Kopf drang und nur einen einzigen Gedanken zuließ.

Aris war tot.

Sie hatte ihren besten Freund verloren.

***

Ein Schrei zerriss die Stille und verlor sich in der Dunkelheit. Ruckartig schnellte Anthea hoch und ließ ihren Blick panisch umherschweifen, doch alles was sie sah, waren die schemenhaften Umrisse ihres Baldachins. Das wilde Trommeln ihres Herzens hallte so laut in den Ohren wider, dass sie den Rhythmus bis in die Fingerspitzen spüren konnte.

Es war nur ein Traum.

Immer wieder wiederholte sie diesen Satz, so lange, bis sich ihre schnelle Atmung allmählich beruhigte. Es war merkwürdig, denn obwohl Anthea eine tiefe Leere in sich fühlte, schien ihr Kopf doch in einem Meer aus Erinnerungen zu versinken. Erinnerungen an eine vergangene, bessere Zeit.

Erneut flackerten die intensiven Bilder vor ihren Augen auf, wie Funken, die glühend durch die kalte Nachtluft stoben und sich in der Atmosphäre verloren.

Sie sah Aris' jugendliches Gesicht vor sich, hörte sein sorgloses Lachen und spürte die schmerzhafte Wunde, die sein Verlust hinterlassen hatte. Selbst jetzt, nach nunmehr acht Jahren, fühlten sich die Erinnerungen an ihre Freundschaft so lebendig an, als hätten sie erst gestern gemeinsam auf dem Küchendach gesessen und ihrer Zukunft entgegengeblickt.

Wer hätte damals schon ahnen können, dass nichts von alledem übrigbleiben und all ihre Träume zu Staub und Asche zerfallen würden?

Unwirsch blinzelte Anthea die aufsteigenden Tränen weg und fuhr sich durch das lange Haar. Sie konnte die bedrückende Dunkelheit keinen Moment länger ertragen. Hastig schlug sie die Federdecke zurück und kam mit einem Satz auf die Beine. Sofort spürte sie den unliebsamen Schwindel, der ihr in den vergangenen Monaten ein verhasster Begleiter geworden war. Tanzende Lichter tauchten vor Antheas Augen auf und verklärten ihr die Sicht. Ein leises Stöhnen trat über ihre Lippen, während sie die Arme ausstreckte, in der Hoffnung, das Gleichgewicht zu halten. Vorsichtig setzte sie einen Fuß vor den anderen und wankte auf das halbrunde Fenster zu, das sich auf der linken Seite ihres Schlafgemachs befand. Mit geübtem Griff öffnete sie das Scharnier und zog den Rahmen bis zum Anschlag auf.

Der frische Nordwind empfing Anthea mit erhoffter Intensität. Er blies ihr so stark ins Gesicht, dass sie die Lider senkte und die Arme um ihre Mitte schlang. Konzentriert nahm die Prinzessin einen tiefen Atemzug, sog die wohlbekannten Gerüche von kaltem Rauch und nassem Gras ein und spürte, wie sie allmählich die Kontrolle über ihre Sinne zurückerlangte.

»Es war nur ein Traum.«

Wie lächerlich es sich anfühlte, jene Tatsache laut auszusprechen, doch so naiv es auch sein mochte, es hatte eine beruhigende Wirkung. Dieser einfache Satz zog die Grenze zwischen Erinnerung und Realität und erschuf eine Mauer, die stärker war als der mächtigste Verteidigungswall. Mit einem leisen Seufzen hob Anthea den Blick und schaute in den Himmel hinauf. Der Tag würde in Kürze anbrechen und es konnte nicht mehr lange dauern, bis erste Rauchschwaden aus den Schornsteinen stiegen und die Fensterläden geöffnet wurden, bis die Luft vom Duft frischer Backwaren erfüllt wurde und die Händler damit begannen, ihre Stände für kaufwillige Kunden vorzubereiten. Gerade jetzt ließen es sich die Kaufleute nicht nehmen, ihre Waren in einem tadellosen Zustand zu präsentieren, denn jeden Tag strömten mehr Menschen in die Goldene Stadt, um der großen Feierlichkeit beizuwohnen: der Vermählung ihrer geliebten Prinzessin mit dem reichsten Fürstensohn des Landes.

Mit einem dumpfen Knall schloss Anthea das Fenster, legte eine Handfläche auf das kalte Glas und versuchte, den aufsteigenden Druck herunterzuschlucken.

Ihr letzter Tag als Thronerbin brach in Kürze an. Schon morgen würde sie Marius heiraten und zur Königin gekrönt werden. Gemeinsam würden sie fortan über Aurasis herrschen oder, um es mit anderen Worten auszudrücken, sie würde schweigend dabei zusehen, wie er das Reich lenkte.

Dies war keine Hochzeit, durch die sie ihre Freiheit erlangte. Nein, es war der Tag, an dem sie ihre Zelle wechseln und in ein größeres und weitaus gefährlicheres Gefängnis ziehen würde.

2. VERÄNDERTE ZEITEN

Anthea

»Das wird jetzt etwas brennen.«

»Ich weiß.«

Anthea schenkte ihrer Zofe ein schwaches Lächeln, ehe sie den Blick auf die große Fensterfront richtete. Den rechten Arm über die hölzerne Sessellehne gestreckt, saß sie inmitten ihres Salons und bemühte sich darum, dem flauen Gefühl in ihrem Magen keinerlei Beachtung zu schenken. Sie wusste, welcher Schmerz sie erwartete, wie es sich anfühlte, wenn das Metall ihre Haut durchdrang und ihr Blut zutage trat. Und Himmel, sie hasste dieses Gefühl. Sie verabscheute es wie nichts anderes auf der Welt.

Ein Zucken durchfuhr ihren Körper, als die Klinge ihre Armbeuge berührte. Für einen kurzen Moment schloss die Prinzessin die Augen, nahm einen tiefen Atemzug und versuchte, das unangenehme Brennen zu ignorieren.

»Gleich geschafft.«

Die Stimme ihrer Zofe hatte etwas Warmes, Mitfühlendes an sich. Sie wusste, wie Anthea unter dieser Prozedur litt, wie sehr sie die tägliche Blutabnahme schwächte. Früher hatte es sich nur um einen kleinen Stich gehandelt, um einen winzigen Tropfen Blut, doch je älter Anthea wurde, desto mehr Magie schien vonnöten zu sein. Inzwischen brauchte es zwei volle Phiolen, um den Schutzzauber aufrechtzuerhalten. Ein Umstand, der nicht nur sie, sondern vor allem ihren Vater beschäftigte … und ängstigte.

»Fertig«, murmelte Isobel und drückte ein weißes Stück Stoff auf die frische Schnittwunde. Anschließend legte sie die Glasfläschchen auf ein silbernes Tablett und erhob sich.

»Ich bringe die schnell nach unten und komme dann mit deinem Frühstück zurück. Irgendwelche besonderen Wünsche?«

»Einen Kräutertee und einen anderen Hochzeitstag, bitte.«

Ein schiefes Lächeln stahl sich auf die Lippen der Zofe, doch konnte es nicht über den besorgten Ausdruck in ihren grünen Augen hinwegtäuschen.

»Der Tee kommt sofort! Für den weiteren Wunsch bräuchten wir allerdings einen guten Fluchtplan. Ich fürchte, wir geraten sonst in Zeitnot.«

»Es würde schon reichen, einen Ort zu finden, an dem wir Marius zur Zeit der Vermählung einsperren können.«

»Perfekt, ich schaue auf dem Weg in die Küche gleich mal nach einem geeigneten Raum.« Für einen kurzen Moment sahen sich die Prinzessin und ihre Zofe schweigend an, ehe beide zu lachen begannen. Kein fröhliches, sorgloses Lachen, sondern vielmehr ein trostloser, verhaltener Klang, der schnell versiegte, sobald Isobel den Raum verließ. Auch wenn Anthea wusste, dass es keinen Ausweg aus dieser Verbindung gab, so taten ihr die kleinen Scherze dennoch gut. Isobel war nicht nur ihre Kammerzofe, sondern ihre engste und einzige Freundin. Als Eloise vor knapp drei Sommern erkrankte, war ihr Vater damit einverstanden gewesen, die Tochter des hiesigen Hofmarschalls in Antheas Dienste zu stellen. Es war hierzulande nicht unüblich, dass junge Mädchen aus dem niederen Adel als Zofen ausgebildet wurden, und da sich Anthea und Isobel ohnehin schon seit Jahren kannten, konnte sie sich keinen besseren Ersatz vorstellen.

Die Finger auf den Stoff in ihrer Armbeuge gedrückt, erhob sich die Prinzessin und spürte sogleich den verhassten Schwindel in sich aufsteigen. Angespannt nahm sie einen tiefen Atemzug und versuchte gegen das unangenehme Gefühl anzukämpfen, doch es war offensichtlich – sie wurde mit jedem Tag schwächer. Allerdings versuchte sie diese Tatsache gekonnt zu ignorieren. Schließlich war sie die Thronerbin Aurasis', die Prinzessin der Goldenen Stadt und vom Sonnengott persönlich auserwählt, das Reich zu schützen. Sie durfte keine Schwäche zeigen, denn alles, was sie tat, geschah zum Wohle ihres Volkes. Sie musste stark bleiben, erhobenen Hauptes voranschreiten und ihr Schicksal schweigend annehmen. Dies waren die Sätze, die sie sich täglich einredete, die sie wie ein Gedicht wiederholte, in der Hoffnung, dass sie nicht nur ihren Verstand, sondern auch ihr Herz erreichten.

Als sich ihr Kopf nicht länger anfühlte, als wäre er an ein klappriges Wagenrad gebunden, öffnete Anthea die Augen und zog sich den Gürtel ihres cremefarbenen Morgenmantels ein wenig enger um die Taille. Langsam schritt sie an die große Fensterfront heran und spürte die warmen Sonnenstrahlen auf ihrem Gesicht. Sie fielen in dünnen Lichtkegeln in ihr Gemach und tauchten alles in einen goldenen Schein. Gedankenverloren streckte die Prinzessin ihre Hand nach einem der Strahlen aus und beobachtete die winzigen Staubkörnchen, die tanzend durch die Morgenluft wirbelten. Ein Schauer durchfuhr ihren Körper, während das Licht ihre sonst bläulichen Adern zu unzähligen goldenen Linien verfärbte, die sich von den Fingern bis hinunter zur Armbeuge ausbreiteten. Sie konnte dabei zusehen, wie sich die Schnittwunde in Sekundenschnelle schloss und weder eine Rötung noch eine Narbe zurückblieben. Dies war einer der wenigen Vorzüge ihrer Blutmagie. Sowohl der Schein des Feuers als auch das Licht der Sonne verrieten, welch mächtige Gabe in ihr ruhte. Doch vermochte nur die Kraft der Sonne ihre Wunden auch zu heilen. Dies war zumindest ein kleiner Trost für all die vielen Entbehrungen.

Bedrückt ließ Anthea den Blick über die unzähligen gelben Dächer schweifen. Die Fenster erlaubten ihr dank der erhöhten Lage ihres Gemachs eine weite Sicht über die Stadt, welche sich direkt unterhalb der Palastmauern erstreckte. Selbst von dort oben konnte sie das geschäftige Treiben vernehmen, das aus jedem Winkel des Reiches zu kommen schien. Die gesamte Atmosphäre war von einer vorfreudigen Spannung erfüllt, die die Luft regelrecht zum Flirren brachte und das gesamte Volk, vollkommen gleich ob Fürst oder Bettler, mitzureißen schien. Selbst im Palasthof herrschte ein reger Trubel, der die Prinzessin an einen bunten Ameisenhaufen erinnerte. Als Anthea inmitten der vielen Bediensteten den blonden Schopf ihrer Zofe erkannte, zog sich ihr Magen unweigerlich zusammen. Zielsicher bewegte sich Isobel auf die Mitte des Innenhofs zu und huschte geschickt unter einer Bank hindurch, die zwei Knechte auf ihren breiten Schultern trugen. Erst als sie den Brunnen erreichte, hielt sie kurz inne und wechselte ein paar Worte mit einem der vier Soldaten, die das Bauwerk bewachten. Als dieser sie passieren ließ, ging sie auf das flache Becken zu, nahm eine der gläsernen Phiolen vom Tablett und träufelte den dunkelroten Inhalt vorsichtig hinein.

Ein Kribbeln schoss durch Antheas Körper und durchfuhr sie vom Haaransatz bis in die Zehenspitzen. Es war, als hielte die Welt den Atem an, nur um darauf zu warten, dass sich der mächtige Zauber entfaltete. Selbst die Bediensteten stellten ihrer Arbeit ein und schauten neugierig zum Brunnen hinüber.

Sobald sich ihr Blut mit dem klaren Wasser verband, spürte Anthea, wie sich die Magie ausbreitete. Das anfängliche kribbelnde Gefühl wich einem kalten Schauer, der sich binnen eines Herzschlags in einen heißen Strom verwandelte und ihre Haut zum Glühen brachte. Die Wasseroberfläche des Brunnens begann zu schimmern, erst sanft wie ein glitzernder Tautropfen, dann so hell wie der erste Strahl der Morgensonne. Rasch schaute sie zum Horizont, dort, wo der silberne Fluss das Reich begrenzte, und sah, wie nur einen Augenblick später ein gleißend helles Licht vom Fluss her erschien. Der Beweis, dass der Zauber wirkte und das Reich weiterhin geschützt wurde.

Zumindest laut der Theorie.

Schwer schluckend senkte Anthea den Blick und strich sich eine schwarze Haarsträhne aus dem Gesicht. Es war inzwischen über acht Monate her, dass sie zum ersten Mal Meldung über das Verschwinden von Menschen nahe der Grenze des Reiches erhalten hatte. Kurz darauf begannen Gerüchte über dunkle Gestalten zu kursieren, die es trotz der Blutmagie geschafft haben sollten, das Reich zu betreten.

Und von diesem Tag an veränderte sich alles.

Die morgendliche Blutabnahme wurde auf zwei volle Phiolen erhöht und die Wachposten an den Außengrenzen verdreifacht.

Ein leises Seufzen entfuhr Anthea, ehe sie vom Fenster wegtrat und auf eines ihrer hohen, mit unzähligen Büchern bestückten Regale zuging. Gezielt griff sie nach einem alten, mit floralen Ornamenten verzierten Buch mit Ledereinband und legte es achtlos zur Seite, denn das, was sie tatsächlich suchte, befand sich hinter dem dicken Wälzer. Blind tastete sie nach einem kleinen Stoffsäckchen, das sich dicht an der Rückwand des Regals befand und zog es hervor. Obwohl sich beim Anblick des dunkelblauen Samts ein Lächeln auf ihre Lippen schlich, spürte sie dennoch, wie sich Schwermut in ihrem Herzen ausbreitete. Mühelos knotete sie die goldenen Kordeln des Säckchens auf und ließ den Inhalt in ihre Handfläche fallen.

Beim Anblick des bronzefarbenen Flügels fuhr ein feiner Stich durch ihre Brust und ließ die Erinnerungen an Aris erneut lebendig werden. Auch wenn sie wusste, dass sie nicht ewig der Vergangenheit nachhängen konnte, würde sie sich doch nie von dem Schmuckstück trennen können. Es war ein Teil von ihr, den sie für immer bei sich tragen würde. Vollkommen gleich, was auch geschehen mochte.

Das Geräusch einer sich öffnenden Tür riss Anthea aus ihren Gedanken und ließ sie erschrocken zusammenzucken. Hastig legte sie den Anhänger zurück in das Säckchen, schob es zurück ins Regal und stellte das alte Buch davor.

»Wie ich sehe, hat dich die Vorliebe für staubige Literatur mal wieder überrumpelt.« Mit einem schiefen Grinsen trat Isobel in den Salon. In den Händen hielt sie ein großes Tablett, auf dem sich zwei zugedeckte Teller und eine dampfende Teekanne befanden.

»Es gehört zu meiner Pflicht, mich zu jeder Tages- und Nachtzeit weiterzubilden«, erwiderte Anthea spitz.

»Selbstverständlich. Und das gilt vor allem für Aufsätze über Schmuckanhänger und Gedichte, die von alter Jugendliebe handeln?« Mit einem leisen Klirren stellte die Zofe das Tablett auf den Esstisch, der sich umringt von einer grün gepolsterten Sitzgarnitur auf der rechten Seite des Salons befand.

»Vergiss bei deinen Aufzählungen nicht das Werk *Vom guten Benehmen einer Zofe*«, entgegnete die Prinzessin, ehe sie sich auf der weichen Sitzbank niederließ. Der Duft von frisch gebackenem Brot und das herbe Aroma des Kräutertees stiegen ihr in die Nase und ließen ihren Magen knurren. Umgehend griff sie nach der Teekanne und füllte zwei Tassen. Anschließend reichte sie eine davon Isobel, die diese mit einem dankbaren Lächeln entgegennahm, ehe sie sich neben ihr niederließ.

»Du hast heute Nacht wieder von ihm geträumt, nicht wahr?«

Noch ehe Anthea einen Schluck trinken konnte, ließ sie die Porzellantasse zurück auf die Untertasse sinken.

»Ist das so offensichtlich?«

»Jedes Mal, wenn die Erinnerungen an Aris zurückkehren, holst du den Anhänger aus seinem Versteck«, bestätigte die Zofe und strich sich eine blonde Haarsträhne hinters Ohr.

»Ich mache mir Sorgen um dich, Anthea.«

Die Prinzessin spürte, wie der Druck in ihrer Brust an Intensität gewann, doch anstatt ihm nachzugeben, setzte sie ein gespieltes Lächeln auf und schaute ihrer Freundin in die grünen Augen.

»Das ist nicht nötig. Es geht mir gut. Vermutlich liegt es an diesem ganzen Wirbel um die Hochzeit.« Ein Teil von ihr, tief in ihrem Inneren verborgen, beschimpfte sie augenblicklich als Heuchlerin, die sich vor ihren wahren Gefühlen verschloss und die Wahrheit weglächelte. So, wie sie es stets gelernt hatte.

»Mit diesem Gesichtsausdruck kannst du vielleicht deinem Vater etwas vormachen, doch mir brauchst du davon nichts erzählen«, entgegnete die Zofe und legte die Stirn in Falten. »Weißt du, ich bin der Meinung, dass du deinen Freund nicht vergessen solltest, doch ich denke auch, dass es dir nicht guttut, immer wieder in die Vergangenheit zurückzukehren. Morgen heiratest du Marius und wirst zur Königin gekrönt. Deine Zukunft liegt vor dir und du darfst nicht wegschauen.«

Für einen kurzen Augenblick ließ Anthea diese Worte auf sich wirken und stellte die Teetasse zurück auf den Tisch.

»Vermutlich hast du nicht ganz Unrecht«, gestand sie bedrückt, »jede junge Frau sollte sich glücklich schätzen, einen Mann wie Marius heiraten zu dürfen.«

»Also eines steht fest, eure Kinder werden die wohl hübschesten im gesamten Land.«

Anthea stöhnte genervt auf und stieß ihrer Freundin in die Seite.

»Was denn? Ich sage nur die Wahrheit. Du hast das Aussehen eines zugegeben recht aufmüpfigen Schwans und er erfüllt so ziemlich jedes Merkmal, das eine Frau an einem Mann schätzen sollte. Ich meine, er ist groß, gutaussehend und von edler Herkunft. Außerdem ist sein Vater der einflussreichste Fürst Aurasis'. Seine Ländereien umfassen den gesamten Süden.«

»Ja, er besitzt wirklich alle Eigenschaften, die mein Vater für angemessen erachtet«, erwiderte Anthea und verdrehte die Augen. »Bedauerlicherweise trägt er aber keinen Funken Mitgefühl in sich und ist kalt wie ein Stein. Bei all unseren arrangierten Treffen habe ich ihn kein einziges Mal lachen gehört. Er interessiert sich nur für Waffen und ist pausenlos damit beschäftigt, meinem Vater gefällig zu sein. Es ist mir bisher nicht ein einziges Mal gelungen, ein zwangloses Gespräch mit ihm zu führen. Wir haben nicht eine Gemeinsamkeit.«

»Du solltest ja auch nicht mit ihm reden, sondern ihn bloß heiraten!«

Antheas Augen weiteten sich vor Verblüffung.

»Ist das dein Ernst?«

»Also wenn wir dieses ganze Unterfangen einmal nüchtern betrachten, wirst du Marius nach der Hochzeit eh kaum zu Gesicht bekommen. Er ist dann König. Er wird den lieben langen Tag damit beschäftigt sein, sich mit den Fürsten des Reiches zu treffen, Verträge zu besiegeln und irgendwelche Dekrete aufzusetzen. Deine Aufgabe hingegen wird es sein, gut auszusehen, Einladungen für Teegesellschaften zu unterschreiben und die Entscheidungen deines Mannes mit einem stummen Lächeln abzusegnen.«

Die Klarheit, mit der Isobel ihr künftiges Leben beschrieb, fühlte sich nicht nur falsch, sondern absolut lächerlich an. Auch wenn Anthea vermutlich besser als jede andere wusste, dass ihre Aufgabe als Königin rein repräsentativen Zwecken galt, schmerzte es dennoch unverhofft stark, sich diese Tatsache so deutlich vor Augen zu führen. Sie würde nichts weiter sein als eine schöne Hülle. Eine Puppe, der man atemberaubende Kleider anzog, die sich anmutig von einer gesellschaftlichen Verpflichtung zur nächsten bewegte und schweigsam lächelte. Ihre einzige sinnvolle Aufgabe würde darin bestehen, einen Thronerben zu gebären, dem sie ihre Blutmagie übertrug.

»Anthea, ist alles in Ordnung?«

Vorsichtig legte Isobel ihr eine Hand auf den Unterarm.

»Es tut mir leid. Wenn ich etwas Falsches gesagt habe, dann …«

»Nein. Nein, das hast du nicht«, fiel ihr die Prinzessin ins Wort und straffte mühsam die Schultern.

»Es ist nur so, dass …«

Ja, was war es eigentlich? Anthea konnte ihre Gefühle nur schwer in Worte fassen. Da war dieses Verlangen, ein Wunsch, der tief in ihrem Herzen ruhte und sehnlichst darauf wartete, endlich ausgesprochen zu werden.

Doch Worte besaßen Macht, und die Angst davor, diesen Wunsch mit ebenjener Macht zu zerstören, war schlimmer als alles, was sie jemals hatte erdulden müssen. Sie war mehr. Viel mehr als ein hübsches Gesicht oder die Prinzessin, die über magisches Blut verfügte. Doch ihre unsichtbaren Fesseln hielten sie zurück und ließen sie verstummen.

»Schau mal«, begann Isobel und rang sich ein schwaches Lächeln ab. »Wenn du ein Kind bekommst, das mit derselben Magie gesegnet ist wie du, dann wird es für dich so viel einfacher werden. Du wirst nicht länger alle Last allein auf deinen Schultern tragen. Dann wirst du endlich das erhalten, was du dir schon so lange wünschst.«

»Und was wäre das?«

Anthea sah, wie ihre Zofe kurz um Worte rang, ehe sie ihre Hand ergriff.

»Freiheit.«

***

Salzgebirge – 6 Tage zuvor

Reav

Seine Schritte hallten donnernd von den hohen Felswänden wider und verloren sich in einer Finsternis, die schon seit Jahrhunderten von keinem Tageslicht mehr berührt worden war. Er konnte die Anwesenheit der Schatten spüren, die abseits des Ganges lauerten und nur darauf warteten, ihn mit ihren kalten Zungen zu berühren, sollte er auch nur einen Schritt in die alles verschlingende Dunkelheit treten. Jedes Mal, wenn er eine der schmalen Säulen passierte, auf deren Haupt eine lodernde grüne Flamme thronte, sah er die verfluchten Gestalten schemenhaft vorbeiziehen. Das magische Feuer zog sie an wie Motten, die dem verlockenden Schein nicht widerstehen konnten. Doch anders als die geflügelten Insekten würden diese Kreaturen niemals in der Lage sein, in den flackernden Kegel zu treten. Sie würden niemals erfahren, dass ihre Suche nach Wärme vergeblich war. Dass alles, wonach sie sich sehnten, einzig aus Lug und Trug bestand.

Wie sehr er diesen Ort doch verabscheute.

Die Menschen nannten ihn *Die schwarze Festung*, die Elfen *Caésirat*. Der Ursprung des Bösen.

Und beide hatten sie recht.

Inmitten des schroffen Salzgebirges, weit hinter dem veterischen Wald, erhob sich ein einzelner dunkler Berg, der wie ein Juwel über allen Gipfeln thronte. Bei klarer Sicht schimmerte seine schneebedeckte Spitze wie ein Diamant, während sie an anderen Tagen inmitten einer dichten Wolkendecke verschwand. Umgeben von kahlem Gestein und zerklüfteten Felsen war dieser Berg nahezu unerreichbar, es sei denn, man war schon einmal dort gewesen. Doch dies konnten nur die wenigstens von sich behaupten. Es hieß, dass jeder, der auch nur einen Fuß ins Salzgebirge setzte, entweder den Tod oder die Einsamkeit suchte. Möglicherweise auch beides. Die zahlreichen verwinkelten Pfade verzweigten sich zu einem undurchdringlichen Geflecht, aus dem es kein Entkommen gab.

Doch er kannte den Weg. Ihm waren die tiefen Schluchten und steilen Abhänge wohlbekannt. Man hätte ihm die Augen verbinden und seine Hände in Eisen legen können, er hätte diesen verfluchten Ort stets wiedergefunden. Immer und immer wieder.

Hier, umgeben von Kälte und nackten Höhlenwänden, war er aufgewachsen. Hier hatte er um sein Leben gekämpft und unter dem wachsamen Blick seines Herrn gelernt, seine Gegner zu bezwingen.

Manche nannten ihn den Sohn des Bösen, andere schlicht Reav, angelehnt an das elfische Wort für Unheil. Zugegeben, zwei grässliche Namen, doch waren sie alles, was er an Titeln besaß. Denn sollte er jemals einen richtigen Namen besessen haben, so hatte er ihn längst vergessen. Mit einem leisen

Seufzen fuhr sich Reav durch das nasse, weißblonde Haar und strich die lästigen Strähnen aus dem Gesicht.

»Ich hoffe, du bringst erfreuliche Neuigkeiten.«

Kaum hatte er den Gang hinter sich gelassen und einen ersten Fuß in den riesigen, spärlich beleuchteten Saal gesetzt, ertönte eine Stimme, deren tiefes Grollen den gesamten Berg erzittern ließ. Der Boden unter seinen Stiefeln begann zu beben, während kleine Steine von der hohen Decke rieselten und sich in dichten Staubwolken verloren. Noch ehe Reav wusste, wie ihm geschah, jagte ein brennender Schmerz durch seine Brust und ließ ihn hastig nach Luft schnappen. Instinktiv griff er nach dem silbernen Amulett, das an einer langen Kette unter seiner zerschlissenen Tunika hing. Das sonst so kühle Metall glich einem glühenden Brandeisen, das sich tief in seine Haut fraß und dort ein flammendes Mal hinterließ. Wäre ihm der Schmerz nach all den Jahren nicht derart vertraut gewesen, hätte er vermutlich laut aufgeschrien und versucht, sich die verhasste Kette vom Hals zu reißen. Doch er wusste, dass es keinen Sinn ergab. Dass niemand ihn von diesen Qualen erlösen konnte. Ausgenommen der Person, die ihn einst an jenes Amulett gekettet hatte.

Dem Schmerz zum Trotz setzte er seinen Weg fort und bemühte sich darum, sein Ziel nicht aus den Augen zu verlieren. Er vermied es, seine Aufmerksamkeit auf die schroffen Felswände zu richten, die mit blutroten Symbolen besudelt waren, oder hinauf zu den rostigen Käfigen zu schauen, aus deren Richtung ein leises Wimmern erklang.

Erst als Reav das hohe Podest inmitten des Saals erreichte, hielt er in seiner Bewegung inne und schaute die polierten Stufen empor. Sie führten zu einem steinernen Thron, über dem das skelettierte Haupt eines uralten Naturgeistes hing.

»Nun?«

Abermals fraßen sich die unsichtbaren Flammen durch seinen Brustkorb und ließen ihn gequält aufkeuchen.

»Habe ich Euch jemals enttäuscht?«

Er presste die Worte unter zusammengebissenen Zähnen hervor und zwang sich, eine aufrechte Haltung zu wahren. Niemals würde er vor dem Herrn der schwarzen Festung auf die Knie sinken. Niemals.

Ein heiseres Lachen ertönte und ließ die kalte Luft vibrieren. Es war ein unnatürlicher, von Bosheit gezeichneter Laut, der ihn bis ins Mark durchdrang.

»Glaub mir, früher oder später wird jeder Schüler seinen Meister enttäuschen, jeder Sohn den eigenen Vater ins Unglück stürzen und jeder Freund zum Feind mutieren.«

Noch ehe die Worte verklangen, strich ein eisiger Luftzug über Reavs Wangen. Er spürte, wie eine Woge dunkler Magie durch den Saal strömte und sich lautlos an den schroffen Felswänden brach. Dunkle Nebelschwaden krochen aus den Mauern, fielen von der meterhohen Decke hinab und sickerten aus dem Boden. Während die Temperatur mit jedem Herzschlag sank und sich Reavs Atem zu Dunst verformte, schwebten die dünnen Wolken das Podest hinauf und verbanden sich dort zu einer Materie, die binnen weniger Sekunden menschliche Züge annahm. Die gesamte Szenerie wirkte, als wäre sie einem Alptraum entsprungen.

»Verrat liegt den Wurzeln eines jeden Wesens zugrunde und es ist nur eine Frage der Zeit, bis jene Fäulnis zutage tritt. Es bleiben daher nur zwei Möglichkeiten. Entweder man lernt die Zeit zu kontrollieren, oder man bemächtigt sich dem freien Willen des anderen.«

Ein hochgewachsener Mann entstieg der Dunkelheit und musterte Reav aus bleichen, leblosen Augen. Die fahle Haut war ebenso weiß wie das lange Haar, das ihm bis zu den Schulterblättern glitt und von letzten Nebelschwaden durchdrungen wurde. Zwei spitze Ohren lugten darunter hervor und zeugten von seiner elfischen Abstammung. Doch während sich jene Wesen in der Regel durch ein reines, makelloses Gesicht auszeichneten, wurde seines von tiefen Narben verunstaltet. Ein Preis, den der Gebrauch schwarzer Magie mit sich brachte und der von keinem Zauber der Welt verhüllt werden konnte. Den Körper in einen weinroten, mit goldenen Ornamenten bestickten Mantel gehüllt, erinnerte seine Erscheinung an die eines Königs. Eines Königs ohne Krone, doch mit entsetzlicher Macht.

Salis' Magie durchströmte ihn wie einen reißenden Fluss und verlieh ihm eine geisterhafte Aura. Der Hexer musterte Reav mit undurchdringlicher Miene, ehe sich seine schmalen Lippen zu einem zynischen Lächeln verzogen. Lautlos stieg er die Stufen des Podests hinab und kam so dicht vor Reav zum Stehen, dass dieser seinen kalten Atem auf der Haut spüren konnte.

»Und da keine Magie der Welt es vermag, die Zeit zu bezwingen, entschied ich mich für den freien Willen.«

Ein Kribbeln durchfuhr Reavs Körper und brachte seine Fingerspitzen zum Zucken. Er spürte, wie die unsichtbare Verbindung zwischen dem Amulett und Salis an Stärke gewann und seine Macht von ihm Besitz ergriff.

»Wie weit seid ihr diesmal vorgedrungen?«

»Wir haben es bis an den Rand des Weihers geschafft.«

Die Worte kamen wie von selbst über Reavs Lippen. Vollkommen gleich, wie sehr er sich dagegen wehrte, der Fluch brach seinen Willen. In den vergangenen Monaten waren er und einige von Salis' versklavten Marionetten über den silbernen Fluss gedrungen, um in Erfahrung zu bringen, wie rasch die Magie der Prinzessin versiegte. Anfangs hatten sie nur wenige Meilen zurücklegen können, doch mittlerweile drangen sie immer tiefer ins Landesinnere vor. Während seine Aufgabe darin bestand, die Wege in der nahen Umgebung auszukundschaften, zog ein Teil seiner Männer plündernd und brandschatzend durch die naheliegenden Dörfer. Jene, die sich ihnen dabei in den Weg stellten, wurden entweder getötet oder verschleppt. Wobei Ersteres das wohl gnädigere Schicksal war.

»Wie erfreulich. Die Kräfte des Mädchens lassen schneller nach, als ich erwartet habe. Ein Vorteil, den wir zu unseren Gunsten nutzen müssen.«

Ein gefährliches Funkeln blitzte in Salis' Augen auf.

»In fünf Tagen, wenn die Sonne ihren höchsten Stand erreicht, wird die Prinzessin der Goldenen Stadt den Bund der Ehe eingehen.« Der Magier stieß einen abwertenden Laut aus und hob die rechte Hand. Eine grüne Flamme stieg zwischen seinen dünnen Fingern empor und ließ sein Antlitz in einem zwielichtigen Schein erstrahlen.

»Und da die Vermählung eines jungen Königspaares gemäß dem aurasischen Gesetz ausschließlich in der heiligen Kapelle am Rande des alten Weihers vollzogen werden darf, wird unsere Prinzessin wohl oder übel aus ihrem goldenen Käfig treten müssen. Gawain wird es nicht wagen, sich gegen diese Jahrhunderte alte Tradition zu stellen und den Zorn des Volkes auf sich zu lenken. Nun, da der Blutzauber stetig schwächer wird und die ersten Dörfer in Flammen stehen, ist es nur noch eine Frage der Zeit, bis die Aufstände beginnen. Gawain weiß das. Ihm wird nichts anderes übrigbleiben, als seinen kostbarsten Schatz vor die Tore der Stadt zu bringen. Was mich zu dir und deinem nächsten Auftrag bringt.«

Salis' Mundwinkel verzogen sich zu einem vorfreudigen Lächeln, einem Ausdruck, der an Grausamkeit kaum zu übertreffen war.

»Versammle die fähigsten Männer und überquert noch vor Morgengrauen des fünften Tages den silbernen Fluss. Kehrt zurück zum Weiher und wartet dort, bis sich der Hochzeitstross nähert. Und dann entfesselst du die Dunkelheit.«

Reav spürte, wie die schwarze Magie durch das Amulett auf ihn überging und seinen Blick verklärte. Dieses Gefühl war schlimmer als jedweder Schmerz und machte ihm auf grausame Weise bewusst, dass er seinem Gegenüber restlos ausgeliefert war. Mit ganzer Kraft versuchte er sich gegen die unsichtbaren Ketten zu stemmen, er riss und zog daran, doch jeder klare Gedanke löste sich in Nebel auf.

»Deine Befehle lauten wie folgt: Bring mir die Prinzessin der Goldenen Stadt. Lasse nicht zu, dass ihr etwas geschieht oder sie sich heldenhaft das Leben nimmt, denn ich brauche sie atmend. Zeige kein Erbarmen und nimm keine Gefangenen. Töte jeden, der sich dir in den Weg stellt.«

3. DIE PFLICHTEN EINER KÖNIGIN

Anthea

»... und zum Abschluss werden Mandelküchlein und in Honig geschwenkte Johannisbeeren serviert. Ist das in Eurem Sinne oder wären Euch Kirschen lieber?«

Ein unangenehmes Rauschen zog durch Antheas Kopf und ließ ihre Konzentration schwinden. Seit dem Vormittag war sie damit beschäftigt, die letzten Vorbereitungen für die morgige Hochzeitsfeier abzusegnen und etwaige Veränderungen vorzunehmen. Ob Schneider, Küchenmägde oder Dienstboten, ein jeder strömte in ihren Salon. Alles musste perfekt sein, sie selbst eingeschlossen.

»Prinzessin?«

Ruckartig wandte sich Anthea der zierlichen Küchenmagd zu, die sie erwartungsvoll musterte.

Himmel, was hatte sie doch gleich gesagt?

Abgelenkt von ihren bedrückenden Gedanken und den drei funkelnden Halsketten, die auf Samtkissen gebettet die gesamte Fläche ihres Tisches einnahmen, hatte sie die Frage der jungen Frau schlichtweg überhört. War da nicht etwas mit *Kirschen* gewesen?

»Das klingt fantastisch. Richte dem Koch meinen Dank aus«, log sie und setzte ein gespieltes Lächeln auf. Die Küchenmagd vollzog einen tiefen Knicks, ehe sie sich von der Prinzessin abwandte und beim Hinausgehen beinahe mit Isobel zusammengestoßen wäre, die in diesem Moment durch die geöffnete Tür trat.

»Also ehrlich, man möchte meinen, wir befänden uns in einem Hühnerstall«, schnaufte die Zofe und wischte sich eine blonde Strähne aus der Stirn. »Egal welchen Flügel man betritt, überall laufen aufgescheuchte Menschen mit puterroten Gesichtern umher.«

»Hast du dem Gärtner meinen Wunsch ausgerichtet?«

»Habe ich. Und er hat direkt zwei seiner Gesellen losgeschickt, um die schönsten Solisrosen aus dem Palastgarten heranzuschaffen. Dein Brautstrauß wird vermutlich so riesig, dass du dich ohne Probleme dahinter verstecken kannst.«

Dieser Gedanke klang verlockender, als Anthea zugeben durfte.

»Als ob die Prinzessin es nötig hätte, sich zu verstecken! Schließlich hat der König keine Kosten und Mühen gescheut, damit ihr Kleid zum prachtvollsten Gewand im gesamten Reich wird.« Die empörte Stimme der Hofschneiderin erinnerte Anthea an das wütende Zischen einer Schlange. Seit Wochen arbeiteten etwa zwanzig Lehrlinge an ihrem Hochzeitsgewand, für das die Hofschneiderin am Ende alle Anerkennung ernten würde. Sie musterte Isobel mit gerümpfter Nase und stieß einen abwertenden Laut aus, ehe sie sich schwungvoll zurück an Anthea wandte. Auf den Lippen ein ergebenes Lächeln, das ebenso falsch wie die Locken auf ihrem Kopf war.

»Haben Eure Hoheit inzwischen eine Wahl bezüglich des Schmucks getroffen?«

»Ich bin nicht ganz sicher«, begann sie diplomatisch und knetete ihre kalten Finger. Zugegeben, dies entsprach nicht ganz der Wahrheit, denn eigentlich war sie sich mehr als sicher. »Der König hat diese Ketten persönlich für Euch ausgewählt. Sie werden Euer Kleid perfekt unterstreichen.«

»Mit Sicherheit«, flüsterte Anthea und sog genervt die Luft ein. Diese Hochzeit glich einer perfekten Inszenierung, einem Schauspiel, in dem sie die Hauptrolle zu spielen hatte. Und sie hatte allmählich genug davon.

»Ich hätte da einen anderen Einfall.«

Noch ehe die Hofschneiderin irgendwelche Einwände erheben konnte, machte Anthea auf dem Absatz kehrt und öffnete die Flügeltüren ihres Schlafgemachs. Ohne Umschweife trat sie an eine ihrer Kommoden heran, zog die unterste Schublade auf und griff nach einem kleinen silbernen Kästchen.

»Ich denke, ich habe meine Wahl getroffen.«

Noch während sie in den Salon zurückkehrte, öffnete sie den schlichten, mit rotem Samt gepolsterten Deckel und hielt der Schneiderin eine filigrane

Goldkette entgegen. Sie wirkte weitaus schlichter als die juwelenbesetzten Favoriten ihres Vaters und doch bedeutete sie Anthea mehr als alles andere.

Sie war eines der wenigen Erbstücke, die ihr von ihrer Mutter geblieben waren.

»Aber Prinzessin, mit Verlaub, der König hat diese Ketten extra für Euch ...«

»Ist es meine Hochzeit oder seine?«

»Wie bitte?«

Die dunklen Augen der Hofschneiderin weiteten sich vor Überraschung.

»Ich fragte, ob dies meine oder die Hochzeit Seiner Majestät ist?«, wiederholte Anthea und spürte, wie die magischen Funken in ihrem Inneren zu prickeln begannen.

»Ich danke Euch für Eure Mühen, doch ich habe mich entschlossen. Ich denke, diese Kette wird die Vorzüge *meines* Hochzeitskleides ausgezeichnet betonen.«

Für einen kurzen Moment starrten sie einander lediglich an. Anthea konnte genau erkennen, wie sehr die Hofschneiderin um Worte rang.

»Wie Ihr wünscht, Eure Hoheit.«

Noch während die hochgewachsene Frau an Anthea vorbeitrat, klatschte sie in die Hände, was zwei ihrer Gehilfen dazu veranlasste, sich von ihrem Platz am Eingang des Salons zu lösen und die wertvollen Geschmeide des Königs hinauszutragen.

»Du hast absolut richtig entschieden. Gut, dass du der alten Puderquaste nicht nachgegeben hast«, bemerkte Isobel, kaum da sie allein waren.

»Wenn ich schon nicht über die wesentlichen Dinge meines Lebens entscheiden darf, dann doch wohl darüber, welchen Schmuck ich zu meiner Hochzeit trage«, erwiderte die Prinzessin und strich über die dünnen Kettenglieder. Sie besaß keine Erinnerung an ihre Mutter. Es existierte lediglich ein einziges Bild von ihr, welches sich hinter einem Tuch in einer der oberen Stockwerke des Palastes befand. Zweimal hatte sie es geschafft, sich heimlich in den kalten, mit Kisten zugestellten Raum zu schleichen, ehe Eloise sie erwischt hatte. Seitdem blieb die Tür verschlossen und jede Erinnerung in Schweigen gehüllt. Der König verlor nie ein Wort über Ariana. Manche

Dienstboten vermuteten, dass er den Verlust seiner Frau nie überwunden hatte, andere behaupteten, er versuche ihr Antlitz zu vergessen. Doch ganz gleich, was es auch war, Anthea würde die Wahrheit von ihrem verschlossenen Vater wohl nie erfahren.

Der plötzliche Klang heller Trompeten hallte über den Palasthof und riss die Prinzessin aus ihren Gedanken. Kurz wechselte sie einen Blick mit Isobel, ehe sie gemeinsam zu einem der hohen Fenster liefen. Ein Tross, bestehend aus gut zwanzig Reitern, erklomm die breite, aus Feldstein erbaute Hauptstraße. Ihre dunkelbraune Kleidung hob sich deutlich von den hellen Sandsteingebäuden ab und machte ihre Erscheinung unverkennbar. Antheas Magen zog sich bei diesem Anblick unweigerlich zusammen. Ihr Atem geriet ins Stocken, als sie ihren Blick auf den Mann richtete, der an der Spitze des Trupps ritt. Selbst aus dieser Entfernung konnte sie das markante Wappen erkennen, welches sowohl seine Brust als auch die Banner der herannahenden Reiter zierte. Die Silhouette eines Bärenkopfes auf silbernem Grund. Das Wappen des Fürstentums Ebgrund und zugleich das Emblem von Fürst Endres und seinem ältesten Sohn Marius.

Antheas Hals wurde staubtrocken. Der Klang der Trompeten hatte nicht nur sie, sondern auch etliche Stadtbewohner an die Türen und Fenster gelockt. Sie alle wollten einen Blick auf den künftigen Regenten werfen. Einige hoben sogar die Arme und winkten den Reitern freudig zu. Er würdigte sie hingegen keines Blickes, sondern saß erhobenen Hauptes auf seinem Rappen und hielt den Kopf starr geradeaus gerichtet.

»Du kannst nicht leugnen, dass dein angehender Ehemann weiß, wie man einen bleibenden Eindruck hinterlässt«, bemerkte Isobel und verfolgte das Schauspiel gebannt.

»Durchaus«, entgegnete Anthea knapp und versuchte den Kloß in ihrem Hals herunterzuschlucken. »Allerdings sieht er nicht so aus, als würde er zu seiner Hochzeit reiten. Es hat eher den Anschein, als würde er als siegreicher Held aus einer blutigen Schlacht zurückkehren.«

»Und dabei vermute ich fast, dass die größte Schlacht noch vor ihm liegt.« Isobel schenkte der Prinzessin einen entschuldigenden Blick, ehe sie sich verlegen räusperte.

»Ein Bote des Hofmarschalls hat mich vorhin auf dem Weg zur Gärtnerei abgefangen. Ich soll dir ausrichten, dass der König heute Abend mit dir und Marius speisen will.«

Antheas Kopf schoss ruckartig zu ihrer Zofe herum.

»Und das sagst du mir jetzt?«

»Ich dachte es wäre sinnvoll, erst die Schlacht mit der Schneiderin zu beenden, bevor wir uns in ein neues Gefecht stürzen.«

Die Thronerbin konnte nicht anders, als einen recht ungebührlichen Fluch auszustoßen.

»Und ich dachte es gäbe irgendeine Tradition, die besagt, dass es Unglück bringt, die Braut vor der Hochzeit zu sehen«, stöhnte sie und fuhr sich erschöpft über die brennenden Augen.

»Selbst wenn es die gäbe, bin ich sicher, dass dein Vater sie kurzerhand für nichtig erklären würde«, erwiderte Isobel, griff nach Antheas Fingern und strich tröstend über die kalte Haut.

Als die Reiter das Haupttor erreichten, stieß sie ein leises Seufzen aus.

Nun war es also soweit. Das Schicksal klopfe an ihre Tür und sie konnte nichts weiter tun, als diese zu öffnen und sich ihrer Bestimmung entgegenzustellen.

Lang lebe die Königin!

***

Als die Sonne hinter dem Horizont verschwand und das Licht des Tages allmählich erlosch, gewann die Kälte zunehmend an Kraft. Die Tage wurden mit dem nahenden Herbst kürzer und die sternenlosen Nächte länger. Dies war die Zeit, die Anthea am meisten fürchtete. Ihre Magie entsprang der Sonne und nun, da ihre Kräfte nachzulassen drohten, wusste niemand, wie lange die magische Grenze standhalten würde. Früher hatte ihre Magie die dunklen Wochen überdauert, doch nun schien alles anders. Sie konnte es spüren.

Während die Prinzessin gemeinsam mit Isobel den Flur zu den Privatgemächern des Königs entlangschritt, versuchte sie ein Frösteln zu unterdrücken. Sie wusste nicht genau, ob es an dem Sinken der Temperaturen, der

Aufregung oder dem langsamen Verlust ihrer Magie lag, doch ihre Glieder wollten einfach nicht aufhören zu zittern.

Noch ehe sie die zweiflügelige, aus dunklem Holz gefertigte Tür erreichten, wurde diese von einer Palastwache geöffnet. Kaum hatte die Thronerbin das private Esszimmer ihres Vaters betreten, schlugen ihr die Gerüche von stark gewürzten Speisen und Bienenwachs entgegen.

Sie ließ den Blick nur kurz über die reich gefüllte Tafel schweifen, ehe sie ihr Augenmerk auf die beiden Personen richtete, die sie erwartungsvoll beobachteten. Mühevoll schluckte Anthea ihre Anspannung hinunter, vollzog einen tiefen Knicks und setzte das jahrelang einstudierte Lächeln auf.

»Eure Majestät.«

Obwohl er ihr Vater war, gehörte es sich dennoch, den König bei offiziellen Anlässen ausschließlich mit Titel anzusprechen. Eine Tatsache, die auch für ihren künftigen Ehemann galt. *Welch herzliche Beziehung sie doch führen würden!*

Anschließend wandte sie sich ebendiesem zu und knickste abermals. Sie spürte Marius' stechenden Blick auf sich ruhen. Er schien jede ihrer Bewegungen genau zu studieren.

»Euer Durchlaucht, es ist mir eine Ehre, Euch heute Abend begrüßen zu dürfen.«

»Prinzessin, die Ehre liegt ganz bei mir.«

Marius' tiefe Stimme bescherte ihr eine Gänsehaut. Jedoch keine der angenehmen Art.

»Ich bin überaus erfreut, dass Ihr trotz der Vorbereitungen Zeit gefunden habt, mit Eurem Vater und mir zu speisen.«

Als ob ich eine Wahl gehabt hätte ...

Anthea antwortete mit einem stummen Lächeln. Sie schaute Marius direkt in die tiefblauen Augen und erkannte darin ein Funkeln, das sie nicht ganz deuten konnte. Sie war sich sicher, dass viele Hofdamen für solch einen Blick töten würden. Marius' kühle Ausstrahlung hatte durchaus etwas Faszinierendes. Entgegen den meisten Söhnen aus adligem Hause trug er sein braunes Haar kurz. Wangen und Kinn zierte ein dunkler Bartschatten, der die Konturen seines Gesichts perfekt unterstrich. Er war groß, jedoch nicht schlaksig, sondern von kräftiger Statur. *Aris wäre sicherlich ebenso …* Umgehend versuchte Anthea, die Erinnerungen an ihren Freund zu unterdrücken und sich allein auf ihr Gegenüber zu konzentrieren. Sie sollte sich geehrt fühlen einen solchen Mann zu heiraten, doch so sehr die Prinzessin auch in sich hineinhorchte, sie konnte in jenem Moment nur ein Gefühl wahrnehmen. Übelkeit.

»Genug der Formalitäten, lasst uns Platz nehmen.«

Die ungeduldige Stimme ihres Vaters wirkte wie ein Weckruf. Während Anthea ihren gewohnten Platz zu seiner Linken einnahm, setzte sich Marius ihr gegenüber. Mit einem einzigen Wink befahl der König den Dienstboten, die Silberhauben von den Speisen zu nehmen, während ein junger Hofmusiker leise Melodien auf seiner Laute anstimmte.

»Sind die Vorbereitungen für morgen abgeschlossen?«

Während sich Gawain einen Hühnerschenkel und eine Handvoll Tomaten auf den Teller legte, besah er Anthea mit strengem Blick. Es lag nicht ein Hauch Wärme darin.

»Es ist alles arrangiert«, erwiderte sie und griff nach einem Stück Brot. »Die Dienerschaft hat hervorragende Arbeit geleistet. Vielleicht sollte sich Eure Majestät ihnen gegenüber erkenntlich zeigen.« Anthea sah, wie die Mundwinkel zweier Kammerdiener hoffnungsvoll zuckten, doch blieb die Miene ihres Vaters verhärtet.

»Ich wüsste nicht, wieso ich jemanden für das Verrichten seiner Pflichten auszeichnen sollte?« Der König schnaubte amüsiert und schaute zu Marius, der ebenfalls zu lächeln begann. Anthea spürte einen feinen Stich in ihrer Brust.

»Du bist eindeutig zu gutherzig. Deine Zuneigung für die Bediensteten wird dir noch einmal zum Verhängnis werden.«

Während Gawain einen Schluck aus seinem Trinkpokal nahm, sah er über dessen Rand hinweg zurück zu Anthea, die seinem durchdringenden Blick unermüdlich standhielt.

»Doch ich will es dir nicht verübeln. Es ist nicht einfach, hinter verschlossenen Mauern zu leben. Menschen, die mit einer gottgleichen Gabe gesegnet sind, müssen eine besondere Form der Stärke an den Tag legen.« Manchmal bildete sich die Prinzessin ein, dass die Worte des Königs tröstlich gemeint waren, doch tief in ihrem Inneren wusste sie es besser.

»Ein weiterer Grund, aus dem du dich auf den morgigen Tag freuen solltest. Denn wir werden die Trauung gemäß der Tradition in der Kapelle am heiligen Weiher durchführen.«

Anthea hob überrascht die Augenbrauen. Bis zum Schluss war nicht sicher gewesen, ob die Hochzeitszeremonie außerhalb der sicheren Stadtmauern stattfinden konnte.

»Ihr könnt jedoch vollkommen unbesorgt sein«, ergriff nun Marius das Wort. »Sowohl die Soldaten der Goldenen Stadt als auch die Männer Ebgrunds werden uns auf dem Weg zur Zeremonie begleiten. Niemand wird es wagen, uns anzugreifen. Auch nicht der Sohn des Bösen.« Seine Worte zeugten von einer Überheblichkeit, die wahrlich ihresgleichen suchte. Er schenkte der Prinzessin ein stolzes Lächeln, während sie hellhörig wurde.

»Der Sohn des Bösen?«

Sie sah, wie der König seinem Nachfolger einen warnenden Blick zuwarf. Diesen ignorierte der Fürstensohn jedoch gekonnt. »Nur ein Gerücht, das die Bauern verbreiten«, erwiderte er abwinkend. »Es heißt, dass die Aufständischen von einem weißhaarigen Monster angeführt wurden.«

»Ich denke, dass dies kein angemessenes Tischgespräch ist«, bemerkte der König, doch klang es eher wie ein unterschwelliger Befehl zur Stille.

»Wieso sollten die Bauern sich so etwas ausdenken?«

Die Frage glitt wie von selbst über Antheas Lippen.

»Weil Angst gepaart mit Einfältigkeit zu einer gefährlichen Verbindung führt. Die Leute beginnen Trugbilder zu sehen und bilden sich die verrücktesten Dinge ein. Es handelt sich bei den Aufständischen nur um ein paar wilde Elfen, die es irgendwie geschafft haben, über den Fluss zu gelangen. Doch ich bin mir sicher, dass dieser Spuk schon bald vorbei sein wird.«

Erneut lag da dieses Funkeln in Marius' Augen, ein Ausdruck, der Anthea an ein Raubtier erinnerte.

»Wollt Ihr damit andeuten, dass ein Bauer, nur weil er auf dem Land arbeitet, zwangsläufig einfältig ist?«

Marius zog überrascht die Stirn in Falten, doch noch ehe er zu einer Antwort ansetzen konnte, meldete sich der König zu Wort.

»Genug!«

Der strafende Blick ihres Vaters durchdrang Anthea bis aufs Mark. »Diese Themen haben dich nicht zu interessieren. Sie sind weder für ein Tischgespräch, noch für die Ohren einer Prinzessin geeignet.«

»Und für eine künftige Königin?«

Sie hatte die Frage noch nicht einmal ganz ausgesprochen, da wusste sie bereits, dass sie besser den Mund hätte halten sollen. Sie glaubte sogar zu hören, wie Isobel scharf die Luft einsog. Für einen kurzen Moment sah Gawain sie nur an. Er schien seine Antwort mit Bedacht zu wählen.

»Ob Prinzessin, Königin oder Dienstmagd, jeder sollte seinen Platz innerhalb dieser Mauern kennen. Und was noch wichtiger ist, jeder sollte allein die Aufgaben bewältigen, die ihm zugedacht wurden.«

Keines dieser Worte verfehlte sein Ziel und traf Anthea mitten ins Herz. Sie spürte einen brodelnden Zorn in sich aufsteigen, der jede Faser ihres Körpers in Brand zu stecken drohte. Es war nicht allein die Wut über die Engstirnigkeit des Königs, sie war wütend auf sich selbst. Darüber, ihrem Schicksal willen- und ausweglos ausgeliefert zu sein. Anthea wusste, dass so viel mehr in ihr steckte. Dass auch sie dazu beitragen konnte, ihr Volk in eine sichere und möglicherweise sogar bessere Zukunft zu führen.

Alles, was sie brauchte, war eine Gelegenheit. Doch ein einziger Blick in die Gesichter ihres Vaters und ihres künftigen Ehemannes reichte aus, um ihr begreiflich zu machen, dass sie diese wohl nie erhalten würde.

Sie stand einer Übermacht gegenüber.

Sie war allein, mit nichts weiter als ihrer Stimme, um sich behaupten zu können.

Und sie fürchtete, dass auch diese früher oder später verstummen würde.

4. LANG LEBE DER KÖNIG

Reav

Ein kühler Luftzug strich über Reavs Gesicht und ließ ihn innehalten. Mit einem knappen Befehl zügelte er sein Pferd und ließ den Blick hinauf zu den Baumkronen gleiten, deren Blätter lautlos auf den moosbewachsenen Waldboden sanken.

Inzwischen waren er und seine Männer seit knapp vier Tagen unterwegs. Das schlechte Wetter im Gebirge hatte ihnen kostbare Zeit geraubt, sodass sie nun gezwungen waren, die restliche Strecke ohne längere Pause hinter sich zu bringen. Der Morgen graute bereits. Der silberne Fluss, die Grenze zwischen dem veterischen Wald und dem Königreich, war nun ganz nah. Selbst wenn Reav ihn inmitten der vielen Bäume noch nicht sehen konnte, so spürte er dennoch seine Nähe. Von diesem Gewässer ging eine Magie aus, die so alt war wie die Zeit selbst. Wenn es stimmte und die Prinzessin dieselbe Macht wie dieser Fluss in sich trug, und sich Salis ihrer bemächtigte, würde er unbesiegbar werden. Allein die Vorstellung daran war so erschreckend wie grausam. Niemand sollte so viel Macht besitzen. Doch er hatte keine Wahl. Ebenso wenig wie die Prinzessin der Goldenen Stadt.

»Wir können so nicht mehr weitermachen.«

Reavs Nackenhaare sträubten sich, als er die kratzige Stimme vernahm. Langsam drehte er sich der hageren Gestalt zu, deren durchscheinende Haut von schwarzen Linien überzogen wurde. Ein Zeichen der Versklavung.

»Wie war das?«

Mit einer fließenden Bewegung glitt Reav aus dem Sattel und schenkte dem Mann, von dem er glaubte, dass er einst Fineál hieß, einen warnenden Blick. Dieser war mittlerweile selbst von seinem Pferd gestiegen, hielt die Zügel jedoch weiterhin fest umklammert.

»Wir reiten seit Stunden durch diesen verfluchten Wald. Wir wollen eine Pause.«

»Ach, ist das so?«

Es brauchte genau vier Schritte, bis Reav der erbärmlichen Kreatur gegenüberstand, sie kurzerhand am Kragen packte und an den nächstbesten Baum drückte.

»Wie lauten unsere Befehle?« zischte er und spürte, wie der schlaksige Körper unter seinen Fingern zu zittern begann.

»Wir, wir sollen ...«

»Sprich deutlich!«

»Wir sollen noch vor Morgengrauen den Fluss überqueren und bis zum heiligen Weiher vordringen.«

Fineál schnappte hörbar nach Luft, als Reav ihn ein wenig fester gegen die Rinde drückte. Er konnte aus dem Augenwinkel sehen, wie die restlichen seiner vierzehn Männer den Blick abwendeten und reglos in ihren Satteln ausharrten.

»Ganz genau«, knurrte er unter zusammengebissenen Zähnen.

»Und ich habe nicht vor zu scheitern, nur weil ein mickriger Knecht wie du keinen längeren Ritt durchhält.«

Er spürte, wie das Amulett an seiner Brust zu glühen anfing und seinen Zorn gefährlich anfachte. So ruckartig wie er ihn gepackt hatte, ließ Reav von Fineál ab, woraufhin dieser ein Stück zu Boden sackte.

»Wir reiten weiter. Der Fluss ist ganz in der Nähe«, befahl er an die restlichen Männer gewandt.

»Und sollte noch jemand von euch das Bedürfnis nach einer Pause haben, kann er gerne hierbleiben. Mit etwas Glück kommt ein verfluchter Naturgeist vorbei, der euch an den nächsten Ast pfählt.«

Mit einem letzten vernichtenden Blick auf Fineál kehrte Reav zu seinem Pferd zurück und schwang sich in den Sattel.

Er musste nicht zurückschauen, um zu wissen, dass der restliche Trupp ihm ohne Aufforderung folgte. Der Gestank ihrer Furcht verpestete die frische Waldluft.

***

Anthea

»Ihr seht wahrlich prachtvoll aus. Niemand wird an den Glanz Eurer Schönheit herankommen.«

Anthea rang sich ein gequältes Lächeln ab, doch innerlich wollte sie schreien.

An diesem Morgen, gleich nach dem Blutritual und einem raschen Frühstück, war ihr Salon in einen Spiegelsaal verwandelt worden. Während die Prinzessin auf einem kleinen Podest inmitten des Raumes stand, huschten etliche Schneiderlehrlinge um sie herum. Sie flogen wie Bienen um ihren Stock, zupften da etwas zurecht, nähten hier eine letzte Perle an und zogen ununterbrochen Stecknadeln aus dem schweren Brokatstoff.

Antheas einzige Aufgabe bestand währenddessen darin, stillzustehen, den Kopf aufrecht zu halten und ihre Müdigkeit zu verbergen. Dabei wurde sie von ihrem eigenen Spiegelbild beobachtet, das sie ganze fünfmal anstarrte. Aus jeder erdenklichen Perspektive. Zumindest konnte sie nun behaupten, sich selbst aus jedem möglichen Winkel gesehen zu haben.

Diese Geschichte würde bei der nächsten Teegesellschaft sicher für viel gespieltes Gelächter sorgen. Himmel, wie sollte sie in so einer stumpfen Gesellschaft nur überleben?

»Wir sind fertig, Eure Hoheit.«

Anthea tat einen langen Atemzug und schaute in den Spiegel, der ihr am nächsten stand. Für einen kurzen Augenblick war sie schier sprachlos über das wunderschöne Ergebnis. Doch dann schlich sich ein Gedanke in ihren Verstand, der sie beinahe ins Taumeln brachte.

Ich sehe aus wie sie.

Die Prinzessin schaute in das Antlitz einer jungen Frau, die ihr völlig fremd und doch vertraut erschien.

Ihr Hochzeitskleid war ein Traum aus cremefarbenem Brokat, durchwirkt von Hunderten Goldfäden, die sich zu unzähligen floralen Mustern verbanden. Sie erkannte Blätter, Blüten und sogar die zarten Schwingen eines Vogels. Sowohl auf den Ärmeln als auch entlang des gerade geschnittenen Dekolletés funkelten unzählige Perlen und winzige rote Edelsteine, die Anthea an die

Tropfen ihres eigenen Blutes erinnerten. Der weiche, jedoch überraschend schwere Stoff lag dank der Schnürungen eng bis zur Hüfte an, bevor er wallend bis zum Boden glitt.

Das schwarze Haar fiel ihr in sanften Wellen über die Schultern und lugte kontrastreich unter dem zarten Spitzenschleier hervor. Auf dem Kopf trug sie ein goldenes Diadem in Form eines Blütenzweiges, der nahezu perfekt zu der schlichten Kette um ihren Hals passte. Noch während sich Anthea im Spiegel betrachtete, strichen ihre Finger gedankenverloren über die zarten Glieder. Auch wenn sie das Portrait nur zwei Mal gesehen hatte, so würde sie das strahlende Antlitz doch nie vergessen.

Am heutigen Tag sah sie beinahe so aus wie sie.

Wie Ariana. Ihre Mutter.

»Ihr seht bezaubernd aus.«

Mit einem ergriffenen Lächeln trat Isobel an Antheas Seite. »Aurasis kann sich glücklich schätzen, eine solche Königin zu erhalten.«

Rührung ergriff das Herz der Prinzessin und ließ sie schwer schlucken. Noch während sie vorsichtig von ihrem Podest herunterstieg, ertönte plötzlich das dumpfe Geräusch herannahender Schritte. Anthea schaffte es gerade einmal, ihren Kopf Richtung Tür zu wenden, als diese ohne jegliche Vorwarnung aufgerissen wurde und sie unweigerlich zusammenzucken ließ.

»Guten Morgen, die Damen.«

Während Marius ohne zu zögern den Salon betrat, hörte Anthea die anwesenden Schneiderinnen nach Luft schnappen. Von seinem plötzlichen Erscheinen überrumpelt, brauchte sie einen Moment, um nach irgendwelchen Höflichkeitsfloskeln zu suchen, die weder das Wort *»Hinaus«*, noch die Phrase *»Was fällt Euch ein, ohne anzuklopfen mein Gemach zu betreten«* beinhalteten. Diesen Augenblick nutzte ihr zukünftiger Gatte aus, um sie vom Scheitel bis zur Fußsohle zu betrachten. Es war absurd, denn obwohl sie meterweise Stoff trug, fühlte sie sich unter seinem Blick nahezu entblößt. Sie spürte, wie ihr die Röte ins Gesicht schoss, doch wusste sie nicht genau, ob vor Scham oder Entrüstung. Vermutlich eine Mischung aus beidem.

Was um alles in der Welt hatte er hier zu suchen? Unangemeldet, nur wenige Stunden vor ihrer Vermählung?

»Euer Durchlaucht.«

Anthea war überrascht, wie gefasst ihre Stimme klang, ehe sie einen leichten Knicks vollzog, den Blick jedoch weder senkte noch abwandte. Nicht hier. Nicht in ihren Gemächern.

»Verzeiht mein plötzliches Erscheinen, doch falls Ihr erlaubt, würde ich gern ein Wort mit Euch wechseln. Allein.«

Rasch wechselten Anthea und Isobel einen Blick, ehe sie widerwillig nickte und versuchte, das Pochen ihres Herzens zu ignorieren.

»Ihr seht wunderschön aus.«

Kaum waren sie allein, trat der Fürstensohn einen Schritt auf sie zu. Einmal mehr erkannte sie das seltsame Funkeln in seinen Augen, das ihr unweigerlich einen Schauer über den Rücken jagte.

»Ich dachte immer, es bringt Unglück, wenn sich Braut und Bräutigam am Tage ihrer Hochzeit vor der Zeremonie begegnen.« Langsam trat die Prinzessin an einem der Spiegel vorbei und versuchte, so viel Raum wie möglich zwischen sich und Marius zu bringen. Sie konnte es nicht genau in Worte fassen, doch da war etwas, was sie zur Vorsicht ermahnte.

»Ich gebe nichts auf solchen Aberglauben. Nur Menschen mit einem schwachen Geist lassen sich von diesem Ammengeschwätz beeinflussen. Diese Reden sind etwas für das niedere Volk.«

Anthea zog die Augenbrauen hoch und bemühte sich, die spitze Bemerkung, die ihr auf der Zunge lag, hinunterzuschlucken. Sie wusste nicht genau, was ihr mehr missfiel – Marius' maßlose Arroganz, oder die abfällige Art, mit der er über *das niedere Volk* sprach.

»Ihr seid rasch mit einem Urteil bei der Hand«, erwiderte sie und hoffte, dass ihre Stimme nicht so abfällig klang wie sie eigentlich sollte.

»Und Ihr verfügt über eine recht spitze Zunge.«

Mit gemächlichen Schritten stolzierte der Fürstensohn durch den Raum und strich sich nachdenklich über den dunklen Bartschatten.

»Ich bin durchaus bestürzt über den Verlauf des gestrigen Abends.«

Anthea zog verwirrt die Stirn in Falten. Allein sein Tonfall verriet, dass mehr hinter seinen Worten steckte.

»Ich bezweifle, dass Ihr nur gekommen seid, um über das vergangene Abendessen zu sprechen.«

Marius schnaubte amüsiert und schüttelte spöttisch den Kopf. Der schwarze, mit goldenen Stickereien verzierte Wams lag eng an seinem Körper und betonte seine ohnehin imposante Statur noch ein wenig eindrucksvoller.

»Mir scheint, Euer Verstand ist ebenso schnell wie Eure Zunge. Ein Problem, das wir schnellstens beheben sollten.«

Der Fürstensohn hatte den Satz noch nicht beendet, da spürte Anthea das plötzliche Aufflammen ihrer Magie. Sie rauschte wie ein Fluss durch ihre Adern und trieb ihr Herz in einen wilden Galopp. Es fühlte sich an wie eine Warnung. Eine dringliche, äußerst eindrückliche Warnung.

»Ich glaube, ich kann Euch nicht ganz folgen«, erwiderte sie und konnte ein Zittern nicht länger unterdrücken.

»Oh doch, ich glaube, das könnt Ihr.«

Noch ehe die Prinzessin hätte reagieren können, überwand Marius den kurzen Abstand zwischen ihnen und kam so dicht vor ihr zum Stehen, dass sie seinen heißen Atem auf der Stirn spüren konnte. Instinktiv wich sie einen Schritt zurück und spähte über Marius' Schulter hinweg zur Tür. Alles in ihr schrie danach, schnellstmöglich aus dem Gemach zu fliehen, doch die hochgewachsene Statur ihres Gegenübers versperrte den einzigen Fluchtweg.

»Euer Vater ist ein strenger und prinzipientreuer Regent. Doch ich fürchte, dass er in Bezug auf Euch ein wenig nachlässig gehandelt hat.«

Marius' Stimme war so ruhig wie bedrohlich.

»Ich weiß nicht, wovon Ihr sprecht.«

Die Lüge kam nur stockend über ihre Lippen, doch zwang sie sich, seinem stechenden Blick standzuhalten. Anthea war sich bewusst, dass ihr Vater sie in der Vergangenheit beizeiten hatte gewähren lassen. Dies lag jedoch nicht an seiner Zuneigung für sie, sondern schlicht an seinem Desinteresse ihr gegenüber. Sie wusste, dass Marius mit seiner Aussage ein Machtgefälle aufstellen wollte – eines, dem die Prinzessin schon längst unterlegen war. Sie sah sich vor einem ungleichen Kampf, der über Macht und Einfluss entscheiden würde. Und unglücklicherweise war sie von vornherein zur Verliererin auserkoren worden.

Der Mund des Fürstensohns verzog sich zu einem schiefen Lächeln, ehe er die Hand nach ihr ausstreckte und seine Finger langsam über ihren Oberarm gleiten ließ. Anthea spürte, wie sich jede Faser ihres Körpers verkrampfte. Seine Berührung erinnerte sie an eine dunkle Winternacht. Kalt und unvorhersehbar.

»Ich verlange, dass Ihr fortan nach bestimmten Regeln lebt«, antwortete er mit gespielter Freundlichkeit. Anthea wurde speiübel.

»Und die wären?«

Marius' blaue Augen durchdrangen sie bis aufs Mark.

»Ihr werdet schweigen, wenn ich spreche und lächeln, anstatt zu antworten. Ihr solltet niemals vergessen, dass Eure Pflicht darin besteht, gesehen zu werden. Weder Eure Meinung noch Eure Interessen spielen für mich eine Rolle. Wie der König bereits sagte, jeder in diesem Schloss sollte seine Aufgabe kennen.«

Jedes einzelne Wort glich einem Dolchstoß. Anthea spürte, wie sich die Magie in ihrem Inneren weiter aufbäumte, wie sie an ihr riss und zerrte, doch jedes Mal, wenn sie im Begriff war, an die Oberfläche zu dringen, verlor sie sich in einem tosenden Nichts.

»Und um es noch einmal deutlich zu machen, Eure Aufgabe besteht einzig und allein darin, die Grenze dieses Reiches zu schützen. Haltet Eure Magie am Leben und betet, dass unser Kind mit derselben Gabe geboren wird. Denn zu mehr seid Ihr nicht zunutze.«

Nur am Rande nahm die Prinzessin wahr, wie eine heiße Träne über ihre Wange glitt. Und bei der Sonne, sie verfluchte sich für diese Schwäche! Doch auch mit getrübtem Blick zwang sie sich, Marius weiterhin in die Augen zu schauen. Sie durfte sich nicht abwenden, niemals würde sie ihm diese Genugtuung bereiten.

»Und was, wenn ich Eurem Befehl nicht Folge leiste?«

Marius' Lächeln wandelte sich zu einem sadistischen Grinsen. »Jeder besitzt eine Schwachstelle, Prinzessin. Als künftiger König ist es meine Aufgabe, diese zu erkennen, noch bevor mein Gegenüber sich seiner bewusst wird. Und ich weiß doch, wie nah Ihr Eurer Zofe steht.«

Anthea stockte der Atem.

»Das würdet Ihr nicht wagen«, hauchte sie schockiert.

Abermals stieß Marius einen amüsierten Laut aus, ehe er ihr so nah kam, dass sie seinen rauen Bartansatz auf der Wange spüren konnte.

»Ihr habt ja keine Ahnung, zu was ich imstande bin«, flüsterte er in ihr Ohr.

Eine Woge der Panik schoss durch Antheas Körper und ließ sie zitternd nach Luft schnappen. Dies waren keine leeren Floskeln, sondern eine klare Drohung.

»Ich denke, ich habe mich klar genug ausgedrückt?«

Ja. Das hatte er.

Während der Fürstensohn einen Schritt zurücktrat, musterte er Anthea mit einer Mischung aus Überlegenheit und Genugtuung. Er wusste genau, in welche Lage er sie brachte und es schien ihm die größte Freude zu bereiten.

In diesem Moment wurde der Prinzessin klar, dass sich die gefürchtetsten Monster nicht hinter der Landesgrenze verbargen, sondern längst unter ihnen weilten.

Nur zu gern hätte sie Marius von sich gestoßen und ihm ins Gesicht geschrien, dass sie sich niemals seinem Befehl beugen würde. Doch die Vernunft erstickte jedwedes Feuer im Keim. Hier ging es nicht allein um ihr Leben, sondern auch um das von Isobel. Anthea waren die Hände gebunden und sie sah keinen Ausweg, dieser Willkür zu entkommen. Ihr blieb nichts anderes übrig, als sich ihrem Schicksal zu beugen. Und obwohl sich alles in ihr dagegen sträubte, zwang sie sich zu einem schwachen Nicken.

»Hervorragend. Ich denke, nun steht einer erfüllten Ehe nichts mehr im Wege.«

Noch ehe die Prinzessin es verhindern konnte, griff Marius nach ihrer Hand und führte sie zu seinem Mund. Sie versuchte ihm ihre Finger zu entreißen, doch er hielt sie fest in seinem Griff.

»Die Kutsche erwartet Euch in einer Stunde. Und denkt daran, Euer hübschestes Lächeln aufzusetzen.«

Mit diesen Worten ließ er von ihr ab, deutete eine wunderbar einstudierte Verbeugung an und schritt erhobenen Hauptes zur Tür hinaus.

Stille. Obwohl Marius' Schritte bereits verklungen waren, verharrte Anthea noch immer an Ort und Stelle. Sie fühlte sich wie gelähmt. Angewidert schaute sie auf ihre rechte Hand hinab und wollte sich auf der Stelle übergeben.

Sie hatte sich geschworen, niemals ihre Stimme zu verlieren und sich für jene einzusetzen, die ihr etwas bedeuteten. Nun jedoch wurde sie dazu verdammt, für immer zu schweigen. Marius hatte ihr die einzige Waffe entrissen, die sie jemals besessen hatte. Die einzige Chance, jemals gehört zu werden.

Lang lebe der König!

5. SCHICKSALSWEGE

Anthea

Mit jedem Schritt, den die Prinzessin tat, gewann der Druck in ihrer Brust an Intensität. Sie hatte das Gefühl, als läge eine unsichtbare Schlinge um ihren Hals, die sich mit jeder Bewegung ein Stückchen enger zuzog. Es kostete sie sämtliche Willenskraft, erhobenen Hauptes voranzuschreiten. Während sie gemeinsam mit Isobel und drei weiteren Kammerzofen den schmalen Gang hinunter in den Palasthof schritt, versuchte sie sich sämtliche Lektionen ins Gedächtnis zu rufen, die sie in ihrer Jugend hatte auswendig lernen müssen. Sie wiederholte die einzelnen Regeln immer wieder, in der Hoffnung, ihrer aufsteigenden Panik Einhalt zu gebieten.

Halte den Kopf gerade und senke zu keiner Zeit den Blick. Sei sittsam, demütig und würdevoll. Vergiss niemals, wer du bist, erfülle deine Aufgaben pflichtbewusst und handle stets zugunsten der Krone.

Damals hatte Anthea den tieferen Sinn dieser Worte nicht begriffen. Nun jedoch verstand sie, was sich dahinter verbarg. Jene Tugenden bildeten die Gitterstäbe ihres persönlichen Käfigs. Dieser Gedanke war so traurig wie beunruhigend, doch noch ehe sie ihn weiter hätte vertiefen können, hielt sie vor dem alten Eisentor inne, welches direkt in den Palasthof führte.

Nun war es also soweit.

Selbst die steinernen Mauern konnten das Stimmengewirr nicht verbergen, welches von draußen hineindrang. Nervös trat die Prinzessin von einem Bein aufs andere und bemühte sich um einen letzten tiefen Atemzug. Sie hatte keine Ahnung, wie viele Menschen sie dort erwarteten, doch es klang nach dem halben Königreich.

»Bereit?«

Während die anderen Kammerzofen gebührenden Abstand zu Anthea hielten, schloss Isobel zu ihr auf. Nein, sie war nicht einmal ansatzweise bereit für das, was sie dort draußen erwartete. Doch dies spielte keine Rolle. Es hatte niemals eine gespielt. »Das bin ich.«

Anthea hielt die Augen starr auf das geschlossene Tor gerichtet und bemühte sich um eine entschlossene Miene. Sie wagte es nicht, ihrer Zofe auch nur einen Herzschlag lang ins Gesicht zu sehen. Sie wusste, wie fragil ihre mühsam errichtete Fassade war.

»Was auch immer geschehen wird, du bist nicht allein.«

Ihr Herz wog so schwer, dass Anthea glaubte, unter der Last zusammenbrechen zu müssen.

»Danke.«

Sie sprach das Wort so leise aus, dass sie nicht einmal wusste, ob ihre Zofe es überhaupt gehört hatte, doch es bedeutete mehr, als Isobel jemals erahnen würde.

Ein metallisches Klacken ertönte und riss die Prinzessin aus ihren Gedanken. Die Flügel des Eisentores öffneten sich und noch ehe sie wusste wie ihr geschah, blendete sie helles Tageslicht.

Ein Raunen drang an ihre Ohren, gefolgt von dem Geräusch unzähliger Stimmen, die sich zu einem summenden Gemurmel vermischten.

Von einem Herzschlag auf den anderen schaute Anthea in die Gesichter hunderter Menschen. Einige davon waren ihr bekannt, andere sah sie zum ersten Mal. Ein kalter Schauer lief ihr über den Rücken, der sich binnen einer Sekunde in brennende Hitze verwandelte.

»Prinzessin Anthea, Thronerbin der Goldenen Stadt und rechtmäßige Erbin des Königreiches Aurasis.«

Die Stimme des Hofmarschalls hallte von den hohen Wänden wider und ließ die versammelte Menge augenblicklich verstummen. Während die Prinzessin einen Fuß vor den anderen setzte, richtete sie ihre Aufmerksamkeit auf die sechsspännige Kutsche, die in der Mitte des Platzes direkt neben dem Brunnen des Sonnengottes stand. Der weiße Kutschkasten war über und über mit Girlanden und Blumengestecken geschmückt. König Gawain hatte sich links neben der Kutsche positioniert, während Marius auf der anderen

Seite wartete und ihr galant die Tür aufhielt. Sein Anblick ließ Antheas Magen auf der Stelle verkrampfen. Für einen kurzen Moment spielte sie mit dem Gedanken, ihm den monströsen Brautstrauß ins Gesicht zu werfen, sich auf ein Pferd zu schwingen und eilends aus der Stadt zu fliehen. Doch leider war sie weder besonders treffsicher noch konnte sie ihr Volk im Stich lassen. Nein, solange die schützende Magie durch ihre Venen floss, war sie an ihr Schicksal gebunden.

»Ich hoffe, du weißt, wie wichtig dieser Tag ist. Nicht nur für dich, sondern für ganz Aurasis.«

Bildete sie es sich ein, oder lag der Stimme ihres Vaters ein Funken Anerkennung zugrunde? Überrascht schaute Anthea ins Antlitz des Königs und hätte schwören können, einen Hauch väterlicher Zuneigung darin zu entdecken. Der graue Vollbart umrahmte ein unscheinbares Lächeln, während sein sonst so strenger Blick weicher als gewöhnlich wirkte. Dieser Moment war so selten wie kostbar, so ungewöhnlich und wunderbar, bis er binnen eines Herzschlags zu Staub zerfiel.

Mit pochendem Herzen sah die Prinzessin dabei zu, wie der Blick des Königs zu der Kette um ihren Hals glitt. Wie sich innerhalb einer Sekunde Stolz zu Abneigung wandelte und sämtliche Zuneigung erstarb. Anthea stockte der Atem, sie spürte, wie ihre mühsam errichtete Fassade zerfiel. Sie hörte, wie ihr Vater scharf die Luft einsog und über die Schulter hinweg zu den vielen Edelleuten sah. Sie erkannte, wie sehr er mit sich rang, wieviel Mühe es ihn kostete, eine gefasste Haltung zu wahren. Sie zuckte unweigerlich zusammen, als er plötzlich einen Schritt auf sie zu trat, eine Hand an ihr Gesicht legte und sich zu ihr herunterbeugte. Während sie sich unter der ungewohnten Berührung versteifte, konnte sie deutlich das Zittern seiner Finger spüren.

»Nimm sie ab.«

Für die versammelte Menge musste es so aussehen, als würde er ihr einen väterlichen Kuss auf ihre Wange geben, doch die Realität sprach eine andere Sprache. Fassungslos öffnete sie den Mund, doch kein Laut trat über ihre Lippen.

»Sobald du in der Kutsche bist, nimmst du die Kette ab. Andernfalls reiße ich sie dir vom Hals.«

Die Stimme ihres Vaters trug so viel Abneigung in sich, dass es Antheas Herz in tausend Stücke riss. Wie konnte er nur? Ihr Leben lang hatte sie alles getan, was er von ihr verlangte.

Doch damit war nun Schluss.

Anthea wusste nicht genau, woher diese plötzliche Entschlossenheit kam. Vielleicht war es reiner Selbstschutz oder die Konsequenz jahrelanger Enttäuschungen. Es mochte

lächerlich, wenn nicht gar einfältig sein, doch allein der Gedanke daran, die Kette ihrer Mutter abzulegen, fühlte sich so an, als würde sie Ariana verraten.

Als Gawain sich von ihr löste und sie mit stechendem Blick durchbohrte, verspürte die Prinzessin nichts als reinen Zorn.

»Nein.«

Es war nur ein einziges Wort, doch es war mächtiger als mancher Zauberbann. Die Augen des Königs weiteten sich vor Unglauben.

»Nein?«, hauchte er überrascht, während sein Gesicht eine tiefrote Farbe annahm.

»Wie kannst du es wa-«

»Mein König, wir sollten jetzt aufbrechen.«

Marius' energische Stimme ließ Anthea zusammenzucken. Es schien, als würde die Luft vor Anspannung knistern.

Es war unübersehbar, wie sehr Gawain mit sich haderte, ehe er der Prinzessin einen letzten vernichtenden Blick zuwarf und Marius kaum merklich zunickte.

Während sie versuchte, ihrem pochenden Herzen Einhalt zu gebieten, hielt der Fürstensohn ihr die Hand hin.

»Die Fahrt zur Kapelle wird ungefähr zwei Stunden dauern. Doch seid unbesorgt, meine Männer und ich werden immer an Eurer Seite reiten.«

Es kostete Anthea sämtliche Kraft, sich aus ihrer Starre zu lösen und die Stufen zum Kutschkasten hinaufzusteigen. Nachdem sie sich auf der gepolsterten Sitzbank niedergelassen hatte, setzte sich Isobel ihr gegenüber und musterte sie besorgt. Nur einen Herzschlag später ließ Marius die Kutschtür mit einem Ruck ins Schloss fallen und wies die umstehenden Soldaten an, sich zu formieren.

»Beim Sonnengott, geht es dir gut?«

»Ich bin nicht sicher.«

Kaum hatte sich die Kutsche in Bewegung gesetzt, schnellte Isobel nach vorne und nahm Anthea den Blumenstrauß ab.

»Was um alles in der Welt ist denn nur passiert?«

Anthea tat einen zitternden Atemzug und versuchte, sich halbwegs zu sammeln. Es war unsäglich schwer, das Geschehene in Worte zu fassen, doch verspürte sie ebenso den dringenden Wunsch, das Chaos in ihrem Kopf zu lösen.

»Ich verstehe es einfach nicht. Er hat mich angesehen, als wäre ich ein widerwärtiges Insekt. Als würde mein bloßer Anblick sein Dasein beschmutzen. Und das nur wegen einer einfachen Kette?«

Unbewusst ließ Anthea ihre Finger über das dünne Metall gleiten.

»Bereust du es?«

Die Frage kam so plötzlich wie unerwartet.

»Was?«

»Dass du dich dem König widersetzt hast«, erwiderte Isobel deutlich.

Überrascht zog die Prinzessin die Augenbrauen hoch.

»Nein. Nein, nicht im Geringsten.«

Sie war selbst erschrocken, wie leicht ihr diese Antwort fiel. Vermutlich hätte sie Reue oder zumindest ein gewisses Maß an Schuld empfinden sollen. Doch sie tat nichts dergleichen. Schmerz und Demütigung saßen schlicht zu tief.

»Dann war es auch nicht falsch. Ganz gleich, was zwischen ihm und deiner Mutter auch vorgefallen ist, du trägst weder die Schuld daran noch solltest du dafür büßen.«

»Vorsicht, für solche Anmaßungen könntest du im Kerker landen«, erwiderte Anthea und rang sich ein schwaches Lächeln ab.

»Vielleicht. Doch glücklicherweise habe ich bei der künftigen Königin einen Stein im Brett.«

»Ach, ist das so?«

»Das will ich schwer hoffen. Immerhin bin ich es, die ihren Nachttopf täglich leeren muss.«

Dies war einer jener Momente, in denen Anthea spürte, wie nah Freude und Schmerz doch beieinanderlagen. Denn auch wenn ein leises Lachen über ihre Lippen trat, konnte sie die Tränen nicht länger verbergen.

Kaum hatte der Hochzeitstross die Hauptstraße passiert, zogen laute Rufe sämtliche Aufmerksamkeit auf sich. Verwundert rückte die Prinzessin näher an das kleine Fenster heran und spähte hinaus. Etliche Stadtbewohner standen am Straßenrand versammelt und riefen ihnen Glückwünsche entgegen.

»Das ist ja unglaublich«, flüsterte sie und hörte, wie ein kleines Mädchen begeistert ihren Namen rief.

»Das Volk hat dich schon immer geliebt«, bemerkte Isobel. »Die Prinzessin, die vom Sonnengott gesegnet wurde und mit ihrem Blut das Reich vor den Mächten des Bösen schützt. Du musst zugeben, das klingt schon ziemlich einmalig.«

»Für mich klingt es eher übertrieben dramatisch«, entgegnete Anthea stirnrunzelnd.

»Zudem ist deine Freundlichkeit gegenüber den Bediensteten überall bekannt. Solche Dinge dringen schnell nach außen.«

»Man liebt mich also dafür, dass ich mein Blut in einen Brunnen gieße und nett zu den Menschen bin, die sich tagtäglich um mich kümmern?«

»Besser, als für die Gier nach Gold oder skrupelloses Verhalten bekannt zu sein«, entgegnete die Zofe und bedachte sie mit einem vielsagenden Blick.

Leise seufzend ließ sich Anthea zurück in die Lehne sinken und sah dabei zu, wie die hellen Sandsteingebäude an ihnen vorbeizogen. Vielleicht hatte die Erziehung ihres Vaters letzten Endes doch etwas Gutes bewirkt: Sie würde niemals so werden wie er.

***

Reav

Kaum hatte er seine Finger auf den kalten Waldboden gelegt, spürte Reav eine sanfte Vibration, die mit jedem Herzschlag stärker wurde. Der Hochzeitstross war nicht mehr weit entfernt.

»Wir haben die Pferde wie befohlen in der Nähe der Lichtung versteckt. Die Männer beziehen nun ihre Posten.«

Während Fineál an seine Seite trat, schaute Reav den steilen Abhang hinunter, an dessen Fuß ein schmaler Pfad entlangführte. Es handelte sich um einen unbefestigten Sandweg, der nur wenig Platz bot und schlecht zu überblicken war. Die perfekte Stelle für einen Hinterhalt.

»Wann werden sie hier sein?«

Reav schenkte Fineál einen abwertenden Blick, ehe er in den Himmel schaute. Die Sonne würde bald ihren höchsten Stand erreichen. Ihre Strahlen fielen in dünnen Lichtkegeln durch die Baumkronen und tauchten den Wald in ein mystisches Spiel aus Licht und Schatten.

»In weniger als einer halben Stunde.«

Kaum hatte er den Satz ausgesprochen, spürte Reav, wie das Amulett an seiner Brust zu pulsieren begann. Ein leises Knistern durchzog die Luft und bedeckte seine Haut mit dem Gefühl von Hunderten Nadelstichen. Es war Magie. Ihre Magie. Sie kämpfte gegen die Dunkelheit und würde sie bald zum Rückzug zwingen. Reav konnte nicht genau sagen, warum, doch am heutigen Tag waren die Kräfte der Prinzessin stärker als in den vergangenen Wochen. Es war ihnen wesentlich schwerer gefallen, den silbernen Fluss zu überqueren, ohne sich dabei vor Schmerz zu winden. Irgendetwas hatte sich verändert, irgendetwas hatte ihr zu neuer Stärke verholfen. Doch ganz gleich, was es auch war, es würde ihn nicht davon abhalten, seinen Auftrag zu erfüllen.

»Geh zurück auf deinen Posten und sag den Männern, dass sie erst angreifen sollen, wenn sie das Zeichen sehen«, forderte Reav, ehe er sich vom Abhang wegdrehte und Fineál dabei unsanft gegen die Schulter stieß.

»Wir werden deutlich in der Unterzahl sein, weshalb es entscheidend ist, dass wir genau im richtigen Moment zuschlagen.«

»Und der wäre?«

Ein freudloses Lächeln breitete sich auf Reavs Lippen aus, während sich seine Hände zu Fäusten ballten.

»Wenn ich die Dunkelheit entfache.«

***

Anthea

»Ich wünschte, wir könnten wenigstens kurz anhalten.«

Wehmütig schaute die Prinzessin aus dem Fenster und konzentrierte sich darauf, das Bild der malerischen Landschaft tief in ihrem Herzen zu verwahren. Auch wenn der Wunsch nach Freiheit stets allgegenwärtig schien, so war er in jenem Moment doch beinahe unerträglich.

Ihr Weg führte sie durch eine weite, von sanften Hügeln gezeichnete Ebene. Vorbei an grünen Wiesen, bestellten Feldern und der Silhouette vereinzelter Dörfer. So lange, bis sie schließlich das Waldstück erreichten, in dessen Herzen sich die heilige Kapelle befand.

»Glaub mir, ich hätte auch nichts gegen eine kleine Pause einzuwenden«, erwiderte Isobel und knetete ihre Schulter.

»Doch ich schätze, hier anzuhalten wäre keine gute Idee«, fügte sie nachdenklich hinzu und schaute ebenfalls hinaus. Sie befuhren einen schmalen Sandweg, der links von einem tiefen Abgrund und rechts von einem steilen Hang begrenzt wurde. Der gewundene Pfad führte sie immer tiefer in den Wald hinein, welcher zunehmend das Tageslicht verdrängte. Nun konnte es nicht mehr lange dauern, bis sie ihr Ziel erreichten, denn die Luft wurde mit jedem Atemzug feuchter. Obwohl Anthea den alten Weiher noch nie gesehen hatte, zeichneten die weitverbreiteten Mythen doch ein genaues Bild dieses einzigartigen Ortes. Inmitten dichter Bäume und moosbedeckter Steine erstreckte sich ein spiegelglatter See. Angelegt vom ersten König Aurasis' in einer Zeit, in der Menschen und Elfen noch friedlich beieinander lebten. Wo Naturgeister durch die Wälder streiften und Magie der Ursprung allen Lebens war. Dort ließ der König eine Kapelle aus Stein errichten, in der fortan all seine Nachfolger gekrönt werden sollten. Umgeben von den Mächten der Natur, daran erinnert, dass alles Leben vergänglich und sie alle nur ein winziges Sandkorn im ewigen Fluss der Zeit waren. »Bevor wir unser Ziel erreichen, wollte ich dir noch etwas geben.«

Überrascht wandte sich Anthea vom Fenster ab und schaute Isobel in die grünen Augen.

»Etwa ein Hochzeitsgeschenk?«, fragte sie und verzog das Gesicht, »wir hatten doch ausgemacht, dass du deine Ersparnisse für dich behältst.«

»Und daran habe ich mich gehalten«, entgegnete die Blonde und nestelte an ihrer Rocktasche. »Ich habe lange überlegt, ob es vielleicht falsch sein könnte, doch ich denke, dass du es heute gebrauchen kannst. Streck die Hand aus.«

Zögerlich kam die Prinzessin dieser Aufforderung nach und spürte einen Moment später etwas Kaltes in ihrer Handfläche.

Ein kribbelnder Impuls schoss durch Antheas Venen, ehe sich ein trauriges Lächeln auf ihre Lippen schlich. Behutsam zogen ihre Finger die Linien des kleinen Kupferflügels nach, während ihr Herz augenblicklich schwerer wog.

»Woher hast gewusst, dass …?«

»Ich kenne dich besser als jeder andere. Und auch, wenn ich sagte, dass du den Blick nach vorne richten sollst, denke ich, dass du gerade heute dieses kleine Stück Vergangenheit gebrauchen könntest«, antwortete Isobel bedrückt.

Anthea fehlten die Worte. Bilder längst vergangener Zeiten durchfluteten ihren Verstand und trugen ihr Herz an einen weit entfernten Ort. Sie sah Aris' jugendliches Gesicht vor sich, blickte in seine Augen und hörte ihr eigenes befreites Lachen. Es schien so absurd, doch es waren ebenjene bittersüßen Erinnerungen, die ihr ein Gefühl von Halt verliehen.

»Ich, ich weiß nicht, was …«

»Du brauchst nichts sagen. Manche Dinge benötigen keine Worte«, erwiderte die Zofe, ehe sie Anthea den Kupferflügel aus der Hand nahm und sich nach vorne beugte. Verwundert beobachtete die Prinzessin, wie Isobel den Saum des Hochzeitskleides hochraffte und den Anhänger kurzerhand im Schaft ihres ledernen Schuhs verschwinden ließ.

»Also, das nenne ich mal ein kreatives Versteck«, bemerkte Anthea schmunzelnd und spürte das kalte Metall unterhalb ihres Fußknöchels.

»In Ermangelung von Hosen und Jacketts müssen wir Damen eben ein wenig einfallsreicher werden.«

»Das ist wirklich ...«

Ein tiefes Grollen zerschnitt die Luft und ließ Anthea augenblicklich verstummen. Der gesamte Kutschkasten erzitterte und brachte das Gehäuse zum Knarren. Ein Ruck ging durch ihren Körper, als der Wagen abrupt anhielt und sie unsanft gegen ihre Zofe stieß. Einen Herzschlag lang sahen die beiden einander sprachlos an.

»Was war das?« Isobels hohe Stimme spiegelte ihren verängstigten Gesichtsausdruck wider.

»Ich weiß nicht«, wisperte die Prinzessin und schaute verunsichert zum Fenster. Plötzlich wirkte alles ruhig. Zu ruhig.

»Es ... es klang wie Donner.«

Kaum hatte sie ihre Vermutung ausgesprochen, jagte ein prickelnder Impuls durch Antheas Körper. Die Magie schoss wie ein Pfeil durch sämtliche Venen und ließ ihren Blick verschwimmen. Stöhnend kniff sie die Augen zusammen und versuchte fieberhaft, Herrin ihrer Sinne zu werden.

»Anthea, was ist-?«

Ein Schrei, so dunkel wie monströs, zerfetzte die Stille und brachte die Pferde zum Wiehern. Panisch riss die Prinzessin ihre Augen auf und hörte, wie das Chaos um sie herum ausbrach. Rufe wurden laut, Befehle hallten durch die Luft und nur einen Augenblick später ertönte das laute Klirren von Metall.

Hektisch stürzte Isobel nach vorne, entriegelte die Fensterklappe und spähte hinaus, als plötzlich irgendetwas gegen die Kutsche geschleudert wurde. Entsetzt schrie die Zofe auf, taumelte zurück und landete auf dem Boden des Kutschkastens.

Wie erstarrt schaute die Prinzessin in Isobels blutverschmiertes Gesicht. Es waren nur Sekunden, doch es fühlte sich wie eine Ewigkeit an, bis sie begriff, dass es sich nicht um das Blut ihrer Zofe handelte, sondern um das des Wesens, welches gegen die Kutsche geschmettert worden war.

Die Panik ergriff jede Faser ihres Körpers, während sich ihre Gedanken in Windeseile überschlugen.

Sie mussten hier raus.

Noch während die Prinzessin Isobel an die Schulter griff und versuchte, sie hochzuziehen, hörte sie aus all dem Kampfgeschrei ein einziges Wort heraus.

Ein Wort, das ihr Schicksal besiegeln sollte.

Hinterhalt.

***

Reav

Während der Hochzeitstross mit jedem Atemzug näherkam, überschlug Reav die ungefähre Anzahl an feindlichen Soldaten. Er zählte knapp fünfzig Mann, aufgeteilt auf die gesamte Länge des Zugs. Er musste kein Stratege sein, um zu wissen, dass er mit seinem wesentlich kleineren Trupp klar in der Unterzahl war. Glücklicherweise spielte dies in diesem Fall jedoch keine Rolle, denn er trug etwas in sich, das so viel mächtiger war als die Waffen der königlichen Leibgarde.

Darauf bedacht, keinen Laut von sich zu geben, trat er hinter einem breiten Baumstamm hervor und bewegte sich ein Stück den Hang hinab. Er spürte, wie der weiche Waldboden unter seinen Stiefeln nachgab, ehe er sich hinter den herausragenden Wurzeln einer umgestürzten Eiche versteckte. Von dieser Position aus konnte er die Hochzeitskutsche erkennen. In wenigen Minuten hatte sie die schmalste Stelle des Sandpfads erreicht – die perfekte Position, um den Tross zu stoppen und zuzuschlagen.

Noch einmal sah Reav den Hang hinauf und erspähte die dunkelbraunen Kapuzen seiner Männer, die nur schemenhaft hinter Bäumen und Gebüsch hervorlugten und für die Augen eines Unwissenden nahezu unsichtbar waren.

Nun war es soweit.

Reav nahm einen letzten tiefen Atemzug, zog sich die eigene Kapuze über die weißblonden Haare und schloss die Augen. Er spürte, wie das Amulett an seiner Brust zu glühen begann und die Haut darunter versengte. Er konzentrierte sich auf diesen Schmerz, fühlte, wie Salis' Magie durch das Metall in seinen Körper drang und öffnete gedanklich die Tür zu seinem Geist. Die Dunkelheit packte ihn mit scharfen Krallen, riss ihn wie einen Wirbelsturm mit sich und verwandelte ihn in jenes Wesen, welches er selbst zutiefst verabscheute. In den Sohn des Bösen.

»He du, scher dich vom Weg!«

Als der Zug die perfekte Höhe erreicht hatte, trat Reav hinter einem Baum hervor und stellte sich den Reitern wortlos entgegen. Während die verärgerte Stimme des Soldaten durch den Wald hallte, begann sein Pferd unruhig zu tänzeln. Anders als diese jämmerlichen Landsknechte verfügten Tiere über die Gabe, Magie zu spüren.

Als Reav nicht reagierte, schaute der Reiter über die Schulter hinweg zu seinem Hintermann, ehe er verärgert das Gesicht verzog.

»Hast du nicht verstanden, was ich eben sagte? Mach, dass du verschwindest! Oder bist du wirklich so dumm, dass du den Zorn Seiner Majestät auf dich ziehen willst?«

Reavs Mundwinkel zuckten nach oben, ehe er sich die Kapuze vom Kopf zog.

»Genau das ist mein Plan.«

Kaum hatte er sein Antlitz entblößt, wich sämtliche Farbe aus dem Gesicht des Soldaten. Noch während dieser einen hektischen Befehl nach hinten rief, ballte Reav die Hand zur Faust und ließ sie zu Boden schnellen.

Der gesamte Wald erzitterte unter dem mächtigen Schlag. Eine Druckwelle durchfuhr den Hochzeitstross und brachte mehrere Pferde dazu, sich panisch aufzubäumen.

Dies war das Zeichen.

Fünf Herzschläge später surrten erste Pfeile den Hang hinunter und schlugen seitlich in ihr Ziel. Schreie hallten durch die Luft, Reiter versuchten ihre Tiere zu bändigen und sich zeitgleich für den Kampf zu wappnen. Doch der schmale Weg bot ihnen kaum Gelegenheit zur Formation. Die Gefahr, den Abhang mitsamt ihrer Pferde hinabzustürzen, wuchs mit jedem weiteren

Geschoss. Es war nur eine Frage der Zeit, bis Panik den Kampfesmut ersticken und Fluchtinstinkt gegen Pflichtgefühl prallen würde.

Reav sah, wie der Hals eines Soldaten in vorderster Reihe von einem Pfeil durchbohrt wurde und er seitlich aus dem Sattel fiel. Sein Pferd galoppierte ungezügelt los, stieß gegen ein weiteres und löste eine Kettenreaktion aus. Nur mithilfe eines gezielten Sprungs schaffte es Reav, den panischen Tieren auszuweichen, ehe er sein Schwert zog.

Während seine Männer ebenfalls zu ihren Waffen griffen und die Anhöhe hinunterstürmten, eilte er an ihnen vorbei und behielt sein Ziel fest im Auge. Die schwarze Magie riss und zerrte an seiner Muskulatur, alles in ihm schrie danach, die Dunkelheit vollends zu entfesseln, doch erst musste er die Hochzeitskutsche erreichen.

Immer mehr Soldaten sprangen aus ihren Satteln und positionierten sich schützend um den Wagen. Einige nahmen den König in ihre Mitte, der das Geschehen aus weit aufgerissenen Augen verfolgte, während andere versuchten die Kutschpferde zu bändigen. Unter ihnen stach ein großgewachsener Mann heraus, der in jenem Moment gegen zwei von Salis' Sklaven kämpfte und zeitgleich Befehle ausrief.

Mit einem tiefen Schrei umklammerte Reav den Griff seines Schwerts, stürmte auf den Soldaten zu und holte aus. Klirrend schlugen die Waffen aufeinander. Der Aufprall schleuderte seinen Gegner kraftvoll zurück, sodass er seine eigenen Männer umstieß. Es dauerte nur einen Wimpernschlag, bis die ersten seinen verhassten Beinamen schrien und sich Unglauben zu Angst wandelte.

»Tötet ihn! Bringt ihn zur Strecke!«

Reav nahm die angsterfüllte Stimme des Königs nur am Rande wahr, während er sein Augenmerk auf die Kutsche richtete.

Sie war noch gut drei Meter entfernt, mit knapp zwanzig feindlichen Männern dazwischen. Die Magie brannte sich indes durch seine Venen und versengte jede Faser seines Körpers. Nun war er genau da, wo er sein wollte.

Einige der umstehenden Soldaten wichen geschockt zurück, als dunkle Nebelschwaden aus seinem Wams drangen und sich wie Schlangen über seine Arme zogen. Ein tiefes Knurren erklomm seine Kehle, als er den großgewachsenen Soldaten abermals angriff. Er führte sein Schwert weder bewusst noch taktisch, sondern rein instinktiv. Während sein Gegenüber versuchte die Schläge zu parieren, nahm er ihm jede Möglichkeit, um seinerseits anzugreifen. Erst als Reav aus dem Augenwinkel sah, wie einer seiner eigenen Männer mit einem gurgelnden Geräusch zu Boden ging, ließ er von seinem Gegenüber ab und trat zwei Schritte zurück.

Es fühlte sich an, als stünde sein gesamter Körper in Flammen. Der Schmerz wurde mit jedem Atemzug unerträglicher, doch es war genau das, was er brauchte. Reav konzentrierte sich auf ihn, bündelte seine Kraft und streckte mit einer ruckartigen Bewegung die Hand aus. Schwarze Nebelschwaden stoben aus seinen Fingern und wirbelten durch die Luft. So schnell wie Pfeile und so scharf wie eine frisch gewetzte Klinge schossen sie auf die umstehenden Soldaten zu, welche dadurch gewaltvoll zurückgestoßen wurden. Diejenigen, die ihm am nächsten standen, wurden aufgrund der Wucht durch die Luft gewirbelt. Zwei krachten unter lautem Geschrei gegen die Kutsche, während andere den Abhang hinuntergeschleudert wurden. Die Magieschwaden wirbelten wie Peitschen durch die Atmosphäre. Von überall her erklangen entsetzte Schreie, der metallische Geruch von Blut gewann mit jedem Augenblick an Intensität. In diesem Moment rannte Reav los, rammte einem Soldaten das Schwert in den Bauch und stieß ihn achtlos von sich. Er hatte die Kutsche beinahe erreicht und konnte die Magie der Prinzessin spüren, doch sie war nichts gegen die Dunkelheit in seinen Venen.

»Zurück, du Bestie!«

Kurz bevor die Kutschtür in greifbare Nähe rückte, stellte sich ihm erneut der kräftige Soldat in den Weg. Die eisblauen Augen stachen markant aus dem blutbesudelten Gesicht hervor. Sein gesamter Körper bebte, das Schwert in seinen Händen zitterte unaufhörlich, doch sein Blick steckte voller Kampfesmut.

»Du bist tapfer«, raunte der Sohn des Bösen, ehe er nach vorne stürmte, die Verteidigung des Soldaten mit drei schnellen Hieben durchbrach und ihn fest gegen den Kutschkasten drückte. »Doch dein Heldenmut wird dich nicht retten.«

Reav spürte den heißen Atem des Mannes auf seiner Haut, sah die Todesangst in seinem Blick und hörte das dumpfe Knacken, als er ihm mit einem gezielten Stoß die Schulter brach. Der schmerzverzerrte Schrei übertönte die Geräusche des Kampfes, während ihm das Schwert aus der Hand glitt.

Erneut beschwor Reav einen Magiestrom herauf. Er war nur einen Herzschlag davon entfernt, seinem Gegenüber den finalen Stoß zu versetzen, als ein plötzlicher Impuls durch seinen Körper schoss und ihn erzittern ließ. Eine weibliche Stimme zerschnitt die Luft, so klar wie der helle Tag und so eindringlich, dass sich Reavs Muskulatur mit einem Schlag versteifte. Er spürte die Magie. Ihre Magie.

»Verdammt!«

Es dauerte nur einen Augenblick, bis er realisierte, dass die Prinzessin die Kutsche auf der anderen Seite verlassen hatte und im Begriff war zu fliehen. Mit einem kräftigen Stoß schleuderte er sein Gegenüber zur Seite und hetzte um den Wagen herum. Hastig sprang er über den toten Körper eines Soldaten und wäre beinahe auf dem blutgetränkten Waldboden ausgerutscht, als er sah, wie zwei weibliche Gestalten versuchten den Hang hinaufzuklettern.

Reav entfuhr ein zornerfüllter Schrei, ehe er sein Schwert zurück in die Scheide schob und nach vorne preschte. Er brauchte nur wenige Schritte, bis er die Prinzessin eingeholt hatte, sie an ihrem Schleier packte und zurückzog. Sie stürzte unter lautem Geschrei zu Boden und rutschte Reav unweigerlich entgegen.

»Nein, nein, nein!«

Er hörte ihr Flehen und sah, wie sie hilflos versuchte zurück auf die Beine zu kommen. Rasch beugte er sich nach vorne, riss sie herum und zog einen Dolch aus seiner Armbeuge. Und in dem Moment, in dem er ihr die Klinge an die Kehle drückte, durchfuhr Reav ein Gefühl, das ihn bis auf die Grundfesten erschütterte. Ähnlich einer Lawine brach es durch seinen Geist und ließ ihn lautstark nach Luft schnappen. Es war, als würde die Zeit mit einem einzigen Schlag zum Stehen kommen. Als sich ihre Blicke trafen, weiteten sich seine Augen vor Unglauben. Er spürte, wie die Dunkelheit in seinem Inneren gegen etwas prallte, das ihn von innen heraus zu zerreißen drohte. Ihre

Magie durchdrang ihn mit einer Intensität, wie er sie noch nie gespürt hatte. Mächtig, überwältigend, einzigartig.

Fassungslos öffnete er den Mund, doch kein Laut kam über seine Lippen. Es fühlte sich an, als fiele ein gleißender Lichtstrahl durch das klaffende Loch in seiner Brust.

Reav fühlte sich wie gelähmt, er war nicht fähig, auch nur einen einzigen Muskel zu bewegen.

Er konnte sie nur ansehen.

Ihre braunen Augen wirkten fast schwarz im Kontrast zu ihrer blassen, mit Erde beschmutzten Haut. Alles an ihr schrie nach Angst, der Schrecken stand ihr ins Gesicht geschrieben und doch wandte sie den Blick nicht ab. Sie schaute ihm voller Abscheu entgegen, darauf wartend, dass er den nächsten Zug tat.

Doch er konnte sich nicht rühren.

Und diesen Moment nutze die Prinzessin aus. Reav sah, wie ein Funken durch ihre Iriden schoss, ein Glanz, den er nur zu gut kannte. Es war der Wille, zu überleben.

Mit einer hektischen Bewegung schlug sie sich die Klinge vom Hals. Er spürte, wie das scharfe Metall ihre Haut zerschnitt, ein Umstand, der ihn ruckartig ins Hier und Jetzt zurückholte. Noch ehe er reagieren konnte, stieß sie ihn mit ganzer Kraft von sich und versuchte, zurück auf die Beine zu kommen. Während er nach hinten stolperte, öffneten sich seine Lippen plötzlich wie von selbst.

»Nein!«

Es waren nur wenige Sekunden, doch sie kamen Reav wie ein halbes Leben vor. Er sah, wie sie losrannte, doch nur wenige Schritte vorwärtskam. Sie begann zu wanken, stürzte erneut und blieb regungslos liegen. Reav hatte vergessen, wie sich Angst anfühlte, doch nun, in diesem Augenblick, überfiel sie ihn wie ein Lauffeuer. Sie schwächte die Verbindung zu Salis und trieb einen einzigen klaren Gedanken in seinen Verstand.

Der Dolch.

Seine Klinge war vergiftet.

6. LICHT UND SCHATTEN

Reav

Seine Gedanken überschlugen sich. Es war, als wäre das Durcheinander, welches ihn von allen Seiten umgab, direkt in seinen Verstand gezogen. Während die schwarze Magie des Amuletts darum kämpfte, erneut die Oberhand zu gewinnen, rang etwas anderes in ihm darum, am Leben zu bleiben. Zwei Mächte tobten in seinem Inneren, schlugen wie Wellen übereinander und rissen an den Grundfesten seines Selbst. Fassungslos starrte er auf den zierlichen Körper der Thronerbin und versuchte zu realisieren, was soeben geschehen war.

Verdammt, reiß dich zusammen! Sie darf nicht sterben!

Reav wusste nicht, ob es sich um seine eigenen Gedanken oder den Befehl des Schwarzmagiers handelte, doch vollkommen gleich, was es auch war, er durfte die Prinzessin nicht ihrem Schicksal überlassen.

Hektisch fuhr er herum und versuchte sich zu konzentrieren.

Rings um ihn tobte der Kampf. Von überall her hallten Schreie durch den Wald, doch die Geräusche von klirrenden Waffen versiegten langsam. Er hatte sich zu lange ablenken lassen, seine Männer waren im Begriff, zu verlieren.

Ein verzweifelter Ruf drang an sein Ohr und ließ ihn erneut herumwirbeln. Er traute seinen Augen kaum, als er sah, dass eine blonde Frau mit einem großen, abgebrochenen Ast auf ihn zu rannte.

Im letzten Moment wich er ihrem Schlag aus, packte das morsche Holz und riss es mitsamt der jungen Frau zur Seite. Während sie unter einem schrillen Schrei zu Boden stürzte, setzte er sich in Bewegung. Kaum hatte er die Prinzessin erreicht, stockte ihm der Atem. Ihr Körper zitterte. Das Gift breitete sich bereits aus. Ihr blieben nur noch wenige Stunden. Achtlos warf Reav den Dolch zur Seite, beugte sich nach unten und hob sie über die Schulter. Seine Männer hatten die Pferde in der Nähe einer kleinen Lichtung zurückgelassen, die ungefähr eine Meile entfernt lag. Er hatte keine andere Wahl. Salis wollte die Thronerbin lebend und ihm fiel nur eine einzige Person ein, die möglicherweise dazu imstande war, sie jetzt noch zu retten.

Keuchend rannte er los, versuchte so schnell wie möglich aus dem Sichtfeld der Soldaten zu entkommen, doch schon nach wenigen Metern hörte er eine tiefe Stimme unter all dem Kampfeslärm heraus.

»Er hat die Prinzessin! Tötet ihn! Schießt! Bringt mir meine Tochter zurück!«

Ein stechender Schmerz jagte durch Reavs Bein und ließ ihn laut aufschreien. Er verlor die Balance und sackte auf den Boden. Dreck und Schweiß ließen seine Sicht verschwimmen, doch er war nicht bereit, aufzugeben. Gehetzt riss er den Kopf herum und sah den Schaft eines Pfeils aus seinem Unterschenkel ragen.

Nun blieb ihm nur noch eine einzige Möglichkeit.

Unter zusammengebissenen Zähnen brach er die Befiederung des Pfeils ab, sah den Soldaten entgegen, die mit erhobenen Waffen auf ihn zu stürmten und versuchte sich ein letztes Mal auf das Amulett an seiner Brust zu konzentrieren.

Unter lautem Gebrüll riss er den Arm nach oben, bündelte die schwarze Magie und entsandte eine so mächtige Druckwelle, dass selbst die Bäume um ihn herum zu bersten drohten. Erde wirbelte durch die Luft, Äste fielen krachend zu Boden, während die Männer der Palastwache gnadenlos zurückgeschleudert wurden.

Für wenige Herzschläge wurde die Atmosphäre von Blättern, Staub und Blut getränkt – Reavs einzige Gelegenheit, zu entkommen. Mühsam rappelte er sich auf, versuchte das Brennen in der Wade zu ignorieren und verlagerte sein Gewicht auf das andere Bein. Den Körper der Prinzessin fest an sich gedrückt, hetzte er durch den Wald und konzentrierte sich allein auf sein Ziel.

***

»Verdammt, Tarzdall, mach endlich auf!«

Immer wieder hämmerte Reav gegen die steinerne Pforte, so lange, bis seine Faust zu bluten begann. Kalter Schweiß lief ihm den Nacken herunter, während sein Bein brannte, als würde es in Flammen stehen. Schwer atmend schaute er neben sich zu Boden und spürte, wie sich sein Magen zusammenzog. Selbst unter dem warmen Licht der untergehenden Abendsonne wirkte das Gesicht der Prinzessin fahl und eingefallen. Ihr Körper hatte inzwischen aufgehört zu zittern, ihr Brustkorb hob und senkte sich nur noch schwach.

Sie starb vor seinen Augen.

»Tarzdall, ich weiß, dass du da bist! Öffne das verdammte Tor!«

Abermals schlug er gegen den massiven Felsen, doch es hatte keinen Zweck. Er hatte viel von Salis' Magie eingebüßt. Selbst wenn er wollte, konnte er die Pforte nicht mit Gewalt öffnen.

Mit einem erschöpften Seufzen lehnte er sich gegen den kalten Stein.

Er hatte versagt.

Diese Erkenntnis war so bitter, dass ihm speiübel wurde und seine Beine zu zittern anfingen. Doch in jenem Moment, in dem er neben der Prinzessin zu Boden sinken wollte, ertönte ein lautes Klacken, gefolgt von einem Krach, der dem tiefen Grollen eines Ungeheuers glich. Hastig taumelte Reav zurück und sah dabei zu, wie sich der Fels zur Seite schob. Staub wirbelte auf, kleine Steinchen fielen zu Boden und noch ehe der Fels in seiner Bewegung erstarrte, erschien eine Gestalt, die Reav gerade einmal bis zur Hüfte reichte.

»Was soll dieser elendige Lärm? Ich schwöre, wenn es sich nicht um einen … Reav?!«

Die Überraschung stand dem Gnom in das faltige Gesicht geschrieben. »Was ist denn mit dir passiert? Hast du Salis' Geduld endlich überstrapaziert?«

Ohne zu antworten, hob Reav die Prinzessin aus dem Gras und stellte sich Tarzdall gegenüber.

»Ich brauche deine Hilfe.«

»Bei den Arbonen …« Die Miene des Gnoms wandelte sich von Überraschung zu völliger Fassungslosigkeit. »Ja, die brauchst du ganz offensichtlich«, sagte er und nickte knapp. »Also gut, kommt rein.«

Kaum hatte Reav die steinerne Pforte durchschritten, empfing ihn der

Geruch von Erde und Moos. Sie eilten einen schmalen Gang entlang, der so niedrig war, dass er den Kopf einziehen und die Prinzessin fest an sich drücken musste. Ihr Körper war inzwischen so kalt, dass er selbst unweigerlich frösteln musste. Schwer atmend versuchte Reav mit dem schnellen Gang des Gnoms schrittzuhalten, was ihn angesichts eines abgebrochenen Pfeils, der blutig aus seiner Wade ragte, mehr herausforderte, als er zugeben wollte. Er konnte inzwischen nur noch humpeln und wäre ohne die restliche Magie in seinen Venen vermutlich längst zusammengebrochen.

Als sie das Ende des Ganges erreichten, empfing Reav ein Anblick, der so einzigartig wie heimelig anmutete. Vor seinen Augen erstreckte sich eine Höhle, die so groß wie eine Hütte wirkte. Die steinernen Wände wurden von Baumwurzeln und Kletterpflanzen durchdrungen, die als natürliche Regale dienten. Sie beherbergten unzählige, in Leder gebundene Bücher und Berge von Pergamentrollen. Ein Feuer knisterte in der Mitte des Raumes.

»Bring sie hierher!«

Tarzdall eilte zu einem Bett an der hinteren Wand und riss mehrere Decken zur Seite. Das Gestell war so klein, dass Reav die Beine der Thronerbin anwinkeln musste.

»Was ist mit ihr geschehen?«

Nachdem der Gnom mehrere Kerzen entzündet hatte, begutachtete er sie kritisch. Reav trat währenddessen zur Seite und lehnte sich schnaufend gegen eine der dicken Baumwurzeln.

»Sie wurde vergiftet.«

Der Blick des Gnoms schnellte zu ihm herum. Abschätzend zog er eine buschige Augenbraue hoch, ehe er zu einer Vitrine voller Gläschen und Phiolen eilte.

»Welche Art von Gift?«

Unbehagen breitete sich in Reav aus.

»Aus dem Saft einer Leziavis Pflanze.«

Tarzdall hielt mit einem Schlag in seiner Bewegung inne. Unglauben und Enttäuschung spiegelten sich auf seinem bärtigen Gesicht wider. »*Du* hast sie vergiftet?«

»Das habe ich nicht«, entgegnete Reav harsch und stöhnte leise auf. Es schien Ironie des Schicksals zu sein, dass er nun ausgerechnet jene Person hatte aufsuchen müssen, die ihn einst über die Wirkungsweise diverser Gifte unterrichtet hatte. »Zumindest nicht direkt. Sie hat selbst in die Klinge gefasst.«

»Die du ihr sicherlich nur zum Spaß hingehalten hast«, kommentierte der Gnom, bevor er zwei braune Fläschchen und einen Tiegel aus dem Schrank zog. Reav atmete hörbar aus und schenkte Tarzdall einen warnenden Blick. Zugegeben, es war vielleicht nicht seine klügste Entscheidung gewesen, ihr den Dolch an die Kehle zu halten, doch wer hatte schon damit rechnen können, dass sie sich die Klinge vom Hals schlagen würde? Einen solchen Mut hatte er ihr nicht einmal ansatzweise zugetraut.

»Ich bin hier, damit du sie rettest und nicht, um mir irgendwelche Vorwürfe anzuhören.«

»Die kannst du als Bezahlung ansehen. Und glaub mir, ich bin noch lang nicht fertig. Dieses Gegengift bedarf einiger seltener Zutaten. Es wird mich Wochen kosten, einen neuen Vorrat anzulegen.«

Nachdem er den Inhalt des Fläschchens mitsamt einem schimmernden Pulver vermischt hatte, ging er schnellen Schrittes zurück zum Bett. Vorsichtig griff er nach der Hand der Thronerbin und bedeckte die Schnittwunde mit einer dünnen Schicht der angerührten Paste.

Instinktiv wollte Reav näher herantreten, doch diesmal knickte sein Bein vollends weg. Ein zischender Laut entfuhr ihm, ehe er vor Schmerz die Augen zusammenkniff.

»Jetzt setz dich verdammt nochmal hin!«

»Kannst du sie retten?«

Der Schweiß lief ihm über die Stirn. Er spürte, wie ihn seine Kräfte mit jedem Atemzug verließen, doch er konnte sich nicht abwenden. Der Gnom musterte ihn mit einem derart intensiven Blick, dass Reav den Augenkontakt abbrechen musste.

»Ich weiß es nicht, doch ich werde es versuchen. Und jetzt setz dich ans Feuer, du blutest den gesamten Boden voll.«

***

Reav sog scharf die Luft ein, bevor er mit einem Ruck den abgebrochenen Pfeil aus seiner Wade zog. In diesem Moment war er dankbar, dass der Gnom ihn aufgefordert hatte, sich zu setzen, denn der Schmerz hätte ihn unweigerlich zusammensacken lassen. Umgehend drückte Tarzdall mehrere zusammengefaltete Tücher auf die blutende Wunde, die er zuvor mit einer übelriechenden Tinktur getränkt hatte.

»Du hast Glück«, murmelte der Gnom konzentriert, »der Pfeil ist nicht sehr tief eingedrungen. Mit ein wenig Ruhe und einem Kräuterverband sollte es bald heilen.«

Reav stieß einen abfälligen Laut aus und schüttelte den Kopf.

»Ich habe keine Zeit, um mich auszuruhen. Ich muss die Wunde schneller schließen.«

Tarzdall hob den Blick, während sich seine Miene versteinerte. Er wusste genau, was Reav vorhatte und welche Konsequenzen dies mit sich brachte.

»Auch wenn ich weiß, dass du nicht auf mich …«

»Richtig. Deine Meinung ist mir vollkommen gleich«, unterbrach Reav ihn und schenkte ihm einen unmissverständlichen Blick. Ein Moment der Stille folgte, ehe der Gnom damit fortfuhr, das übriggebliebene Verbandsmaterial wegzuräumen.

»Wie du willst. Doch auch wenn dich die Worte eines zweihundertfünfundsiebzigjährigen Waldbewohners nicht interessieren, so rate ich dir dennoch, damit bis zum Morgen zu warten. Je weniger du von seiner verfluchten Magie verwendest, desto besser.«

»Danke, aber ich weiß, was ich tue«, blaffte Reav und streckte das verwundete Bein aus. Tief in seinem Inneren wusste er, dass Tarzdall recht hatte und es falsch, wenn nicht gar niederträchtig war, ihn derart zu behandeln.

»Kümmere dich lieber um sie«, fügte er hinzu und deutete mit einem Wink seines Kopfes zum Bett, »sie hat deine Hilfe nötiger als ich.«

Kurz schaute der Gnom zu der jungen Frau hinüber, welche reglos dalag und um ihr Leben kämpfte, ehe er sich Reav erneut zuwandte, die dichten Augenbrauen nachdenklich zusammengezogen.

»Wer ist sie?«

Reav stöhnte leise auf und senkte die Lider. Tarzdall war schon immer unempfänglich für seine Launen gewesen.

»Falls du ihren Namen wissen willst, muss ich dich enttäuschen. Ich kenne ihn nicht«, erwiderte er und versuchte bewusst von ihrer wahren Identität abzulenken.

»Für jemanden, dessen Namen du nicht kennst, nimmst du ziemlich viel Aufwand auf dich. Und wir wissen beide, dass Nächstenliebe nicht unbedingt zu deinen Stärken zählt.«

»Wenn du meinst, mich so gut zu kennen, müsstest du eigentlich wissen, dass es hier wohl kaum um mich und meine Belange geht«, zischte Reav und funkelte Tarzdall wütend an. Er konnte genau sehen, wie sich die Gedanken des Gnoms überschlugen. Es dauerte nur wenige Augenblicke, bis er die einzelnen Bruchstücke zusammengefügt hatte und sich seine grünen Augen entgeistert weiteten.

»Du sollst sie zu *ihm* bringen?«

Mit einem genervten Schnaufen fuhr sich Reav durch das weißblonde Haar und ließ sich gegen die niedrige Stuhllehne sinken.

»Du weißt, dass ich keine Wahl habe«, erwiderte er gedämpft und schaute Tarzdall direkt ins Gesicht. Tiefe Falten durchdrangen die hohe Stirn und ließen seine lederne Haut noch zerklüfteter wirken. Ein grauer Bart umschloss die zu einer schmalen Linie verzogenen Lippen und betonte die gekrümmte Nase. Reav beobachtete, wie der Blick des Gnoms zu seiner Brust glitt, zu jener Stelle, an der sich das Amulett befand. Nein, es bedurfte keiner weiteren Erklärung, denn sie beide kannten die bittere Wahrheit. Solange er unter dem Einfluss des Schwarzmagiers stand, besaß er weder einen freien Willen noch konnte er sich seinen Befehlen widersetzen. Er war nichts weiter als eine Spielfigur, die Salis je nach Belieben vorrücken ließ.

»Das ist doch vollkommen absurd«, wetterte Tarzdall kopfschüttelnd, »du wirst mir jetzt sagen, wer sie ist, denn schließlich bin ich es, der sie heilen soll! Und versuche erst gar nicht, auszuweichen. Ich habe zwei

Augen im Kopf. Eines mag inzwischen vielleicht etwas unscharf sehen, doch selbst ich weiß, dass hier eine Menschenfrau liegt, die von hohem Rang ist. Allein die Edelsteine auf ihrem Kleid sind mehr wert als mein gesamter Besitz!«

Mühsam erhob sich Reav von seinem Stuhl und versuchte, den Schmerz in seinem Bein zu ignorieren. Er war gerade im Begriff, dem Gnom eine passende Antwort an den Kopf zu werfen, als ein schriller Laut durch die Höhle fegte und sie erschrocken herumfahren ließ.

Während Tarzdall mit nur wenigen Schritten bei der Thronerbin war, humpelte Reav hinterher und blieb mit weit aufgerissen Augen vor dem Bett stehen.

Wie von Sinnen schlug die Prinzessin um sich, schrie aus Leibeskräften und schien sich in einer Art Trance zu befinden. Schweißperlen glänzten auf ihrer Stirn, während sich ihr Körper unter Qualen aufbäumte.

»Greif nach ihren Armen und halte sie fest«, forderte der Gnom, während er erfolglos versuchte, nach ihrer verwundeten und nun zur Faust geballten Hand zu fassen.

Für einen kurzen Moment verharrte Reav an Ort und Stelle. Er wusste nicht genau, was ihn zurückhielt. Ihre Nähe oder die potenzielle Gefahr ihrer Magie? Vermutlich beides.

»Jetzt mach schon!«

Tarzdalls alarmierte Stimme ließ ihn schließlich nach vorne schnellen. Darauf bedacht, so viel Freiraum wie möglich zwischen seinem und ihrem Körper zu lassen, beugte sich Reav über die Thronerbin, packte sie an den Armen und drückte sie auf das weiche Kissen.

Kaum hatten seine Finger ihre eiskalte Haut berührt, begann das Amulett an seiner Brust zu glühen. Abermals spürte er ihre Magie. Sie wirbelte unkontrolliert durch die Luft, genährt von einer Stärke, die ihm wortwörtlich den Atem raubte. Blitze jagten durch seinen Körper und ließen ihn erschrocken nach Luft schnappen. Angespannt schloss er die Augen, presste die Kieferknochen zusammen und versuchte, dem Zittern seiner Gliedmaßen Einhalt zu gebieten. Doch wie von einer unsichtbaren Druckwelle getroffen wurde Reav plötzlich nach hinten geschleudert und prallte gegen Tarzdalls Esstisch.

»Reav? Reav, ist alles in Ordnung?«

Die Stimme des Gnoms wirkte ebenso besorgt wie verblüfft. Beunruhigt sah er zwischen ihm und der Thronerbin hin und her. Sie lag so ruhig da, dass Reav beinahe glaubte, sich alles nur eingebildet zu haben. Nur die rasche Bewegung ihres Brustkorbs und das schwarze, zerzauste Haar zeugten von dem vermeintlichen Kampf.

»Es geht mir gut«, log er und versuchte, seine Atmung unter Kontrolle zu bringen. Sein Kopf fühlte sich an, als wäre er mit voller Wucht gegen einen Felsen geschlagen. Er hatte keine Erklärung für das Geschehene, ein Umstand, der ihn mehr verunsicherte, als er zugeben wollte. Für ihn stand lediglich eines fest – er durfte ihr nicht zu nahe kommen. Eine durchaus frustrierende Erkenntnis in Anbetracht der Tatsache, dass sein Auftrag darin bestand, sie in die schwarze Festung zu bringen.

Mit einem dumpfen Pulsieren in den Schläfen beobachtete Reav, wie Tarzdall nach einem abgenutzten Kerzenleuchter griff, den Arm der Prinzessin inspizierte und ihre zur Faust geballten Finger öffnete.

»Reav?«

»Was?«

»Ich schätze, das solltest du dir einmal anschauen.«

Mit einem leisen Schnaufen stieß er sich vom Tisch ab und setzte sich humpelnd in Bewegung. Mit gebührendem Abstand trat er an Tarzdalls Seite und folgte seinem Blick. Nur am Rande nahm er wahr, wie sich sein Mund vor Verblüffung öffnete.

Die tiefe Schnittwunde wurde nicht länger von der angerührten Paste bedeckt, sondern hatte sich über die ganze Hand verteilt. Der Gnom hielt den Kerzenleuchter dicht neben ihren Arm, das warme Licht tanzte flackernd über ihre Haut und gab etwas preis, das so schön wie erschreckend war.

Ihr Blut schimmerte wie reines Gold.

»Ich frage dich jetzt zum allerletzten Mal«, begann Tarzdall mit finsterer Stimme, »wer ist sie?«

Noch während Reav nach den richtigen Worten suchte, in der Hoffnung, irgendein Schlupfloch zu finden, fiel sein Blick auf ihr Gesicht.

Sämtliche Gedanken kamen mit einem Schlag zum Erliegen, als ihre Lider zu flackern begannen.

Sie wachte auf.

7. IM ANGESICHT DES BÖSEN

Anthea

Ihre Lider fühlten sich so schwer an, als lägen Bleikugeln darauf. Es kostete Anthea sämtliche Kraft, ihre Augen zu öffnen, denn auch wenn die Wellen des Schmerzes allmählich versiegten, schien ihr Körper dennoch gelähmt.

Im ersten Moment nahm sie einzig schemenhafte Umrisse wahr, die sie nicht genau einordnen konnte. Sie glaubte, eine steinerne Wand zu erkennen, an der sich verschlungene Adern entlangzogen. Tanzende Schatten zeichneten sich auf ihrer Oberfläche ab und erweckten den Anschein, als würden sie sich bewegen. Wie Schlangen krochen sie über den Fels, doch schienen ihre braunen Körper weder einen Anfang noch ein Ende zu haben. Unterbewusst nahm sie den Geruch von Erde wahr, verbunden mit etwas, das unangenehm in der Nase stach.

Es war, als hätte Anthea über Jahre hinweg in der Dunkelheit ausgeharrt. Sowohl ihre Sinne als auch ihr Verstand wollten nur gemächlich erwachen, bis sie eine rasche Bewegung aus dem Augenwinkel wahrnahm. Sie versuchte den Kopf zu drehen, was dazu führte, dass ihre Sicht erneut verschwamm. Ein leises Stöhnen schlich über ihre Lippen. Erst jetzt bemerkte die Prinzessin, wie trocken ihre Kehle war.

»Wie fühlt Ihr Euch?«

Anthea konnte sich nicht daran erinnern, diese kratzige Stimme jemals zuvor gehört zu haben. Angestrengt zog sie die Stirn in Falten und verengte die Augen. Es dauerte einen Moment, bis die verwackelten Bilder zum Stillstand kamen und sie annähernd begriff, was sie dort vor sich sah ... oder vielmehr wen.

Die Thronerbin wusste nicht, ob sie träumte oder sie den Verstand verloren hatte. Vor ihr stand ein Wesen, das aussah, als wäre es einem der

Geschichtsbücher entsprungen, die man ihr in ihrer Jugend verboten hatte zu lesen. Die Kreatur beobachtete Anthea aus großen grünen Augen, ehe sie sich leise räusperte und einen Schritt nach hinten trat.

»Mein Name ist Tarzdall. Ihr braucht Euch nicht zu fürchten. Niemand hier wird Euch etwas tun.«

»W-wo …«

Die Prinzessin hielt krächzend inne und begann zu husten. Ihr Hals brannte wie Feuer. Gequält verzog sie das Gesicht und versuchte, den Kopf anzuheben. Wo war sie, und wieso fühlte sie sich so schwach?

»Sie braucht Wasser, schnell! Da hinten steht ein voller Krug!«

Kaum hatte das Wesen die Worte ausgesprochen, vernahm Anthea das Geräusch gedämpfter Schritte. Langsam versuchte sie sich ein Stück aufzurichten, als ein brennender Schmerz durch ihre Hand fuhr. Sogleich senkte sie den Blick auf diese und erkannte eine tiefe Schnittwunde, die quer über ihre Innenfläche verlief. Ihre Hand wurde von einer grünen Paste bedeckt, deren scharfer Geruch in der Nase stach.

»Ihr hattet großes Glück. Nur ein paar Stunden später und das Gift hätte Euch getötet. Nicht viele halten dem Saft der Leziavis Pflanze so lange stand.«

Verwirrt runzelte Anthea die Stirn und versuchte, den Sinn hinter diesen Worten zu verstehen. *Gift?*

Mühsam versuchte sie sich die letzten Stunden ins Gedächtnis zu rufen, doch ihr Kopf fühlte sich an, als wäre er unter einem Felsbrocken begraben.

»Hier.«

Erst als sie den mit Wasser gefüllten Tonbecher erblickte, wurde ihr bewusst, wie durstig sie war. Zitternd streckte sie die unversehrte Hand danach aus und trank das Gefäß halbleer. Für einen kurzen Moment senkte die Prinzessin ihre Lider und spürte erleichtert, wie das Brennen im Hals an Intensität verlor. Als sie ihre Augen wieder öffnete, schaute sie dankbar zu jener Person hinauf, die ihr den Becher gegeben hatte … und erstarrte.

Hunderte Gedanken schossen zeitgleich durch ihren Kopf. Erinnerungen durchzogen ihren Geist, vermischt mit blutigen Bildern und den Schreien sterbender Männer.

»Nein!«

Aus einem inneren Impuls heraus warf sie den Becher in seine Richtung und versuchte so viel Raum wie möglich zwischen sich und ihr Gegenüber bringen. Doch die Thronerbin kam nicht weit. Kaum hatte sie sich bewegt, spürte sie schon die kalte Steinwand an ihrem Rücken. Sie war gefangen.

Mit pochendem Herzen beobachtete sie, wie der Mann, der ihr noch vor wenigen Stunden einen Dolch an die Kehle gehalten hatte, erst auf sein nasses Wams und anschließend in ihr Gesicht sah.

Als sich ihre Blicke trafen, verschlug es ihr wortwörtlich die Sprache. Die Schwäche ihres Körpers kämpfte gegen die aufsteigende Panik an. Anthea konnte ihn nur mit weit aufgerissenen Augen anstarren. Das warme Kerzenlicht zeichnete tiefe Schatten auf sein Antlitz. Es hob die markanten Züge und das kräftige Kinn hervor. Einige Strähnen seines weißblonden Haares hingen ihm ins Gesicht, der Rest fiel zerzaust herunter bis zu den Schulterblättern. Seine hünenhafte Gestalt würde vermutlich selbst gestandene Männer einschüchtern, doch das, was die Prinzessin am meisten fürchtete, waren seine Augen.

Falls sie eine Farbe besaßen, so wurde sie von einem weißen Nebelschleier verdeckt. Ihre Sinne mochten sie täuschen, doch sie war sich sicher, dass sich die milchigen Fäden bewegten. Anthea brauchte den Namen ihres Entführers nicht zu kennen, um zu wissen, wer er war. Wie von selbst drangen Marius' Worte in ihr Gedächtnis und vermischten sich mit reiner Todesangst.

Vor ihr stand der Sohn des Bösen.

»Verdammt, hör auf sie so anzusehen! Merkst du denn nicht, dass sie völlig verängstigt ist?«

Das Wesen, welches sich ihr als Tarzdall vorgestellt hatte, drängelte sich an der großgewachsenen Gestalt vorbei und kam vorsichtig auf sie zu. Antheas Glieder versteiften sich schmerzhaft. Sie fühlte sich wie ein Reh, das mit einem Bein in die Schlinge getappt war und nun wehrlos mitansehen musste, wie der Jäger immer näherkam.

»Bitte verzeiht, wir wollten Euch nicht erschrecken. Ihr braucht keine Angst zu haben.«

»W-wo bin ich?«

»Ihr seid in einer Höhle am westlichen Rand des veterischen Waldes«, antwortete Tarzdall ruhig.

»Nein«, hauchte Anthea entsetzt und versuchte die Tragweite zu erfassen, die diese Aussage mit sich brachte. Die Gedanken überschlugen sich in ihrem Kopf, vermischten sich mit hunderten Fragen und schrecklichen Befürchtungen. Wo war Isobel? Was war mit ihrem Vater und Marius geschehen? Waren sie etwa alle …? Nein, nein das durfte nicht sein. Sie konnte die Vermutung nicht einmal gedanklich formulieren. Das Blut rauschte durch ihre Adern, als sie erneut in die verschleierten Augen ihres Entführers sah. Sie mochte am Ende ihrer Kräfte sein, vermutlich konnte sie nicht einmal aufstehen, doch die Angst um jene, die sie liebte, hielt ihre Sinne am Leben.

»Was habt Ihr ihnen angetan?«, wisperte sie, während jede Faser ihres Körpers erzitterte. Doch anstatt ihr zu antworten, verschränkte der Sohn des Bösen die Arme vor der Brust und musterte sie mit undurchdringlicher Miene.

Wieso um alles in der Welt sagte er nichts? Sein Schweigen ließ ihre Befürchtungen mit jedem Atemzug realer werden. Anthea nahm nur am Rande wahr, wie heiße Tränen über ihre Wangen rannen. Eisern hielt sie den Blick auf den Mann vor sich gerichtet, doch sie erkannte nichts in seinem Gesicht. Er zeigte weder eine Regung noch den Hauch einer Emotion.

»Was habt Ihr ihnen angetan?«, schrie Anthea nun verzweifelt, doch hielt ihre Stimme der Anstrengung nicht stand. Abermals begann sie zu husten und griff sich instinktiv an den Hals. Ihr Puls pochte unter den kalten Fingern. Sie spürte, wie die erlösende Ohnmacht langsam zurückkehrte, doch sie hielt vehement dagegen. Die Prinzessin brauchte Antworten, sie musste durchhalten.

»Von wem spricht sie?«

Tarzdall schaute besorgt zwischen ihnen hin und her, die Stirn in tiefe Falten gelegt.

»Ich habe nicht die leiseste Ahnung.«

Die Stimme des Sohns des Bösen war so dunkel wie eine Nacht ohne Sterne. Ähnlich einem tiefen Grollen, das Antheas Haut mit Hunderten feinen Nadelstichen überzog.

»Keine Ahnung?«, wiederholte sie heiser und hoffte, in einem Alptraum gefangen zu sein.

»Ich rede von der Frau, die an meiner Seite war. Von meinem Vater und dem Mann, der die Kutsche mitsamt der Leibwache verteidigt hat«, schluchzte sie, während die Bilder in aller Grausamkeit durch ihr Gedächtnis zogen.

»Ich sah, wie Ihr die Männer getötet habt, wie Ihr meinen ... wie Ihr den Soldaten gegen den Kutschkasten gedrückt habt. Ich hörte seine Schreie«, klagte sie und spürte, wie sich ihre Verzweiflung zu Wut wandelte. Vollkommen gleich, was sie für Marius empfand, ein solches Schicksal hatte er nicht verdient. Niemand hatte das. Ihr Entführer starrte sie unterdessen wie versteinert an, lediglich die Muskulatur seiner verschränkten Oberarme verspannte sich.

»Habt Ihr sie getötet?«

Für einen kurzen Moment sahen sie einander schweigend an. Abermals bohrte sich sein Blick in ihren und Anthea stellte mit Entsetzen fest, dass sich die Nebelschleier in seinen Iriden tatsächlich bewegten. Wie von Sturmböen bewegt zogen sie durch seine Augen und gaben, wenn auch nur kurz, einen grauen Grund preis.

»Nein.«

Es war nur ein einziges Wort, doch es löste einen Strudel von unzähligen Emotionen in ihr aus. Die Wucht riss Anthea gnadenlos mit und drohte sie zu übermannen. Sie wusste nicht, ob der Sohn des Bösen log, doch sie musste sich an die verschwindend geringe Hoffnung klammern, dass er die Wahrheit sagte.

»Was wollt Ihr von mir?«

Ein weiterer Moment der Stille folgte, der nur durch das Knistern eines kleinen Feuers in der Mitte der Höhle unterbrochen wurde.

»*Ich* will gar nichts von Euch.«

Das ergab keinen Sinn. Anthea versuchte den aufsteigenden Schwindel zu unterdrücken und das Pochen in ihrer Hand zu ignorieren. Ihr Blick verschwamm.

»Ihr habt versucht, mich umzubringen.«

Der Sohn des Bösen schnaufte frustriert.

»Mitnichten. Ihr habt selbst in die vergiftete Klinge gegriffen.«

Hätte die Prinzessin auch nur ein wenig mehr Kraft besessen, hätte sie vermutlich freudlos aufgelacht.

»Wenn Ihr mich weder töten wolltet noch Interesse an mir habt, wieso bin ich dann hier?«

Der Sohn des Bösen tauschte einen Blick mit Tarzdall aus, der die Situation angespannt beobachtete.

»Das reicht jetzt. Genug der Fragen.«

»Nein, das könnt Ihr nicht ...« Anthea wollte protestieren, doch ihre Stimme brach mitten im Satz ab. Tanzende Funken zerstoben vor ihren Augen, sie war am Ende ihrer Kräfte. Ihr Körper verlor den Kampf gegen die Ohnmacht.

»Ich muss zurück.«

Sie wusste nicht, ob sie die Worte nur gedacht oder tatsächlich ausgesprochen hatte, doch es spielte keine Rolle mehr. Noch während sie versuchte, ihrem Entführer ins Gesicht zu sehen, verschwamm seine Gestalt. Das warme Kerzenlicht wurde zu flüssigem Gold vor ihren Augen und Anthea verlor abermals das Bewusstsein.

***

Reav

Noch während er dabei zusah, wie die Thronerbin in sich zusammensackte, breitete sich ein bitterer Geschmack auf seiner Zunge aus. Kaum war ihr geschwächter Körper zurück auf das Bett gesunken, eilte Tarzdall an ihre Seite. Er beugte sich dicht vor ihr Gesicht und schien zu überprüfen, ob sie noch atmete.

»Und?«

Sein Tonfall klang ungehaltener als beabsichtigt.

»Sie braucht Ruhe«, erwiderte Tarzdall knapp.

»Wird sie das Gift besiegen?«

»Wenn du ihr keinen weiteren Grund gibst, sich derart aufzuregen, dann vielleicht. Tatsächlich besitzt sie mehr Kraft als ein gewöhnlicher Mensch«, antwortete der Gnom und funkelte ihn zornig an. »Was mich ein letztes Mal zu meiner Frage führt. Du sagst mir jetzt, wer sie ist, denn Salis wird wohl kaum eine gewöhnliche Frau für seine Pläne brauchen. Und ich rate dir, mich weder zu belügen noch etwas vor mir zu verheimlichen, denn wir wissen beide, dass ich dich durchschaue.«

Reav musterte sein Gegenüber abschätzend. Er wusste, dass es keinen Sinn ergab, Tarzdall etwas vorzuspielen. Schließlich kannte ihn der Gnom besser als jeder andere.

»Also gut«, schnaufte er, zog sich mühsam einen Stuhl heran und streckte sein verwundetes Bein so gut es ging aus.

Der Gnom musterte ihn streng, während er sich gegen eines seiner vielen Regale lehnte. Reav war noch nie ein Mann vieler Worte gewesen. Manchmal vergingen Tage, an denen er seine gesprochenen Sätze an zwei Händen abzählen konnte. Er berichtete Tarzdall in aller Kürze, wer die junge Frau war und wie sich der Hinterhalt abgespielt hatte. Dass er aufgrund ihrer Magie völlig aus der Fassung geraten war, verschwieg er allerdings.

Während seiner Erzählung veränderte sich die Miene des Gnoms mehrmals. Sein Ausdruck reichte von Erstaunen über Unglauben bis hin zu völligem Entsetzen. Nachdem Reav seinen Bericht beendet hatte, breitete sich ein bedrückendes Schweigen über ihnen aus. Es schien eine gefühlte Ewigkeit zu dauern, bis Tarzdall schnaufend den Kopf schüttelte und sich durch die schütteren grauen Locken fuhr.

»Du hast die Prinzessin der Goldenen Stadt entführt? An ihrem Hochzeitstag?«, hauchte er fassungslos und richtete seinen Blick erneut auf ihre zierliche Gestalt. Bedauern und Mitleid spiegelten sich in seinem Gesicht wider.

»Salis will sich ihrer Magie bemächtigen. Nur durch sie konnte das Reich so lange vor seiner Dunkelheit geschützt werden. Und da die Prinzessin ihren Palast niemals verlässt, war dies die einzige Gelegenheit.«

»Wenn sie das Böse bisher daran hindern konnte, über den silbernen Fluss zu gelangen, wie bist du dann hinübergekommen?«, fragte Tarzdall nachdenklich.

»Weil sie schwächer wird. Zumindest laut Salis' Theorie«, antwortete Reav und zog die Stirn in Falten. Er hatte bisher nur einen Bruchteil ihrer Magie zu spüren bekommen, doch allein dieser war ungemein mächtig gewesen. Je länger er darüber grübelte, desto mehr beschlich ihn der Verdacht, dass sie überhaupt nicht wusste, was dort in ihrem Inneren ruhte. Schließlich schien sie nicht einmal darüber nachgedacht zu haben, ihre Magie gegen ihn einzusetzen.

»Das würde durchaus Sinn ergeben«, murmelte der Gnom und strich sich über den zerzausten Bart, »doch eines erschließt sich mir bei alldem nicht.«

Reav schaute fragend zu ihm auf.

»Wir beide haben ihr Blut gesehen. Goldenes Blut. Und sowohl du als auch ich wissen, dass nur Wesen von elfischer Abstammung darüber verfügen. Und es gibt wohl kaum etwas, das Menschen mehr hassen, als ... nun ja, unsereins«, bemerkte er betrübt und schüttelte den Kopf. »Elfen, Waldgeister, Beschützer des Waldes ... Ihrem Hass gegen magiebegabte Völker sind keine Grenzen gesetzt. Wie kann es also sein, dass ausgerechnet die Thronerbin von Aurasis solches Blut in sich trägt? Von ihrer Magie ganz zu schweigen. Ich kenne nur wenige Geschichten über Elfenfürsten, deren Macht so groß war, dass sie damit ganze Reiche schützen konnten.«

»Ich weiß es nicht«, erwiderte Reav ehrlich.

»Salis erzählte einmal, dass das aurasische Volk glaubt, sie wäre von einem menschenähnlichen Gott gesegnet worden. Dass er einen Teil seiner Kräfte aus irgendeinem Grund auf sie übertragen hat. Ihr Volk sieht sie als eine Art Heilige an.«

Tarzdall stieß einen abwertenden Laut aus und verzog das Gesicht.

»Es gibt keine menschenähnlichen Götter. Es ist so typisch, dass dieses Volk für alles ein Gesicht braucht und sie jedwede Macht in gewisser Weise auf sich beziehen müssen«, schimpfte er und wandte sich mit einem Seufzen der Prinzessin zu.

»Irgendetwas sagt mir, dass sie von alledem wohl am wenigsten weiß. Ihr Schicksal ist zu bedauern.«

»Ihr Schicksal braucht dich nicht zu interessieren. Ebenso wenig wie mich«, entgegnete Reav bestimmt. Sie mochte die Thronerbin Aurasis' sein, doch für ihn war sie nichts weiter als ein Auftrag. Nicht mehr und nicht weniger.

»Es bestürzt mich, dass du so denkst«, bemerkte der Gnom und schaute Reav direkt ins Gesicht, »ich erinnere mich an eine Zeit, in der du nach Antworten gesucht und Salis' Befehle zumindest hinterfragt hast. In der du ...«

»Hör auf damit!«

Reavs Miene verfinsterte sich, ehe er sich mühsam von seinem Stuhl erhob. Er spürte, wie sich seine Muskulatur verkrampfte und die Haut unter dem Amulett zu prickeln begann.

»Diese Zeiten sind lange vorbei. Ich habe aufgehört nach etwas zu suchen, das unwiederbringlich ausgelöscht wurde. Ich sagte bereits, dass ich keine Wahl habe.«

»Nun, ich schätze, dann werde ich wohl mit dem Packen anfangen«, erwiderte der Gnom niedergeschlagen.

»Packen?«

»Du glaubst doch nicht allen Ernstes, dass ich noch hier sein werde, wenn Salis die Magie dieser armen Frau an sich gerissen hat. Kaum vorzustellen, zu was er dann fähig sein wird. Der Untergang des Menschenreichs scheint mir da nur der Anfang zu sein.«

Reav verstummte. Er wusste, dass Tarzdall recht hatte. Und dass ausgerechnet er es war, der all das Unheil in die Wege leitete.

***

Die Nacht war längst über dem veterischen Wald hereingebrochen, doch so sehr es Reav auch versuchte, er konnte weder Ruhe noch Schlaf finden. Erschöpft saß er vor der kleinen Feuerstelle und hielt den Blick in die tanzenden Flammen gerichtet. Tarzdall hatte der Prinzessin inzwischen eine Decke über den zierlichen Körper gelegt und war anschließend ohne ein weiteres Wort in einer angrenzenden Kammer verschwunden.

Mit einem leisen Seufzen beugte sich Reav nach vorne, lockerte den Verband und begutachtete die Pfeilwunde an seiner Wade. Die Blutung war inzwischen gestoppt, doch das schmerzhafte Pochen wollte nicht nachlassen. Er würde in diesem Zustand nicht mal einen halben Tagesmarsch durchhalten. Ihm blieb keine andere Wahl. Er musste die Verletzung am kommenden

Morgen mithilfe von Salis' Magie heilen. Ein notwendiges Übel, das einen nicht zu unterschätzenden Preis mit sich brachte. Denn jedes Mal, wenn er die Dunkelheit zum Zwecke der Heilung einsetzte, blieb etwas davon in ihm zurück. Ein unsichtbarer Teil blieb an ihm haften und breitete sich wie eine langsam voranschreitende Fäulnis aus.

Mit einem frustrierten Schnaufen verschloss er den Verband. Wie er doch diese endlosen Nächte hasste. Nur zu gern wäre er hinausgegangen und ziellos durch den Wald gestreift. Nun jedoch war er mit sich und seinen Gedanken allein. Eine Situation, die es dringlich zu vermeiden galt. Fahrig erhob er sich von seinem Stuhl und schritt durch die Höhle. Sein Blick glitt über die zahlreichen in Leder gebundenen Bücher, die beinahe alle Wände einnahmen. Sie stapelten sich teilweise bis zur Höhlendecke, lagen übereinander oder waren zwischen Kerzen und milchigen Gläsern angeordnet. Gedankenverloren zog Reav ein paar der Bücher heraus und betrachtete die verschlissenen Einbände. Manche besaßen eine elfische Prägung, andere waren in der Sprache der Gnome verfasst worden. Er fand sogar einige wenige, welche die aurasische Schrift enthielten, deren Wörter er lesen konnte, selbst wenn er sich den Menschen schon lang nicht mehr zugehörig fühlte.

Tief in seinem Inneren wusste Reav, dass er nirgendwo hingehörte. Für solch eine verfluchte Kreatur wie ihn gab es keinen Platz in der Welt. Er wandelte wie ein Schatten zwischen den Völkern.

Rastlos, heimatlos, allein.

Rasch wandte er den Blick von den Büchern ab und richtete seine Aufmerksamkeit auf die schlafende Prinzessin. Nachdenklich musterte er ihr Gesicht. Obwohl sie schlief, wirkten ihre Züge angespannt.

Unweigerlich dachte Reav an den Moment zurück, als er der Thronerbin zum ersten Mal in die Augen gesehen hatte. Für gewöhnlich war er nicht fähig, während eines Kampfes irgendetwas zu fühlen. Sobald die Magie in seinen Geist drang, versetzte sie ihn in einen Blutrausch. Doch in dem Moment, als die Prinzessin vor ihm auf dem kalten Waldboden gelegen hatte, war irgendetwas geschehen. Ihr Blick hatte sich in seinen Geist gebrannt und die Dunkelheit schlagartig zurückgedrängt. Ähnlich einem Blitz, der den wütenden Sturm zerriss und für den Bruchteil einer Sekunde alles erhellte.

In jenem Augenblick hatte er etwas gefühlt. Etwas, das er nicht begreifen konnte, das wie Sand durch seine Finger glitt. Der Blutrausch war innerhalb eines Herzschlags zum Erliegen gekommen. Ihre Macht schien der des Schwarzmagiers in nichts nachzustehen und fühlte sich dennoch vollkommen anders an. Ganz egal, wie unschuldig diese Frau auch aussah, sie war gefährlich. Höchstwahrscheinlich mehr, als sie selbst ahnte.

Mit einem leisen Seufzen rieb sich Reav über das unrasierte Kinn und schüttelte erschöpft den Kopf. Irgendetwas sagte ihm, dass die kommenden Tage ihn mehr kosten würden, als er bereit war zu zahlen.

8. GEFANGEN

Anthea

Als die Prinzessin am nächsten Morgen erwachte, fühlte sie sich wie benommen. Die gesamte Nacht hindurch war sie von verzerrten Bildern und fremdartigen Stimmen heimgesucht worden. Insgeheim hatte sie gehofft, all die schrecklichen Ereignisse nur geträumt zu haben, doch allein der Geruch von nasser Erde, vermischt mit einem intensiven Kräuterduft, suggerierten ihr das Gegenteil. Als Anthea die Augen aufschlug, schaute sie auf eine steinerne Wand. Die Geräusche von knisterndem Holz und klapperndem Metall drangen an ihre Ohren und veranlassten sie dazu, sich zögerlich umzudrehen. Ihr Blick schweifte über abgenutztes Mobiliar, welches in der gesamten Höhle verteilt stand. Ob Truhen, Kommoden oder gläserne Vitrinen, alles war willkürlich platziert und wirkte dennoch in gewisser Weise einladend. Ein sanftes Licht tauchte die Szenerie in einen warmen Schein. Die Schatten der letzten Nacht schienen gewichen. Doch als sich ihre Aufmerksamkeit auf die kleine Feuerstelle richtete, setzte sich Anthea ruckartig auf. Eine Bewegung, die das bärtige Wesen bemerkte, welches bis zu jenem Augenblick damit beschäftigt war, in einem beuligen Kessel zu rühren.

»Guten Morgen«, begrüßte sie Tarzdall und lächelte freundlich. »Wie fühlt Ihr …?«

»Wo ist er?«

Suchend ließ sie den Blick durch sämtliche Winkel der Höhle schweifen, doch fehlte von ihrem Entführer jede Spur.

»Er ist draußen und wird vermutlich auch noch eine Weile dort bleiben. Ihr braucht keine Angst zu haben«, erwiderte Tarzdall ruhig und trat langsam um den Kessel herum. Während das Blut durch Antheas Venen rauschte, beobachtete sie, wie er eine volle Kelle des dampfenden Gebräus in eine

Kanne füllte und sie mitsamt einer angeschlagenen Tasse auf ein Tablett stellte. Unweigerlich runzelte die Prinzessin die Stirn. In Anbetracht der Tatsache, dass sie vor nicht einmal einem Tag entführt worden war, wirkte die gesamte Situation merkwürdig friedvoll. Sie passte nicht zu dem Schrecken, der ihr nach wie vor tief in den Knochen steckte. Unaufhörlich versuchte ihr Verstand, die missliche Lage zu analysieren, wobei ein Gedanke deutlich in den Vordergrund trat: Sie musste zurück. Ganz egal wie, doch sie musste es irgendwie schaffen, zu fliehen. Jede Minute, in der sie hier verweilte, war eine zu viel.

»Wie geht es Euch heute?«

Noch während Tarzdall nach dem Tablett griff, deutete er auf ihre Hand. Anthea folgte seinem Blick und zog überrascht die Stirn in Falten. Der Schnitt sah bei weitem nicht mehr so schlimm aus wie in der Nacht zuvor. Auch wenn die Haut noch immer gerötet war, so war die Wunde dennoch geschlossen. Die grüne Paste war inzwischen getrocknet und bröckelte in kleinen Stückchen ab.

»Na wenn das kein erfreulicher Anblick ist«, bemerkte Tarzdall lächelnd und stellte das Tablett auf einer Art Nachttisch ab. Anthea glaubte, eine Spur Erleichterung aus seiner Stimme herauszuhören. Eine Tatsache, die sie zunehmend verwirrte. Wieso begegnete er ihr mit so viel Freundlichkeit?

»Wieso habt Ihr mich gerettet?«

Sie ließ Tarzdall nicht aus den Augen. Er schien einen Moment über seine Antwort nachzudenken, ehe er leise seufzte.

»Ich mag vieles sein, doch ich bin ganz sicher kein Gnom, der eine junge Menschenfrau qualvoll sterben lässt.«

Ein Gnom? Sofort durchforstete die Prinzessin ihr Gedächtnis, doch waren nur wenige Fakten aus ihrer damaligen Lektüre hängengeblieben. Sie glaubte sich zu erinnern, dass Gnome äußerst bewandert in Mineralien- und Pflanzenkunde waren und ein hohes Lebensalter erreichen konnten. Außerdem hieß es, dass sie die Sprache der Bäume beherrschten und wirksame Heiltränke brauen konnten.

»Eurem Starren nach zu urteilen bin ich wohl der erste Gnom, den Ihr zu

Gesicht bekommt«, stellte Tarzdall schmunzelnd fest, bevor er die Kanne nahm und die dazugehörige Tasse mit einer dunkelbraunen Flüssigkeit füllte.

Ertappt sah Anthea an sich hinab. Erst jetzt wurde ihr bewusst, dass sie noch immer ihr Hochzeitskleid trug – oder das, was davon übrig war. Der Brokat war übersäht mit Schmutz und Grasflecken. Viele der Goldfäden hatten sich gelöst, während der bräunlich verfärbte Spitzensaum in Fetzen hing. Es war ein trauriger Anblick, der ihrem Herzen unweigerlich einen Stich versetzte.

»Glaubt Ihr, Ihr könnt eine Kleinigkeit zu Euch nehmen?«

Als Anthea aufschaute, hielt ihr Tarzdall die Tasse mit einem ehrlichen Lächeln entgegen. Misstrauisch beäugte sie das dampfende Gebräu, von dem ein starker Kräuterduft ausging. Mit all ihren Sinnen nahm sie den intensiven Geruch wahr und bereits nach wenigen Atemzügen begann ihr Magen dumpf zu knurren. Tarzdall zog aufgrund dieses unmissverständlichen Lauts die buschigen Augenbrauen hoch und hielt ihr die Tasse ein wenig näher hin.

»Das ist ein Stärkungstrank. Ich habe ihn heute Morgen nach dem Rezept meines Urahns aufgebrüht. Schon eine halbe Tasse reicht aus, um Euer Hungergefühl zu stillen.«

Anthea schaute skeptisch zwischen der dunklen Flüssigkeit und dem Gnom hin und her.

»Warum helft Ihr mir? Ich trage nichts bei mir, das ich Euch als Gegenleistung überlassen kann«, erwiderte sie und schaute ihrem Gegenüber direkt ins Gesicht. Von seiner Körpergröße abgesehen, hatte er ungemeine Ähnlichkeit mit einem Menschen. Lediglich die breite Nase und die großen, tellerartigen Ohren schienen ein Merkmal seiner eigentlichen Abstammung zu sein.

»Ich tue es, weil Ihr meine Hilfe braucht«, erwiderte er schulterzuckend. »Es mag vielleicht ein einfacher Grund sein, doch ich kann einer sterbenden Person nicht den Rücken kehren. Egal, wie sehr diese mich möglicherweise verabscheut.«

Diese Antwort war so schlicht wie bedeutsam. Sie veranlasste Anthea dazu, die Tasse schweigend entgegenzunehmen. Sie wusste, worauf Tarzdall anspielte, schließlich hatte sie ihr Leben lang inmitten von Menschen gelebt, die die Völker des veterischen Waldes verachteten.

»Ich verabscheue Euch nicht«, erwiderte sie ehrlich. Schon in ihrer Jugend hatte sie den tiefsitzenden Hass in den Herzen der Menschen nicht verstanden. Möglicherweise, weil sie sich den magiebegabten Wesen in gewisser Weise verbunden fühlte. Vielleicht, weil sie ebenso anders war, wie sie es waren.

»Ganz im Gegenteil sogar, ich bin Euch zu Dank verpflichtet«, fügte sie aufrichtig hinzu und vernahm abermals das laute Knurren ihres Magens, das mit einer aufsteigenden Übelkeit einherging. Angespannt sog sie den intensiven Kräuterduft ein, schluckte das Unbehagen hinunter und nahm einen vorsichtigen Schluck. Der herbe Geschmack breitete sich auf ihrer Zunge aus und wärmte ihren Magen binnen Sekunden. Überrascht setzte sie die Tasse noch einmal an ihre trockenen Lippen und trank etwas mehr. Sie konnte regelrecht spüren, wie sich ihre Muskulatur entspannte und sie sich sogleich ein wenig besser fühlte.

»Nun, ich glaube, Ihr seid der erste Mensch, der mir nicht mit Abscheu begegnet«, entgegnete Tarzdall lächelnd, ehe sich eine schmale Falte zwischen seinen Augen bildete.

»Allerdings seid Ihr kein gewöhnlicher Mensch, nicht wahr?«

Kaum hatte er die Worte ausgesprochen, spürte Anthea ein Kribbeln, welches sich blitzartig von Kopf bis Fuß ausbreitete. Angespannt ließ sie die Tasse sinken und schaute auf die Schnittwunde in ihrer Hand.

»Ihr habt mein Blut also gesehen«, stellte sie mit belegter Stimme fest.

»Das Feuer hat es preisgegeben«, bestätigte Tarzdall mit einem knappen Nicken. Antheas Gedanken begannen abermals zu rasen. Vielleicht konnte sie ihre Gabe nun zu ihrem Vorteil nutzen. Möglicherweise bestand doch noch ein wenig Hoffnung.

»Wisst Ihr, wozu dieses Blut imstande ist?«

»Ich hörte davon.«

»Dann flehe ich Euch an, mir noch einmal zu helfen. Ich muss zurück in die Goldene Stadt, und zwar so schnell ich nur kann.«

Die Augen des Gnoms weiteten sich, ehe er einen Schritt zurücktrat und das Tablett vom Nachttisch nahm.

»Es tut mir leid, aber das kann ich nicht.«

»Wieso nicht? Was hält Euch davon ab? Versteht doch, ohne mein Blut ist das gesamte Reich in Gefahr. Es geht hier nicht nur um mein Leben, sondern um das von Tausenden!«

Unter lautem Klirren stellte Tarzdall das Holztablett ab und seufzte frustriert. Auf seinem faltigen Gesicht zeichnete sich Unsicherheit, wenn nicht gar Sorge ab. Er schien hin- und hergerissen.

»Ich habe für Euch getan, was ich konnte, doch Reav ...«

»Reav?«

Die Prinzessin zog ungläubig die Augenbrauen hoch. So hieß der Sohn des Bösen also? Zugegeben, ein äußerst schlichter Name für einen solchen ... Mann.

»Glaubt mir, es ist sehr viel komplizierter, als Ihr Euch vorstellen könnt«, fügte er hinzu und vermied es, ihr in die Augen zu sehen.

»Ist es das?«

Anthea spürte, wie der kleine Hoffnungsschimmer zu erlöschen drohte, doch noch war sie nicht gewillt aufzugeben. Unwirsch strich sie sich das zerzauste Haar aus dem Gesicht und schob vorsichtig die Beine über die Bettkante. Sie musste so schnell wie möglich zu Kräften kommen, und es schien nur einen Weg zu geben, dies in aller Kürze zu erreichen. Gezielt schaute sie zu dem kleinen Loch in der Höhlendecke hinauf. Die Strahlen der frühen Morgensonne fielen in dünnen Lichtkegeln auf das dunkle Mobiliar und tauchten alles in einen warmen Schein. Langsam richtete sich die Prinzessin auf und versuchte, auf ihren wackeligen Beinen zu stehen. Sie musste sich beeilen, die Sonne konnte jeden Moment verschwinden.

»Was tut Ihr denn da? Ihr müsst Euch ausruhen!«

»Wenn Ihr mir nicht helfen könnt, muss ich mein Schicksal eben selbst in die Hand nehmen«, erwiderte Anthea und hätte aufgrund der Wahrheit, die diesen Worten zugrunde lag, beinahe aufgelacht. Vorsichtig ging sie auf einen der Lichtkegel zu. Ihr Arm zitterte, als sie die verwundete Hand ausstreckte und nur einen Atemzug später die Wärme der Sonne fühlte. Konzentriert schloss sie die Augen und spürte, wie ihre Haut zu prickeln begann. Die Magie erwachte zum Leben. Erst langsam, wie der ruhige Lauf eines Baches, dann immer schneller werdend, bis sie sich zu einem reißenden Fluss wandelte. Sie durchdrang ihren Geist, strömte durch jede Faser ihres Körpers und wurde schließlich ein Teil von ihr.

Als Anthea die Lider öffnete, schimmerten ihre Adern in einem goldenen Schein. Das Licht sammelte sich um die senkrecht verlaufende Wunde und umschloss sie vollends. Die Thronerbin spürte ein unangenehmes Brennen, doch konnte sie schon einen Herzschlag später beobachten, wie der Schnitt immer blasser wurde, bis er langsam verschwand. Ein leises Seufzen glitt über ihre Lippen, während die Magie ihr zu neuer Stärke verhalf und sie sich umgehend ein wenig besser fühlte. Es hatte bisher nicht viele Situationen gegeben, in denen Anthea dankbar für ihre Gabe gewesen war, doch jetzt, in diesem einen Moment, schickte sie ein Stoßgebet gen Himmel, in der Hoffnung, dass es den Sonnengott erreichte.

»Bei den Mächten der Arbonen.«

Tarzdall besah ihre Hand mit weit aufgerissenen Augen. Vorsichtig, fast schleichend, kam er auf sie zu, während sein Mund vor Verblüffung offenstand. Doch kaum, da die Magie Antheas Wunde geheilt hatte, verblasste der zarte Lichtkegel, der durch das Loch in der Decke geschienen war. Es dauerte nur wenige Atemzüge, bis ihre Adern zu ihrer normalen Färbung zurückkehrten und sämtliche Wärme aus der Höhle wich. Die Sonne war verschwunden und mit ihr der Zauber jenes Moments.

»Na sieh mal einer an. Wer hätte das gedacht?«

Die raue Stimme durchfuhr Anthea bis ins Mark und ließ sowohl sie als auch Tarzdall herumwirbeln. Erschrocken blickte sie in das Gesicht ihres Entführers, das in jenem Moment so hart wirkte, als wäre es aus Stein gemeißelt.

»Hätte ich gewusst, dass es nur ein wenig Sonnenlicht benötigt, um Euch zu heilen, hätte ich mir einige Unannehmlichkeiten erspart.«

Während der Sohn des Bösen in die Höhle trat, wich die Thronerbin intuitiv zurück. Obwohl sie seinen Anblick bereits in der vergangenen Nacht als furchteinflößend bezeichnet hätte, wirkte er nun noch gefährlicher.

»Wie ich sehe, hast auch du eine wundersame Heilung durchlebt.«

Tarzdalls Worte trieften vor Bitterkeit. Im ersten Moment konnte sich die Prinzessin keinen Reim darauf bilden, doch als sie dem Blick des Gnoms folgte, stellte sie fest, dass … wie hatte er ihn doch gleich genannt? Reav? Dass Reav nicht länger humpelte, sondern sich zielsicher auf sie zu bewegte. Ein Umstand, der Anthea dazu veranlasste, sich hektisch in alle Richtungen umzusehen, in der Hoffnung, irgendeine potenzielle Waffe zu finden. Als sie einen weiteren Schritt nach hinten trat, stieß sie gegen eine Kommode, auf der neben mehreren getrockneten Kräuterbündeln eine kleine Sichel lag. Ohne weiter darüber nachzudenken, griff sie danach und hielt die Klinge demonstrativ zwischen sich und dem Sohn des Bösen.

»Keinen Schritt näher.«

Überraschenderweise blieb Reav für einen Moment stehen.

»Ihr seid entweder mutig oder lebensmüde«, knurrte er. »Ich tippe eher auf Letzteres.«

Das Herz schlug der Prinzessin bis zum Hals. Nun, da die Magie ihren Körper gestärkt hatte, arbeitete ihr Verstand ohne Unterlass.

»Es freut mich allerdings zu sehen, dass Ihr wieder aufrecht stehen könnt«, bemerkte Reav und wandte sich zu Tarzdall.

»Wir brechen in Kürze auf.«

»Sie ist noch nicht …«

»Ich gehe nirgendwo mit Euch hin«, presste die Thronerbin hervor und hielt die Sichel ein wenig höher. Der Sohn des Bösen schnaubte, ehe er seine bleichen Augen verengte.

»Und wie wollt Ihr Euch dagegen wehren? Wollt Ihr mich etwa mit diesem lächerlichen Spielzeug in Eurer Hand verletzen?«

Antheas Finger begannen zu beben. Sie wusste, dass sie gegen dieses Monster rein gar nichts ausrichten konnte. Sie hatte schließlich miterlebt, zu was er fähig war.

Und dann ging plötzlich alles unheimlich schnell.

Wie aus dem Nichts schnellte der Sohn des Bösen nach vorne, riss ihr die Sichel aus der Hand und baute sich vor ihr auf. Ein spitzer Schrei entwich ihr, während sie sich panisch gegen die Kommode presste. Nur am Rande nahm sie wahr, wie Tarzdall sich ebenfalls in Bewegung setzte und dabei etwas in einer fremden Sprache zischte. Grob packte er Reav an seiner schwarzen Tunika, doch bewegte sich dieser nicht ein Stück von ihr weg.

»Reav, denke daran, wer du bist!«

»Du hältst dich hier raus!«, donnerte dieser und ließ Anthea nicht aus den Augen. »Hört gut zu Prinzessin, denn ich werde diese Worte nur ein einziges Mal aussprechen«, knurrte er ungehalten. »Ich habe weder Zeit noch Geduld für weitere Verzögerungen. Ihr könnt stehen, also seid Ihr auch in der Lage, Euch zu bewegen. Ihr werdet mit mir kommen, ob Ihr wollt oder nicht.«

Anthea biss die Zähne so fest zusammen, dass ihre Wangen zu schmerzen anfingen. Es verlangte ihr sämtliche Willenskraft ab, dem Sohn des Bösen ins Antlitz zu schauen. Er war gut eineinhalb Köpfe größer als sie und strahlte eine Kälte aus, die ihre Glieder erstarren ließ. Sie konnte deutlich spüren, welch gewaltige Magie von ihm ausging. Vielleicht wäre es klüger gewesen, ihn um Gnade anzuflehen, darum zu betteln, dass er sie verschone, doch solange noch ein Funken Magie durch ihre Adern floss, musste sie standhaft bleiben. Sie war die Thronerbin Aurasis'. Der Schutz des Reiches lag in ihrer Verantwortung. Sie durfte ihr Volk nicht im Stich lassen.

»Falls Ihr glaubt, dass ich Befehle von einem … von jemandem wie Euch entgegennehme, muss ich Euch enttäuschen«, presste sie hervor und krallte ihre Finger in das Holz der Kommode.

»Sprecht offen, Prinzessin. Hier gibt es niemanden, der Wert auf Anstand legt«, erwiderte der Sohn des Bösen provozierend und verzog die Lippen zu einer schmalen Linie.

Anthea sog scharf die Luft ein und schaute Reav direkt in die Augen. Die undurchsichtigen Nebelschwaden waren verschwunden. Nun blickte sie in ein weißes Nichts. Ohne Tiefe, ohne einen Hauch von Leben. Dieser Mann war das reine Böse. Nun wusste sie, wovor sie ihr Volk all die Jahre beschützt hatte. Und es war ebenjener Gedanke, der den Funken in ihrem Inneren zu einem Feuer entfachte.

»Ich weigere mich, Befehle von einem Monster anzunehmen«, zischte sie und legte all ihre Abneigung in jene Bezeichnung.

Für einen kurzen Moment glaubte Anthea, so etwas wie Verblüffung in seinem Gesicht zu erkennen. Für den Bruchteil einer Sekunde schien seine versteinerte Miene in sich zusammenzufallen und etwas preiszugeben, das sie nicht deuten konnte. Doch so überraschend dieser Ausdruck gekommen war, so schnell war er wieder verschwunden. Noch ehe sie reagieren konnte, beugte er sich nach vorne und kam ihr so nahe, dass sie seinen Atem auf ihrem Gesicht spüren konnte.

»Ihr wisst nichts von den Monstern dieser Welt.«

Reavs schneeweiße Augen drangen bis auf die Grundfesten ihrer Seele durch. Sein Blick durchbohrte sie, fesselte sie an Ort und Stelle und gab ihr das Gefühl, vollkommen wehrlos zu sein.

»Sobald ich das Pferd gesattelt habe, brechen wir auf«, knurrte er und betonte jedes einzelne Wort mit Nachdruck.

»Und um es noch einmal deutlich zu machen, es liegt allein bei Euch, wie beschwerlich diese Reise wird. Mir ist es gleich, ob Ihr lauft oder ich Euch hinterherschleifen muss, doch eines steht fest: Ihr werdet mit mir kommen.«

Mit diesen Worten machte er auf dem Absatz kehrt, schenkte Tarzdall einen letzten vielsagenden Blick und stapfte schweren Schrittes aus der Höhle.

Kaum da er aus ihrem Sichtfeld verschwunden war, sackte die Thronerbin in sich zusammen.

Anthea wusste nicht genau, wie lange sie in dieser Position verharrte. Es konnten Stunden oder nur Minuten vergangen sein, als Tarzdall langsam auf sie zutrat, das Gesicht von Mitleid gezeichnet.

»Es tut mir sehr leid.«

Anthea blickte ihm aus brennenden Augen entgegen, sah, wie sehr er mit sich rang, bis er schließlich seine breite Hand auf ihre legte. Sie spürte die Wärme seiner Finger, doch konnten sie nichts gegen die Kälte ausrichten, die sich über ihren Körper gelegt hatte.

»Ich kann mir vorstellen, wie Euch zumute ist.«

»Das bezweifle ich«, erwiderte die Thronerbin und hätte am liebsten geschrien. »In weniger als einem Tag habe ich alles verloren, was mir jemals etwas bedeutet hat. Ich habe mitansehen müssen, wie Dutzende Männer getötet wurden, ehe ich halbtot an einen fremden Ort verschleppt wurde. Ich weiß nicht, ob die Menschen, die mir etwas bedeuten, verletzt oder möglicherweise sogar tot sind. Und nun werde ich gezwungen, mit einem Mann zu gehen, der dem reinen Bösen entspringt«, fasste sie zusammen und war selbst überrascht, wie schonungslos die Worte über ihre Lippen glitten.

»Und all dies in dem Wissen, dass ich meinem Volk den dringend benötigten Schutz versage. Dass ich die mir zugeteilte Aufgabe nicht länger erfüllen kann. Verzeiht, doch ich kann mir nicht vorstellen, dass Ihr auch nur ansatzweise nachempfinden könnt, wie mir zumute ist.«

Kaum hatte sie den letzten Satz beendet, entzog sie dem Gnom ihre Hand und schaute zur Seite.

»Ihr habt wohl recht«, stimmte Tarzdall zu, »doch eines weiß ich dennoch sicher: Niemand sollte eine solche Last auf seinen Schultern tragen. Eine Tatsache, die Euch und Reav in gewisser Weise sogar verbindet.«

Wie bitte?

Anthea schenkte dem Gnom einen fassungslosen Blick und stieß einen verächtlichen Laut aus.

»Es gibt rein gar nichts, was diesen Mann und mich verbindet. Wie könnt Ihr Euch anmaßen, so zu reden, obwohl Ihr genau wisst, was er getan hat, und mir gleichzeitig Eure Hilfe versagen. Im Grunde genommen seid Ihr nicht viel besser als er.« Die Thronerbin konnte die Wirkung ihrer Worte förmlich sehen. Sie erkannte eine tiefe Traurigkeit in Tarzdalls Augen, ehe er die Lider schuldbewusst senkte. Mit hängenden Schultern wandte er sich von ihr ab und schnaufte erschöpft.

»Vielleicht habt Ihr auch in dieser Sache nicht ganz Unrecht. Doch glaubt mir, so gern ich Euch auch helfen wollte, ich kann es nicht. Sowohl Reav als auch ich sind Teil eines Ganzen, das so viel größer und mächtiger ist. Niemand von uns kann sich dem widersetzen. Eines jedoch solltet Ihr unbedingt wissen.«

»Und das wäre?«, fragte sie bitter.

»Der Schein trügt immer. Ganz gleich, was Ihr von mir oder Reav haltet, Ihr dürft diese Worte niemals vergessen. An einem Ort wie diesem können sie Euer Leben retten.«

9. DER SCHEIN TRÜGT IMMER

Reav

Nachdem er sein Pferd für die Abreise gesattelt hatte, trat Reav erneut in die Höhle, entschlossen, sich auf keine weitere Auseinandersetzung einzulassen. Seine Nerven waren auch ohne die trotzige Gegenwehr der Prinzessin bis zum Zerreißen gespannt. Er hatte die Schwelle zu Tarzdalls Heim noch nicht einmal überschritten, als die Thronerbin ruckartig zurück auf die Beine kam und ihn mit funkelnden Augen musterte. Ihr Blick war gezeichnet von Furcht und Hass, zwei starken Emotionen, die Reav nur zu gut kannte. So wie sie dort stand, in ihrem schmutzbesudelten Hochzeitsgewand und dem langen schwarzen Haar, welches ihr zerzaust über die Schultern fiel, wirkte sie vollkommen fehl am Platz. Sie passte ebenso wenig in diese Höhle wie er in einen Thronsaal. Für einen kurzen Augenblick hielt er inne und schaute sie lediglich an. Aber eines musste er der jungen Frau definitiv lassen – sie trug mehr Mumm in den Knochen, als er erwartet hatte.

In diesem Moment kehrte auch Tarzdall aus einer kleinen Nebenkammer zurück, in den Händen ein zusammengeknotetes Stoffbündel.

»Wir brechen auf«, verlautete Reav knapp und schaute zwischen dem Gnom und der Prinzessin umher.

»Ich gehe nirgendwo hin mit Euch«, wiederholte sie und versuchte dabei, eine entschlossene Miene an den Tag zu legen. Ein reichlich kläglicher Versuch. »Es sei denn, Ihr eskortiert mich zurück nach Aurasis.«

Das kam unerwartet. Perplex zog Reav eine Augenbraue hoch und hätte unter anderen Umständen womöglich aufgelacht.

»Ich fürchte, Ihr seid nicht in der Position, um zu verhandeln«, entgegnete er und rieb sich fahrig über den Nacken. Die Dunkelheit zog ungeduldig an seinen Nerven. Ein Gefühl, das ihn allmählich in den Wahnsinn trieb. »Ihr habt nun die Wahl. Entweder wir machen es auf Eure Art oder auf meine.« Eine angespannte Stille erfüllte die Atmosphäre, die dem Sohn des Bösen als Antwort genügte. Er hatte genug von derlei Spielchen.

»In Ordnung«, knurrte er und warf Tarzdall ein Lederband entgegen, welches er in weiser Voraussicht aus seiner Satteltasche geholt hatte. »Fessle ihr die Hände.«

»Wie bitte?« Die Entrüstung stand sowohl dem Gnom als auch der Prinzessin ins Gesicht geschrieben.

»Wenn sie sich nicht freiwillig hinausbegibt, dann muss sie eben geführt werden.«

»Das kann doch nicht dein Ernst sein«, erwiderte Tarzdall und legte das Bündel in seinen Händen zur Seite.

»Sehe ich so aus, als würde ich scherzen?«

»Reav, sie ist eine Prinzessin.«

Der Sohn des Bösen schnaubte verächtlich und sah der Thronerbin ins Antlitz.

»In ihrem Königreich mag sie das sein. Doch hier spielen Herkunft und Titel keine Rolle. Hier ist sie ein Niemand und von genauso geringem Wert wie wir.«

***

Anthea

Seine Worte zerschnitten die Luft, prallten von den Wänden ab und trafen Anthea härter, als sie zugeben wollte. Sie spürte, wie ihr Mut ins Wanken geriet und Widerstand gegen Hilflosigkeit ankämpfte. Sie war eine Gefangene. Nicht mehr und nicht weniger. Weder Rang noch Name würden ihr an diesem Ort weiterhelfen. Außerdem machte seine Aussage eines ganz deutlich: Mit Gegenwehr würde sie an dieser Stelle nicht weiterkommen. Er würde seinen Willen durchsetzen. Sei es durch Zwang oder Gewalt.

»Nun mach schon, wir haben ohnehin zu viel Zeit verloren«, knurrte der Sohn des Bösen an Tarzdall gewandt, der noch immer unschlüssig von einem Bein aufs andere trat.

»Das bist nicht du«, stellte der Gnom mit enttäuschter Stimme fest und hielt Reavs angsteinflößendem Blick mühelos stand.

»Da irrst du dich«, erwiderte dieser und deutete auffordernd in Richtung der Prinzessin.

Mit pochendem Herzen beobachtete sie, wie sich Tarzdall mit hängenden Schultern in Bewegung setzte.

»Es tut mir leid«, murmelte er betroffen und vermied es, ihr in die Augen zu sehen. Während Anthea auf das Lederband starrte, begannen sich ihre Gedanken abermals zu überschlagen. Wie sollte sie mit gefesselten Händen fliehen? Wie konnte sie diesem Monster entkommen, wenn sie mehr oder weniger an ihn gebunden war?

Während Tarzdall das Lederband vorsichtig um ihre Gelenke schnürte, stiegen ihr Tränen in die Augen. Alles in ihr schrie danach, sich zu wehren, den Gnom von sich zu stoßen und loszulaufen. Doch selbst wenn sie diesem Drang nachgeben würde, käme sie nicht weit. Nicht hier, nicht in dieser verfluchten Höhle.

Nein, in diesem Augenblick schien es tatsächlich sinnvoller, sich gegen ihre Instinkte zu stellen und die Situation nicht noch weiter zu verschlimmern. Wer wusste schon, was ihr der Sohn des Bösen als Nächstes antat? Ihre Hände mochten nun verbunden sein, doch ihre Beine konnte sie nach wie vor frei bewegen. Ihr gesamter Körper bebte, als Anthea sich zwang, tief einzuatmen. Sie musste unter allen Umständen versuchen, einen kühlen Kopf zu bewahren und nicht unüberlegt zu handeln. Für den Moment mochte Reav sie in seiner Gewalt haben, doch noch war sie nicht vollends geschlagen. Sie würde fliehen und wenn es das Letzte war, was sie tat.

Das war sie ihrem Volk schuldig.

»Ich wünschte, es gäbe einen anderen Weg«, murmelte Tarzdall, schloss den Knoten um ihre Handgelenke und trat schuldbewusst zurück.

Kaum hatte sich der Gnom ein Stück von ihr entfernt, kam ihr Entführer auf sie zu und griff nach den herunterhängenden Knotenenden.

»Dürfte ich nun erfahren, wohin wir gehen?«, fragte sie mit erstickter Stimme und spürte abermals, welch mächtige Magie von ihm ausging. Es war ein unangenehmes, kaum definierbares Gefühl. Beinahe so, als umgäbe ihn eine unsichtbare Aura, die sich auf alles Leben stürzte und ihm sämtliche Wärme entzog.

»Nach Norden«, erwiderte er knapp und zog so unsanft an den Bändern, dass die Thronerbin ins Taumeln geriet.

Nachdem Reav sie durch den Gang geführt hatte, nahm Anthea weichen Boden unter ihren Füßen wahr. Helles Tageslicht blendete ihre brennenden Augen. Sie spürte, wie ein kühler Luftzug über ihre Wangen strich und die feuchten Tränenspuren trocknete. Erst jetzt wurde ihr bewusst, wie stickig es im Inneren der Höhle gewesen war. Obwohl der Sohn des Bösen unnachgiebig an ihren Fesseln zog, hielten ihre Beine abrupt inne. Anthea spürte, wie ihr Herz einen Satz nach vorne machte und sich ihre Lippen vor Verblüffung öffneten. Vor ihr tat sich ein atemberaubender Anblick auf.

Während sich hinter ihr drei imposante Felsbrocken auftürmten und das Fundament für Tarzdalls Heim bildeten, erstreckte sich vor ihr eine riesige Waldlandschaft. Ganz egal, in welche Richtung sie auch sah, sie konnte nichts außer Bäumen erkennen. Das Tageslicht fiel in dünnen Kegeln durch das Geäst und tauchte die Umgebung in ein mystisches Zwielicht. Insekten huschten zwischen den einzelnen Strahlen umher und verloren sich in einem Tanz aus Licht und Schatten. Sie wiegten sich zur Melodie des Windes, welcher sich rauschend in den Baumkronen verfing und unzählige Blätter herabrieseln ließ. Wie Regentropfen fielen sie herab und tauchten den Boden in ein Meer aus Rot- und Brauntönen.

Die gesamte Szenerie war so schön wie einzigartig. Ein einziger Blick genügte, um Anthea den tiefen Zauber spüren zu lassen, der den Wurzeln dieses Waldes zugrunde lag.

Als Reav abermals an ihren Fesseln zog, fuhr ein stechender Schmerz, der sie unbarmherzig ins Hier und Jetzt zurückholte, durch ihre Handgelenke. Der Sohn des Bösen führte sie zu einem Baumstamm, dessen Rinde von Efeu überwuchert wurde. Erst auf den zweiten Blick erkannte die Prinzessin das angebundene Pferd dahinter, dessen rostbraunes Fell sich nahezu perfekt in die Umgebung integrierte. Nachdem er das Tier mit nur einer

Hand losgebunden hatte, griff er nach den Zügeln und drehte sich ihr entgegen. Sie ahnte, was ihr nun bevorstand.

»Steigt auf.«

Wie bitte?

Antheas Augen weiteten sich ungläubig. Wie sollte sie mit zusammengebundenen Händen auf den Rücken dieses Pferdes kommen? Einmal abgesehen von der Tatsache, dass sie seit ihrer Jugend nicht mehr geritten war. Wohin auch? Durch die polierten Gänge des Palastes? Der Gedanke an ihr Zuhause versetzte ihrem Herzen einen Stich und schürte den Zorn gegen ihren Entführer nur noch weiter.

»Nur für den Fall, dass es Euch entgangen ist: Die Bewegungsfreiheit meiner Hände ist momentan ein wenig eingeschränkt«, zischte sie und riss provokativ an ihren Fesseln. Ein Fehler, denn mit jeder ruckartigen Bewegung schnürte sich das Leder tiefer in ihre Haut.

»Dafür scheinen sowohl Eure Beine als auch Euer Mundwerk tadellos zu funktionieren«, erwiderte Reav genervt und zog sie näher an das Tier heran. »Und jetzt steigt auf Cavons verdammten Rücken.«

»Cavon?«, wiederholte Anthea und war durchaus erstaunt, dass das Pferd dieses Mannes einen Namen hatte. So viel Menschlichkeit hätte sie ihm nicht zugetraut.

»Richtig, und er hört wesentlich besser als Ihr«, erwiderte Reav bissig.

Anthea spürte ihren pochenden Puls bis in die Schläfen. Sie konnte kaum in Worte fassen, wie sehr sie diesen Mann verabscheute. Unsicher ließ sie ihren Blick über den Rücken des Pferdes schweifen und schluckte schwer.

»Vielleicht solltet Ihr versuchen, Euren Fuß in den Steigbügel zu stellen und Eure Hände über die Sattelhalterung zu legen. So könnt Ihr Euch hochziehen.«

Die kratzige Stimme ließ Anthea zusammenzucken. Über ihre Schulter hinweg sah sie zu Tarzdall, der abermals mit einem Bündel in den Händen vor ihnen stand und Reav mit funkelnden Augen ansah. Dieser stieß daraufhin nur einen missmutigen Laut aus und musterte die Prinzessin auffordernd.

»Na los!«

Anthea konnte sich nicht daran erinnern, wann sie sich das letzte Mal derart gedemütigt gefühlt hatte. Mit versteiften Gliedern trat sie so nah wie möglich an den Hengst heran und betete, dass er sie nicht umgehend abwerfen oder nach ihr austreten würde. Mit zittrigen Beinen versuchte sie einen Fuß in den Steigbügel zu heben, doch rutschte sie auf dem zerrissenen Saum ihres Kleides ab und fiel beinahe zu Boden.

»Verdammt nochmal, jetzt hilf ihr doch endlich!« Tarzdalls entrüstete Stimme hallte durch den Wald. Doch ehe Reav auch nur darüber nachdenken konnte, schnellte ihr Kopf in seine Richtung.

»Wagt es nicht, mich anzufassen«, fauchte sie und hoffte, dass ihre Stimme nicht so verzweifelt klang wie sie sich fühlte. Unter keinen Umständen wollte sie, dass ausgerechnet er ihr half. Von diesem Gedanken angetrieben, raffte Anthea ihr Kleid ein Stück nach oben und versuchte erneut, mit dem linken Fuß in den Steigbügel zu kommen. Diesmal schaffte sie es, zumindest ansatzweise Halt zu finden. Tarzdalls Worten folgend hob sie ihre gefesselten Arme nach oben, streckte sich so weit wie möglich aus und legte ihre zusammengebundenen Hände um den Zwiesel. Anschließend zog sie sich mit all ihrer verbliebenen Kraft nach oben, schwang ihr rechtes Bein über Cavons Rücken und schob sich keuchend in den Sattel.

Sie hatte es geschafft.

»Es geht doch.«

Schwer atmend schaute Anthea ihrem Entführer entgegen und verspürte den plötzlichen Drang, ihm ins Gesicht zu spucken. Ein Umstand, der sie selbst überraschte. Die zusammengebundenen Hände fest um das Zwieselhorn geklammert, versuchte sie sich in eine halbwegs aufrechte Position zu bringen – was in Anbetracht ihres langen Kleides einem wahren Kraftakt glich. Inzwischen bedeckte der schwere Stoff kaum noch die Hälfte ihres Unterschenkels und gab somit mehr preis, als der Thronerbin lieb war. Während der Wind über ihre entblößte Haut strich und sie unweigerlich frösteln ließ, schaute sie zu Reav zurück und beobachtete, wie Tarzdall ihm das verknotete Stoffbündel in die Hände drückte, ehe er sich direkt an sie wandte.

»Ich habe Euch ein wenig Proviant und einen Tiegel mit dem Rest der

Heilpaste eingepackt. Sie hilft gegen die meisten Gifte und beugt Entzündungen jeglicher Art vor. Vielleicht wird sie Euch noch von Nutzen sein.«

Seine stechend grünen Augen spiegelten den Zwiespalt in seinem Inneren wider. Vielleicht bereute er mittlerweile, dass er ihr nicht zur Flucht verholfen hatte. Doch wer wusste schon, was der Sohn des Bösen gegen ihn in der Hand hatte? Niemand würde sein Leben freiwillig aufs Spiel setzen, um eine Frau zu retten, die er nicht kannte oder ihm in irgendeiner Form etwas bedeutete. Noch dazu aus einem Volk, welches seinesgleichen verabscheute. Nein, tief in ihrem Inneren wusste Anthea, dass Tarzdall alles für sie getan hatte, was in seiner Macht stand. Er hatte nicht einmal ansatzweise etwas mit den bösartigen Waldbewohnern gemein, die in den meisten aurasischen Ammenmärchen eine tragende Rolle spielten.

»Danke, dass Ihr mich gerettet habt«, brachte sie stockend hervor und versuchte vergeblich, sich ein schwaches Lächeln abzuringen.

»Ich wünschte, ich hätte mehr für Euch tun können«, erwiderte er betrübt. »Doch ich bin froh, Euch getroffen zu haben, Prinzessin.«

»Anthea.«

»Was?«

»Mein Name lautet Anthea.«

Ein schwaches Lächeln lugte unter Tarzdalls grauem Bart hervor, doch noch ehe er zu einer Antwort ansetzen konnte, zerschnitt ein erstickter Aufschrei die Luft.

Antheas Blick schoss ruckartig zu Reav herum und blieb wie gebannt an ihm haften. Das sonst so undurchdringliche Gesicht war einer schmerzverzerrten Miene gewichen. Die Augen fest zusammengedrückt, presste er seine rechte Hand gegen den Brustkorb und stöhnte qualvoll auf. Die Thronerbin erkannte nicht, was es war, doch sah sie, wie sich seine Finger krampfhaft um etwas legten, was unter seiner Tunika verborgen lag. Etwas, das ihm offensichtlich entsetzliche Qualen bereitete.

»Reav? Reav was ist los?«

Tarzdall war bereits im Begriff, auf den Sohn des Bösen zuzueilen, als dieser plötzlich seinen Arm hob und abwehrend die Hand ausstreckte.

»Bleib zurück«, keuchte er mit einer Stimme, die so unmenschlich klang, dass die Prinzessin unweigerlich nach Luft schnappte. Abrupt blieb der Gnom stehen, während sich seine grünen Augen hilflos weiteten.

»Aber du …«

»Nein«, knurrte Reav, woraufhin Cavon nervös zu tänzeln begann. Ein Umstand, der Anthea einen ängstlichen Laut entlockte. Würde der Hengst durchgehen, wäre sie nicht imstande, ihn zu halten. Sie sah sich bereits hilflos zu Boden stürzen, als sich der Sohn des Bösen mit einem Mal umwandte, die Zügel mit beiden Händen packte und das Tier daran hinderte, sich aufzubäumen. In diesem Moment konnte sie ihm direkt ins Antlitz schauen und spürte, wie ihr das Blut in den Adern gefror. Die Kragenschnürung seiner Tunika hatte sich gelockert und gab den Blick auf seinen Hals und einen Teil der Brust preis. Und was die Prinzessin dort erblickte, verschlug ihr wortwörtlich die Sprache. Unter dem abgewetzten Stehkragen verbarg sich eine grobgliedrige Kette, die jedoch weniger auf der Haut lag, sondern sich vielmehr in sie eingebrannt hatte. Überall dort, wo das Metall seinen Hals berührte, erkannte sie schlecht verheilte Narben, über denen teils offene Wunden in Form von blutigen Abschürfungen verliefen. Dieser entsetzliche Anblick wurde nur durch die schwarzen Adern übertrumpft, die sich von seiner Brust bis hinauf zur Kehle zogen. Sie konnte nur einen Bruchteil von dem erkennen, was sich unter seiner Tunika verbarg, doch genügte es, um ihr eine schlagartige Übelkeit zu bescheren. Während Anthea wie gebannt auf die fürchterlichen Wunden starrte, schossen mehrere Gedanken gleichzeitig durch ihren Kopf. Welches Metall war dazu imstande, sich derart in die Haut zu fressen? Woher kamen die schwarzen Adern? Und wieso um alles in der Welt riss er sich die Kette nicht vom Hals?

All diese Fragen lagen der Prinzessin auf der Zunge. Doch als sein Blick den ihren traf und sich seine bleichen Augen bis in ihre Seele brannten, vermochte sie es weder, sich zu rühren, noch einen einzigen Laut von sich zu geben.

Zum ersten Mal war sich Anthea sicher, einen wahrhaftigen Gefühlsausdruck in Reavs Iriden erkennen zu können. Etwas, das so stark war, dass es seine versteinerte Miene überwand und ihr für den Bruchteil einer Sekunde offenbarte, was sich im Inneren des Monsters verbarg.

Schmerz.

Unüberwindbarer, gnadenloser Schmerz.

Die Prinzessin konnte nicht sagen, wie lange sie einander angestarrt hatten, doch als der Sohn des Bösen den Blickkontakt löste, zuckte sie unmerklich zusammen. Ihm entfuhr ein Grollen, das Anthea an das wütende Knurren eines Hundes erinnerte. Ihre Nackenhaare sträubten sich, als er mit einer unwirschen Bewegung die Kordeln seines Kragens festzog und jedweden Blick auf seinen Hals unterband. Den Schweißperlen auf seiner Stirn zum Trotz straffte er die breiten Schultern und nahm einen tiefen Atemzug. Für einen kurzen Moment sah es so aus, als wollte er etwas sagen oder vielmehr in die Tiefen des Waldes schreien. Stattdessen stieß er lediglich einen frustrierten Laut aus und zog auffordernd an den Zügeln. Mit einem widerwilligen Schnauben setzte sich Cavon in Bewegung und brachte jeden einzelnen Muskel in Antheas Körper dazu, sich zu verkrampfen. Hilflos umklammerte sie den Sattelknauf, drückte ihre Beine gegen die Flanken des Tieres und schaute ein letztes Mal zu Tarzdall, der sie mit einer Mischung aus Wut und Mitleid besah.

»Du machst einen Fehler«, bemerkte der Gnom, während Reav das Pferd an ihm vorbeiführte. »Noch ist es nicht zu spät.«

»Es ist längst zu spät«, seufzte der Sohn des Bösen.

»Ich schätze, wir werden uns nicht wiedersehen.«

»Wer kann schon sagen, was das Schicksal für uns bereithält«, antwortete der Gnom und musterte Reav mit durchdringendem Blick. »Pass auf dich auf, Junge.«

»Leb wohl, Tarzdall.«

Ein letztes Mal blickte Anthea auf den Waldbewohner hinab und fühlte sich so verloren wie niemals zuvor. Die Vorstellung, von nun an vollkommen allein mit ihrem Entführer zu sein, versetzte sie in helle Aufruhr.

»Denkt an meine Worte, Prinzessin«, hörte sie den Gnom sagen, ehe seine gedrungene Gestalt aus ihrem Sichtfeld verschwand.

»Der Schein trügt immer.«

10. IN DIE WILDNIS

Reav

Eine Weile bewegten sie sich schweigend durch die Tiefen des veterischen Waldes. Ein Umstand, der Reav mehr als willkommen war, denn er verlieh ihm die dringend benötigte Zeit, um seine Gedanken zu ordnen. Nachdenklich fuhr er mit der rechten Hand über die Konturen des Amuletts, das nach wie vor schwache Impulse durch seinen Körper schickte. Noch immer fiel es ihm schwer, zu begreifen, was in jenem Moment geschehen war.

Es war nur ein einziges Wort. Ein einfacher Name. Doch sein Klang hatte etwas in ihm ausgelöst, das ihn bis aufs Mark durchdrang.

Anthea.

Kaum hatte die Prinzessin ihren Namen ausgesprochen, war etwas in ihm erwacht. Es hatte sich angefühlt, als wäre ein Blitz in sein Gedächtnis eingeschlagen. Da war dieses Gefühl gewesen. Fremd und dennoch nicht ganz unbekannt. Nah und doch so weit entfernt. Es hatte sich warm angefühlt, einladend, beinahe vertraut. Doch noch ehe er es greifen konnte, war es von der Dunkelheit verschluckt worden. Binnen weniger Sekunden war das Amulett entflammt und hatte alles Licht verzehrt. Den Schmerz, den es dabei ausgelöst hatte, konnte Reav nicht einmal ansatzweise in Worte fassen. Es hatte ihn sämtliche Selbstbeherrschung gekostet, nicht schreiend zu Boden zu sinken und sich den verfluchten Qualen hinzugeben. Doch noch behielt sein Stolz die Oberhand. Er wurde vom Hass gegen Salis, von dem Reav vermutete, dass er für jenen Schmerz verantwortlich war, angetrieben. Aus irgendeinem Grund hatte der Schwarzmagier die Verbindung des Amuletts ausgenutzt, um das warme Gefühl im Keim zu ersticken. Über die Absichten konnte er nur spekulieren, die Erfahrung hatte ihn jedoch gelehrt, dass er die Antwort ohnehin niemals erhalten würde. Er tappte wie so oft in einer alles verschlingenden Dunkelheit. Diese Erkenntnis entlockte Reav ein leises Seufzen und ließ seinen Blick hinauf zum Himmel gleiten.

Der voranschreitende Nachmittag brachte Wind und einen seichten Landregen mit sich. Das Plätschern der Regentropfen verband sich mit dem Heulen des Windes und dem Aufschlagen der Pferdehufe zu einer unheimlichen Melodie, die alle anderen Geräusche unterdrückte und ihren Weg umso gefährlicher machte. In diesen Gefilden ruhte eine Magie, die so alt war wie die Zeit selbst.

Wild, mächtig und unzähmbar.

Schon die kleinste Unachtsamkeit konnte den sicheren Tod bedeuten. Ein Umstand, der Reav nur allzu gegenwärtig war.

»Wann werden wir eine Pause machen?«

Die gequälte Stimme der Prinzessin riss Reav aus seinen Gedanken. Nur kurz schaute er über seine Schulter zurück, doch reichte der flüchtige Blick aus, um zu erkennen, wie verkrampft sie auf dem Pferderücken saß.

»Wenn der Tag zur Neige geht.«

»Das wird noch Stunden dauern!«

»Drei, um genau zu sein.«

»Dann lasst mich wenigstens kurz absteigen, damit ich mir ein wenig die Füße vertreten kann.«

Während er ein genervtes Stöhnen von sich gab, brachte Reav Cavon neben sich zum Stehen und wandte sich der Thronerbin zu. Erst jetzt bemerkt er, dass sie am ganzen Körper zitterte. Regentropfen perlten von ihrem schwarzen Haar und fielen auf das durchnässte Kleid. Ihrem glasigen Blick lagen Erschöpfung und Verzweiflung zugrunde. Sie drohten das zornige Feuer ihrer braunen Augen zu löschen und trieben die Hilflosigkeit an die Oberfläche.

Ein Teil von ihm war durchaus erfreut über diese Entwicklung, denn je schneller ihr Widerstand schwand, desto geringer standen die Aussichten, dass sie heldenhaft die Flucht ergriff. Doch da war noch ein anderer, unerwartet hartnäckiger Teil. Reav konnte sich nicht daran erinnern, diesen jemals zuvor verspürt zu haben. Aber nun, da er die Thronerbin in solch einer Verfassung sah, schien es etwas in ihm zu bewirken.

Noch bevor er darüber nachdenken konnte, öffnete er einen Riemen unterhalb der rechten Satteltasche und zog eine zusammengerollte Wolldecke hervor. Unwirsch schlug er sie aus, wobei Unmengen an getrockneter Erde und braunen Grashalmen zu Boden rieselten. Anschließend warf er sie der Prinzessin über die Schultern, die ihn mit einer Mischung aus Verwirrung und Misstrauen musterte.

»Ich habe nicht nach einer Decke verlangt, sondern bat Euch um eine Pause«, bemerkte sie zerknirscht. Reav spürte, wie sich seine Nackenhaare sträubten und ein kribbelnder Impuls durch seinen Körper schoss. Scharf sog er die Luft ein und fuhr sich durch das nasse Haar. Waren alle Frauen aus adligem Hause derart spitzfindig?

»Seht Ihr das?«, fragte er grantig und deutete auf den unscheinbaren Weg vor ihnen. Verborgen unter nassem Laub und knorrigen Wurzeln mochte er für ein ungeübtes Auge nahezu unsichtbar sein. »Dies ist der alte Elfenpfad. Der einzig halbwegs sichere Weg durch diesen verfluchten Wald. Geht man nur um ein Weniges fehl, ist man für immer verloren. Und da ich kein Interesse daran habe, Euch erneut hinterherzulaufen, bleibt Ihr verdammt nochmal, wo Ihr seid.«

Ohne auf eine Antwort zu warten, befahl er Cavon, sich erneut in Bewegung zu setzen. Reav hatte genug von derlei Diskussionen. Das nächste Mal würde er sich die Decke einfach selbst umhängen. Sollte sie halt frieren!

»Ihr tragt keinen Funken Mitgefühl in Euch«, zischte die Prinzessin vorwurfsvoll.

»Ach ja? Wenn dem so ist, kann ich die Decke ja wieder unter den Sattel packen.«

»Das war kein Mitgefühl, sondern eine reine Notwendigkeit.«

»Tatsächlich?«

Der Sohn des Bösen warf der Thronerbin einen spöttischen Blick zu, den diese mit funkelnden Augen erwiderte.

»Wie soll ich Euch von Nutzen sein, wenn ich halb erfroren aus dem Sattel falle? Ihr braucht mich lebendig, also werdet Ihr alles dafür tun, um diesen Zustand so lange wie nötig aufrecht zu erhalten.«

Abrupt hielt Reav in seiner Bewegung inne und zog die Augenbrauen hoch. *Vielleicht wären die Fesseln zwischen ihren Lippen besser aufgehoben.*

»Hier geht es allein um Eure Belange. Würdet Ihr auch nur einen Funken Barmherzigkeit besitzen, hättet Ihr mich längst zurück zur Grenze gebracht. Doch Ihr bringt bereitwillig ein ganzes Volk in Gefahr. Und zu welchem Preis? Für Gold und Reichtümer? Ruhm und Ehre können es ja wohl kaum sein.«

Für einen kurzen Moment starrte Reav sie an. Schon lang hatte es niemand mehr gewagt, so mit ihm zu reden. Und obwohl ihre Worte an ihm hätten abprallen sollen, hinterließen sie dennoch einen bitteren Geschmack auf seiner Zunge.

»Verschont mich mit Euren Vorwürfen. Ihr wisst nichts über mich und meine Belange«, knurrte er zornig und zog so fest an den Zügeln, dass nicht nur das Pferd, sondern auch Anthea einen Satz nach vorne taten.

»Ihr seid ein herzloses Monster«, hörte er die Prinzessin hinter sich wispern, woraufhin er die freie Hand so fest zur Faust ballte, dass seine Nägel Abdrücke in der Haut hinterließen.

Wie recht sie doch hatte.

***

Anthea

Inzwischen waren ihre Glieder derart steif, dass Anthea allmählich den Glauben daran verlor, jemals wieder von diesem Pferd steigen zu können. Sowohl ihr Haar als auch ihr Kleid waren derweil so durchnässt, dass ihr die Kälte bis auf die Knochen drang. Obwohl ihr die Wolldecke zumindest ein wenig Schutz gewährte, konnte sie dennoch nichts gegen das unaufhörliche Zittern ausrichten.

Sie durchquerten den Wald nunmehr seit Stunden. Doch egal wie oft sich Anthea umsah, es schien kein Ende in Sicht. Selbst den sogenannten Elfenpfad konnte sie nur wage erahnen. Womöglich hatte Reav sie schlicht belogen und nur versucht ihr Angst einzujagen, damit sie gar nicht erst auf die Idee kam, zu fliehen. Ein Vorhaben, welches zum jetzigen Zeitpunkt ohnehin kaum zu bewerkstelligen war. Vermutlich würden ihre Beine sie gerade keine zehn Schritte tragen. Erschöpft hob sie den Kopf und spürte die Schwere der regendurchtränkten Decke auf ihren Schultern. Inmitten dieser unendlichen Anzahl an Bäumen, Sträuchern und Wurzeln hatte sie die Orientierung vollkommen verloren.

Ihre einzige Ahnung berief sich auf die Aussage, dass sie gen Norden gingen, wo sich ihrer Kenntnis nach die Grenze im Westen befinden musste. Gedanklich versuchte sich Anthea die große Landkarte ins Gedächtnis zu rufen, die an einer der vertäfelten Wände in der Palastbibliothek hing. So oft hatte sie davorgestanden, um sich die Namen der Städte, Ortschaften und Flüsse einzuprägen. Die Karte hatte das gesamte Königreich bis zum kleinsten Dorf abgebildet, den veterischen Wald jedoch nur grob skizziert. Sie erinnerte sich lediglich, dass sich im Norden das Salzgebirge erstreckte. Jener verfluchte Ort, an dem einst ...

Ein blitzartiger Impuls schoss durch ihren Körper und ließ sie leise nach Luft schnappen. Verstohlen richtete sie den Blick auf Reav, der schweigend neben Cavon herlief und starr geradeaus schaute.

Konnte das möglich sein?

In Aurasis galt Salis, der grausamste Schwarzmagier ihrer Zeit und ärgster Feind der Menschen, seit Jahrzehnten als tot. Seit der Nacht ihrer Geburt hatte ihn niemand mehr gesehen. Es hieß, dass die schwarze Festung inmitten des Salzgebirges längst zur Ruine verfallen war.

Doch was, wenn sich sowohl ihr Vater als auch Marius geirrt hatten? Wenn es sich bei den Aufständischen niemals um wildgewordene Elfen, sondern um Diener des Magiers handelte? Was, wenn es sich bei dem *Sohn des Bösen* nicht nur um einen belanglosen Beinamen handelte, den verängstigte Bauern hinter vorgehaltener Hand aussprachen, sondern um einen ernst gemeinten Titel?

Konnte Reav ein Abkömmling von Salis sein? Führte er sie deshalb nach Norden? Um sie in die schwarze Festung zu bringen? Erschreckenderweise ergab diese Vermutung mehr Sinn, als es Anthea lieb war. Ihre Lippen begannen zu zittern, ehe sie hinab auf ihre gefesselten Hände sah. Das Leder hatte mittlerweile die Oberfläche aufgeschürft und sich tief in ihre Haut geschnitten.

Ganz gleich, was auch geschehen würde, sie war auf sich allein gestellt. Noch lag das Gebirge fern und die Gelegenheit zur Flucht schien nicht vollkommen ausgeschlossen. Abermals ließ sie den Blick zu Reav schweifen und schluckte schwer. Eines war wohl sicher: Gelang es ihr nicht, zu entkommen, würde sie während oder am Ende dieser Reise sterben. Es schien alles eine Frage der Zeit und des passenden Moments zu sein.

Und Anthea war fest entschlossen, ihren Moment nicht verstreichen zu lassen.

»Absteigen, Prinzessin!«

Erschrocken riss die Thronerbin den Kopf hoch und schaute sich mit pochendem Herzen um. Sie musste mehrmals blinzeln, um ihren Blick zu schärfen und die Orientierung zurückzuerlangen. Wann um alles in der Welt war sie eingenickt? Wie lange hatte sie schutzlos in diesem elendigen Sattel gesessen? Die Dämmerung umhüllte den Wald inzwischen wie ein unsichtbarer Schleier, der ihm jegliche Farbe entzog. Die Nacht war auf dem Vormarsch und würde in Kürze alles in eine undurchdringliche Schwärze tauchen. Ein Gedanke, bei dem sich Antheas Nackenhaare sträubten.

»Falls Ihr auf einen Tritthocker wartet, muss ich Euch leider enttäuschen.« Reavs Stimme triefte nur so vor Spott. Während die Thronerbin ihn mit hasserfüllten Augen musterte, kam er langsam auf sie zu und zog ihr mit einem Ruck die durchnässte Decke von den Schultern. Umgehend spürte Anthea, wie die kalte Luft ihr Kleid durchdrang und sich ihre Glieder schmerzlich versteiften.

»Ihr wisst genauso gut wie ich, dass ich es mit verbundenen Händen wohl kaum von diesem Pferd schaffe«, zischte sie zornig und hoffte insgeheim, dass er sie endlich von ihren Fesseln befreien würde.

»Bisher ist jeder wieder auf dem Boden gelandet«, erwiderte Reav und zuckte mit den Schultern. »Wie, ist eine andere Frage.«

War das sein Ernst?

Für einen kurzen Augenblick starrte Anthea den Sohn des Bösen sprachlos an. Obwohl sie sich stets für eine wortgewandte Frau gehalten hatte, fiel ihr in diesem Moment keine passende Erwiderung ein. Dieser Mann war mehr als ein Monster. Er war ein verfluchter Sadist.

Als sie sich einen weiteren Herzschlag lang nicht rührte, schnaufte er genervt auf und verschränkte die Arme vor der Brust.

»Löst die Hände vom Zwiesel und hebt Euer linkes Bein über den Sattel. Dreht den Oberkörper dabei nach rechts, streckt die Beine durch und rutscht über das Leder nach unten.«

Vor einigen Jahren hatte Isobel der Prinzessin eine Geschichte erzählt, in der ein junger Knecht vergeblich versucht hatte, einem Esel Kunststücke beizubringen. Wochenlang hatte der Bursche ihm Kommandos zugerufen, doch das Maultier blieb davon ungerührt und hatte ihn nur mit großen runden Augen angesehen. Nun, jetzt wusste Anthea, wie sich der arme Esel gefühlt hatte.

Mit zusammengebissenen Zähnen lockerte sie ihre gefesselten Hände von der Sattelhalterung und bemühte sich, das linke Bein anzuheben. Kalter Schweiß bildete sich auf ihrer Stirn, während es in ihrem Inneren zu brodeln begann. Wahrscheinlich würde sie aus dem Sattel fallen und sich das Genick brechen. Der einzig erbauliche Gedanke bei diesem Szenario war der Fakt, dass sie dadurch die Pläne ihres Entführers durchkreuzen würde.

»Gefällt es Euch, mich derart zu demütigen?«

»Ihr kennt nicht einmal die Bedeutung von Demütigung, Prinzessin«, erwiderte der Sohn des Bösen zynisch.

Angetrieben von Wut und einem nicht zu unterschätzenden Maß an Trotz sammelte sie all ihre verbliebene Kraft und zwang sich, seine verdammten Anweisungen zu befolgen ... und geriet dabei aus dem Gleichgewicht. Anthea sah sich bereits auf den schlammigen Boden stürzen und stieß einen spitzen Schrei aus, als sie plötzlich einen starken Arm um ihre Taille spürte.

Ein prickelndes Gefühl jagte durch ihre Adern und ließ sie lautstark nach Luft japsen. Noch ehe sie wusste, wie ihr geschah, fand sie sich in Reavs

Armen wieder. Entsetzt kam sie zurück auf die Beine, schaute ihm in die bleichen Augen und glaubte, ihr Herzschlag würde auf der Stelle aussetzen. Für den Bruchteil einer Sekunde sahen sie einander an, gleichermaßen geschockt und vor Schreck erstarrt. Bis zu jenem Moment, als die Panik Anthea wie ein Lauffeuer durchzog. Wie von selbst schlugen ihre gefesselten Hände gegen seine Brust und versuchten sich aus seinem Griff zu befreien. Kurz glaubte sie, auf etwas zu schlagen, das einen dumpfen metallischen Klang erzeugte, doch nahm sie diese Tatsache nur unterbewusst wahr. Alles in ihr schrie danach, sich von diesem Mann zu lösen. Noch einmal trommelte sie gegen seinen Oberkörper, als sich sein Griff endlich lockerte. Hektisch wich sie zurück, ließ ihre Hände noch einmal nach vorne schnellen und traf ihn direkt am Kinn. Während sie beide zurücktaumelten, verlor Anthea endgültig das Gleichgewicht und fiel rückwärts in den aufgeweichten Schlammboden. Doch anders als erwartet merkte sie den Aufprall kaum.

Wie erstarrt beobachtete sie, wie sich der Sohn des Bösen perplex über die rote Stelle an seinem Kinn fuhr. Dabei erkannte sie, dass das Weiß seiner Iriden erneut von Nebelschwaden durchzogen wurde, die wir Sturmböen durch seine Augen tobten.

Einen Moment lang fürchtete sie, dass er sie nun töten würde. Sein Brustkorb hob und senkte sich heftig. Sie hörte seinen schweren Atem, sah, wie er die Kieferknochen aufeinanderpresste, während er sie so durchdringend musterte, dass sie die Angst regelrecht lähmte.

»Guter Schlag«, knurrte er und stieß einen herablassenden Laut aus. »Wer hätte gedacht, dass eine Prinzessin zu so etwas fähig ist.«

»Jeder ist zu so etwas fähig. Selbst ein Tier verteidigt sich, wenn es angegriffen wird.«

***

Reav

Was zum Henker war nur in ihn gefahren?

Während seine Finger über die pochende Stelle an seinem Kinn strichen, versuchte er zu begreifen, was soeben geschehen war. Noch immer hallte der plötzliche Aufschrei der Prinzessin in seinen Ohren wider. Ein Klang, der nicht nur seine Beine, sondern auch irgendetwas in seinem Inneren bewegt hatte. Erst, als er ihren Sturz abgefangen hatte und das Amulett mit einem Schlag reagierte, war ihm plötzlich bewusst geworden, was er da tat.

Merkwürdigerweise war der Schmerz diesmal jedoch erträglicher gewesen. Auch wenn die schwarze Magie erneut brennende Impulse durch seinen Körper geschickt hatte, war es ihm möglich gewesen, Anthea zu berühren, ohne dabei Gefahr zu laufen, den Verstand zu verlieren. Was möglicherweise auch der Tatsache geschuldet war, dass er sich weniger auf das Amulett konzentriert hatte, sondern vielmehr auf den erstaunlich kraftvollen Schlag der Prinzessin.

Das hatte man sie wohl kaum bei Hofe gelehrt.

Darum bemüht, sein Erstaunen zu verbergen, rief er sich ihre Worte ins Gedächtnis zurück. Trotz ihrer offensichtlichen Angst scheute sie sich nicht davor, ihm klar und deutlich die Meinung zu sagen.

»Ich habe Euch nicht angegriffen, sondern lediglich Euer Genick davor bewahrt, zu brechen.«

Reav beobachtete, wie sich ihre Lippen öffneten, nur um sich im darauffolgenden Moment wieder zu schließen. So, wie sie dort im Schlamm saß, mit glasigem Blick und Dreckspritzern über dem Gesicht verteilt, wirkte sie verlorener denn je.

»Vielleicht hättet Ihr mich fallen lassen sollen, um Euch den restlichen Weg zu sparen«, hauchte sie zynisch und senkte den Blick.

Reav schnaufte missmutig, ehe er mit großen Schritten auf sie zu trat und ein Messer aus der Gürtelhalterung zog. Als er sich zu ihr hinunterbeugte, bemühte sie sich zurückzuweichen, doch hinderte der nasse und rutschige Boden sie daran. Während er versuchte, seinen beschleunigten Herzschlag zu ignorieren, zog er an ihren Fesseln, legte die Messerschneide dazwischen und schnitt sie mit einem einzigen kraftvollen Ruck durch.

»Nicht heute, Prinzessin«, murmelte er und schaute ihr ein letztes Mal ins aschfahle Gesicht, ehe er zurück auf die Beine kam, die nasse Decke vom Boden aufhob und begann, ihr Nachtlager aufzuschlagen.

***

Anthea

Ihr Puls ähnelte den Schlägen einer Marschtrommel. Die Vibration durchzog sie von Kopf bis Fuß und verband sich mit dem Rauschen ihres Blutes.

Sie hatte mit vielem gerechnet. Mit Leid, Schmerz oder Tod. Jedoch nicht damit, dass Reav sie plötzlich von ihren Fesseln befreite. Ihr ungläubiger Blick ruhte nach wie vor auf seiner Gestalt, während die Angst allmählich versiegte. Wie in Trance schaute sie auf ihre aufgeschürften Handgelenke und die tauben Finger hinab.

Auch wenn der Verstand ihr sagte, dass er sie nur aufgefangen hatte, um seine Pläne zu verfolgen und sie vor einem verfrühten Tod zu bewahren, schien er doch ebenso erschrocken über sein Handeln gewesen zu sein. Sie konnte sein fassungsloses Gesicht noch immer vor sich sehen, die Ungläubigkeit über seine vermeintlich uneigennützige Tat. Wieso hatte sich die Farbe seiner Augen abermals verändert? Wie viele dunkle Geheimnisse lauerten hinter seiner undurchdringlichen Fassade?

Ein tiefes Heulen riss Anthea aus ihren Überlegungen und zog sämtliche Aufmerksamkeit auf sich. Angespannt schnellte ihr Blick durch den schier endlosen Wald.

Sie erkannte nichts. Nichts, außer der langsam voranschreitenden Dunkelheit und den Bäumen, deren knarrende Äste sie mit einem Mal an merkwürdig verdrehte Arme erinnerten. Unbeholfen richtete sie sich auf und schaffte es trotz zusammengepresster Lippen nicht, ein leises Stöhnen zu unterdrücken. Mehr gekrümmt als gerade bemühte sie sich, einen Fuß vor den anderen zu setzen, als das Heulen abermals die Luft zerschnitt.

»Was war das?«

Verunsichert wandte sie sich an Reav, der Cavon zu einem Baum führte, welcher sich direkt neben einer Reihe dorniger Sträucher befand. In ihrem Windschatten hatte er die nasse Wolldecke ausgebreitet und darauf die beiden Satteltaschen abgestellt.

»Waren das Wölfe?«, präzisierte sie ihre Frage und schaute sich nervös um.

»Hier leben keine Wölfe.«

Ohne sie eines Blickes zu würdigen, band er die Zügel um den Stamm und begann im Anschluss damit, sich nach irgendetwas auf dem Boden umzusehen.

»Was war es dann?«

»Vermutlich ein Naugirim«, antwortete der Sohn des Bösen und bewegte sich auf einen umgestürzten Baum zu. »Weswegen wir schnellstens ein Feuer machen sollten.«

Noch niemals zuvor hatte Anthea diesen Namen gehört, und dennoch verschaffte er ihr schlagartig eine Gänsehaut. Sie wusste nicht, was sie mehr beunruhigte: die Tatsache, dass sie nicht wusste, was ein Naugirim war, oder der Umstand, dass Reavs Vorhaben nahezu unmöglich schien.

»Wie wollt Ihr bei diesem Wetter ein Feuer entzünden? Das Holz ist vollkommen durchnässt.«

»Indem wir weniger reden und mehr arbeiten«, blaffte Reav und ritzte mit dem Messer eine Art Viereck in den toten Baumstamm. Anschließend löste er mithilfe der Klinge ein Stück der Rinde, rieb sie zwischen seinen Händen und kam auf Anthea zu.

»Ich habe Euch nicht umsonst von Euren Fesseln befreit. Nehmt das, setzte Euch hin und schabt eine dünne Schicht von der Unterseite ab.«

Bevor die Prinzessin reagieren konnte, hielt sie das Stück Rinde und ein kleines Messer in den Händen. Ungläubig schaute sie zwischen beidem hin und her, doch noch ehe sie ihre Gedanken aussprechen konnte, kam er ihr zuvor.

»Und falls Ihr damit liebäugelt, mir mit der Klinge die Kehle durchzuschneiden, nur zu. Das Blut lockt den Naugirim und den Rest seines Rudels nur noch schneller an.«

Fassungslos sah Anthea dabei zu, wie Reav davonstapfte und vollkommen ungerührt mit seiner Suche fortfuhr. Selbstverständlich war ihr als Erstes in den Sinn gekommen, das Messer gegen ihn zu richten. Nur was, wenn er recht hatte? Sie hatte nicht vor, aufgrund einer unüberlegten Handlung in Stücke gerissen zu werden. Seine Kenntnis über den Wald und dessen Kreaturen verschaffte ihm einen verfluchten Vorteil. Wäre die gesamte Situation nicht derart prekär, hätte sie vermutlich aufgelacht. Nun war sie zu allem Überfluss auch noch auf das Wissen, die Erfahrung und den Schutz ihres Entführers angewiesen. Ihre Lage schien sich mit jeder verstrichenen Stunde zu verschlimmern.

Während die Regentropfen in dünnen Rinnsalen von ihren Wangen perlten, bewegte sich die Thronerbin auf die Decke zu, ließ sich darauf nieder und besah die Rinde ein wenig genauer. Noch einmal schaute sie zu ihrem Entführer hinüber, der im schwindenden Licht der Dämmerung den Waldboden inspizierte und offenbar eine bestimmte Art von Ästen suchte, als das Heulen erneut ertönte. Es war ein tiefer, kehliger Klang, der nicht nur Anthea, sondern auch die Luft um sie herum erzittern ließ. Sofort schoss sowohl ihrer als auch Reavs Kopf in jene Richtung, aus der sie das Geheul vermuteten. Der Naugirim schien immer näher zu kommen. Während Cavon hinter Anthea unruhig schnaubte, trieb ihr klopfendes Herz sie zur Eile an.

Obwohl sie kaum Gefühl in ihren kalten Finger spürte, griff sie nach dem Messer und fuhr mit der Klinge über die Rinde. Sie wusste nicht genau, was sie da eigentlich tat, doch schien sich nach mehreren Versuchen eine dünne Schicht zu lösen. Je mehr Kraft sie aufwendete, desto mehr schabte sie von der rauen Fläche ab. Rasch bildete sich eine kleine Anhäufung von Holzfasern, die erstaunlicherweise trocken zu sein schienen. Noch ehe sie mit ihrer Arbeit fertig war, trat Reav an ihre Seite und ließ seine gesammelten Äste vor der Decke auf den Boden fallen.

»Das Messer«, forderte er knapp und riss es ihr mehr oder weniger aus der Hand. Während die Thronerbin beobachtete, wie er die Äste ebenfalls von ihrer Rinde befreite und anschließend der Länge nach zerschnitt, wölbte sie ihre Finger über die dünnen Holzfasern, in der Hoffnung, sie vor dem Regen zu schützen.

»Halten!« Kaum hatte er die Aufforderung ausgesprochen, drückte Reav ihr die bearbeiteten Äste in die Hände, zog eine der Satteltaschen zu sich heran und fischte zwei dunkelrote Steine daraus hervor. Kraftvoll schlug er sie über den Holzfasern gegeneinander, während seine Augen immer wieder zu den umliegenden Bäumen huschten. Anthea folgte seinem Blick und hielt unweigerlich den Atem an. Sie glaubte, einen Schatten im Dickicht erkannt zu haben, der sich rasch von Stamm zu Stamm bewegte. Sie betete, dass ihr Verstand sie lediglich betrog, als sie plötzlich ein schwaches Licht aus dem Augenwinkel wahrnahm.

Er hatte es geschafft. Eine kleine, jedoch munter tanzende Flamme erhob sich aus den gehobelten Fasern.

»Die Äste«, verlangte Reav knapp, woraufhin ihm die Prinzessin einen nach dem anderen reichte.

»Wird es genügen?«, fragte sie und schaute zurück zu den Bäumen.

»Vorerst«, murmelte der Sohn des Bösen und richtete die Äste über dem Feuer auf. Anthea vernahm ein leises Knistern, ehe sie den ersten Hauch von Wärme auf ihrem Gesicht spürte.

»Ein Naugirim greift seine Beute niemals alleine an«, bemerkte Reav und deutete in Richtung des Schattens. »Dieser hier ist nur die Vorhut. Es werden mehr kommen. Und nur das Feuer wird sie auf Abstand halten.«

»Habt Ihr nicht gesagt, der Elfenpfad wäre sicher?«, erwiderte die Prinzessin und schluckte schwer. Einen Moment lang schien der Sohn des Bösen über seine Antwort nachzudenken, ehe er seufzend einen weiteren Ast in die Flammen legte.

»Ich sagte, er wäre *halbwegs* sicher. Die Zeiten ändern sich, Prinzessin. Die Magie des Waldes versiegt und seine Naturgeister verwandeln sich in wilde, unzähmbare Kreaturen.«

11. DIE MACHT DES WALDES

Reav

Die Nacht war längst über ihnen hereingebrochen, als der Regen endlich an Kraft verlor. Das Feuer hatte sie glücklicherweise nicht im Stich gelassen, sondern brannte munter vor sich her. Nachdem sie ein wenig von Tarzdalls Proviant, bestehend aus etwas Brot und Trockenfleisch, gegessen hatten, verharrten sie stillschweigend im Schutz der Dornenhecke.

Trotzdem die Flammen sie vor einem Angriff des Naugirim-Rudels schützen würden, hielt Reav den Blick ununterbrochen auf die Schatten gerichtet. Ihre Größe entsprach der eines ausgewachsenen Fuchses, doch glichen ihre Reißzähne einer frisch gewetzten Klinge. Obwohl sie stets außerhalb des Lichtkegels blieben, stachen ihr glutrotes Fell und die leuchtend gelben Augen immer wieder aus der Dunkelheit heraus. Wie Geister huschten sie zwischen den Bäumen umher, darauf wartend, dass sich einer von ihnen auch nur ein Stück vom Feuer wegbewegte. Ihr Knurren hallte drohend durch die Finsternis und ließ Cavon, der dicht neben Reav an einem Baum gebunden stand, nervös schnauben.

»Werden sie die ganze Nacht dort lauern?«

Die Stimme der Prinzessin war nicht mehr als ein Flüstern.

»Bis zum Morgengrauen werden sie warten. Erst dann ziehen sie sich in ihre Erdlöcher zurück«, erwiderte Reav gedämpft und tastete nach dem Knauf seines Schwertes, welches griffbereit an seiner Seite lag.

»Wieso scheuen sie das Feuer?«

Bevor er zu einer Antwort ansetzte, ließ er seinen Blick über das Antlitz der Thronerbin schweifen. Die Flammen verliehen ihrem blassen Gesicht einen Hauch von Farbe. Ein goldbrauner Schimmer zeichnete sich auf ihrem schwarzen Haar ab, ein Glanz, der in perfekter Harmonie zu ihren goldenen

Adern stand. Trotz aller Umstände kam Reav nicht umhin festzustellen, dass sie eine natürliche Anmut ausstrahlte. Etwas, das nicht durch edle Kleider oder lächerliche Frisuren erzielt werden konnte, sondern wesentlich tiefer wurzelte.

Jetzt, da er sie so eingehend betrachtete, merkte er abermals das schwache, undefinierbare Gefühl in sich schwelen. Er spürte seine Existenz, den Drang, sich aus der Dunkelheit zu erheben, doch jedes Mal, wenn er danach greifen und es festhalten wollte, zerfiel es zu Staub.

Erst als die Prinzessin ihren Blick von den Bäumen löste und ihn erwartungsvoll ansah, erinnerte er sich daran, dass er ihr eine Antwort schuldete.

»Es sind Schattengeister«, erwiderte er und räusperte sich. »Kommen sie dem Licht zu nahe, verfängt es sich in ihrem Fell und setzt es in Brand.«

Ihr Gesicht spiegelte reine Verblüffung wider.

»Und dennoch trauen sie sich so nah zu uns heran?«

»Früher oder später treibt der Hunger jedes Lebewesen bis ans Äußerste«, entgegnete Reav und legte einen weiteren Ast in die funkensprühende Glut. Unweigerlich dachte er an seine Ausbildung in Caésirat zurück. An eine Zeit, in der nur diejenigen ein trockenes Stück Brot bekamen, die siegreich aus einem blutigen Zweikampf hervorgingen.

»Scheint, als wäre Euch dieses Gefühl nicht ganz unbekannt.«

Ertappt zuckte Reav zusammen, ehe er sie mit seinem Blick durchbohrte. Sie musterte ihn, als suchte sie in seinem Gesicht nach der Lösung eines Rätsels.

»Nicht alle haben das Glück, ein sorgloses Leben hinter goldenen Mauern zu führen, Prinzessin.«

»Hört auf damit.«

Verwundert zog er die Augenbrauen hoch und neigte den Kopf zur Seite. Es war erstaunlich, wie schnell ihre Stimme an Kraft gewann.

»Ihr wisst nichts über mich und mein Leben. Nur weil ich einen Titel trage, bedeutet das nicht, dass ich frei von Sorgen und Problemen bin.«

»Welche Probleme könnt Ihr schon haben?«

»Momentan seid Ihr mein Größtes.«

Das hatte gesessen. Ohne es bewusst wahrzunehmen, verzogen sich seine Mundwinkel zu einem schwachen Lächeln. Sie war nicht nur vorlaut, sondern auch schlagfertig. Zwei Eigenschaften, mit denen er die Thronerbin von Aurasis nicht zwingend in Verbindung gebracht hätte.

»Es belustigt Euch anscheinend, tausende Leben in Gefahr zu bringen?«

Einen Augenblick lang verspürte Reav den Drang ihr zu offenbaren, dass er ebenso wenig wie sie eine Wahl besaß. Doch zu welchem Zweck? Es würde nichts ändern. Ihre Würfel waren längst gefallen. Seufzend stieß er die Luft aus und schaute zurück in die Dunkelheit.

»Nein. Doch ein König, der den Schutz eines ganzes Reiches in die Hände seiner einzigen Tochter legt, ist durchaus lächerlich.«

»Wie könnt Ihr es wagen? Es ist meine Aufgabe und meine Pflicht–«

»Was? Eingesperrt in Eurem Palast für Euer Volk zu bluten? Das hat ja ganz wunderbar funktioniert.«

Hätten Blicke töten können, wäre Reavs Leben wohl auf der Stelle beendet gewesen. Die Augen der Prinzessin glitzerten vor Zorn. Ein wilder, jedoch unerwartet schöner Anblick.

»Ich wurde mit der Gabe des Sonnengottes gesegnet und …«

»Ach ja? Und wo ist Euer Gott jetzt? Wieso schützt er Euch nicht, wenn er Euch eine solch bedeutsame Gabe geschenkt hat?«

Unsicherheit legte sich auf ihre Züge und ließ sie nach Worten ringen. Sie schien ebenso entrüstet wie sprachlos. Ein Umstand, der ihre Wangen rötlich färbte.

»In dieser Welt ist sich jeder selbst der Nächste. Kein Gott wird Euch zur Hilfe eilen. Entweder Ihr kämpft, oder Ihr sterbt.«

***

Anthea

Noch niemals zuvor hatte es jemand gewagt, in solch einer Art und Weise mit ihr zu reden. Obwohl sie versuchte, seine Worte nicht an sich heranzulassen und sie als bloße Verhöhnung abzutun, umhüllte sie deren Bedeutung wie ein Nebelschleier. So wie Reav es ausdrückte, war sie nichts weiter als ein

Mittel zum Zweck. Eine kostbare Waffe, die es galt, hinter meterhohen Mauern zu verwahren, damit sie ihre Aufgabe anstandslos erfüllen konnte.

Schmerzlich wurde Anthea bewusst, dass Reavs harschen Worten ein wahrer Kern innewohnte. Sie war allein. So, wie sie es ihr ganzen Leben gewesen war. Nur Isobel hatte diese Einsamkeit mit Leben füllen können. Sie war die Einzige, die stets zu ihr gestanden und den Menschen in ihr gesehen hatte, der sie wirklich war. Der Gedanke an ihre Freundin trieb einen feinen Stich durch ihre Brust und ließ sie schwer schlucken. Waren sie, ihr Vater und Marius wohlbehalten in den Palast zurückgekehrt? Falls ja, hatte der König sicherlich längst einen Suchtrupp nach ihr entsandt. Denn auch, wenn sich einige mit Blut gefüllte Phiolen in den kalten Kellergewölben des Schlosses befanden, so war deren Anzahl nur begrenzt. Und obwohl es schmerzte, sich diese Tatsache eingestehen zu müssen, so war sich Anthea doch sicher, dass dieser Umstand ihren Vater mehr ängstigte als das Wohlergehen seiner Tochter. Er brauchte lediglich ihr Blut und ihre Stellung in der Erbfolge. Für mehr hatte er sich nie interessiert.

Bedrückt zog die Thronerbin ihre Beine an den Oberkörper, zuckte jedoch unweigerlich zusammen, als sie die Hände um ihre Knie legen wollte. Ihre Gelenke waren übersäht mit Schrammen und Abschürfungen. Wenn sie genau hinsah, konnte sie trotz ihrer schimmernden Adern die Einschnürungen erkennen, welche die Fesseln auf ihrer Haut hinterlassen hatten.

»Hier.«

Noch während sie den Kopf zu Reav drehte, zog dieser einen kleinen Gegenstand aus der Satteltasche hervor und warf ihn ihr entgegen. Instinktiv fing sie ihn auf und zog verwirrt die Stirn in Falten. Es handelte sich um eine verbeulte Metalldose, deren Oberfläche bereits an vielen Stellen schwarz angelaufen war. Skeptisch schaute die Prinzessin zwischen dem kleinen Gefäß und dem Sohn des Bösen hin und her, ehe sie den Deckel einen Spaltbreit öffnete und sogleich einen angewiderten Laut ausstieß. Ein herber, kaum definierbarer Geruch stieg ihr in die Nase, der sie beinahe würgen ließ. Entweder war in dieser Dose etwas verstorben, oder es befanden sich zumindest Teile von etwas Totem darin.

»Kein Grund, sich zurückzuhalten. Die meisten übergeben sich, wenn sie das erste Mal an einer Ursansalbe riechen.«

Noch während Anthea die Dose schloss, besah sie Reav mit einer Mischung aus Ekel und Misstrauen.

»Sollte ich wissen, was das ist?«

»Eine Mixtur aus Fett, Urin und den Beeren eines Malwenbaumes«, erwiderte er schulterzuckend.

Das war ein Witz. Zumindest war dies der erste Gedanke, der ihr in den Sinn kam. Allerdings hatte ihr Entführer bisher eine eher überschaubare Anzahl an Späßen gemacht.

»Also wollt Ihr mich am Ende doch vergiften?«

Der Sohn des Bösen verdrehte die Augen und schnaufte genervt. Es sah beinahe so aus, als hätte sie ihn in seiner Ehre verletzt. Doch wie konnte sie etwas verletzen, das nicht existierte?

»Soldaten verwenden diese Salbe nach einem langen Ritt. Sie hilft bei Abschürfungen aller Art. Sie wird die Schmerzen an Euren Gelenken lindern.«

Es dauerte einen Moment, bis die Prinzessin verstand, welche Art von Wunden normalerweise damit behandelt wurden. Allerdings konnte sie die Notwendigkeit nach den vergangenen Stunden im Sattel durchaus verstehen. Wie musste es wohl jenen Männern gehen, die tagelang auf dem Rücken eines Pferdes saßen? Skeptisch betrachtete sie die Metalldose, ehe sie diese zurück in Reavs Richtung warf. Verwundert fing er sie auf und besah sie mit hochgezogenen Augenbrauen.

»Danke, doch ich bin durchaus in der Lage, mir selbst zu helfen«, erwiderte sie und versuchte so entschlossen wie möglich zu klingen.

»Wie Ihr meint«, entgegnete er gleichgültig. »Dann fangt besser an, um Sonnenschein zu beten. Vielleicht erhört Euch Euer Gott ja diesmal.«

So wortkarg dieser Mann auch schien, so sarkastisch waren seine Äußerungen. Falls dies eine verschrobene Art von Humor sein sollte, hatte Anthea den Sinn dafür wohl gänzlich verloren.

»Wenn Ihr glaubt, dass Ihr mich mit Euren Worten trefft, muss ich Euch leider enttäuschen. Das haben schon ganz andere versucht.«

»Mitnichten. Ich wollte nur helfen.«

Verwundert zog die Prinzessin ihre Augenbrauen hoch.

»Falls Euch plötzlich der Sinn nach Nächstenliebe steht, dürft Ihr mich gerne gehen lassen.«

Zum ersten Mal vernahm sie sein raues Lachen. Ein unverhofft warmer, angenehmer Laut, der ihr merkwürdigerweise nicht ganz unbekannt erschien. Ähnlich einer verblassten Erinnerung, deren Existenz sie zwar spürte, jedoch nicht greifen konnte.

»Ich habe weniger Euch, sondern mehr mir selbst helfen wollen. So wie sich das Wetter verhält, werden wir morgen keinen einzigen Sonnenstrahl zu Gesicht bekommen«, erwiderte Reav und schaute in den Himmel hinauf.

»Und?«

»Ihr werdet Eure Wunden demnach nicht heilen können und spätestens nach drei Stunden im Sattel anfangen zu jammern.«

»Ein Grund mehr, mich gehen zu lassen«, entgegnete Anthea zynisch.

»Oder Euren Mund zu verschließen.«

Noch während sie diese angedeutete Drohung verinnerlichte, überkam sie ein plötzlicher Gedanke.

»Was wird Salis Euch eigentlich antun, wenn Eure Aufgabe misslingt und ich entkomme?«

Es war nur ein Versuch, ein spontaner Geistesblitz, in der Hoffnung, ihre schreckliche Vermutung zu widerlegen. Doch kaum hatte sie den Namen des Schwarzmagiers ausgesprochen, weiteten sich Reavs bleiche Augen. Sein erschrockener Gesichtsausdruck erstickte jeden Zweifel im Keim.

Beim Sonnengott, war Salis tatsächlich zurück?

»Das Gespräch endet an dieser Stelle«, knurrte er finster und wandte sogleich den Blick ab.

Nun, mehr gab es auch nicht zu sagen. Seine Reaktion war deutlich gewesen. Während der Puls gegen ihre Schläfen pochte, wurden Antheas Hände schweißnass. Wenn es wirklich stimmte und der Erzfeind ihres Vaters sich erneut erhob, musste jede einzelne Person des Reiches gewarnt werden. Sie schwebten in größerer Gefahr, als sie jemals vermutet hätte.

Fieberhaft versuchte die Prinzessin, ihre Atmung unter Kontrolle zu halten und der aufsteigenden Panik entgegenzuwirken. Sie brauchte nun einen klaren Kopf, denn eines war sicher: Solange sie auch nur eine Spur Kraft besaß, würde sie versuchen, ihrem Entführer zu entkommen. Koste es, was es wollte.

***

Das Erste, was Anthea verspürte, war ein ziehender Schmerz im Nacken. Träge tastete sie nach ihrer verhärteten Schulter, ehe sie die Augen öffnete und sich langsam aufrichtete.

Das frühe Licht des Tages fiel durch die hohen Baumwipfel und verdrängte die Dunkelheit. Allein die Kälte schien übriggeblieben und legte sich klamm auf Haut und Haar. Während sie zwischen den einzelnen Bäumen umher sah, sog sie erleichtert die frische Morgenluft ein. Reav hatte tatsächlich die Wahrheit gesprochen, denn von dem Naugirim-Rudel fehlte jede Spur. Alles, was sie nun erblickte, war die stille Erhabenheit des Waldes, der allmählich aus seinem Schlaf erwachte. Dieser Moment erschien so ruhig, beinahe idyllisch, dass sich die Prinzessin fast darin verloren hätte, wäre da nicht etwas gewesen, das all ihre Aufmerksamkeit mit einem Schlag auf sich zog.

Mehr liegend als sitzend lehnte Reav an einer der Satteltaschen und wirkte vollkommen in sich zusammengesunken. Seine sonst so verhärteten Gesichtszüge wirkten entspannt und verliehen seinem Antlitz ein fast jugendliches Aussehen. Das weißblonde Haar fiel ihm strähnig ins Gesicht und reichte bis zu den verschränkten Armen. Den Kopf nach unten geneigt, ruhte das Kinn auf seiner Brust, die sich in gleichmäßigen Zügen hob und senkte. Während Anthea das ungewohnt friedliche Bild ihres Entführers verinnerlichte, fuhr ein kribbelnder Impuls durch ihre Venen. Ein einziger Gedanke ergriff von ihr Besitz und ließ sie leise nach Luft schnappen.

Dies war womöglich ihre einzige Gelegenheit zur Flucht.

Binnen Sekunden breitete sich die Nervosität in ihrem Inneren aus. Unweigerlich biss sie sich auf die Unterlippe und ermahnte sich zur Konzentration. Sie durfte nun keinen Fehler machen.

Die Augen starr auf Reav gerichtet, versuchte sie so leise wie möglich auf die Beine zu kommen. Erst als sie aufrecht stand, wagte sie es, den Blick abzuwenden und sich umzusehen. Die Sonne war noch nicht vollends über dem Horizont aufgegangen, was bedeutete, dass sie vorerst intuitiv in den Wald laufen musste, in der Hoffnung, später eine genaue Richtung ausmachen zu können. Das Herz schlug Anthea bis zum Hals, als sie dem Sohn des Bösen ein letztes Mal ins Antlitz sah und sich schleichend von der Feuerstelle entfernte. Darauf bedacht, jedem morschen Ast auszuweichen, ließ sie die ersten Bäume hinter sich. Noch einmal schaute sie über ihre Schulter zurück und spürte, wie jede Faser ihres Körpers zitterte. Sie hatte es fast geschafft, es bedurfte nur noch ein paar Meter, bis sie aus Reavs Sichtweite verschwand. Anthea spürte, wie sich der glühende Hoffnungsschimmer zu einem Feuer ausbreitete und ihre Schritte beschleunigte.

Als sie den Blick erneut nach vorne richtete, nahm sie in einiger Entfernung ein schwaches Schimmern wahr, auf das sie instinktiv zuhielt. Es war weniger eine Ahnung, sondern vielmehr ein Gefühl, welches ihr sagte, dass sie diesen Weg einschlagen sollte. Davon geleitet, setzte sie einen weiteren Fuß nach vorn, als plötzlich ein lautes Knacken ertönte und sie nach vorne taumelte. Hastig schnellte ihr Kopf herum. Erst zu der von Ästen und Laub bedeckten Kuhle, in die sie getreten war und anschließend zurück zu Reav. Sie hörte, wie Cavon ein unruhiges Wiehern ausstieß, das viel zu laut durch den Wald echote. Ein Moment der Stille folgte und endete in einem zornigen Aufschrei. Antheas Augen weiteten sich vor Schreck, während ihr Herzschlag gemeinsam mit ihrem Atem aussetzte.

Es war zu spät.

Panisch wirbelte sie herum, raffte ihr Kleid und rannte in Windeseile los. Während sie zwischen Bäumen und menschenhohen Sträuchern umherhastete, waren all ihre Sinne einzig auf Flucht gerichtet. Selbst als sie über eine herausragende Wurzel stolperte und einen spitzen Schrei ausstieß, rappelte sie sich sofort wieder auf und rannte weiter. Das Blut schoss durch ihre Venen, als hinter ihr ein lautes Knacken ertönte. Obwohl es unmöglich schien, glaubte sie, Reavs Schritte wie Donnerschläge über den Waldboden hallen zu hören. Sie spürte die Vibration unter ihren Füßen, das Kribbeln auf ihrer Haut und die Panik, die ihr den Atem raubte.

Keuchend sprang sie über einen umgestürzten Baumstamm und versuchte anschließend, nicht geradlinig, sondern verwinkelt durch den Wald zu rennen. Ihre Lunge brannte wie ein tosendes Inferno, der Schweiß rann ihr über die Stirn, doch sie wagte es nicht, sich auch nur einmal umzudrehen.

Sie durfte Salis nicht in die Hände fallen. Sie musste es schaffen, irgendwie!

Erneut nahm Anthea das merkwürdige Schimmern wahr und riss den Kopf herum. Es schien nicht mehr weit entfernt und wirkte intensiver als zuvor. Als abermals ein Knacken hinter ihr ertönte, hielt sie in ihrer Verzweiflung darauf zu, in der Hoffnung, dass es etwas zu bedeuten hatte, dass es irgendetwas in diesem verfluchten Wald gab, das sie davor bewahrte, dem sicheren Tod in die Arme zu laufen.

Gehetzt eilte sie zwischen einer engstehenden Baumreihe hindurch, hastete durch ein Dickicht bestehend aus Dornenbüschen, die nicht nur ihre Arme, sondern auch den unteren Teil ihres Kleides aufriss, als sie plötzlich den Boden unter den Füßen verlor. Ein panischer Schrei entfuhr ihr, als sie nach vorne fiel, einen dichtbewachsenen Abhang hinabrollte und erst nach mehreren Metern auf ebenen Boden traf.

Im ersten Moment konnte Anthea nichts weiter tun, als regungslos liegen zu bleiben und nach Atem zu ringen. Der Aufprall hatte sämtliche Luft aus ihrer Lunge gepresst. Erst als sie bemerkte, wie etwas Warmes über ihre Wange glitt, drehte sie sich keuchend auf den Rücken und strich sich die langen Haare aus dem Gesicht. Anschließend hob sie die Hand und schaute auf ihre zitternden Finger. Es dauerte einen Moment, bis sich ihr Blick klärte und ein Gemisch aus dunkler Erde und frischem Blut preisgab. Sie betete, dass das Brennen, welches sie oberhalb ihres linken Wangenknochens verspürte, lediglich einem Kratzer entsprang. Mit einem leisen Stöhnen stützte sie sich auf ihren Ellenbogen und sah den Abhang hinauf. Zu ihrem Glück war er nicht besonders steil und mit einer Vielzahl fächerartiger Gräser bewachsen, die ihren Sturz abgefangen hatten. Während sie sich weiter aufrichtete, ließ sie den Blick über ihre Umgebung schweifen, doch konnte sie Reavs Gestalt nirgends erkennen. Hatte sie ihn womöglich doch abgehängt? Noch schien ihr Fluchtversuch nicht gescheitert. Sie musste weiter! Angespannt nahm sie einen tiefen Atemzug und war bereits im Begriff, zurück auf die Beine zu kommen, als die Erde unter ihr zu beben begann. Die Vibration durchzog sie von den Fingerspitzen bis zum Scheitel und ließ sie unweigerlich zurück zu Boden fallen. Das Herz trommelte wild gegen Antheas Brust, als sie aus dem Augenwinkel eine Bewegung bemerkte. Hatte Reav sie eingeholt? Panisch riss sie den Kopf herum, nur um im selben Augenblick zur Salzsäule zu erstarren.

Hunderte Male hatte sie von grausigen Ungeheuern gelesen. Von Kreaturen, die allein von furchtlosen Helden bezwungen werden konnten. Doch das, was sie nun erblickte, hätte sich kein Schreiber jemals ausdenken können.

Im ersten Moment sah es so aus, als wären die Bäume lebendig geworden. Die Äste schienen sich zu bewegen und schoben sich krachend durch den Wald. Doch dann ertönte ein Laut, der die Prinzessin an das Rauschen eines Wasserfalls erinnerte.

Donnernd, kraftvoll und unbezwingbar.

Sie war in eine längliche Senke gefallen, deren Ende sie nicht einsehen konnte, da sie sich um mehrere umgestürzte Baumstämme zog. Nun jedoch trat ein Wesen, das beinahe so groß wie ein Haus schien, hinter diesen Stämmen hervor. Mit weit aufgerissenen Augen starrte Anthea dem Naturgeist entgegen und bohrte krampfhaft ihre Finger in den Waldboden.

Dies war ihr Ende.

Ein einziger Blick genügte, um zu begreifen, dass niemand diesem Wesen entrinnen konnte. Nicht einmal in ihren kühnsten Träumen hätte sie sich eine solche Kreatur vorstellen können.

Der Körperbau erinnerte an den eines ausgewachsenen Ebers, doch zogen sich anstatt Borsten knorrige Äste über den Rücken. Seine Haut wurde nicht von Fell, sondern von dunkelgrünem Moos bedeckt, auf dem unzählige schimmernde Pilze wuchsen. Hinter seinem Rücken erhob sich ein dreigliedriger Schweif, dessen lange Enden wie Peitschen durch die Luft wirbelten und sich um die nächstgelegenen Baumstämme schlangen. Doch es waren weder der imposante Körper noch die scharfen Klauen, die Anthea in Furcht und Schrecken versetzten.

Nein, es war der riesige, skelettartige Kopf.

Zwei zerklüftete kreisrunde Hörner wuchsen aus jeder Schädelseite heraus. Ihre spitzen Enden ragten wie Speere in die Luft, bereit, jeden aufzuspießen, der sich ihm in den Weg stellte. Dunstwolken stiegen seinem geöffneten Maul empor und ließen die darüber befindlichen Hauer in einem feuchten Glanz erstrahlen.

Dieser Naturgeist verkörperte den veterischen Wald in all seinen Facetten. Wild, mächtig und jedem unbedeutenden Menschenwesen erhaben.

Starr vor Angst sah die Thronerbin der Kreatur entgegen und spürte erneut, wie die Erde unter ihr zu beben begann. Ihr Kopf befahl ihr zu rennen, doch ihre Glieder schienen wie gelähmt. Sie konnte sich nicht rühren.

Nachdem das Wesen ein weiteres Stück auf sie zugekommen war, hob es den Schädel und reckte seine Schnauze in die Höhe. Die Thronerbin hörte, wie es die Witterung aufnahm, wie es die Luft einsog und dabei ein Rauschen erzeugte, das dem eines tosenden Flusses glich. Einen Moment lang verharrte es in jener Position, bis es den Kopf schließlich senkte und sie aus funkelnden eisblauen Augen ansah. Ein blitzartiger Impuls schnellte durch Antheas Körper, der ihre Magie mit einem Schlag zum Leben erweckte. Es fühlte sich an, als reagiere die Macht in ihrem Inneren auf die des Naturgeistes. Als bestünde eine Verbindung zwischen ihnen, die sie weder verstand noch bewusst realisieren konnte. Der Blick aus seinen riesigen Augen schien bis auf die Grundfesten ihrer Seele vorzudringen. Und das, was es dort sah, löste eine Reaktion aus, die Anthea das Blut in den Adern gefrieren ließ.

Ruckartig hob der Naturgeist seinen Schädel und stieß dabei ein Brüllen aus, das nicht nur die Bäume, sondern auch die Luft erzittern ließ. Das Dröhnen durchdrang Anthea bis ins Mark und sorgte dafür, dass sich ihr Körper aus seiner Schockstarre löste. Während sie ruckartig zurück auf die Beine kam, neigte die Kreatur ihren Kopf und scharrte mit dem Vorderfuß. Panisch rannte die Prinzessin auf den dicht bewachsenen Hang zu und stieß einen verzweifelten Laut aus, als ihre Sohlen unter der aufgeweichten Erde nachgaben.

»Nein, bitte… bitte nicht«, wisperte sie, doch ganz egal wie fest sie ihre Beine in den Boden stemmte, sie rutschte immer wieder nach unten. Als sie abermals in der Senke landete, begann der Boden so stark zu beben, dass sie ins Taumeln geriet.

Entsetzt schnellte ihr Blick herum und sie sah, wie der Naturgeist auf sie zu preschte. Auch wenn sie wusste, dass es kein Entrinnen gab und jegliche Gegenwehr zwecklos schien, riss sie instinktiv die Arme nach oben, kniff die Augen zusammen und schrie aus Leibeskräften.

Die Sekunden zerrannen und jeder Herzschlag verformte sich zu einer Ewigkeit. Dem Unvermeidlichen gegenübergestellt, wartete Anthea auf den Schmerz, auf das Gefühl, dem Leben entrissen zu werden… doch es geschah nichts.

In ihrer Bewegung erstarrt, spürte sie einen heißen Luftzug, der ihr sämtliche Haare aus dem Gesicht trieb und einen intensiven Geruch nach sich zog. Nur zögerlich wagte sie es, ihre Lider zu öffnen, und konnte kaum glauben, was sie dort vor sich sah.

Ihre Augen weiteten sich, als sie in das imposante Gesicht des Naturgeistes schaute. Die Krallen fest in den Erdboden gerammt, war er nur Millimeter vor ihren ausgestreckten Händen stehengeblieben. Während sie ihren pochenden Pulsschlag in den Schläfen spürte, folgte die Thronerbin dem Blick der Kreatur und war sich spätestens jetzt sicher, träumen zu müssen.

Das war unmöglich.

Ihre Adern leuchteten. Obwohl nicht ein einziger Sonnenstrahl durch das Himmelszelt brach, schimmerten ihre Arme in goldenem Licht. In diesem Moment spürte Anthea ihre Magie in einer vollkommen neuen, beängstigenden Art und Weise. Ihr lag eine Stärke zugrunde, die ihr vollkommen unbekannt erschien. Da war dieses einzigartige, unerwartet mächtige Gefühl, das Anthea nur auf eine Weise in Worte fassen konnte: Freiheit.

Von dieser Erkenntnis überwältigt, schaute sie in die eisblauen Iriden des Naturgeistes, nahm die Verbindung zwischen ihnen wahr und konnte spüren, was das Wesen in jenem Augenblick fühlte.

Nein, dies war alles andere als eine blutrünstige Bestie. Sie nahm seinen Schmerz wahr, die brennende Wut und das Gefühl, sich selbst zu verlieren.

Ohne genau zu wissen, was sie tat, streckte Anthea ihre Finger aus und war bereits im Begriff, eines der gewundenen Hörner zu berühren, als ein dunkler Aufschrei die Luft zerschnitt und sie erschrocken herumwirbeln ließ.

Reav stürmte mit erhobenem Schwert den Abhang hinunter. Seine bleichen Augen waren starr auf den Naturgeist gerichtet, der sich in jenem Augenblick ebenfalls seinem Angreifer zuwandte, den Kopf senkte und den Sohn des Bösen mit geiferndem Gebrüll empfing.

12. DAS LEBEN, DER TOD UND DIE MAGIE DAZWISCHEN

Reav

In jenem Moment, in dem Reav aus dem Schlaf hochschreckte, wusste er bereits, was geschehen war.

Schlagartig kam er auf die Beine und schaute zu der leeren Stelle, wo die Prinzessin noch vor wenigen Stunden gelegen hatte. Hektisch ließ er den Blick in alle Richtungen schnellen, während sich sein Magen krampfhaft zusammenzog.

Du verfluchter Narr!

Hastig griff er nach seinem Schwert, eilte auf die umstehenden Bäume zu und hielt abrupt inne. Er nahm einen tiefen Atemzug, ehe er die Luft anhielt und in den Wald hineinhorchte. Es dauerte nur wenige Sekunden, bis sein trommelnder Herzschlag von einem lauten Knacken übertönt wurde, das in einem gedämpften Aufschrei endete. Umgehend stürmte Reav los und nahm die Verfolgung auf. Er musste die Thronerbin so schnell wie möglich erreichen, denn jeder Schritt abseits des Elfenpfads konnte ihr letzter sein.

Während Reav sich innerlich für seine eigene Dummheit schalt, sprang er über Baumwurzeln und wich abgebrochenen Ästen aus. Niemals hätte er sie von ihren Fesseln befreien dürfen! Wie hatte er nur glauben können, dass sie seine Warnungen bezüglich des Waldes ernst nehmen würde? Sie war verdammt nochmal eine Gefangene!

Abermals hielt er in seinem Lauf inne und schaute sich um. Die Bäume wirkten wie ein dichtes Labyrinth, und Reav wusste um all die heimtückischen Fallen, die in seinem Inneren lauerten. Konzentriert verengte er die Augen und versuchte, jedes noch so kleine Detail wahrzunehmen, bis er plötzlich eine rasche Bewegung in einiger Entfernung bemerkte. Ohne zu zögern sprintete Reav los und spürte einen prickelnden Impuls durch seine Venen schießen. Je näher er kam, desto deutlicher erkannte er die zierliche Gestalt der Prinzessin. Fast hatte er sie eingeholt. Es trennten sie nur noch ein paar Meter, als er mit einem Mal einen Widerstand am Schienbein spürte und zu Boden gerissen wurde. Mit einem lauten Krachen schlug Reav auf einem morschen Stamm auf, der sogleich unter seinem Gewicht zerbrach. Noch ehe er bewusst realisieren konnte, was eigentlich geschah, spürte er bereits, wie sich etwas um seine Beine schlang und ihn fest umklammerte.

Sefunschlingen!

Hektisch wirbelte er herum, um den Griff seines Schwertes zu fassen, welches ein Stück weiter im Unterholz gelandet war. Ihm blieben nur wenige Minuten, bis die Fangarme dieser widerwärtigen Pflanze ihn gänzlich umschlingen und in den ausgehöhlten Stamm eines toten Baumes ziehen würden. So weit er konnte, streckte Reav den Arm aus und erreichte den Knauf mit seinen Fingerspitzen, ehe er grob zurückgerissen wurde. Eine weitere Schlinge war aus dem Boden gekrochen und hatte sich um sein rechtes Handgelenk gewunden. Sie umklammerte ihn derart fest, dass er gequält aufstöhnte und mit der linken Hand auf den Fangarm einschlug – vergebens. Da das Schwert nun außer Reichweite war, bäumte er sich auf, in der Hoffnung, irgendwie an das Messer in seinem Stiefelschaft zu gelangen. Mit ganzer Kraft riss er an den Fangarmen, doch zogen sich diese mit jeder weiteren Bewegung fester zusammen. Keuchend kniff er die Augen zu und wusste, dass ihm keine andere Wahl blieb. Er musste die Magie des Amuletts nutzen. Unter zusammengebissenen Zähnen konzentrierte sich Reav auf das Metall an seiner Brust. Ein Kribbeln schoss durch seinen Körper, gefolgt von einem brennenden Schmerz, der ihn von innen heraus in Brand steckte. Fieberhaft versuchte er die Macht zu kontrollieren, sich nicht gänzlich von ihr verzehren zu lassen. Doch dieser Kampf schien weitaus schwerer als der gegen die Sefunschlingen. Ein tiefer Schrei entfuhr ihm, als Reav die rechte Hand zur Faust ballte und einen Schwall dunkler Nebelschwaden aussandte, die sich wie Dolche in die Fangarme bohrten. Er spürte, wie der Druck an seinen Gliedern nachließ, woraufhin er sich abermals aufbäumte und nach dem Messer griff. Kraftvoll rammte er es in die Schlingen, schnitt mehrere von ihnen durch und wandte sich aus deren Fängen. Umgehend hechtete er zu seinem Schwert, umfasste den Griff mit beiden Händen und stieß es in die letzten der sich windenden Arme.

Schweratmend taumelte Reav zurück und lehnte sich gegen den nächstbesten Baum. Die Sefunschlingen mochte er getötet haben, doch der Kampf in seinem Inneren hatte gerade erst begonnen. Abermals kniff er die Augen zusammen und umklammerte das Amulett. Er spürte, wie sich die Magie Zugang zu seinem Geist verschaffen und vollends von ihm Besitz ergreifen wollte. Doch er konnte es nicht zulassen. Er durfte es nicht. Nicht jetzt. Nicht in diesem Augenblick.

Händeringend versuchte er die Kontrolle zu behalten, sich mit ganzer Kraft gegen Salis' Macht zu stemmen, als plötzlich ein markerschütterndes Gebrüll ertönte. Noch während Reav erschrocken die Augen aufriss, begann der Erdboden zu beben. Hastig fuhr er herum, ließ seinen Blick in sämtliche Richtungen schweifen und vernahm einen Laut, der ihn wie ein Blitzschlag durchdrang.

Anthea.

Instinktiv stürmte er in die Richtung, aus der ihr Schrei gekommen war, und erkannte schon nach wenigen Metern das trügerische Schimmern, welches sich durch die dichten Baumreihen brach. Sein Herz sprang einen Satz nach vorne, als ihm bewusst wurde, um welche Kreatur es sich handelte. Denn es gab nur eine, deren Fell auf jene Art und Weise funkelte. In diesem Augenblick wurde Reav bewusst, dass ihm nichts anderes übrigblieb, als den Kampf aufzugeben und seinen Geist der Dunkelheit zu öffnen. Denn ganz gleich, wie stark er auch sein mochte, diesen Naturgeist konnte er nicht allein durch körperliche Kraft bezwingen.

Hastig sprang er über einen umgestürzten Baumstamm, preschte durch eine hüfthohe Dornenhecke und hielt am Rande einer Senke inne. Das Herz donnerte wild gegen seine Brust, als er den riesigen Portanon erblickte, der direkt vor Anthea stand. Er benötigte nur eine einzige gezielte Bewegung, um sie mit seinen spitzen Hauern in Stücke zu reißen. Ein Gedanke, der Reav kopfüber in die Dunkelheit stürzte. Das Schwert mit beiden Händen gepackt, schrie er zornerfüllt auf und zog damit nicht nur ihre, sondern auch die Aufmerksamkeit des Naturgeistes auf sich. Während das Amulett ein zerstörerisches Inferno in ihm entfachte, stürmte er den Hang hinunter und verlor sich in Salis' schwarzer Magie.

Den Höhenvorteil ausnutzend, stieß sich Reav vom Erdboden ab und sprang dem Portanon entgegen. Als sein Schwert auf eines der vier Hörner traf, erklang ein krachender Laut, der an das Splittern von Holz erinnerte. Kaum war er auf dem Boden aufgekommen, schnellte sein Blick zu Anthea, die wie angewurzelt an Ort und Stelle stand und ihn mit weit aufgerissenen Augen ansah. Der Schrecken stand ihr ins Gesicht geschrieben, doch ebenso ein Hauch von Unsicherheit. *Warum zum Henker nahm sie nicht längst die Beine in die Hand?*

»Lauf!«

»Aber ich… der…«

»Verschwinde von hier, sofort!«

Einen Herzschlag lang sahen sie einander an und für einen einzigen Augenblick fühlte es sich so an, als würde Reavs Geist von einem gleißenden Lichtstrahl durchflutet. Doch die Finsternis kannte kein Erbarmen. Sie türmte sich wie eine Welle auf und riss ihn gnadenlos mit sich. Nur am Rande nahm er wahr, wie sich die Prinzessin in Bewegung setzte, während er seine Aufmerksamkeit allein auf das schnaufende Ungetüm legte. Die uralte Macht des Naturgeistes durchströmte die Luft wie ein aufziehendes Gewitter und brachte die Atmosphäre zum Knistern. Ein loderndes Feuer entsprang seinen eisblauen Augen, bereit, Reav mit Haut und Haar zu versengen.

Mit einem ohrenbetäubenden Aufschrei bäumte sich die Kreatur auf, ließ eine Pranke nach vorne schnellen und versuchte ihn mit seinen Klauen zu zerreißen. Der Sohn des Bösen duckte sich darunter durch, rollte sich zur Seite und riss seinerseits eine Hand nach oben. Die Nebelschwaden schossen wie Pfeilspitzen aus seinen Fingern und trafen den Portanon unterhalb des Schädels. Brüllend wich dieser zurück, was Reav dazu veranlasste, nach vorne zu stürmen und ihm das Schwert in den rechten Oberschenkel zu rammen.

Dunkelrotes Blut tränkte das moosbewachsene Fell und brachte den Naturgeist dazu, sich jaulend abzuwenden und mit seinem dreigliedrigen Schweif auf Reav einzuschlagen. Den ersten konnte er mit einem gezielten Hieb seines Schwertes abwehren. Der zweite verfehlte ihn nur um wenige Millimeter und schlug donnernd neben ihm auf. Dunkle Erde wirbelte durch die Luft und sorgte dafür, dass Reav das dritte Schwanzende zu spät kommen sah. Obwohl er noch versuchte, sich mit einem Sprung zur Seite zu retten, traf es ihn an der linken Schulter und stieß ihn kraftvoll zurück. Ein schmerzverzerrter Schrei brach sich auf seinen Lippen, ehe er hart zu Boden ging. Die schwarze Magie strömte tosend durch seine Venen und trieb ihn an, sofort wieder aufzustehen, doch kam ihm der Portanon zuvor. Abermals rasten die drei Schweifenden wie Geschosse auf ihn zu. Die Arme schützend erhoben, rollte Reav sich zur Seite und versuchte gedanklich, die Aufschläge mitzuzählen.

Nach dem dritten Hieb würde der Naturgeist zwei Herzschläge brauchen, um erneut auszuholen, was wohl seine einzige Gelegenheit darstellte, um zurück auf die Beine zu kommen. Binnen Sekunden schlugen die peitschenartigen Enden auf und rissen tiefe Kerben in den Boden. Keuchend wich Reav jedem einzelnen von ihnen aus. Als endlich der dritte Aufschlag verklungen war, stemmte er sich auf die Ellenbogen und kam ruckartig auf die Knie. Noch während eines der Schwanzenden erneut auf ihn zu schnellte, drehte er sich zur Seite und holte im selben Augenblick aus. Die Schwertklinge durchdrang die lederartige Haut und zerschnitt sämtliche Sehnen mit einem einzigen Zug. Mit einem dumpfen Aufprall fiel das abgetrennte Schwanzende zu Boden, zuckte noch einmal, ehe es regungslos liegen blieb. Während der Portanon sich vor Schmerzen krümmte, erschütterte sein Brüllen den gesamten Wald. Nur einen Moment später riss er geifernd den Kopf herum und fixierte den Sohn des Bösen mit loderndem Blick. Während dieser zurück auf die Beine kam, sein Schwert mit beiden Händen packte und sich für den finalen Angriff wappnete, fuhr ein blitzartiger Impuls durch seinen Körper, der seine Konzentration ins Wanken brachte.

Instinktiv riss er den Kopf herum und ließ seinen Blick den Abhang hinaufschnellen. Fassungslos sah er in das aschfahle Gesicht der Prinzessin, die den Kampf wie gebannt verfolgte. *Bei den Arbonen, hatte sie völlig den Verstand verloren? Wieso war sie nicht längst geflohen?*

Als die Erde abermals unter ihm zu beben anfing und der Portanon mit gesenktem Kopf auf ihn zustürmte, schaute Reav für den Bruchteil einer Sekunde zwischen der Thronerbin und dem Naturgeist umher und spürte, wie eine ungeahnte Panik von ihm Besitz ergriff.

»Anthea, lauf!«

***

Anthea

Sie sollte fliehen. Jetzt. Sofort. Ohne auch nur einen einzigen Blick zurückzuwerfen. Anthea wusste, dass dies ihre vermutlich einzige Gelegenheit war, sowohl Reav als auch dem Naturgeist zu entkommen. Solange der Kampf tobte, konnte sie im Schutz der Bäume verschwinden.

Es wäre das Richtige. Nicht nur um ihrer selbst willen, sondern auch ihrem Volk gegenüber.

Doch wenn es das Richtige war, wieso fühlte es sich dann so falsch an? Was bewegte sie nur dazu, ihre Schritte zu verlangsamen? Lag es an dem unsichtbaren Band, welches sie zwischen sich und der mächtigen Kreatur gespürt hatte? Oder an der Tatsache, dass Reav diesen ungleichen Kampf wohl kaum gewinnen konnte? Während ihr Verstand sie anflehte weiterzulaufen und ihren Entführer seinem wohlverdienten Schicksal zu überlassen, ließ ihr verräterisches Herz sie trotz aller Vernunft zögern. Wieso es das tat, konnte sie sich beim besten Willen nicht erklären, doch sie schloss den Umstand, unlängst wahnsinnig geworden zu sein, nicht gänzlich aus.

Aber spätestens in jenem Moment, in dem Reavs schmerzverzerrter Schrei von den Bäumen widerhallte, wurde Anthea klar, dass sie nicht einfach fliehen konnte, ganz gleich, wie sehr ihr Verstand sie auch dazu drängte.

Hastig wirbelte sie herum und wäre dabei beinahe erneut den Hang hinabgerutscht. Rasch hielt sie sich an einem kräftigen Ast fest und ließ ihren Blick hinunter in die Senke schnellen. Entsetzt sah sie mit an, wie der Naturgeist mit seinem dreigliedrigen Schweif auf Reav einschlug. Jedes Mal, wenn eines der Enden eine weitere Kerbe in den Boden stieß, kniff sie die Augen zusammen und spürte die Erde unter sich erzittern.

Diesen Kampf konnte er nicht gewinnen. Niemand konnte das. Anthea nahm die Macht des Naturgeistes wahr, dessen uralte Magie sich wellenartig durch die Atmosphäre zog. Jedes Mal, wenn der Boden erneut zu Beben anfing, fürchtete sie, dass dies Reavs Ende sei und sie Zeugin seines grausamen Todes werden würde.

Doch offensichtlich schien dieser Mann so zäh wie wortkarg zu sein. Gebannt verfolgte sie, wie er jedem noch so gezielten Schlag auswich, wie er fieberhaft um sein Leben kämpfte, bis zu jenem Moment, in dem er ruckartig zurück auf die Beine kam und dem Wesen mit einem einzigen Schwerthieb eines seiner drei Schweifenden durchtrennte.

Ein gewaltiger Magiestrom schoss unkontrolliert durch die Luft und durchdrang Anthea bis aufs Mark. Jede Faser ihres Körpers begann zu prickeln. Für den Bruchteil einer Sekunde tanzten schillernde Lichter vor ihren Augen, die jedoch zerstoben, als der Naturgeist mit seinem ungeheuren Brüllen den Wald zu sprengen drohte.

Gegen eine solche uralte Macht konnte niemand etwas ausrichten. Reav würde sterben! Er würde sterben und sie konnte nichts dagegen tun. Dieser Gedanke löste eine ungeahnte Hitze in ihr aus, die sie von Kopf bis Fuß durchdrang. Ein lautes Knacken ertönte und lenkte Antheas Aufmerksamkeit auf den kräftigen Ast, den sie nach wie vor fest umklammert hielt. Ihre Augen weiteten sich, als sie sah, wie sich ihre Finger vollkommen unbewusst durch das harte Holz gebohrt hatten.

Von Panik ergriffen, riss sie den Kopf erneut zu Reav herum und blickte vollkommen unverhofft in seine bleichen Augen. Obwohl sein gesamter Körper bis zum Zerbersten gespannt wirkte und er sein Schwert längst zum finalen Angriff erhoben hatte, schien er in diesem Moment doch seiner Konzentration beraubt worden zu sein. Sie sah die Fassungslosigkeit in seinem von Dreck und Blut besudelten Gesicht, den Unglauben darüber, dass sie in ihrer grenzenlosen Dummheit noch immer an Ort und Stelle verweilte.

Und in jenem Augenblick, in dem der Naturgeist mit gesenktem Kopf und geiferndem Maul auf ihn zu stürmte, trat ein vollkommen neuer Ausdruck in sein Gesicht. Panik.

»Anthea, lauf!«

Es war nur ein kurzer Moment, nicht länger dauernd als der Fall eines Regentropfens, doch für Anthea fühlte es sich an, als wäre die Zeit mit einem einzigen Schlag zum Erliegen gekommen.

Diese Stimme.

Die Art, wie er ihren Namen rief, der Klang, der ihr so fremd und dennoch so vertraut erschien und die Gefühle, die er mit nur einem einzigen Wort aus einem langen, tiefen Schlaf erweckte.

Die Erinnerungen zuckten wie Blitze durch ihr Gedächtnis. Zahllose Bilder wirbelten vor ihrem inneren Auge auf. Zu schnell, um sie bewusst zu fassen, doch eindringlich genug, um jedes von ihnen zu fühlen. Reavs Stimme hallte durch ihren Kopf, ließ die Bilder lebendig werden und brachte ein Gefühl zutage, welches stärker war als alles, was Anthea jemals gespürt hatte.

Aris.

Nein. Nein, das konnte nicht sein. Es war vollkommen unmöglich … oder?

Ohne nachzudenken, ohne auch nur einen einzigen Gedanken an das Bevorstehende zu verschwenden, eilte die Prinzessin den Hang hinab. Getrieben von einer Erinnerung, die jede Vernunft im Keim erstickte. Atemlos rutschte sie über den aufgeweichten Boden und sprang mehr, als dass sie lief.

Doch sie war nicht schnell genug.

Noch ehe die Prinzessin die Senke erreichte, hatte sich der Naturgeist auf Reav gestürzt. Während er seine glänzenden Hauer wie eine Sense über den Boden gleiten ließ, versuchte der Sohn des Bösen nach hinten auszuweichen und verlor das Gleichgewicht.

Antheas Herzschlag setzte in jenem Moment aus, als sie mitansehen musste, wie die scharfen Klauen sein Wams zerrissen und er unweigerlich zu Boden stürzte.

»Nein!«

Rückblickend betrachtet, wusste die Prinzessin weder woher sie den Mut noch die Entschlossenheit genommen hatte. Erst als sie sich direkt zwischen ihrem Entführer und dem Naturgeist wiederfand, wurde ihr bewusst, was sie im Begriff war zu tun.

Die zitternden Hände erhoben, blickte Anthea dem Wesen in die glühenden Augen. Die Krallen tief in den Boden gegraben, schien es jederzeit zum Sprung bereit. Doch noch verharrte es an Ort und Stelle. Der metallische Geruch von Blut tränkte die Luft, ebenso wie die uralte Magie, die die Thronerbin wie ein Schleier umhüllte. Während Reav hinter ihr keuchend nach Luft schnappte, zwang sie sich, all ihre Konzentration allein auf den Naturgeist zu legen.

»Bitte«, flüsterte sie stockend und wich einen Schritt zurück, als das Wesen seinen skelettartigen Kopf ein Stück nach vorne neigte. Abermals spürte sie die Verbindung zwischen ihnen wachsen. Es war, als würden sich unsichtbare Ranken miteinander kreuzen und eine Art Brücke zwischen ihnen schlagen. Sie fühlte seinen rasenden Zorn, den pochenden Schmerz und eine unbeschreibliche Angst.

Angst vor dem, was geschehen war und was vielleicht sein würde.

»Anthea, verschwinde«, stöhnte Reav gequält und schien nicht in der Lage zu sein, erneut auf die Beine zu kommen.

»Es muss nicht so enden«, hauchte sie mit brüchiger Stimme und versuchte, den letzten Funken Entschlossenheit in ihre unsichtbare Verbindung zu legen, ehe die Angst sie übermannte.

Noch niemals zuvor hatte sie sich so sehr gefürchtet und zeitgleich so stark gefühlt. Ihre Adern leuchteten so hell wie ein klarer Sommertag und waren Sinnbild für das, was sie niemals gewesen war und doch immer hatte sein wollen.

Sie war mehr.

***

Reav

Was zum Henker tat diese Frau da?

Wie konnte sie nur so verrückt, einfältig und gleichzeitig so verdammt mutig sein?

Fassungslos starrte Reav der Prinzessin entgegen, presste eine Hand auf die blutenden Wunden an seiner Brust und versuchte zu realisieren, was vor seinen Augen geschah.

War sie gerade tatsächlich im Begriff, ihn zu schützen? Ausgerechnet ihn? Das war absolut lächerlich und ergab keinen Sinn. Was hatte sie dazu bewegt, zurückzukommen? Nun würden sie beide sterben.

Nach Luft ringend schaute er zwischen Anthea und dem Portanon umher. Reav wusste nicht, wie sie es anstellte, wie sie es schaffte, den Wächter des Waldes in seiner Raserei zu zügeln, doch er rührte sich nicht.

»Bitte. Geh. Bevor es zu spät ist«, hörte er die Prinzessin wispern und spürte augenblicklich, wie sich sein Magen verkrampfte.

Verdammt. Sie versuchte nicht ihn, sondern den Portanon zu schützen. Vor ihm. Dem eigentlichen Monster.

Reav spürte, wie der dunkle Sturm in seinem Inneren erneut zu toben begann. Das Amulett pochte gegen seine Brust, verstärkte den Schmerz seiner Wunden und trieb ihn an den Rand des Wahnsinns. Er musste aufstehen. Irgendwie. Er konnte nicht zulassen, dass Anthea auf diese Weise starb. Doch sobald er versuchte, sich auf den Ellenbogen zu stützen, schoss ein stechender Schmerz von der Schulter in seinen Oberkörper, der ihn daran hinderte, auch nur einen tiefen Atemzug zu nehmen. Wieso um alles in der Welt wirkte die dunkle Magie nicht so zerstörerisch wie gewöhnlich? Es hatte den Anschein, als würde die Verbindung zu Salis an Stärke verlieren, als würde sie irgendetwas schwächen.

Der Portanon schnaubte gefährlich auf und trat von einem Bein aufs andere. Doch die Prinzessin wich nicht zurück. Sie blieb standhaft und hielt die Hände erhoben, deren goldene Adern intensiv leuchteten und das, obwohl kein einziger Sonnenstrahl durch die Baumkronen drang. Wie war das möglich?

»Du kannst ihn nicht töten«, presste Reav mühsam hervor und versuchte sich erneut erfolglos aufzurichten. »Lauf weg!«

Doch sie rührte sich nicht. Er war sich nicht einmal sicher, ob sie ihn überhaupt hörte, denn sie und der Portanon ließen einander nicht aus den Augen. Sie begegneten sich mit einer Intensität, die er nicht fassen konnte. Etwas entging seiner Wahrnehmung, etwas, das sich allein zwischen ihr und dem Naturgeist zutrug. Doch ganz gleich was es auch war, es würde nicht ewig anhalten.

Keuchend umklammerte Reav seinen Schwertgriff und schaffte es, sich auf den Unterarm zu stützen. Doch sobald er sich bewegte, quoll mehr Blut aus den Wunden seines Oberkörpers.

Dieses verfluchte Drecksvieh.

Mühsam stemmte er sich auf sein Knie, doch noch ehe er es schaffte, zurück auf die Beine zu kommen, sah er etwas, wodurch ihm der Mund offenblieb.

Hatte er bereits so viel Blut verloren, dass er unter Wahnvorstellungen litt?

Der Portanon stieß einen so kräftigen Atemzug aus, dass feine Dunstwolken aus seiner Schnauze emporstiegen. Eine milchige Flüssigkeit ergoss sich aus der offenen Schweifwunde, während viele Stellen seines moosbewachsenen Fells von dunkelroten Flecken gezeichnet wurden. Das lodernde Feuer seiner Augen schien jedoch erloschen. In diesem Moment wirkte das Wesen so alt und erschöpft wie der Wald selbst.

Und dann, vollkommen unerwartet, ließ der Naturgeist von Anthea ab. Er musterte Reav mit einem undurchdringlichen, fast menschlichen Blick, ehe er sich langsam umwandte und entfernte.

Das war unmöglich. Was zum Henker war gerade geschehen?

***

Anthea

Ihre Beine zitterten so stark, dass sie glaubte, jeden Moment zusammenbrechen zu müssen. Doch sie hatte keine Zeit, um sich von ihren Emotionen übermannen zu lassen. Noch nicht.

Als sie sicher war, dass der Naturgeist seinen Weg zurück in die Tiefen des Waldes angetreten hatte, drehte sie sich zu Reav herum und versuchte dem Drang, sich die Hände vor den Mund zu schlagen, zu widerstehen. So erschreckend war sein Anblick.

Vorsichtig ging sie vor ihm in die Hocke und konnte den Blick kaum von all dem Blut abwenden, das sich aus zwei länglichen Wunden, die sich über seinen Brustkorb zogen, ergoss. Er hingegen musterte sie misstrauisch und schien seine offensichtlichen Schmerzen hinter einer eisernen Miene verstecken zu wollen. Reavs Augen waren so bleich wie das fahle Licht des Mondes, während seine Hände noch immer von dunklen Nebelschwaden durchdrungen wurden. Seine gesamte Erscheinung wirkte beängstigend und doch konnte Anthea die Bilder nicht aus ihrem Kopf verbannen. Jene Erinnerungen, die ausgerechnet seine Stimme in ihr Gedächtnis gerufen hatten.

Für wenige Sekunden sahen sie einander lediglich an.

Zögernd, abschätzend und zunehmend verunsichert.

Dann stieß Reav schließlich angestrengt den Atem aus und bemühte sich darum, langsam aufzustehen.

Ohne darüber nachzudenken, streckte Anthea eine Hand nach ihm aus. Doch noch ehe sie ihn auch nur annähernd berühren konnte, verzog er das Gesicht und... wich vor ihr zurück?

»Nicht«, wisperte er und deutete auf ihre Hand. Der goldene Schein ihrer Adern begann allmählich zu verblassen.

Verwirrt zog sie die Stirn in Falten und hielt in ihrer Bewegung inne. Beim Sonnengott, bildete sie es sich nur ein, oder erkannte sie einen Hauch von Angst in seinem Gesicht?

»Ich schaffe das allein«, presste er unter zusammengebissenen Zähnen hervor und richtete sich mühsam auf.

»Das habe ich gesehen«, erwiderte Anthea und zog eine Augenbraue hoch. Sie hatte nicht die leiseste Ahnung, wieso er ihre Hilfe ausschlug, doch als sie beobachtete, wie er einen Schritt nach vorn machte und sofort ins Taumeln geriet, trat sie instinktiv an ihn heran und umfasste seinen Arm.

Und kaum da sie ihn berührte, durchdrang sie ein Gefühl, das zwei aufeinanderprallenden Stürmen glich. Der eine so strahlend wie das Licht der Sonne, der andere so dunkel wie die ewige Finsternis. Wie Naturgewalten schlugen sie gegeneinander, versuchten sich gegenseitig zu verschlingen und trugen einen Kampf aus, der mächtiger war als alles, was Anthea jemals empfunden hatte.

Reavs Magie fühlte sich an wie die reinste Zerstörung. Wie eine wildgewordene, unkontrollierbare Bestie, die sich blind auf alles stürzte, was sich ihr in den Weg stellte. Sie schien das vollkommene Gegenteil zu der Macht zu sein, die durch Antheas Venen floss, denn dort, wo ihre schützte, brachte seine den Tod.

Mit weit aufgerissenen Augen wich die Prinzessin von ihrem Entführer zurück und öffnete sprachlos den Mund. Nun wusste sie, warum er verhindern wollte, dass sie sich berührten. Während sie die dunklen Klauen noch immer unter ihrer Haut spüren konnte, traf ihr entsetzter Blick den seinen und offenbarte etwas, mit dem sie nicht gerechnet hatte.

Er fürchtete sich.

Es bedurfte keiner Worte, um zu wissen, dass Reav dasselbe gespürt hatte.

In diesem Augenblick wirkte der Sohn des Bösen nicht länger wie ein skrupelloses Monster, sondern wie ein Mann, der zu zerbrechen drohte. Der mehr in sich trug als Dunkelheit und Mordlust.

Er wirkte menschlich.

Und kaum da Anthea diese Erkenntnis verinnerlicht hatte, brach der Himmel über ihnen auf und tauchte die Szenerie in einen warmen Schein. Dünne Sonnenstrahlen fielen durch die Baumkronen und ließen ihren Blick die Senke hinauf wandern.

Sie hätte fliehen können, es fühlte sich fast so an, als würde der Sonnengott sie abermals vor die Entscheidung stellen. Reav konnte sie in seinem Zustand nicht verfolgen und jetzt, da der Tag vollends angebrochen war, konnte sie den silbernen Fluss womöglich finden.

Doch sie würde nicht gehen. Nicht jetzt. Nicht in diesem Augenblick. Nicht, solange sie nicht wusste, wer Reav wirklich war und wieso ausgerechnet seine Stimme jene Erinnerung in ihr geweckt hatte.

Es war zweifelsohne die wohl dümmste und zugleich menschlichste Entscheidung, die sie jemals getroffen hatte.

Seufzend nahm sie einen tiefen Atemzug, wandte sich von den Bäumen ab und musterte Reav besorgt.

»Denkst du, du schaffst es bis zum Lager zurück?«

Auf seiner schmerzgeplagten Miene zeichnete sich eine Spur der Überraschung ab.

»Wieso?«

»Weil deine Wunden dringend versorgt werden müssen.«

»Das meinte ich nicht.«

Während er die Hand noch immer fest gegen seine Brust presste, wurde seine Miene zunehmend misstrauischer.

»Ich habe Fragen«, erwiderte Anthea und überwand den geringen Abstand zwischen ihnen. »Und ich fürchte, nur du wirst sie mir beantworten können.«

Noch ehe der Sohn des Bösen etwas erwidern konnte, stöhnte er gequält auf und schien sich kaum länger auf den Beinen halten zu können.

Als die Thronerbin ihn diesmal stützte, wusste sie, welches Gefühl sie erwarten würde. Ein Umstand, der die Situation zwar leichter, aber nicht unbedingt erträglicher machte.

Und dennoch, sie würde sich nicht von ihrer Angst übermannen lassen. Ihr blieb nichts weiter übrig, als ihrer inneren Stimme zu vertrauen und sich von einer vagen Hoffnung leiten zu lassen.

Genau so, wie es Aris getan hätte.

13. SCHMERZ

Reav

Schmerz trug viele Facetten.

Es war ein Gefühl, welches die unterschiedlichsten Emotionen hervorrufen konnte. Manche begannen zu schreien, andere zu weinen. Einige nutzten ihn als Antrieb und wieder andere wurden von seinen Qualen wahnsinnig.

Reav konnte mit Gewissheit behaupten, in den vergangenen Jahren wohl jede einzelne Facette davon kennengelernt zu haben. Der Schmerz war ihm nicht nur ein ständiger Begleiter geworden, sondern ebenso ein essenzieller Beweis:

Solange er dazu fähig war, etwas zu empfinden, war er am Leben. Die Qualen fungierten als Zeugen für den letzten Hauch Menschlichkeit in ihm und unterschieden ihn von jenen willenlosen Kreaturen, die Salis dienten. Und unter diesen Umständen hieß er den Schmerz auf perfide Art und Weise sogar willkommen.

Während er sich krampfhaft darum bemühte, auf den Beinen zu bleiben, sah er aus dem Augenwinkel zu Anthea, die ihn bei jedem Schritt stützte. Ein Umstand, der mehr an seinem Stolz kratzte, als er zugeben wollte. Den Blick konzentriert nach vorn gerichtet, hörte Reav ihren schweren Atem und spürte die kraftvolle Magie, die sich ungehindert einen Weg durch ihrer beider Körper bahnte.

Am Anfang hatte er Antheas Berührung um jeden Preis verhindern wollen. Jeder Körperkontakt glich einem Blitzschlag, auf den ein vernichtendes Unwetter folgte. Dennoch kam Reav nicht umhin festzustellen, dass es ihr Licht war, das ihn auf den Beinen hielt. Es verlieh ihm eine merkwürdige Art von Kraft, die ihn einen Fuß vor den anderen setzen ließ und die Dunkelheit des Amuletts zumindest für den Moment auf Abstand hielt. Er hatte keine

Erklärung für dieses sonderbare Phänomen. Nur eines schien vollkommen klar: Er hatte Antheas Mut um Längen unterschätzt. Ihre Tat war ebenso dumm wie großherzig, doch blieben ihm ihre Beweggründe absolut schleierhaft. Schließlich konnte keine Frage der Welt so wichtig sein, um die Flucht vor dem eigenen Entführer hintanzustellen. Vielleicht hatte der Anblick des Portanon ihr den Verstand geraubt. Möglicherweise hasste sie ihn auch so sehr, dass sie ihn lieber selbst umbringen wollte, um sich anschließend mit Pferd und Proviant aus dem Staub zu machen. Ein zugegeben ziemlich guter Plan, den er an ihrer Stelle wohl auf der Stelle so umsetzen würde.

Noch während er über ihre Motive nachdachte, hob Anthea den Kopf und besah seine Wunden mit besorgter Miene.

Verdammt, sie sollte ihn nicht so ansehen. Er brauchte weder Mitgefühl noch Hilfe. Zumindest war es das, was er sich unentwegt einzureden versuchte, selbst wenn die Realität ein wenig anders aussehen mochte.

»Warte, so geht das nicht«, schnaufte sie und beugte sich nach unten. Perplex beobachtete Reav, wie sie einen Teil ihres Kleides zerriss und drei längliche Stoffbahnen abtrennte, die sie anschließend übereinanderschlug.

»Hier, nimm das und drück es auf die Wunden«, forderte sie und deutete auf seine blutverschmierte Hand.

»Es geht schon«, lehnte er ab und wandte sich zum Gehen um.

»Nein, das tut es nicht«, gab sie genervt zurück und schnitt ihm kurzerhand den Weg ab. »Die Blutung muss gestoppt werden. Und zwar bevor du ohnmächtig wirst und in den Dreck fällst. Denn ob du es glaubst oder nicht, ich habe weder Lust noch Kraft, dich den Rest des Weges durch den Wald zu schleifen.«

Verdutzt runzelte Reav die Stirn und schaute ihr in die funkelnden Augen. Sie schien es tatsächlich ernst zu meinen. Auffordernd hielt sie ihm die Stoffstreifen unter die Nase und schien, der verärgerten Miene nach zu urteilen, ihre Entscheidung inzwischen ernsthaft infrage zu stellen. Unter anderen Umständen hätte Reav diesen Kampf mit Freude weitergeführt, doch als sein Blick hinunter zu seiner Brust wanderte und er den aufkommenden Schwindel nicht mehr länger ignorieren konnte, seufzte er geschlagen und drückte sich die Stoffbahnen auf die Wunden. Zu seiner Schande musste er sich eingestehen, dass sie mit ihrer Behauptung nicht ganz Unrecht hatte. Der Kampf, die Magie des Amuletts und seine verfluchten Verletzungen forderten allmählich ihren Tribut. Lange würde er sich nicht mehr auf den Beinen halten können. Ein Gedanke, der seine wankenden Schritte beschleunigte.

Als das Lager endlich zwischen den Bäumen auftauchte, atmete Reav erleichtert aus. Alles schien noch genau so, wie er es verlassen hatte. Keine Spur von weiteren Naturgeistern… oder Schlimmerem.

Mit einem leisen Stöhnen ließ er sich auf die Decke sinken, ehe er versuchte, nach einer der beiden Satteltaschen zu greifen. Anthea kam ihm jedoch zuvor und zog sie hastig zu ihnen heran. Schweißperlen glänzten auf ihrer Stirn, während ihr ein paar der pechschwarzen Haarsträhnen auf dem feuchten Gesicht klebten. Eine dünne Schnittwunde zog sich über ihren rechten Wangenknochen bis zu ihrem Ohr und verfärbte die blasse Haut rötlich.

»Was brauchst du?«, fragte sie atemlos und löste die Riemen.

»Wasser«, gab er mit kratziger Stimme zurück und deutete auf den gefüllten Lederschlauch, den ihm die Prinzessin einen Augenblick später entgegenhielt.

Hastig trank er einige Züge daraus und hielt ihn Anthea anschließend ebenfalls hin. Zögerlich griff sie danach und schien einen Moment darüber nachzudenken, ob sie tatsächlich aus demselben Schlauch trinken wollte. Allerdings gewann ihr Durst diesen Kampf für sich.

»In der Tasche befindet sich eine Lederrolle und ein Fläschchen mit einer weißen Flüssigkeit«, erklärte er und versuchte sich in eine halbwegs sitzende Position zu bringen. Jetzt, da die schwarze Magie seinen Körper beinahe vollständig verlassen hatte, spürte er ihr gesamtes Ausmaß.

Als Anthea die genannten Utensilien zusammengesucht hatte, zog sie nachdenklich die Stirn in Falten und reichte sie ihm zögerlich.

»Was genau hast du jetzt vor?«, fragte sie und beobachtete, wie er die Lederrolle aufschlug, welche verschiedene Nähmaterialien beinhaltete.

»Nach was sieht es wohl aus?«, erwiderte er schnaufend und zog eine relativ große Nadel hervor.

»Ist das dein Ernst?«, rief sie entrüstet und schaute ihn an, als hätte er soeben den Verstand verloren. »Du kannst dich vor Schmerzen kaum bewegen und willst trotzdem eine Nadel durch deine Haut stechen?«

»Das ist der Plan«, erwiderte er knapp und spürte, wie seine Glieder mit jedem Augenblick schwerer wurden.

»Das ist der zweitdümmste Plan, von dem ich je gehört habe«, erwiderte sie und schüttelte den Kopf. »Er kommt direkt nach dem Vorhaben, die Prinzessin der Goldenen Stadt zu entführen und in die Wildnis zu verschleppen.«

Für einen kurzen Moment trafen sich ihre Blicke und Reav war sich sicher, dass, wenn er nicht bereits innerlich in Flammen gestanden hätte, er spätestens jetzt einen Schlag in die Magengrube bekäme. Allerdings fehlte ihm die Kraft, auf diese Bemerkung zu antworten. Daher beließ er es bei einem leisen Seufzen, ehe er nach der Garnspule griff, den Oberarm an seine Brust drückte und versuchte, den dünnen Faden durch die Öse zu ziehen. Seine ganze Konzentration galt nun der verdammt schmalen Öse und dem noch viel dünneren Garn. Nachdem es ihm jedoch auch nach dem dritten Versuch nicht gelang, stieß Anthea einen frustrierten Laut aus.

»Himmel, das kann ja niemand mitansehen!«

Ehe Reav etwas hätte erwidern können, riss sie ihm Nadel und Faden aus der Hand und zog das Garn mühelos durch das winzige Loch. Eine Tatsache, die ihn gleichermaßen verblüffte und verärgerte.

»Schau nicht so finster, ich hatte mein Leben lang Handarbeitsunterricht«, erwiderte sie spitz und trennte den Faden von der Spule. »Soll ich dir nun helfen, oder lieber dabei zusehen, wie du dich mit der Nadel erstichst?«

»Ich brauche deine Hilfe nicht«, presste er angespannt hervor und griff nach dem kleinen Fläschchen.

***

Anthea

Mit hochgezogenen Augenbrauen beobachtete sie, wie Reav die Phiole mithilfe seiner Zähne öffnete und den Korken anschließend ins Gras spuckte. Noch niemals zuvor war ihr ein derart sturer Mann begegnet, und dennoch wurde sie das Gefühl nicht los, dass seine Ablehnung keinem trotzigen Ursprung entsprang. Das mehr hinter seiner Fassade steckte als reine Sturheit.

»Die Nadel«, verlangte er knapp, während ihm der Schweiß über das Gesicht rann. Es sah fast so aus, als würde er jeden Moment das Bewusstsein verlieren und doch schien er eisern an seinem Willen festhalten zu wollen. Seufzend folgte sie seinem Befehl und sah dabei zu, wie er die milchige Flüssigkeit über die Nadel goss. Als er anschließend im Begriff war, die rötlich verfärbten Stoffstreifen von seiner Brust zu entfernen, hielt er einen Moment inne.

»Ich brauche hierbei keine Zuschauer«, knurrte er und schenkte ihr einen eindeutigen Blick.

War das sein Ernst?

»Falls du glaubst, ich kann keine offenen Wunden sehen, kann ich dich beruhigen. Wenn es eine Sache gibt, mit der ich mich wirklich auskenne, dann wohl mit Blut«, erwiderte sie zynisch.

»Darum geht es nicht.«

»Worum dann?«

»Ich habe nicht um Hilfe gebeten!«, fauchte er aggressiv und kniff im nächsten Moment die Augen zusammen. Der Schmerz stand ihm wortwörtlich ins Gesicht geschrieben. Anthea wollte nichts lieber, als wütend auf diesen undankbaren Mann zu sein. Er hätte es verdient, allein zurückgelassen und seinem Schicksal ausgeliefert zu werden. Doch der Zorn über sein Verhalten wurde merkwürdigerweise von einem entscheidenden und wesentlich stärkeren Gefühl übertroffen. Mitleid.

Ja, er tat ihr leid. Warum, konnte sie nicht genau definieren, doch sie wusste, dass, solange sie keine Antworten hatte, sie nicht einfach so gehen konnte.

»Wovor hast du solche Angst?«

Die Frage kam vollkommen ruhig über ihre Lippen, weder provokativ noch anmaßend und doch ließ sie ihn zusammenzucken.

»Ich habe keine Angst« erwiderte er stockend.

»Dann lass mich dir helfen«, entgegnete sie bestimmt und deutete auf die

Hand, in der er die Nadel hielt. Sie zitterte inzwischen derart stark, dass er damit wohl alles, aber nicht den Rand seiner Wunden treffen würde.

»Du verstehst das nicht.«

Seine Stimme klang rau, fast brüchig. Erneut flammte dieser eine bestimmte Ausdruck in seinen Augen auf. Er wirkte unfassbar erschöpft, als würde er allein die Last der gesamten Welt auf seinen Schultern tragen.

»Vielleicht muss ich das auch gar nicht«, erwiderte sie leise und griff behutsam nach den Stoffbahnen. Noch einmal schaute sie ihm direkt in die Augen und erkannte, dass er über ihre Worte nachzudenken schien. Mehrmals sah er zwischen ihr und seinen Verletzungen umher, bis er schließlich frustriert aufstöhnte und den Blick senkte. Obwohl sie durchaus erstaunt darüber war, als Siegerin aus dieser stumpfsinnigen Diskussion hervorzugehen, verlor Anthea kein Wort darüber. Vorsichtig nahm sie die verfärbten Fetzen von seiner Brust und biss sich angespannt auf die Unterlippe.

Die Blutung hatte inzwischen nachgelassen, doch um die Wunden reinigen und vernähen zu können, würde sie sowohl das Wams als auch die darunter befindliche Tunika aufschneiden müssen. Als sie nach der Schere griff, die sich ebenfalls in der Lederrolle befand, hörte sie, wie Reav angespannt die Luft anhielt. Während sie seine Kleidung vorsichtig zerschnitt, schien sich jeder Muskel seines Körpers zu verspannen. Fast so, als würde sie nicht Leder und Stoff, sondern ein Stück seiner selbst durchtrennen.

Im ersten Moment konnte sie nichts weiter als Blut erkennen. Es erstreckte sich über seinen gesamten Oberkörper, klebte an der Kleidung und tränkte selbst die Luft mit seinem metallischen Geruch. Für den Bruchteil einer Sekunde fragte sich Anthea, was sie hier eigentlich tat, denn sie besaß weder Erfahrung als Heilerin, noch hatte sie eine solche Wunde jemals aus nächster Nähe gesehen. Zu behaupten, dass sie in diesem Augenblick keine Angst verspürt hätte, wäre schlicht gelogen gewesen. Doch es gab Momente, in denen es wichtigere Dinge gab als Angst. Momente, in denen sie die eigene Furcht hintanstellen musste, ganz gleich, wie schwer es auch fiel. Vielleicht hatte es schlussendlich doch etwas Gutes gehabt, die eigenen Gefühle über die Jahre hinweg verbergen zu müssen.

Nachdem Anthea das Wams vollständig aufgeschnitten hatte, nahm sie einen tiefen Atemzug und hob das darunter befindliche Hemd behutsam an.

»Warte ...«

Seine tiefe Stimme ließ sie unweigerlich zusammenzucken. Noch während sie den Stoff seiner Tunika zwischen den Schneiden hielt, schaute sie ihm in das aschfahle Gesicht und erkannte darin einen Ausdruck reinen Unbehagens.

»Bevor du ...« Er rang um Worte, während sich sein Brustkorb angestrengt hob und senkte. Anthea konnte nicht genau sagen, ob Schmerz oder Furcht diese unbekannte, beinahe verletzliche Seite in ihm zum Vorschein brachten. Vielleicht eine Mischung aus beidem.

»Es ist schon in Ordnung«, erwiderte sie sanft, obwohl ihr das Herz bis zum Hals schlug. Vorsichtig durchtrennte sie das Hemd und versuchte, den groben Leinenstoff von dem getrockneten Blut zu lösen, als sich ihre Augen schlagartig weiteten.

Ihre Lippen öffneten sich sprachlos. Am liebsten hätte sie sich auf der Stelle die Hände vor den Mund geschlagen, denn das, was sich unter seiner Tunika offenbarte, ließ sie entsetzt innehalten.

Im Zentrum seiner Brust, direkt über den offenen Wunden, befand sich etwas, das jedwede Grausamkeit in den Schatten stellte. Ein Amulett in Form eines Schlangenkopfes, umgeben von acht spitzzulaufenden Schwanzenden. Jedes einzelne bohrte sich tief in seine Haut und hinterließ dunkle Narben. Selbst die silberne Kette, an der das Amulett hing, schien eine ätzende Wirkung zu haben, denn überall dort, wo sie auf seinem Körper auflag, verliefen sowohl frische als auch ältere Wundmale. Dieser erschreckende Anblick wurde allein von den schwarzen Adern übertroffen, die unter dem weit aufgerissenen Schlangenmaul hervortraten und sich bis hinauf zu seinem Hals zogen. Niemals zuvor hatte Anthea etwas derart Erschreckendes gesehen. Allein der bloße Anblick erinnerte an einen wahrgewordenen Alptraum und brachte nicht nur ihre Gedanken, sondern auch ihren Magen dazu, sich zu überschlagen.

»Anthea ...«

Erst als ihr Name über seine Lippen trat, schaffte sie es, den Blick zu lösen und Reav in die bleichen Augen zu sehen.

»Du hättest das nicht …«

»Wer hat dir das angetan?«

Die Frage schien ihn zu überraschen. Sie hörte, wie er angestrengt ausatmete, ehe er erneut nach den richtigen Worten suchte. Doch Anthea benötigte keine Antwort, um zu erahnen, wer zu so etwas Abscheulichem fähig war. Sie konnte die Puzzleteile selbst zusammenfügen.

»Es war Salis, nicht wahr?«

Einen Moment lang sahen sie einander lediglich an, ehe Reav kaum merklich nickte. Während die Prinzessin versuchte, diese Erkenntnis zu verarbeiten, presste sie die Lippen fest aufeinander und richtete sich ein wenig auf.

Nun, so wie es aussah, hatte sich die Anzahl ihrer Fragen soeben verdreifacht.

Darauf bedacht, das Rauschen in ihren Ohren zu ignorieren, griff sie nach dem Fläschchen mit der weißlichen Flüssigkeit und goss den Rest des Inhaltes vorsichtig über die Wunden. Sie hörte, wie Reav scharf die Luft einsog, ehe er die Hände zu Fäusten ballte. Anschließend nahm sie die Nadel, ermahnte sich innerlich zur Ruhe und begann, ohne ein weiteres Wort zu verlieren, die Wunden zu vernähen.

***

Reav

Er hatte mit vielem gerechnet. Damit, dass sie beim Anblick des Amuletts aufschreien, in Ohnmacht fallen oder sich vielleicht sogar übergeben würde.

Doch zu seiner Verblüffung war nichts dergleichen geschehen. Allein der Schock stand ihr nach wie vor ins Gesicht geschrieben. Dieser hielt sie jedoch offenkundig nicht von ihrem Vorhaben ab. Eine Tatsache, die ihm mehr imponierte, als er zugeben wollte. Während er sich dazu zwang, nicht einen einzigen Laut von sich zu geben, schaute er Anthea in die glänzenden Augen. Sie wirkte überaus konzentriert, beinahe verbissen. Sie führte jeden Stich sorgsam und mit erstaunlich viel Fingerspitzengefühl aus.

»Erfahrung damit?«, fragte er knapp. Allerdings mehr, um den Schmerz zu überspielen, anstatt ein ernsthaftes Gespräch beginnen zu wollen.

»Eher mit Spitzendecken und Blumenstickereien«, erwiderte sie und sah ihn für einen kurzen Augenblick an. »Würde dir ein Veilchenmuster gefallen?«

Er wusste, dass sie ihre eigene Unsicherheit zu überspielen versuchte und war durchaus dankbar dafür. Es war wesentlich einfacher, über belanglose Dinge zu reden, selbst wenn der Schrecken einem förmlich ins Auge sprang.

»Ich bin eher für Schwertlilien.«

Ein sanftes Lächeln huschte über ihre Lippen.

»Wirklich? Wegen ihrer Schönheit oder weil eine Waffe in ihrem Namen steckt?«

»Wohl eher Letzteres«, gestand Reav und spürte, wie sich seine versteiften Glieder ein klein wenig entspannten. Anthea hatte die erste Fleischwunde inzwischen vollständig geschlossen und trennte bereits einen zweiten Faden von der Garnspule ab. Während sie ihn durch die schmale Öse zog, wurde ihr Blick nachdenklich.

»Was war das für ein Wesen?«

Der Sohn des Bösen verzog beim Gedanken an den Naturgeist das Gesicht.

»Ein Portanon. Ein Wächter des Waldes.«

»Ein imposanter Titel«, entgegnete sie und stach in den Rand der zweiten Wunde.

»Er gehört zu den mächtigsten Kreaturen, die auf dieser Welt wandeln«, presste Reav unter zusammengebissenen Zähnen hervor und dachte unweigerlich an den entscheidenden Moment auf der Lichtung zurück. »Wie konntest du ihn aufhalten?«

Anthea hielt in ihrer Arbeit inne und seufzte leise auf.

»Ich weiß es nicht.«

»Aber deine Adern ...«

»Ich habe keine Ahnung, wie das passieren konnte«, entgegnete sie und schüttelte frustriert den Kopf, ehe sie den Blick zu ihren Händen gleiten ließ. Der goldene Schimmer war inzwischen fast gänzlich erloschen.

»Da war dieses Gefühl«, begann sie stockend und schien einen Moment darüber nachzudenken, ob sie ihre Gedanken wirklich preisgeben sollte. Zögerlich nahm sie ihre Arbeit wieder auf und fuhr mit leiser Stimme fort. »Eine Art Verbindung zwischen mir und dem Portanon.«

»Wie meinst du das?«

»Ich spürte, was in ihm vorging. Es war, als ob ich einen Moment lang in seine Seele blicken konnte.«

Bei ihren Worten fuhr Reav ein Schauer über den Rücken. Er hatte von dieser Art der Magie gehört, doch es gab nur ein Volk, welches die Macht besaß, eine Brücke zwischen sich und den Kreaturen des Waldes zu schlagen ... und dieses stand am Abgrund seiner Existenz.

»Ich hatte keine Ahnung, dass ich zu so etwas fähig bin«, gestand sie flüsternd.

»Es gibt zwei Arten von Magiebegabten«, bemerkte er nachdenklich, »die, die damit geboren wurden und jene, die ... nun ja, damit verflucht wurden.«

Er beobachtete, wie ihre Augen intuitiv zu dem Amulett glitten, ehe sie sich wieder auf die Nadel in seiner Haut konzentrierte.

»Ich nehme an, das unterscheidet uns wohl.«

Sein Schweigen musste ihr als Antwort genügen. Sie hatte ohnehin bereits zu viel gesehen und zu viel erfahren. Schließlich war er noch immer ihr verdammter Entführer und sie seine unerwartet mächtige Gefangene, die mehr Hilfsbereitschaft in sich trug, als gut für sie war. Allerdings war da noch immer diese eine Sache, die er einfach nicht verstand.

»Du sagtest, dass du Fragen hast, die nur ich beantworten kann«, bemerkte er und sah, wie für den Bruchteil einer Sekunde ein merkwürdiger Funke in ihre Augen trat. Sah so ein Hoffnungsschimmer aus? Wenn dem so war, wieso wurde dieser dann von einem Schatten begleitet, der ebenso rasch über ihr Antlitz zog?

»Die habe ich«, bestätigte sie und vernähte die geschlossene Wunde mit einem geschickten Knoten, »doch vielleicht sollten wir uns erst etwas ausruhen. Für dieses Gespräch wäre es von Vorteil, bei Kräften zu sein.«

Obwohl Reav eindeutig der Verwundete war, überkam ihn dennoch das

Gefühl, dass sie diese Aussage mehr auf sich bezog als auf ihn. Dennoch konnte er nicht anders, als abfällig zu schnaufen und sich demonstrativ ein Stück aufzurichten. Das Letzte, was er wollte, war schwächlich oder gar hilfsbedürftig zu wirken. Schlimm genug, dass sie ihm beim Vernähen seiner Wunden geholfen hatte.

»Ich hoffe du weißt, dass ich dir nicht noch einmal nachrennen und dich vor irgendeinem wildgewordenen Naturgeist beschützen werde.«

»Oh, das weiß ich«, entgegnete sie und schenkte ihm einen herausfordernden Blick. »Deswegen werde ich das nächste Mal auch dein Pferd und die Waffen mitnehmen.«

Reav spürte, wie sich seine Mundwinkel unweigerlich ein Stück nach oben zogen. Je mehr Zeit verging, desto spitzfindiger schien die Thronerbin zu werden. Eine Eigenschaft, von der er nicht leugnen konnte, dass sie etwas an sich hatte.

»Seit wann kann eine Adlige mit einem Schwert umgehen?«

»Ich habe reichlich Erfahrung im Umgang mit Nadeln«, entgegnete sie und zuckte mit den Schultern, »so groß kann der Unterschied nicht sein.«

»Ziemlich selbstbewusste Worte für eine Prinzessin.«

»Danke, dass fasse ich als Kompliment auf.«

Ein Moment der Stille folgte, in dem Reav beobachtete, wie ihre Schultern langsam nach unten sanken. Als sie nach dem Wasserschlauch griff, um die Nähutensilien zu säubern, schüttelte sie aufgrund seines fragenden Blickes den Kopf.

»In einer Welt, in der es Frauen verboten wird, Schwerter und Lanzen zu tragen, sind wir gezwungen, einen anderen Weg zu finden, um uns zu verteidigen. Ich wählte Worte als meine ganz persönliche Waffe aus.«

Verdutzt zog Reav die Augenbrauen hoch. Mit einer solchen Erklärung hatte er nicht gerechnet.

»Eine kluge Wahl«, erwiderte er ernsthaft.

»Nein. Nein, das ist es ganz und gar nicht«, entgegnete Anthea und schüttelte den Kopf. »Denn damit ruiniere ich die wohl wichtigste Tugend einer Prinzessin.«

Nachdenklich runzelte er die Stirn und dachte einen Moment über diese Aussage nach.

»Und die wäre?«

»Zu schweigen.«

Als sich ihre Blicke erneut trafen, legte sich ein trauriges Lächeln auf ihre Lippen. Eine Geste, die etwas tief in Reavs Innerem bewegte. Er begriff, dass sie weder bedauert noch getröstet, sondern einzig gehört werden wollte. Diese Frau war alles andere als eine trotzige, hochnäsige Prinzessin. Ganz im Gegenteil. Anthea trug eine Kraft in sich, die mächtiger war als alles, was er jemals gesehen hatte. Und damit meinte er nicht allein ihre Magie. Niemand sonst hatte es bisher geschafft, das zerstörerische Inferno in seinem Inneren auch nur für den Hauch eines Moments in einen Zustand der Schwebe zu versetzen. Doch jetzt, in diesem Augenblick, fühlte es sich so an, als würde der Druck in seiner Brust ein wenig leichter werden.

Als bestünde zwischen ihnen eine ganz eigene, unerklärliche Verbindung.

***

Anthea

Nachdem sie ihre blutverschmierten Hände notdürftig gesäubert und vergeblich versucht hatte, ihre langen Haare mit den Fingern zu entwirren, zog sie erschöpft die Beine an den Körper und beobachtete Reav dabei, wie er versuchte, seine Augen offenzuhalten. Doch ganz gleich, wie sehr er auch dagegen ankämpfte, die Erschöpfung schien stärker und brachte seine Lider dazu, wieder und wieder zuzufallen.

Als seine Augen schließlich geschlossen blieben und sich seine verhärteten Gesichtszüge entspannten, ließ Anthea ihren Blick zu seiner Brust gleiten. Das Tageslicht brach sich in den smaragdgrünen Augen des Schlangenkopfes und ließ sie in einem trügerischen Schein zum Funkeln. Während sich Reavs Brustkorb gleichmäßig hob und senkte, sah es beinahe so aus, als würden sich die schwarzen Adern unter seiner Haut bewegen. Als trügen sie die giftige Magie durch seinen Körper.

Die Prinzessin wusste nicht, wie weit die Macht des Amuletts reichte, doch das, was sie bisher gesehen hatte, genügte, um ihr einen Schauer über den Rücken zu jagen. Sie konnte sich nicht vorstellen, dass Reav diesen Anhänger aus eigenen Stücken trug, dass es überhaupt jemanden gab, der sich einer solchen Grausamkeit freiwillig unterwarf.

Ein Gedanke, der ihr eine Gänsehaut bescherte.

Langsam ließ Anthea den Blick von seiner Brust zu ihren Händen gleiten, die regungslos auf ihren Knien ruhten. Wieso hatten ihre Adern in der Senke angefangen zu leuchten? Ohne Feuerschein, ohne einen einzigen Sonnenstrahl? Sie erinnerte sich an viele Situationen, in denen sie das einzigartige Prickeln gespürt hatte. Doch niemals zuvor war es ihrer Magie gelungen, bis an die Oberfläche zu dringen und sich von allein zu offenbaren. Wie war das nur möglich?

Noch einmal rief sie sich den Kampf mit dem Portanon ins Gedächtnis, spürte die alles verzehrende Todesangst und vernahm Reavs Stimme. Sie hörte ihren Namen klar und deutlich in den Ohren widerhallen und konnte nicht anders, als die Augen zusammenzukneifen.

Genau so hatte es stets geklungen, wenn *er* ihren Namen ausgesprochen hatte. Ganz gleich, wie viele Jahre vergangen sein mochten, sie würde diesen Klang niemals vergessen. Niemals. Aber warum? Warum nur hatte es sich so angefühlt, als würde nicht Reav, sondern Aris nach ihr rufen?

Als sie ihre Lider öffnete, spürte sie heiße Tränen in den Augenwinkeln. Abermals glitt ihr Blick zum Sohn des Bösen, der abgesehen von den weißblonden Haaren keinerlei Ähnlichkeit mit ihrem einstigen Jugendfreund besaß ... oder doch?

Es hatte wohl nie zwei Menschen gegeben, deren Wesensart sich so gravierend unterschied und doch war da etwas, das Anthea ins Stocken brachte. Das all ihre logischen Erklärungen außer Kraft setzte und sie dazu verleitete, all die schmerzhaften Erinnerungen zurück in ihr Gedächtnis zu treiben.

Schluchzend ballte Anthea die Hände zu Fäusten und ließ sich von der Verzweiflung und dem Gefühl der Einsamkeit übermannen. So lange hatte sie ihre Gefühle verstecken und stets die Haltung wahren müssen, doch nun durchfuhren sie ihren Körper wie ein Lauffeuer.

Aber sie würde nicht verbrennen.

Nein, sie würde nicht zu Asche und Staub zerfallen. Sie würde daraus auferstehen und erneut erstarken.

Weil es das war, was sie immer tat. Weil ihre einzige Aufgabe im Leben darin bestand, zu überleben.

Und das würde sie. Sie war es nicht nur ihrem Volk, sondern ebenso Aris schuldig.

14. EIN FUNKEN HOFFNUNG

Reav

Das Geräusch eines schnaubenden Pferdes riss Reav aus einem unruhigen Dämmerzustand. Nicht selten hatte dieser Klang auf ein nahendes Unheil hingedeutet, ein Fakt, der ihn hochschrecken und sofort aufstöhnen ließ.

Sofort wanderte sein Blick hinab zu seiner Brust und brachte nicht nur einen ziehenden Schmerz, sondern sämtliche Erinnerungen der letzten Stunden mit sich.

Verdammt, Anthea!

Während sein Herz einen Satz nach vorne machte, wandte er den Kopf zur Seite und ... legte verdutzt die Stirn in Falten.

»Keine Sorge, ich fliehe nicht zweimal auf dieselbe Art.«

Die Prinzessin schenkte ihm einen vielsagenden Blick, ehe sie sich wieder seinem Pferd widmete und diesem sanft über den Kopf strich.

»Wie geht es dir? Fühlst du dich besser?«

»Es geht mir gut«, brummte Reav und bemühte sich, in eine halbwegs aufrechte Haltung zu kommen. Die frischen Wundnähte zogen an seiner Haut und hinterließen ein unangenehmes Spannungsgefühl. Damit hatte er gerechnet. Worauf er allerdings nicht vorbereitet gewesen war, war die veränderte Erscheinung seines Gegenübers.

»Ist das ... ist das meine Kleidung?«, fragte er perplex und deutete auf die schwarze Tunika, die Anthea bis zu den Hüften reichte. Darunter trug sie eine dunkelbraune Stoffhose, die ihr nicht nur viel zu weit, sondern obendrein zu lang war. Beides hielt sie mit einem behelfsmäßigen Stoffgürtel zusammen, den sie eng um die Taille gebunden hatte. Wahrlich, sie hätte jedem lebendig gewordenen Kartoffelsack alle Ehre gemacht. Während Reav sie von oben bis unten betrachtete, schlich sich eine zarte Röte auf ihre Wangen.

»Ist es«, erwiderte sie und bemühte sich um einen selbstsicheren Ton. »Ich konnte ja schließlich nicht länger in den zerfetzten Resten meines Hochzeitskleides herumlaufen, oder? Also habe ich nachgesehen, ob du möglicherweise Wechselkleidung in den Satteltaschen aufbewahrst und …«

»Und bist fündig geworden«, schlussfolgerte er grimmig.

»Nun … ja. Betrachte es einfach als Gegenleistung für die Wundversorgung«, erwiderte sie und deutete auf ein Bündel Stoff, das sich ganz in seiner Nähe befand. »Ich war so frei und habe dir auch ein frisches Hemd rausgelegt.«

Vollkommen überrumpelt schaute Reav zwischen der Kleidung und Anthea hin und her. Eines stand definitiv fest. Er würde auf dieser Reise kein einziges Auge mehr zu machen, denn jedes Mal, wenn er aufwachte, hatte sie irgendwelche weitreichenden Entscheidungen getroffen. Sei es zu fliehen oder sich seine verfluchten Sachen anzuziehen.

Ohne zu wissen, wie er mit dieser absonderlichen Situation umgehen sollte, griff er zögerlich nach dem sauberen Hemd.

»Brauchst du Hilfe?«

»Was?«

Als sich ihre Blicke abermals trafen, wagte sie es nicht, ihm direkt in die Augen zu sehen.

»Ich meine beim Anziehen«, erklärte sie zögerlich. »Wegen der Wunden.«

»Sehe ich so aus, als könnte ich mir kein Hemd über den Kopf werfen?«, blaffte er und verdrängte den Gedanken daran, dass seine Schulter beim Kampf gegen den Portanon ebenfalls in Mitleidenschaft gezogen worden war. Doch selbst, wenn er nur noch einen Arm und zwei Finger besäße, würde er niemals, *niemals*, zulassen, dass ihm irgendjemand in solch einer Situation half. Sein Stolz hatte inzwischen genug unter Antheas Fürsorge gelitten.

»Wie du meinst«, entgegnete sie und zuckte mit den Schultern. »Doch bevor du dich umziehst, solltest du die Nähte mit Tarzdalls Tinktur bestreichen. Den Tiegel habe ich neben deine Tunika gelegt.«

Seine Augen glitten zu dem runden Holzgefäß, welches der Gnom ihnen kurz vor ihrer Abreise mit auf den Weg gegeben hatte. Während sich die Prinzessin erneut Cavon zuwandte, seufzte Reav leise auf und zog sich die zerschnittene Kleidung von den Armen. Und obwohl sich Anthea demonstrativ von ihm abgewandt hatte, konnte er ihren Blick schon nach wenigen Herzschlägen auf seiner Haut spüren. Ein Umstand, der sich unangenehmer anfühlte, als er eigentlich sollte und nicht unbedingt zur Besserung seiner Laune beitrug.

Was zum Henker war nur los mit ihm? Normalerweise hätte es ihn nicht im Geringsten interessieren dürfen, ob sie ihn oder eine knorrige Baumwurzel anstarrte. Doch aus irgendeinem unerfindlichen Grund fühlte sich Reav unwohl bei dem Gedanken, dass sie ihn derart ansah. Denn das, was sie auf seinem Körper erblickte, war alles andere als normal, geschweige denn schön. Die jahrelange Ausbildung in Caésirat hatte nicht nur seelische, sondern auch körperliche Narben hinterlassen. Er war für sein Leben gezeichnet und wusste, dass allein sein Anblick ausreichte, um ihm einen Titel zu verleihen, den er durchaus verdiente. *Monster.*

Daher bemühte er sich, so schnell wie möglich eine dünne Schicht der Salbe aufzutragen, sich das Hemd über den Kopf zu werfen und dabei eine zumindest halbwegs vorzeigbare Haltung zu wahren. Anschließend griff er nach dem Tiegel, drehte ihn unschlüssig in der Hand und ging schlussendlich auf Anthea zu. »Hier.«

Während sie von ihm zum Gefäß blickte, scheitere sie kläglich bei dem Versuch, eine ausdruckslose Miene an den Tag zu legen. Ihre Wangen glühten, als stünden sie inmitten einer Feuerbrust. Wahrscheinlich hatte sie noch niemals zuvor einen halbnackten Mann gesehen. Wie auch? Unter all den Samt- und Spitzenkragen.

»Für den Kratzer in deinem Gesicht«, erklärte er und deutete auf die dünne Schnittwunde.

»Oh.«

Perplex berührte die Thronerbin ihre Wange und fuhr mit dem Finger über das getrocknete Blut.

»Die hatte ich beinahe vergessen«, hauchte sie nachdenklich und benetzte ihren Finger mit der übelriechenden Tinktur. Reav beobachtete, wie sie versuchte, blind über den Schnitt zu streichen, doch verfehlte sie ihn an einer Stelle.

»Warte, du …«

Er hatte seine Hand bereits erhoben, als er in seiner Bewegung erstarrte und nur Millimeter vor ihrem Gesicht innehielt. Erschrocken über diese völlig unüberlegte Geste sah er ihr in die tiefbraunen Augen und spürte, wie sich jede Faser seines Körpers anspannte. Ihr geweiteter Blick machte deutlich, dass sie ebenso überrascht zu sein schien, allerdings wich sie weder vor ihm noch vor seiner Hand zurück. Während sich Antheas Brustkorb rasch hob und senkte, öffnete sich ihr Mund ein winziges Stück. Jetzt, da er so nah vor ihr stand, erkannte er die winzigen goldenen Punkte, die ihre Iriden auf wundersame Art und Weise sprenkelten. Wie Sterne inmitten einer klaren Sommernacht.

Ohne es bewusst zu realisieren, geschweige denn kontrollieren zu können, verlor sich Reav in ihrem Antlitz. Es war, als würde er Anthea in diesem Moment zum ersten Mal wirklich ansehen. Als hätte bis zu diesem Zeitpunkt ein Schleier über seinen Augen gelegen und seinen Blick getrübt.

Doch nun sah er sie … klar, ungetrübt und in all ihrer Schönheit.

Anthea hatte etwas Einzigartiges an sich. Obwohl das schwarze Haar zerzaust und ihre Haut von einer dünnen Schmutzschicht überzogen wurde, war sie dennoch auf faszinierende Art und Weise schön. Ihr Anblick löste ein Gefühl in ihm aus, das er nur schwer in Worte fassen konnte. Es glich einer fernen Erinnerung, einer tiefen, lang verschollenen Sehnsucht.

»Reav?«

Ihre Stimme war nicht mehr als ein seichter Hauch, der sanft über ihre vollen Lippen glitt. Er beobachtete, wie sich ihr Blick verklärte und ein fassungsloser, ja fast ungläubiger Ausdruck darin aufblitzte.

»Deine Augen«, flüsterte sie stockend. »Sie sind grau.«

Im ersten Moment runzelte Reav verwirrt die Stirn und konnte die Tragweite dieser Aussage nicht fassen. Ihr Blick hielt ihn gefangen und ließ nur schwerlich einen klaren Gedanken zu. Doch als die Erkenntnis schließlich in seinen Verstand sickerte und er allmählich den Sinn hinter ihren Worten verstand, taumelte er erschrocken einen Schritt zurück. Angespannt horchte er in sich hinein, konzentrierte sich auf die Magie des Amuletts, doch sie schien so schwach wie niemals zuvor.

Wie war das möglich? Was vermochte die Verbindung zu Salis derart zu schwächen?

»Reav?«

Als sich ihre Blicke abermals trafen, begann sein Puls zu rasen. Da war diese plötzliche Unsicherheit, ein Gefühl, das ihm irgendwie vertraut und doch vollkommen fremd erschien.

»Bitte sag mir, woher du kommst. Weißt du, wer deine Eltern waren?«

Anthea stellte die Fragen mit einer Dringlichkeit, als würde ihr Leben davon abhängen. War das etwa eine der *Fragen,* die sie von ihrer Flucht abgehalten hatten? Das ergab nicht einmal ansatzweise Sinn.

Vollkommen perplex öffnete er den Mund, doch trat kein Laut über seine Lippen. Die Gedanken rasten durch seinen wirren Verstand und überschlugen sich in Windeseile.

»Ich ... ich weiß es nicht.«

Diese Worte laut auszusprechen, fühlte sich wie ein Schlag ins Gesicht an. So lange hatte Reav versucht, eine Antwort auf diese und unzählige weitere Fragen zu finden. So viele Wochen, Monate, Jahre ... ohne jeglichen Erfolg.

Vollkommen gleich, wie sehr er sich auch das Hirn zermartere, er hatte nicht einen einzigen Splitter seiner zerbrochenen Vergangenheit wiederfinden können.

Irgendwann war er an dem Punkt angelangt, an dem er sich geschworen hatte, nie wieder einen Gedanken an das Vergangene zu verschwenden. Er hatte sämtliche Illusionen und jedwede Hoffnung begraben.

Nun jedoch stand diese Frau vor ihm und öffnete eine Wunde, die nichts im Vergleich zu seinen körperlichen Verletzungen war. Die Tatsache, weder ihr noch sich selbst Antworten geben zu können, entfachte den Schmerz erneut und entzündete ein Feuer, das die Leere in seinem Inneren mit einer lang unterdrückten Wut füllte.

»Was soll die Frage?«

Seine Stimme gewann an Kraft, während er einen weiteren Schritt zurücktrat. Er brauchte Abstand. Niemals hätte er Anthea derart nahekommen dürfen. Er wusste nicht, ob es an ihrer Magie oder ihrer Erscheinung lag, doch die Thronerbin weckte etwas in ihm, das er weder verstand noch kontrollieren konnte.

Und dies machte ihm Angst. Große Angst.

»Reav, ich glaube, ich …«

»Was interessiert dich meine Vergangenheit?«

Sein harscher Tonfall ließ sie zusammenzucken.

»Ich … ich habe jemanden verloren«, stammelte sie, »jemanden, der mir viel bedeutet hat. Und … und ich weiß, dass es vollkommen verrückt klingt, doch du … du …«

Ihre Augen wurden glasig, während sich seine Brust zu einem festen Knoten zusammenzog. Er ahnte, was sie zu sagen versuchte. Die Erkenntnis schoss wie ein Pfeil durch seinen Verstand und erweckte die Magie des Amuletts schlagartig zum Leben.

»Nein.«

Die Stille, die sich zwischen ihnen ausbreitete, wurde allein von seinem schweren Atem unterbrochen. Für einen kurzen Moment hatte es sich so angefühlt, als wäre die Verbindung zwischen ihm und Salis zum Erliegen gekommen. Als hätte irgendetwas das verfluchte Band durchtrennt. Doch es war nur ein Trugschluss gewesen. Eine trügerische Hoffnung, die mit einem einzigen Schlag zertrümmert wurde. *Was für ein grausamer Trick.*

Während die Dunkelheit durch Reavs Venen strömte und jede Faser seiner selbst vergiftete, rückte sein eigentliches Ziel zurück in den Vordergrund. Die Schmerzen versiegten und sämtliche Gefühle kamen zum Erliegen. Die Magie des Schwarzmagiers umschloss ihn wie einen unsichtbaren Kokon und hielt sowohl seinen Körper als auch seine Seele darin gefangen.

***

Anthea

Diese Augen. *Seine* Augen.

Einen Herzschlag lang war sie sich sicher gewesen, in Aris' graue Iriden geblickt zu haben.

Doch so überwältigend dieser Moment auch gewesen war, so schnell war er vorüber. Anthea konnte dabei zusehen, wie sich Reavs Antlitz veränderte. Wie er sich binnen weniger Sekunden in den Sohn des Bösen verwandelte. Seine stahlgrauen Iriden wichen einem weißen, milchigen Schleier, während sich seine Gesichtszüge zu einer steinernen Maske verhärteten. Es war ein erschreckender, beängstigender Anblick. Wie in Trance glitt ihr Blick zu seiner Brust, die sich rasch hob und senkte. Anthea hätte schwören können, das Pochen des Amuletts unter Reavs Tunika hören zu können. Mit wachsendem Entsetzen beobachtete sie, wie die schwarzen Adern unter seinem Hemdkragen hervorkrochen und sich wie Flüsse bis zu seiner Kehle ausbreiteten.

»Reav, bitte ... lass mich ...«

»Nein!«

Abermals ließ sie seine dunkle Stimme zurückschrecken. So wie er dort stand, schwer atmend, den Blick voll glühendem Zorn, wirkte er gefährlicher denn je.

In diesem Augenblick fürchtete sie ihn. Sie fürchtete den wilden, verfluchten Teil in ihm. Doch sie hatte gesehen, dass es da noch etwas anderes gab. Etwas, das sich hinter dem weißen Nebelschleier verbarg und sie auf unerklärliche Weise nicht loslassen wollte. Den Mann im Inneren des Monsters.

»Es gibt zwei Dinge, die du wissen solltest«, begann er mit rauer Stimme. »Erstens, ich habe keine Vergangenheit. Was immer du auch wissen willst, du wirst keine Antwort erhalten. Und zweitens.« Sein eiskalter Blick durchbohrte sie und versetzte ihrem Herzen einen schmerzhaften Stich.

»Ich weiß nicht, wen oder was du in mir zu sehen glaubst, doch ich bin es nicht.«

Mit ganzer Kraft versuchte die Prinzessin ihre verräterischen Tränen im Zaum zu halten, doch sie scheiterte kläglich.

»Behauptet das Reav oder der Sohn des Bösen?«

Kaum hatte sie die Frage ausgesprochen, machte Reav einen großen Schritt auf sie zu.

»Du weißt gar nichts über mich!«, zischte er ungehalten und schien ebenso wütend wie verzweifelt. Obwohl sie sein Blick an Ort und Stelle fesselte, wirkte er dennoch verlorener denn je. Es mochte vollkommen absurd sein, doch in diesem Moment wurde Anthea bewusst, dass sie offenbar eine entscheidende Gemeinsamkeit besaßen. Sie beide schienen etwas von großer Bedeutung verloren zu haben. Doch während sie nicht bereit war, Aris' Tod hinzunehmen, schien er sich seinem Schicksal ergeben und sich mit dem Verlust seiner Vergangenheit abgefunden zu haben.

»Es... es tut mir leid.«

»Das soll es nicht. Also hör auf damit«, forderte er harsch. »Ich will weder dein Mitleid noch deine Hilfe.«

Reav hatte den Satz noch nicht einmal beendet, als er plötzlich auf dem Absatz kehrtmachte und nichts außer einem Gefühl der Kälte zurückließ.

»Wir reiten weiter.«

Anthea benötigte mehrere Herzschläge, um sich aus ihrer Starre zu lösen und das Gesagte zu verinnerlichen.

»Was?«, stammelte sie und schalt sich innerlich für ihren kläglichen Tonfall. »Du willst aufbrechen? Jetzt?«, fügte sie hinzu und schaute zum wolkenverhangenen Himmel hinauf. Es konnte nicht mehr lange dauern, bis der Tag zur Neige ging und die ersten Sterne am Firmament erschienen.

»Ich dachte, es sei zu gefährlich, den Wald im Dunkeln zu durchqueren? Was, wenn die Naugirim wieder auftauchen?«

Ohne zu antworten, begann Reav seine wenigen Habseligkeiten zusammenzuräumen. Er schien es tatsächlich darauf anlegen zu wollen.

»Und was ist mit deinen Wunden? Wenn die Nähte wieder aufreißen, dann ...«

»Das reicht jetzt!«, unterbrach er sie lautstark. »Ich entscheide, wann, wie lang und wohin wir gehen. Dein verdammter Fluchtversuch hat mich genügend Zeit gekostet. Selbst wenn wir heute nur wenige Meilen zurücklegen, wir brechen auf!«

Reglos verharrte Anthea an Ort und Stelle und versuchte, ihre Gefühle im Zaum zu halten. Während ihr Mitleid immer weiter in den Hintergrund trat, gewann der Zorn die Oberhand. Vielleicht hätte sie doch fliehen sollen. Möglicherweise hatte sie die einzige Gelegenheit, den silbernen Fluss zu erreichen, aufgrund einer völlig naiven Entscheidung vergeudet. Für einen Mann, den es vermutlich längst nicht mehr gab. Schlagartig hallte die herablassende Stimme ihres Vaters durch Antheas Kopf und ließ sie schwer schlucken: *Du bist eindeutig zu gutherzig. Deine Zuneigung wird dir noch einmal zum Verhängnis werden.*

Und so traurig es auch war, schienen die Worte des Königs doch einen wahren Kern in sich zu tragen.

15. GEFÜHLE

Anthea

Sie hatten knapp drei Wegstunden zurückgelegt, als die Nacht endgültig über dem veterischen Wald hereinbrach und sie dazu zwang, ihr Lager am Rande einer kleinen Lichtung aufzuschlagen. Das kalte Licht des Mondes drang nur schwerlich durch die Baumkronen und hüllte alles in einen fahlen Schein.

Als ein kalter Luftzug über Antheas Wangen strich, schlang sie intuitiv die Arme um ihre Mitte und rutschte ein wenig näher an das knisternde Feuer heran. Reavs Kleidung fühlte sich kratzig an auf der Haut und trug den charakteristischen Geruch von Wald, Pferd und einem Hauch Harz. Doch sie war um einiges wärmer und wesentlich praktischer als ein spitzenbesetztes Hochzeitskleid. Ein trauriges Schmunzeln huschte über Antheas Lippen, als sie sich vorstellte, wie Isobel wohl auf diesen Aufzug reagieren würde. Vermutlich hätte sie im ersten Moment schockiert die Augen aufgerissen, ehe sie in schallendes Gelächter ausgebrochen wäre. Mit einem leisen Seufzen strich sich die Prinzessin eine Strähne aus dem Gesicht und blinzelte eine verirrte Träne weg. Wie sehr sie ihre Freundin doch vermisste. Ob sie sich jemals wiedersehen würden? Auch wenn sie sich allein um ihrer selbst willen an ein wenig Hoffnung klammerte, fiel es Anthea zunehmend schwerer, nicht zu verzweifeln. Sie brauchte sich nichts vormachen – ihre Aussichten konnten kaum schlechter stehen.

Nachdenklich ließ sie ihren Blick über das prasselnde Feuer zum Sohn des Bösen gleiten. Er saß ihr reglos gegenüber und starrte in die tanzenden Flammen. Seine Haltung wirkte unentwegt angespannt, während seine Gedanken an einem anderen Ort zu verweilen schienen. Das Wechselspiel aus Licht und Schatten brach sich auf seinem Gesicht und betonte sowohl die markanten

Wangenknochen als auch das kräftige Kinn. In diesem Augenblick sah er weniger wie ein Mensch, sondern vielmehr wie eine Statue aus. Unnahbar, kalt und überaus einsam.

Seit ihrem Aufbruch hatten sie kaum mehr ein Wort miteinander gewechselt. Es herrschte eine bedrückende Stille zwischen ihnen, die Antheas Gedanken genügend Raum bot, in die Ferne zu gleiten. Es schien Ironie des Schicksals zu sein, dass sie sich in jenem Moment nichts sehnlicher wünschte, als ausgerechnet an jenen Ort zurückzukehren, dem sie in der Vergangenheit so oft hatte entfliehen wollen.

Während ihr Geist durch die Gänge des Palastes schwebte, wurde ihr Körper mit jedem Atemzug schwerer. Die Erschöpfung breitete sich wie eine Decke über ihr aus und ließ ihren Blick allmählich verschwimmen. Das Letzte, das sie bewusst wahrnahm, waren zwei weiße Augen, die sie umrahmt von lodernden Flammen ansahen und sie bis in ihre Träume verfolgen würden.

***

Die darauffolgenden zwei Tage setzten sich aus stoischer Monotonie und vielen schweigsamen Stunden zusammen. Tagsüber führte sie Reav auf dem gewundenen Elfenpfad weiter an das Gebirge heran und ließ sich, ganz zu Antheas Leidwesen, auf nur wenige Pausen ein. Erst am Abend schlugen sie ein notdürftiges Lager auf, entzündeten ein Feuer und aßen von dem schwindenden Proviant. Zu Antheas Erstaunen hatten seither weder die Naugirim noch irgendwelche anderen Naturgeister ihren Weg gekreuzt, was ihrer Vermutung nach womöglich daran lag, dass sie inzwischen einen Teil des veterischen Waldes erreicht hatten, den selbst die eigenen Bewohner mieden. Oder aber es lag an der beängstigenden Aura, die ihr Entführer fortwährend ausstrahlte.

Seitdem sie Reav mit ihren Fragen konfrontiert hatte, spürte sie die Macht des Amuletts stärker als zuvor. Er schien weder zu schlafen noch aß er viel. Immer, wenn sie die Augen aufschlug, war er bereits wach und starrte in die Ferne. Ein Umstand, der die Aussicht auf eine erneute Flucht im Keim erstickte. Manchmal, wenn sie ihn vom Rücken seines Pferdes aus beobachtete, bildete sie sich ein, schwarze Nebelschwaden um ihn herum wahrzunehmen, die sich binnen Sekunden in Luft auflösten. Salis' Magie schien ihn von innen heraus zu durchdringen und dafür zu sorgen, dass er jeglichen Hauch Menschlichkeit verlor. Es mochte einfältig sein, doch Anthea wurde das Gefühl nicht los, dass der Magier diesen Umstand ganz bewusst hervorrief. Mehrmals hatte sie versucht, ein Gespräch zu beginnen, in der Hoffnung, erneut eine Brücke zwischen ihnen zu errichten. Doch noch ehe die ersten Pfeiler standen, brachte er das Gerüst mit seinem fortwährenden Schweigen zum Einsturz.

Weitere Stunden vergingen, in denen sie immer tiefer in das verwinkelte Labyrinth aus Bäumen, Sträuchern und hüfthohem Unterholz vordrangen. Egal, in welche Richtung Anthea auch sah, überall fielen dunkelrote Blätter zu Boden und verliehen der Szenerie eine melancholische Stimmung. Es sah so aus, als würde der Wald bluten. Während die Prinzessin dabei zusah, wie das vertrocknete Laub in einem niemals endenden Blätterregen hinabsank, nahm sie mit einem Mal ein leises Rauschen wahr, das sie jedoch nicht auf den Wind in den Baumkronen zurückführte. Nein, es hatte einen anderen Ursprung, einen, der ihr unter Umständen nicht ungelegen kam.

»Warte!«

Der plötzliche Klang ihrer Stimme hallte lauter als beabsichtigt durch den Wald und erschreckte nicht nur ihren Entführer, sondern auch Cavon, der sogleich nervös schnaubte und den Kopf verzog. Während sich Anthea hastig mit beiden Händen an der Sattelhalterung festhielt, griff Reav mit beiden Händen nach den Zügeln und schenkte der Prinzessin einen verärgerten Blick.

»Was ist?«

»Hörst du das?«

Sofort ließ er seinen Blick über die Umgebung schweifen, ehe er sie verständnislos musterte. Vermutlich hatte er sich gedanklich bereits für einen weiteren Kampf gewappnet.

»Was soll ich hören?«

»Dieses Rauschen«, erwiderte Anthea und schaute sich aufmerksam um. »Gibt es hier in der Nähe eine Quelle?«

Verdutzt zog Reav die Augenbrauen zusammen.

»Wieso willst du das wissen?«

»Weil ich dort gerne eine Pause machen würde.«

»Warum ausgerechnet dort? Wenn du Durst hast, trink halt hier etwas.«

»Es mag vielleicht absonderlich klingen, doch Wasser ist nicht ausschließlich zum Trinken geeignet. Es gibt noch andere Dinge, für die es durchaus nützlich sein kann«, entgegnete die Thronerbin spitz.

Für einen kurzen Moment musterte Reav sie mit grimmiger Miene, ehe er einen abfälligen Laut ausstieß.

»Worauf willst du hinaus?«

»Nur weil ich eine Gefangene bin, muss ich nicht zwangsläufig wie eine riechen. Du könntest mir zumindest einen Rest an Würde lassen. Außerdem könnten wir beide ein Bad ganz gut gebrauchen.«

Für den Bruchteil einer Sekunde konnte die Prinzessin eine beinahe menschliche Reaktion in seinem Gesicht erkennen. Er schien tatsächlich ein wenig verblüfft. Verblüfft und möglicherweise ein klein wenig pikiert.

»Willst du mir irgendetwas sagen?«

»Ein tiefer Atemzug genügt.«

Reav hatte den Mund bereits zu einer Antwort geöffnet, doch brauchte er exakt fünf Herzschläge, bis ein Laut über seine Lippen kam.

»Versuchst du mir gerade beizubringen, dass ich … unangenehm rieche?«

»So würde ich das nicht formulieren«, erwiderte Anthea rasch. »Doch seien wir ehrlich. Die Staubschicht auf unserer Haut ist inzwischen so dick, dass sie selbst mit einer spitzen Nadel nicht mehr zu durchstechen wäre. Ganz zu schweigen von unserer Kleidung. Die benötigt keine Stärke, um zu stehen. Das schafft der Dreck von ganz allein.«

Für einen kurzen Augenblick starrte Reav sie an und schien tatsächlich ein wenig sprachlos. Doch zumindest glaubte die Prinzessin, eine kleine Regung in seinem versteinerten Gesicht zu erkennen.

»Außerdem habe ich heute Morgen gesehen, dass sich unsere Wasservorräte allmählich dem Ende neigen. Darüber hinaus wird es eh bald dunkel. Warum also das Lager nicht am Wasser aufschlagen und das Nützliche mit dem Angenehmen verbinden?«

Während Anthea sich krampfhaft darum bemühte, ihre selbstbewusste Miene aufrechtzuerhalten, kam sie nicht umhin festzustellen, dass sie scheinbar mehr diplomatisches Geschick besaß als angenommen. Immerhin lehnte Reav ihr Vorhaben nicht sofort ab, sondern schien zumindest einen Moment darüber nachzudenken. Wachsam ließ er den Blick zwischen den Bäumen umherschweifen, ehe er seufzend den Kopf schüttelte.

»Wir sollten den Pfad nicht verlassen.«

»Es scheint aber nicht weit zu sein, oder? Und ich bezweifle, dass sich die Wasservorräte von allein auffüllen werden.«

»Weshalb ich ebenso gut allein gehen kann«, argumentierte er und warf ihr einen vielsagenden Blick zu.

»Und mich allein zurücklassen? Hältst du das wirklich für einen gut durchdachten Plan?«

Selbst seine undurchdringliche Miene konnte nicht über seinen inneren Zwiespalt hinwegtäuschen. Er schien gleichsam genervt und unschlüssig zu sein. Immer wieder ließ er seinen Blick durch den Wald schweifen, bis er schließlich genervt seufzte.

»Also gut. Meinetwegen.«

Während sie penibel darauf achtete, das aufsteigende Gefühl des Triumphs nicht nach außen zu tragen, klammerte Anthea ihre Finger um die Sattelhalterung und presste die Lippen aufeinander. Sie hatte nicht einmal ansatzweise damit gerechnet, dass er sich auf ihren Vorschlag einlassen würde.

Vielleicht war doch noch nicht alles verloren.

»Dann steig ab.«

»Wie bitte?«

»Der Weg zur Quelle ist gespickt mit Dornenhecken. Wir müssen hintereinander gehen.«

Kaum hatten sie den Elfenpfad verlassen, wurde das Rauschen mit jedem Hufschlag ein wenig lauter. Während Reav ihr Pferd langsam an den Zügeln durch den von Dornen flankierten Weg führte, ging Anthea direkt vor ihm und ließ sich von seiner mürrischen Stimme leiten.

»Lauf weiter geradeaus, bis wir die zwei hohen Bäume dort vorn erreichen. Danach gehst du nach links.«

Als die Thronerbin Reavs heißen Atem in ihrem Nacken spürte, lief ihr schlagartig ein Schauer über den Rücken. Er ging so dicht hinter ihr, dass sie glaubte, nicht nur seine Körperwärme, sondern auch die pulsierende Magie des Amuletts fühlen zu können. Eine gefährliche, jedoch unerwartet faszinierende Mischung aus Hitze und Kälte, die ihr eine Gänsehaut bescherte.

»Und berühre nicht die Dornen. Sie sind für Menschen giftig.«

»Das sagst du mir jetzt?«, stieß die Prinzessin entrüstet hervor und drückte die Arme fest an ihren Körper.

»Mein Fehler. Ich hätte es ganz verschweigen sollen.«

Empört drehte sich Anthea nach hinten, mit dem Vorhaben, Reav einen ihrer tödlichen Blicke zu schenken. Allerdings hatte die jüngste Information ihren Körper derart versteift, dass sie über ihre eigenen Füße stolperte und unweigerlich ins Taumeln geriet. Während sie sich bereits bei lebendigem Leibe aufgeschlitzt inmitten der Dornen liegen sah, wurde sie plötzlich von einer starken Hand am Oberarm gepackt und so schwungvoll zurückgezogen, dass sie es nicht einmal mehr schaffte, den Mund für einen Schrei zu öffnen. Vor Schreck erstarrt fand sich die Prinzessin an der harten Brust ihres Entführers wieder und spürte das wilde Pochen ihres Herzens, das ... nein, Moment ... es war nicht ihr Herzschlag, den sie unter den Fingerspitzen fühlte. Es war seiner.

Von dieser Erkenntnis überrumpelt, hob Anthea den Kopf ein wenig an und blickte in Reavs nicht minder erschrockenes Gesicht. Sie nahm sowohl das kraftvolle Trommeln unter seiner Brust als auch die starke Vibration des Amuletts wahr. Es fühlte sich an, als würden sie einen Kampf in seinem Inneren austragen. Als würden sie die Vorherrschaft über Reavs Verstand ausfechten. Herz gegen Magie. Gefühl gegen Finsternis.

Noch ehe die Prinzessin vollends realisieren konnte, was soeben geschehen war, stieß er sie sanft aber bestimmt von sich und schien darum bemüht, die Kraft seiner Stimme wiederzufinden. Obwohl seine Augen noch immer von einem weißen Nebelschleier durchdrungen wurden, glaubte sie dennoch, wieder den schwachen Grauton darunter zu erkennen. Auch sein Gesicht schien mit einem Mal weniger versteinert. Im Gegenteil, es wirkte, als würde er Schmerzen empfinden. War ihre Berührung etwa der Auslöser?

»Jetzt geh weiter.«

Obwohl ihre Beine noch immer so stark zitterten, als wären sie aus Getreidebrei, drehte sich Anthea zurück nach vorn und tat einen wackeligen Schritt nach dem anderen. Ihre Beine taten die Arbeit wie von allein, während sich ihre Gedanken überschlugen. Jedes Mal, wenn sie einander berührten, war es, als würde Reav ein wenig Menschlichkeit zurückerlangen. Konnte das wirklich sein? Steckte der Schlüssel zu ihrer Befreiung möglicherweise in ihrem Entführer selbst? Wenn sie es schaffte, den Mann im Inneren des Monsters herauszulocken, konnte sie dann vielleicht mehr erreichen, als nur sich selbst zu retten? Sie wusste es nicht, doch Anthea beschloss, dass sie es auf einen Versuch ankommen lassen würde. Sie hatte schließlich nichts zu verlieren.

Nachdem Reav sie durch die Dornenhecken geleitet und zwischen einer Reihe uralter von Efeu überwucherter Bäume geführt hatte, tat sich plötzlich ein Ort vor ihnen auf, der jedwede Gedanken schlagartig verstummen ließ.

Sie standen am Rande einer sprudelnden Quelle, deren Wasser sich aus einem etwa drei Meter hohen Felsspalt ergoss. Es sank in ein natürliches Becken, bestehend aus weißen Steinen, die durch die Bewegung des Wassers zu schimmern schienen. Sowohl der Fels als auch die ringsherum befindlichen Gesteinsbrocken wurden von einer tiefgrünen Moosschicht überzogen, welche die Luft mit ihrem charakteristischen Geruch erfüllte. Während sich breitgefächerte Farne am Uferrand entlangzogen, fanden sich sowohl auf den Steinen als auch an der Felswand kleine Blumen wieder, deren winzige, zartrosa Blüten der Szenerie etwas Märchenhaftes verliehen.

»Das ist ja wunderschön.«

Gebannt von diesem einzigartigen Anblick trat Anthea an das Ufer heran. Noch niemals zuvor hatte sie etwas derart Eindrucksvolles gesehen. Weder Bildhauer noch Maler vermochten es, eine so natürliche Harmonie zu erschaffen. Dieser Ort war der Inbegriff einer wilden und gleichzeitig sanftmütigen

Natur. Er stand für alles, was Anthea sich ihr Leben lang gewünscht, doch niemals erhalten hatte:

Freiheit.

***

Reav

»Wir schlagen das Lager …«

Noch während er sprach, ließ Reav den Blick über den Uferrand schweifen, ehe er unerwartet an Anthea hängen blieb.

Wie in Trance schaute sie die Felswand hinauf, beobachtete, wie sich das Wasser aus dem schmalen Spalt ergoss und wirkte, als wäre sie mit einem Mal in eine andere Welt entflohen.

Ihre braunen Augen glänzten, während sich ihre leicht geöffneten Lippen zu einem sanften Lächeln verzogen. Ohne, dass sie es bewusst wahrzunehmen schien, fingen nicht nur ihre Hände, sondern ihr gesamtes Antlitz an, in einem warmen Licht zu schimmern. Es war ein wundersamer, überwältigender Anblick, der Reav unweigerlich die Sprache verschlug. Nicht allein wegen ihrer Magie, sondern aufgrund der Tatsache, dass jede Faser ihres Körpers in diesem Moment eine solche Sehnsucht ausstrahlte. Mit nur einem einzigen Blick schaffte sie es, eine Fülle an Emotionen auszudrücken, die etwas tief in ihm bewegte. Die in ihm den Wunsch erweckte, selbst etwas fühlen zu wollen.

Seit nunmehr drei Tagen hatte er in der Dunkelheit gelebt.

Doch schon als er Anthea aufgefangen und ihre Hand an seiner Brust gespürt hatte, war der Bann des Amuletts ins Wanken geraten. Es fühlte sich an, als würde er allmählich aus einem dunklen, traumlosen Schlaf erwachen. Als versuchte ihre Magie, den Kampf gegen Salis aufzunehmen.

Und es oblag allein Reavs Entscheidung, ob er Teil dieser Schlacht werden oder weiterhin davonlaufen wollte. Bislang hatte er keinen Grund gehabt zu kämpfen. Jeder Versuch war fehlgeschlagen und hatte ihn weiter in den Abgrund gezogen.

Nun jedoch blickte er in Antheas Antlitz und erkannte, dass es möglicherweise mehr gab als Kummer und Schmerz. Er sah in ihr ein Licht, das stärker war als alles, was er jemals gesehen hatte. Es hatte einen tiefen, reinen Ursprung, der voller Hoffnung und unausgesprochener Wünsche steckte.

In diesem Augenblick, während er nichts anderes tun konnte, als die Prinzessin anzusehen, wurde Reav bewusst, dass es nicht ihre Magie war, die sie erstrahlen ließ.

Nein, sie war es selbst.

Die Magie war lediglich Ausdruck einer Stärke, die sie stets in sich getragen hatte. Von deren Existenz Anthea jedoch nichts zu ahnen schien, die sie niemals hatte ausleben dürfen. Und zum ersten Mal seit ihrer Begegnung begann Reav die Pläne des Schwarzmagiers ernsthaft infrage zu stellen und sich innerlich dagegen zu wehren. Niemand durfte etwas so Reines zerstören. Wenn ihre Macht auf Salis überginge, wäre es nicht nur das Ende von Aurasis, sondern allen Lebens auf dieser Welt. Tarzdall hatte recht. Es war ein Fehler, sie in die schwarze Festung Caésirat zu bringen. Doch wie sollte er sich gegen den Fluch und die Macht des Amuletts wehren? Salis hatte ihn in der Hand und würde ihn ohne zu zögern zerquetschen und das letzte Quäntchen Menschlichkeit aus ihm herauspressen. Er wollte Antheas Macht, egal zu welchem Preis.

»Reav?«

Ihre verunsicherte Stimme riss ihn ruckartig aus seinen Überlegungen. Als sich ihre Blicke trafen, musterte sie ihn nachdenklich, fast ein wenig misstrauisch. Scheinbar hatte sie ihn bereits mehrmals angesprochen.

»Was?« Räuspernd versuchte er den harschen Tonfall herunterzuschlucken und eine ausdruckslose Miene an den Tag zu legen.

»Ich fragte, wie diese Pflanzen heißen?«, erwiderte sie und deutete auf die kleinen Blüten, die aus dem Fels herauswuchsen.

»Albarumkraut«, antwortete er knapp und folgte ihrem faszinierten Blick.

»Sie sind unfassbar schön«, entgegnete sie, ehe ihr verträumter Gesichtsausdruck einer nachdenklichen Miene wich. »Obwohl ich jede Blume des Palastgartens kenne und vermutlich sämtliche Bücher über Pflanzenkunde gelesen habe, sind mir diese hier noch nie begegnet.«

»Das liegt daran, dass sie schon seit Jahrhunderten nicht mehr in Aurasis existieren«, erklärte Reav und führte Cavon an das Ufer heran, um dort die Zügel um einen Stamm zu binden.

»Wieso das?«

Nachdem sich Anthea widerwillig vom Anblick der Quelle löste, trat sie langsam an ihn heran und half dabei, die Satteltaschen zu lösen und das Lager herzurichten. Der Glanz ihrer Adern verlor währenddessen mit jeder Sekunde an Intensität.

»Weil dem Kraut magische Kräfte nachgesagt werden.«

Sofort hielt die Prinzessin inne und schüttelte nach einem Moment des Schweigens den Kopf.

»So ein Irrsinn«, seufzte sie und ließ den Blick über die kleinen Blumen schweifen.

»Ich liebe mein Land, doch einige unserer Traditionen werde ich wohl nie verstehen, geschweige denn gutheißen. Ich bin davon überzeugt, dass Magie nicht von Grund auf schlecht ist. Es kommt nur darauf an, wie und von wem sie genutzt wird. Egal, ob man sie von einem Gott erhalten hat, oder sie von Geburt an in sich trägt. Selbst wenn man damit verflucht wurde, ist Magie im Grunde nichts Schlechtes. Es kommt nur darauf an, wie und für was sie eingesetzt wird.«

Einen Herzschlag lang sahen sie einander an. Ihre Worte zeugten von Klugheit und Mitgefühl. Von Verständnis und Hoffnung. Anthea sprach mit einer Weisheit, die weit über ihr Alter hinausging.

»Ein schöner Gedanke«, erwiderte Reav, »leider sieht die Realität um einiges trostloser aus. Es wird immer Wesen geben, die Magie zum Zwecke ihres eigenen Vorteils nutzen werden. Macht birgt Chaos und trägt Zerstörung in sich. So war es schon immer, und so wird es immer sein.«

»Kommt darauf an, wer sie gebraucht.«

»Typisch für eine Prinzessin, derart romantisch zu denken.«

»Es ist allemal besser, als tagtäglich mit einer so schwermütigen Einstellung durch die Gegend zu laufen«, entgegnete sie spitz.

»Erst willst du mir erklären, dass ich unangenehm rieche und jetzt bin ich auch noch schwermütig?«

»Verzeih, doch die Wahrheit kann schmerzhaft sein.«

Dies war bereits das zweite Mal innerhalb weniger als einer Stunde, dass Anthea ihn sprachlos machte. Selbst wenn er es niemals zugegeben hätte, so musste Reav sich dennoch eingestehen, dass er diese selbstbewusste, wortgewandte Seite an ihr mochte. Immerhin schaffte sie es, dass sich seine Mundwinkel zu einem Lächeln nach oben bewegten. Ein ungewohntes, jedoch erstaunlich angenehmes Gefühl. Anthea folgte seinem Beispiel und konnte sich ein Schmunzeln nicht länger verkneifen.

»Nun, wenigstens gegen eine der beiden Eigenschaften können wir etwas unternehmen«, bemerkte sie, ehe sie sich zögerlich eine Haarsträhne hinter das Ohr strich und zur Quelle schaute.

»Also dreh dich um.«

»Wie bitte?«

»Ich möchte ungern mit deiner Kleidung ins Wasser steigen«, erwiderte sie, während ihre Wangen zu glühen begannen.

***

Anthea

Mit flinken Schritten trat sie hinter einen Baum und versicherte sich noch einmal, dass Reav den Blick gen Wald gerichtet hielt. Erst dann lockerte sie ihren Gürtel, zog das kratzige Hemd über den Kopf und ließ die Stoffhose zu Boden sinken. Nervös strich sie sich über ihr völlig zerknittertes Unterkleid und nahm einen zittrigen Atemzug.

Warum war sie nur so angespannt? Zugegeben, noch niemals zuvor hatte sie sich auch nur in der Nähe eines Mannes bis auf die Unterwäsche ausgezogen. Allerdings konnte sie ihren eigenen Geruch keinen Tag länger ertragen.

»Ich steige jetzt ins Wasser und gebe dir Bescheid, wenn du dich umdrehen kannst«, rief Anthea und schalt sich im selben Augenblick für ihre viel zu hohe Stimmlage.

Jetzt mach dich nicht lächerlich!

Anstatt einer Antwort stieß Reav lediglich ein Brummen aus und hielt den Blick weiterhin auf die Bäume gerichtet.

Rasch lief Anthea zum Uferrand und setzte vorsichtig einen ersten Fuß in die Quelle. Ein überraschter Laut entfuhr ihr, als sie die Kälte des Wassers spürte. Es fühlte sich an wie Hunderte spitze Nadeln. Mit klopfendem Herzen biss sie sich auf die Unterlippe, raffte ihr Unterkleid ein wenig höher und zwang sich, weiter ins Wasser zu waten. Ihre ledernen Schuhe wurden umgehend schwerer, doch verhinderten sie, dass sie auf den glatten Steinen den Halt verlor.

Als das Wasser ihr bis zur Hüfte reichte, nahm Anthea einen tiefen Atemzug und spürte, wie ihre Haut vor Kälte zu kribbeln begann. Es war ein aufregendes, ungewohntes, jedoch ungemein befreiendes Gefühl. Obwohl ihr Körper aufgrund der niedrigen Wassertemperatur unaufhörlich zitterte, stahl sich dennoch ein Lächeln auf ihre Lippen. Während sie ihre Handflächen auf die klare Oberfläche legte und sich immer tiefer ins Wasser bewegte, schaute sie über ihre Schulter hinweg zurück zum Ufer und sah, wie Reav sich rasch zurück zum Wald drehte.

Dieser ungehobelte Mistkerl!

Antheas Puls schien einen Moment auszusetzen, als sie einen großen Schritt nach vorne tat und anschließend bis zum Hals im Wasser versank.

»Du kannst dich jetzt *wieder* umdrehen«, rief sie und bemühte sich um einen sarkastischen Unterton.

Obwohl sie seinen Gesichtsausdruck aus dieser Entfernung nicht eindeutig erkennen konnte, wirkten seine Bewegungen doch etwas unbeholfener als gewöhnlich. *Gut so!*

Noch während Reav an die Quelle herantrat, schaute er zwischen ihr und dem Uferrand hin und her, ehe er die Arme vor der Brust verschränkte.

»Umdrehen!«

»Ist das dein Ernst?«

»Es gelten dieselben Regeln«, erwiderte er entschlossen.

»Also schön.«

Während sich die Prinzessin mit gespielter Theatralik umdrehte, konnte sie hören, wie Reav seinen Schwertgurt ablegte und Metall auf Stein schlug. Es handelte sich nur um Sekunden, doch die Versuchung, einen Blick nach hinten zu riskieren, wuchs mit jedem Herzschlag. Natürlich nur, um ihre reine Neugierde zu befriedigen. Um sich irgendwie abzulenken, begann Anthea die dicke Staubschicht von den Armen zu rubbeln und sich mit den Fingern durch das verknotete Haar zu fahren.

Mehrere Minuten vergingen, in denen sie nicht ein einziges Geräusch vom Ufer hörte. Eine Tatsache, die den Takt ihres Herzens beschleunigte. Als die Anspannung schließlich übermächtig wurde, drehte sich die Thronerbin ein Stück zur Seite und blinzelte durch eine ihrer dicken Haarsträhnen hindurch. In diesem Moment sprang Reav, nur in seine dunkle Hose gekleidet, von einem am Ufer befindlichen Gesteinsbrocken ins Wasser und tauchte sogleich unter.

Abermals schoss ein Kribbeln durch Antheas Körper, doch war sie unsicher, ob es durch die Kälte oder den imposanten Anblick ihres Entführers ausgelöst wurde. Als er nur wenige Meter von ihr entfernt wieder auftauchte, meldete sich sogleich ihr Verstand zu Wort, mit dem Befehl, sofort wegzusehen. Ihr Herz jedoch wollte davon rein gar nichts wissen.

Während sich Reav das weißblonde Haar aus dem Gesicht strich, prasselten unzählige Wassertropfen von seinem Kinn hinab auf die muskulöse Brust. Sein gesamter Oberkörper schien einzig aus Sehnen, Muskeln und Narben zu bestehen. Sie zogen sich wie Flüsse über seine Haut, ähnlich den schwarzen Adern, die sich um das Amulett herum konzentrierten.

»Es ist unhöflich, so zu starren.«

Seine tiefe Stimme ließ Anthea zusammenzucken, ehe sie peinlich berührt zur Seite blickte.

»Ich habe nicht gestarrt.«

»Ach nein?«

Langsam kam er auf sie zu, während sie intuitiv ein Stück zurückwich.

»Ich habe nur …«

»Schon gut. Ich weiß, wie ich aussehe.«

Sein harter Tonfall ließ die Prinzessin aufhorchen. Verwundert schaute sie ihm ins Gesicht und glaubte, fast so etwas wie einen traurigen Ausdruck zu erkennen. Nun, da sie so dicht voreinander standen, konnte sie deutlich das Grau seiner Iriden erkennen, das immer deutlicher unter dem schwindenden Nebelschleier hervortrat. Seine Augen schienen nach und nach menschlicher zu werden und erinnerten Anthea an einen Anblick, den sie schmerzlich vermisst hatte.

Aris.

»Wie meinst du das?«

»Meist genügt schon ein einziger Blick, um jedes Wesen vor Abscheu und Angst erstarren zu lassen. Du bist nicht die Erste und wirst nicht die Letzte sein.«

»Was lässt dich glauben, dass ich ebenso fühle?«

Reav stieß einen missmutigen Laut aus, der in ein leises Seufzen überging. »Ist das nicht offensichtlich?«, fragte er und schaute an sich herunter. Anthea schüttelte den Kopf und sah ihn durchdringend an.

»In Tarzdalls Höhle sagtest du, dass weder du noch ich eine Wahl hätten. Ich schätze, langsam verstehe ich, was du damit meintest«, entgegnete sie nachdenklich und richtete ihr Augenmerk auf das glänzende Amulett.

»Anthea, du weißt nicht ...«

»Hättest du es getan?«

Perplex runzelte er die Stirn. »Was?«

»Wenn du die freie Wahl gehabt hättest, wärst du aufgebrochen, um mich zu entführen?«

Reav hatte nicht den Hauch einer Ahnung, von welcher Wichtigkeit diese Frage war ... und welch entscheidende Rolle seine Antwort spielte. Mehrmals öffnete er der Mund, doch verstummte er jedes Mal aufs Neue. Er wirkte verunsichert, vielleicht sogar gereizt und Anthea blieb nichts anderes übrig, als zu beten, dass Salis diesen Moment nicht ausnutzte.

»Nein«, hauchte er mir rauer Stimme und senkte die Lider. »Nein, das wäre ich nicht.«

Obwohl die Stimme der Vernunft sie vehement zurückhalten wollte, trat die Prinzessin so nah an ihren Entführer heran, dass er gar nicht anders konnte, als ihr in die Augen zu sehen.

»Und genau aus diesem Grund verabscheue ich dich nicht. Ganz im

Gegenteil sogar. Es mag verrückt klingen, doch in gewisser Weise kann ich dich sogar verstehen.«

»Es *ist* verrückt«, flüsterte Reav ungläubig.

»Mag sein, doch ich weiß, wie es sich anfühlt, zu etwas gezwungen zu werden. Befehlen zu folgen, die man innerlich hasst und sich dennoch nicht dagegen wehren zu können. Ich weiß, was es heißt, keine Wahl zu haben.«

Anthea wusste nicht genau, wann ihr die Tränen in die Augen gestiegen waren. Sie hatte es schlicht nicht bemerkt. Doch als sie mit einem Mal in Reavs nun graue Iriden blickte, glitten sie stumm über ihre erhitzten Wangen.

»Es braucht nicht nur Kraft, sondern auch Mut und Entschlossenheit, sich einer Übermacht entgegenzustellen. Allein mag diese Aufgabe unmöglich erscheinen, doch möglicherweise ist genau das der springende Punkt. Vielleicht sollten wir aufhören, länger allein zu sein.«

»Anthea, weißt du überhaupt, wovon du da sprichst?«

Nein, wenn sie ehrlich war, wusste sie nicht einmal im Geringsten, woher sie all diese Worte nahm. Vielleicht hatten sie sich über die Jahre hinweg angestaut. Möglicherweise trieb ihr Überlebenswille sie an die Oberfläche. Doch woher sie auch kamen, sie fühlten sich richtig an.

Und noch ehe sie begriff, was sie tat, hob Anthea ihre Hand aus dem Wasser und legte sie behutsam auf jene Narben, die sie vor nicht einmal drei Tagen vernäht hatte. Salis' Magie hatte die Wunden verschlossen, doch war die Haut inzwischen schwarz geworden.

»Lass mich dir helfen, dich von dem Amulett zu befreien.«

***

Reav

In jenem Moment, in dem sich ihre Finger auf seine Brust legten, entfachte Anthea einen Sturm, dem Reav nur schwerlich standhalten konnte. Er spürte die dunkle Magie, wie sie ihn dazu bewegen wollte, zurückzuweichen und umgehend auf Abstand gehen. Doch da war noch etwas anderes. Etwas, das ihn an Ort und Stelle hielt und durch ihre Berührung an Kraft gewann. Zum ersten Mal seit einer schier endlosen Ewigkeit schien der letzte Rest Menschlichkeit in ihm den Kampf gegen Salis' Magie aufzunehmen. Er spürte, wie seine Gegenwehr mit jedem Atemzug wuchs und mithilfe ihrer Nähe eine Art Mauer errichtete. Von dieser Erkenntnis überwältigt, sah er in Antheas glänzende Augen und war im Begriff, sich abermals darin zu verlieren. In diesem Moment wollte Reav nichts sehnlicher, als ihren Worten zu glauben. Er versuchte sie zu verinnerlichen, sich an sie zu klammern und sie zu einem Gefühl heranwachsen zu lassen, welches er längst begraben hatte.

Hoffnung.

»Reav.«

Sie sprach seinen Namen mit einer solchen Zärtlichkeit aus, dass es ihm den Atem raubte. Er verstand es nicht, er konnte es nicht ansatzweise begreifen, doch in diesem einen Augenblick fühlte er mehr als all die Jahre zuvor. Und er wollte mehr. Viel mehr. Die Emotionen wirbelten durch seinen Verstand, brachten sein Herz zum Trommeln und ließen seine Hände erzittern.

»Wie machst du das nur?«, hauchte er benommen.

»Was meinst du?«

Aus einem inneren Impuls heraus umschloss er ihre Finger und drückte sie gegen sein pochendes Herz.

»Du schaffst es, dass … dass ich …«

Er konnte es nicht in Worte fassen. Es fühlte sich an, als läge erneut ein Bann über ihm. Als hätte ihre Magie es geschafft, ihn mit einem Zauber zu belegen, der etwas tief in seinem Inneren befreite.

Von diesem Gefühl überwältigt, legte er seine Hand auf Antheas Wange und spürte die Hitze unter ihrer Haut. Ohne es kontrollieren zu können, trat er so dicht an sie heran, dass er ihren stockenden Atem hören konnte. Er sah, wie ihr Blick zu seinen Lippen wanderte und obwohl er damit rechnete, dass sie jeden Moment zurückschrecken und sich der Situation entziehen würde, tat sie nichts dergleichen.

Sie drückte ihre Finger gegen seine Brust, hob das Kinn ein wenig an und schloss langsam die Augen.

Während der Sturm in seinem Inneren tobte, beugte sich Reav langsam nach vorne. Er sah, wie sich ihr Brustkorb hastig hob und senkte und spürte das nervöse Zittern ihrer Finger auf seiner Haut. Doch kurz bevor sich ihre Lippen berühren und er sich vollends in diesem einzigartigen Gefühl verlieren konnte, geriet er schlagartig ins Stocken.

»Na sieh mal einer an.«

Eine gehässige Stimme zerschnitt die Luft und ließ sowohl Reav als auch Anthea herumwirbeln.

»Ich habe ja schon vieles gesehen, doch ich hätte niemals damit gerechnet, den Sohn des Bösen in einer solch ... interessanten Situation vorzufinden.«

Reav spürte, wie sich jede Faser seines Körpers verkrampfte. Hastig ließ er seinen Blick über das Ufer schweifen, ehe er schützend vor Anthea trat. Sie waren umzingelt. Die Quelle wurde von allen Seiten umstellt und so jeder potenzielle Fluchtweg abgeschnitten.

Es schien Ironie des Schicksals zu sein, dass gerade in jenem Moment, in dem er die Macht des Amuletts hätte gebrauchen können, seine Kräfte versiegten. Sie standen einer Überzahl gegenüber. Selbst wenn er einige von ihnen bezwingen konnte, würde es doch nicht ausreichen. Hier handelte es sich weder um wildgewordenen Naturgeister noch um verfluchte Schlingpflanzen. Nein, nun standen sie den gefährlichsten Wesen des veterischen Waldes gegenüber.

Elfen.

16. ELFEN

Anthea

Die Ereignisse überschlugen sich. Alles geschah mit einer unglaublichen Schnelligkeit, die nicht einen klaren Gedanken zuließ.

Während drei der unbekannten Gestalten ins Wasser traten, spannten die restlichen ihre Bögen und zielten vom Ufer aus auf sie. Ihre Augen verbargen sie unter tiefhängenden Kapuzen, während der Rest ihres Gesichts von schwarzen Tüchern verdeckt wurde. Ihre Kleidung spiegelte die Farben des Waldes nahezu perfekt wider – und machte sie zu einem schier unsichtbaren Feind. Anthea erstarrte regelrecht vor Angst, während ihr Reav einen raschen Seitenblick zuwarf.

»Bleib im Wasser«, befahl er unter zusammengebissenen Zähnen, ehe er seine Konzentration auf die drei Fremden richtete, die bereits knietief im Wasser standen. Wollte er etwa allein gegen eine solche Überzahl kämpfen? Seine Augen wirkten noch immer klar, die Macht des Amuletts schien ihn noch nicht überwältigt zu haben ... und somit auch nicht die schwarze Magie. Sie würden ihn erschießen!

»Es sind zu viele«, wisperte sie verängstigt.

»Ich weiß.«

Noch ehe sie die Tragweite seiner Worte realisieren konnte, preschte Reav nach vorne, schlug mit der Faust gezielt ins Wasser und trübte so sie Sicht des ersten Angreifers. Anschließend rammte er ihm den Ellenbogen ins Gesicht, sodass dieser rückwärts nach hinten fiel. Als die Klinge des zweiten Gegners seine Kehle nur knapp verfehlte, stieß Anthea einen erstickten Schrei aus und presste die Hände vor den Mund. In diesem Moment drehte sich Reav zur Seite und griff nach dem ausgestreckten Arm seines Gegenübers. Sie hörte das laute Knacken und den darauffolgenden Schrei, als er dem Fremden den

Arm brach, ihm die Waffe aus den Händen riss und sich anschließend dem dritten Angreifer gegenüberstellte.

»Wo bleiben deine Nebelpfeile, Monstrum?«

»Um dich zu töten, brauche ich keine Magie«, entgegnete Reav und stürzte sich mit funkelndem Blick auf ihn. Metall schlug klirrend aufeinander, das Wasser spritzte in alle Richtungen und während aller Augen auf den Kampf gerichtet waren, spürte Anthea mit einem Mal eine spitze Klinge an ihrem Hals.

»Eine Bewegung, und ich schlitze dich auf.«

Eine weibliche Stimme drang an ihr Ohr und ließ sie sogleich nach Atem ringen. Noch während die Fremde ihr schmerzhaft den Arm verdrehte, zog sie die Prinzessin mit einem kräftigen Ruck zu sich heran.

»Und jetzt ruf deinen Begleiter zurück.«

»W-was?«

»Ruf ihn zurück!«

Als sich die Spitze der Klinge in ihren Hals bohrte, konnte Anthea nicht anders, als dem Befehl hilflos zu folgen.

»Reav!«

Ihr Schrei hallte durch den Wald und ließ das Wasser um sie herum erzittern. Sie spürte, wie ihre Magie zu brodeln begann, wie sie sich einen Weg an die Oberfläche bahnen wollte, doch ihre Angst blockierte sie.

Kaum hatte Reav den Schlag seines Gegenübers pariert, wirbelte er herum und erstarrte in seiner Bewegung. Das Wasser floss in Rinnsalen über sein Gesicht, während sich seine Augen vor Entsetzen weiteten. Für den Bruchteil einer Sekunde trafen sich ihre Blicke und Anthea glaubte, eine Spur Angst in seinen grauen Iriden erkennen zu können.

»Lass die Waffe fallen!«

Als das Metall tiefer in ihre Haut drang, begann die Thronerbin unweigerlich zu wimmern.

»Nimm deine dreckigen Finger von ihr!«

Reavs Stimme klang so dunkel wie bedrohlich. Er hielt den Schwertgriff derart fest umklammert, dass seine Knöchel weiß hervortraten.

»Lass die Waffe fallen oder ich schwöre, dass ich ihr die Kehle aufschlitze!«

Obwohl sich ihr Blick immer stärker verklärte, konnte Anthea dennoch erkennen, wie sehr Reav mit sich haderte. Sie sah, wie er die Kiefermuskeln anspannte, wie er versuchte, irgendeine Möglichkeit zu finden, sie zu befreien. Doch es schien ausweglos. Noch ehe er sie erreichen konnte, würden ihn die Pfeile vom Ufer aus durchbohren.

»Das wirst du bereuen«, knurrte er hasserfüllt, ehe er widerwillig die Arme senkte und das Schwert ins Wasser fallen ließ. Schon einen Herzschlag später schlug ihm der Mann, dem er zuvor den Ellenbogen ins Gesicht gerammt hatte, mit dem Knauf seiner Waffe in den Nacken, sodass Reav unweigerlich in die Knie ging.

Anthea konnte weder atmen noch denken. Hilflos musste sie mit ansehen, wie der Unbekannte sich vor ihrem Entführer aufbaute, Kapuze und Tuch vom Gesicht zog und ihm aus leuchtend grünen Augen entgegensah. Das Blut floss ihm in Strömen aus der Nase, doch verzogen sich seine Lippen zu einem gehässigen Lächeln.

»Um ehrlich zu sein, hatte ich mehr von dir erwartet. Allerdings scheinst du ohne die Magie deines Meisters nichts weiter als ein schwächlicher Mensch zu sein.«

»Selbst mit verbundenen Händen könnte ich dir jeden einzelnen Knochen im Leib zertrümmern.«

Reavs Stimme klang unerwartet gefasst. Obwohl er vor seinem Gegner im Wasser kniete, blickte er furchtlos zu ihm auf.

»Worauf wartest du dann noch?«

Für den Bruchteil einer Sekunde ließ Reav seinen Blick zu Anthea schweifen. Es war nur ein einziger Moment, doch seine Augen brannten sich unwiderruflich in ihre Seele und hinterließen dort ein bleibendes Mal.

»Na sieh mal einer an. Selbst die grauenvollsten Biester werden beim Anblick einer schönen Frau zahm.«

Der Unbekannte folgte Reavs Blick und musterte die Thronerbin abschätzend. Seine giftgrünen Iriden ließen sie erschaudern. Am liebsten hätte sie sich auf der Stelle abgewandt. Doch da war ein Detail, das sie regelrecht erstarren ließ. Das, was sie am meisten schockierte, waren weder seine Augen noch der kaltblütige Ausdruck in seinem Gesicht. Nein, es waren seine spitzen Ohren. Sie lugten unter seinem hellbraunen Haar hervor und ließen keinen Zweifel an seiner Herkunft.

Beim Sonnengott, er war ein Elf.

»Schaffen wir sie zu Mehlion. Er wird entscheiden, wie wir mit ihnen verfahren.«

Seine Worte ließen Anthea abermals leise wimmern. Nun war es also endgültig vorbei. Sie spürte, wie sich der Griff um ihren Arm ein wenig lockerte und die Klinge von ihrem Hals verschwand. Das Letzte, was sie sah, war, wie Reav die Hände verbunden und ihm ein dunkler Sack über den Kopf gezogen wurde.

Dann überkam sie Dunkelheit.

***

Reav

Wie hatte es nur so weit kommen können?

Während man ihn blind und überaus unsanft durch den Wald führte, schossen ihm hunderte Fragen durch den Kopf – und er konnte nicht eine einzige davon beantworten.

Warum hatte er sich derart ablenken lassen? Wie schaffte es Anthea nur, eine solche Macht auf ihn auszuüben? Und wieso um alles in der Welt hatte das Amulett nicht reagiert? Noch bevor der Kampf ausgebrochen war, hatte Reav versucht, erneut eine Verbindung zu Salis' Magie herzustellen. Jedoch ohne Erfolg. Seitdem die Prinzessin ihn berührt hatte, schien der Fluch eingedämmt. Als hätte ihr Licht die Schatten zum Rückzug gezwungen. Doch für wie lange?

Wäre die Situation nicht derart prekär, hätte Reav vermutlich freudlos aufgelacht. Niemals wäre er auch nur auf die Idee gekommen, sich die Dunkelheit zurückzuwünschen. Eines jedoch stand definitiv fest – ohne ihre Hilfe würde keiner von ihnen die Nacht überleben.

Mehlion war nicht für seine Gnade bekannt und Reav hatte viele seiner

Leute getötet ... oder ihnen Schlimmeres angetan. Er wusste, wie sehr die Elfen ihn für seine Taten hassten. Wenn er ehrlich war, konnte er es ihnen nicht einmal verübeln. Doch wenn es etwas gab, was dieses Volk noch mehr verabscheute als ihn, dann war es nur eines.

Menschen.

So gesehen standen ihre Aussichten denkbar schlecht.

Seit ihrer Gefangennahme mussten inzwischen Stunden vergangen sein. Die Nacht war mittlerweile über ihnen hereingebrochen, denn die Luft wurde mit jedem Atemzug kälter und die Geräusche des Waldes lauter. Wo er zuvor wenigstens noch ein paar schwache Umrisse hatte erkennen können, umfing Reav nun eine bedrückende Dunkelheit. Anfangs hatte er noch versucht, sich auf seine verbliebenen Sinne zu konzentrieren und sich die ungefähre Richtung einzuprägen. Doch je länger sie gingen, desto mehr verlor er die Orientierung. Mehrmals hatte er probiert, sich von seinen Fesseln loszureißen und wenigstens einen der Elfen mit seinem Ellenbogen zu rammen. Jedoch vergebens. Alles, was er dafür erntete, war ein weiterer Schlag in den Nacken, gefolgt von einer Tirade wüster Beleidigungen. Doch wenigstens zog er so sämtliche Aufmerksamkeit auf sich. Zumindest hoffte er das. Reav wagte es kaum, sich auszumalen, was die Elfen mit Anthea anstellen würden, wenn sie herausfanden, wer sie wirklich war. Ein Gedanke, der das Blut in seinen Adern gefrieren ließ.

Nachdem sie eine gefühlte Ewigkeit über unebene, dicht verwurzelte Wege geführt wurden, spürte Reav mit einem Mal harten Stein unter seinen Sohlen. Kurz darauf verlangsamten sich ihre Schritte und mehrere Stimmen wurden laut. Unglücklicherweise beherrschte er die Sprache der Elfen nur bedingt und konnte sich lediglich aus einzelnen Bruchstücken etwas zusammenreimen. Das, was er jedoch verstand, ließ ihn beunruhigt aufhorchen.

Er hörte seinen Namen und den des Schwarzmagiers. Anschließend fielen die Worte Kerker, Tod, Licht und Magie.

Verdammt, wie viel hatten sie von Anthea gesehen? Wussten sie etwa um ihre Gabe? Kaum hatte Reav seine Befürchtungen gedanklich formuliert, wurde er an den Oberarmen gepackt. Umgehend versuchte er, sich aus den festen Griffen zu befreien, doch je heftiger er um sich schlug, desto mehr Elfen stürzten sich auf ihn.

»Schafft das Monster dahin, wo es hingehört und sorgt dafür, dass es dort bleibt.«

Reav spürte einen Anflug von Panik in sich aufsteigen, während er erfolglos versuchte, die Magie des Amuletts zum Leben zu erwecken. Doch egal, wie sehr er sich auch darauf konzentrierte, die Verbindung zu Salis wollte nicht erstarken. Sie brach ab, noch bevor er auch nur einen Nebelpfeil erzeugen konnte.

»Anthea!«

Ihr Name echote durch die Luft und ließ erahnen, dass sie sich offenbar in einer Art Halle befanden.

»Reav?«

Der Klang ihrer Stimme machte deutlich, wie verängstigt sie war. Es machte ihn rasend vor Wut, dass er nicht an ihre Seite eilen und sie aus den Fängen dieser verfluchten Waldkobolde befreien konnte. Nachdem er einen weiteren Schlag in den Magen erhalten hatte, ging er unweigerlich in die Knie und rang nach Atem. Er musste sie warnen, ihr irgendwie beistehen. Schließlich war er allein für jene Situation verantwortlich.

»Egal was sie dir sagen, glaub ihnen kein einziges Wort. Sie werden versuchen, dich zu manipulieren und deinen Geist zu verwirren! Du darfst ihnen nicht zuhören!«

***

Anthea

Reavs Worte brannten sich in ihren Verstand, während sie hilflos mitanhören musste, wie er gewaltsam weggeschleift wurde. Sie vernahm seine zornigen Schreie, das Keuchen derjenigen, die versuchten, ihn festzuhalten und schlussendlich das Rasseln eiserner Ketten. Und dann … dann wurde es still.

Während die Angst pulsierend durch ihren Körper strömte, begann Anthea unkontrolliert zu zittern. Immer wieder rief sie seinen Namen, so lange, bis ihre Stimme in einem verzweifelten Schluchzen verklang. Doch sie erhielt keine Antwort.

Wo schafften sie ihn nur hin? Wieso wurden sie voneinander getrennt? Wer von ihnen würde zuerst sterben müssen?

Die Thronerbin wusste weder, wo sie sich befanden, noch, was die Elfen ihnen als Nächstes antun würden. Ein Umstand, der ihr regelrecht die Kehle zuschnürte.

Nun, da sie ihrer Sehkraft beraubt worden war, begannen sich die Bilder in ihrem Kopf zu überschlagen. Sämtliche Schauergeschichten durchzogen ihren Verstand und schürten die aufsteigende Panik. Schon von klein auf erzählte man den Kindern Aurasis' von den Gräueltaten der Elfen. Von ihrer Skrupellosigkeit und ihrer endlosen Gier nach Macht. Sie waren die erklärten Todfeinde ihres Volkes und bereits vor Jahrhunderten aus Aurasis verbannt und in den veterischen Wald verdrängt worden. Es war einer ihrer Vorfahren gewesen, der das Urteil gefällt und die gezielte Vertreibung angeordnet hatte. Ein Gedanke, bei dem Anthea ein kalter Schauer über den Rücken lief. Was würde wohl mit ihr geschehen, wenn die Elfen erfuhren, wer sie wirklich war? Wenn ihnen klar wurde, dass sie nicht nur den Sohn des Bösen, sondern obendrein die Thronerbin der Goldenen Stadt in ihrer Gewalt hatten?

Noch ehe sie sich eine Antwort auf diese Fragen ausmalen konnte, wurde die Prinzessin an den Schultern gepackt und grob mitgezogen. Man führte sie durch mehrere Gänge und schleppte sie eine Vielzahl von Treppen hinauf. Sie hatte indes aufgehört zu zählen, wie oft sie inzwischen über ihre eigenen Füße gestolpert war, doch dem Gefühl nach zu urteilen, musste ihre Beine in den prächtigsten Rot- und Blautönen erstrahlen.

Der klammen Kälte nach befanden sie sich innerhalb eines steinernen Gebäudes. Dennoch konnte Anthea nach wie vor den Geruch des Waldes einatmen, den ein frischer Windzug bis unter den Stoff ihrer Kopfbedeckung blies. Allerdings war dies das Einzige, was ihre Sinne wahrnehmen konnten. Den gesamten Weg über verloren ihre unliebsamen Begleiter kein einziges Wort. Sie hörte nicht einmal einen leisen Atemzug. Eine Tatsache, die die beklemmende Situation unerträglich machte. Wo würde dieser Weg enden? Im Kerker? Auf dem Henkersplatz? War Reav möglicherweise schon dort?

Das plötzliche Knarren einer sich öffnenden Tür ließ Anthea zusammenzucken. Doch bevor sie bewusst realisieren konnte, was um sie herum geschah, spürte sie eine kräftige Hand zwischen den Schulterblättern, die sie abrupt nach vorne stieß. Ungelenk taumelte sie über eine Türschwelle und geriet gefährlich ins Wanken. Doch anstatt sie zu Boden fallen zu lassen, packte man sie erneut am Oberarm und riss ihr vollkommen unerwartet den kratzigen Leinensack vom Kopf.

Perplex kniff die Prinzessin ihre Lider zusammen und brauchte einen Moment, um sich an das Licht zu gewöhnen. Als sie die Augen schließlich öffnete, spürte sie das Trommeln ihres Herzens bis in die Fingerspitzen nachhallen.

Sie befand sich weder in einer Kerkerzelle noch in einer Folterkammer. Sie stand inmitten eines Raumes, der wohl einst eine Art Salon gewesen sein musste. Zumindest ließ das, was davon noch übrig war, darauf schließen. Zu ihrer Rechten befand sich ein offener Kamin, dessen Feuer die verblassten Malereien an den umliegenden Wänden beleuchtete. Ihm Gegenüber erstreckte sich eine Reihe hoher Rundbogenfenster, deren Scheiben jedoch fast vollständig fehlten. Darunter stand ein leerer Esstisch mit sechs Stühlen, auf denen jedoch der Staubschicht nach zu urteilen schon seit Jahren niemand mehr gesessen hatte.

Während der Wind ungehindert durch das offene Mauerwerk zog, suchten sich Unmengen an Kletterpflanzen einen Weg ins Innere. Sie erstreckten sich über die Wände, hingen von der Gewölbedecke hinab und reichten bis zu den zerstörten Marmorplatten. Obwohl die Angst jede Faser ihres Körpers beherrschte, spürte Anthea einen Hauch Faszination in sich wachsen. Dieser Raum hatte etwas Wildes, Verwunschenes an sich. Trotz seiner Mauern schien er ein Teil des Waldes zu sein. Ebenso wie die Wesen, die sie hierhergeschafft hatten.

»Ist sie das?«

Eine Stimme ertönte aus der Dunkelheit und ließ die Thronerbin erschrocken aufsehen. Sie klang so melodisch wie ein zartes Geigenspiel und doch so kraftvoll, dass sie die Luft erzittern ließ. Hastig ließ Anthea ihren Blick durch den Salon schweifen, bis er an einer Stelle außerhalb des Feuerscheins haften blieb. Eine großgewachsene Gestalt trat aus der hintersten Ecke hervor und erfüllte den Raum mit seiner einnehmenden Präsenz. Während ein ungeahntes Prickeln durch ihre Venen schoss, konnte Anthea nichts weiter tun, als den Elf anzustarren. Er schien in etwa so groß wie Reav, doch wirkte er insgesamt schlanker, wenngleich nicht minder muskulös. Das glatte, dunkelbraune Haar reichte ihm bis zur Brust und schimmerte im Licht des Feuers rötlich. Eine Reihe schmaler Goldringe zierte seine spitzen Ohren, die durch feingliedrige Ketten miteinander verbunden waren. Hohe Wangenknochen und eine gerade Nase betonten seine ebenmäßigen Gesichtszüge. Das einzige herausstechende Merkmal bildete eine schräg verlaufende Narbe, die sich von der linken Schläfe bis zu seinen Lippen zog. Sie hob sich deutlich von der porzellanartigen Haut ab, doch schmälerte sie seine Schönheit nicht im Geringsten.

Obwohl er über seinem dunkelgrünen Hemd nur ein einfaches Lederwams trug, strahlte er ein ungeheures Maß an Autorität aus. Anthea wusste nicht genau, woran es lag, doch es bedurfte weder Juwelen noch einer Krone, um zu erkennen, dass dieser Mann zu den mächtigsten gehörte, die sie jemals gesehen hatte. Und in dem Moment, in dem sich seine eisblauen Augen auf sie legten, spürte die Prinzessin ihre Magie erwachen. Es fühlte sich an, als würde sie geradezu von seiner Aura angezogen. Als verstärke seine bloße Anwesenheit das Licht in ihrem Inneren. Es war ein beängstigendes und zugleich faszinierendes Gefühl.

»Ist sie«, erwiderte eine Stimme und befreite Anthea aus ihrer Starre. Erstaunt schaute sie zur Seite und sah in das Antlitz jener Kriegerin, die ihr erst vor wenigen Stunden einen Dolch an die Kehle gedrückt hatte.

»Gut. Ich danke dir, Dineth«, erwiderte der Elf und rieb sich nachdenklich über das glatte Kinn.

»Und jetzt lass uns allein.«

»Aber Mehlion ...«

»Ich sagte, lass uns allein.«

Sein gefährlicher Tonfall verschaffte Anthea eine Gänsehaut. Für einen kurzen Moment sahen die beiden Elfen einander an. Sie schienen einen stummen Machtkampf miteinander auszutragen, der schließlich darin endete, dass die Elfe geschlagen ihre Lider senkte und leise schnaubte.

»Wie du willst.«

Während sie auf dem Absatz kehrtmachte, schenkte sie der Thronerbin einen letzten herablassenden Blick, ehe sie erhobenen Hauptes aus dem Raum trat und die Tür mit einem dumpfen Knall ins Schloss fallen ließ.

Die darauffolgende Stille war so bedrückend wie spannungsgeladen. Anthea traute sich kaum, einen tiefen Atemzug zu nehmen und versuchte erfolglos das Zittern ihrer durchgefrorenen Gliedmaßen zu unterdrücken. Während sie es nicht wagte, dem Elf in die Augen zu sehen, spürte sie seinen Blick unentwegt auf sich ruhen. Und schlimmer noch, sie konnte seine Magie bis in den kleinsten Winkel des Raumes wahrnehmen. Doch im Gegensatz zu Reavs Dunkelheit strahlte sie weder Leid noch Schmerz aus. Nein, sie war gewaltig, wild und leuchtend hell.

Es war merkwürdig, denn obwohl sein Antlitz keinen Hinweis auf die Macht in seinem Inneren preisgab, konnte Anthea sie nicht nur fühlen, sondern in gewisser Weise sogar sehen. Wie ein Bild, welches sich vor ihrem inneren Auge manifestierte.

Je länger der Elf sie so intensiv betrachtete, desto unangenehmer wurde die Situation. Schließlich trug sie nichts weiter als ein dünnes Unterkleid und ein Paar aufgeweichter Schuhe am Leib. Als das unerträgliche Gefühl ihr schließlich den letzten Rest Selbstbeherrschung raubte, hob sie den Blick und zwang sich, ihre Furcht herunterzuschlucken. Sie würde ihr ohnehin nichts nützen, geschweige denn zu ihrer Rettung beitragen.

»Wieso wurde ich hierhergebracht? Was wollt Ihr von ... uns?«

Zugegeben, es handelte sich um äußerst einfache Fragen, doch sie fassten das Durcheinander in ihrem Kopf nahezu perfekt zusammen. Ihre Stimme war noch nicht ganz verklungen, als die feinen Gesichtszüge des Elfen zu zucken begannen. Es sah fast so aus, als erwachte er aus einem Traum, als schien er sie erst jetzt wahrhaftig anzusehen.

»Verzeiht«, murmelte er, ehe er zu Antheas Verwunderung einen Schritt zur Seite trat.

»Hier, wärmt Euch am Feuer.«

Wie bitte?

Von allen Szenarien hatte sie mit dieser wohl am wenigsten gerechnet. Er lud sie ein, sich aufzuwärmen?

Ihr Misstrauen schien Bände zu sprechen, denn als sie sich nicht rührte, räusperte er sich und vergrößerte den Abstand zwischen ihnen.

»Euer Zittern lässt sogar den Boden erbeben«, bemerkte er, trat an den leeren Esstisch heran und zog ein staubiges Fell von einem der umstehenden Stühle hervor.

»Hier, nehmt das fürs Erste.«

Während ihr Körper sie dazu drängte, sich endlich an den Kamin zu stellen und sich das Fell um die Schultern zu legen, hallten Reavs warnende Worte durch ihren Verstand. Was, wenn die gespielte Freundlichkeit nur ein Trick war? Eine List, um sie in Sicherheit zu wiegen und sie unachtsam werden zu lassen?

»Wenn ich Euch töten wollte, hätte ich längst den Befehl dazu gegeben. Oder Euch einfach allein im Wald zurückgelassen.«

Beim Sonnengott, konnte er Gedanken lesen?

Nachdem ein weiterer Windzug den Raum mit Kälte erfüllte, griffen ihre Hände fast schon eigenmächtig nach dem Fell und legten es sich um die Schultern. Auch ihre Füße schienen dem Drängen ihres Körpers nicht länger standhalten zu können und bewegten sich wie von allein an den Kamin heran.

Verräter!

Darauf bedacht, ihre Arme und Hände unter dem Pelz zu verbergen, spürte sie, wie die Wärme den dünnen Leinenstoff ihres Unterkleides durchdrang. Ein Gefühl, das sie unter anderen Umständen dazu gebracht hätte, leise zu seufzen. Doch Furcht und Misstrauen beherrschten ihren Pulsschlag nach wie vor. Sie durfte sich nicht ablenken lassen.

»Ihr habt meine Frage nicht beantwortet«, bemerkte sie vorsichtig, »was wollt Ihr von uns?«

Während der Elf sich locker gegen den Esstisch lehnte, machte das Muskelspiel seiner Oberarme deutlich, dass er alles andere als entspannt war.

»Interessant, dass Ihr nicht nur für Euch, sondern ebenso für Eure Begleitung sprecht. Und das, obwohl es sich bei ihm doch um Euren Entführer handelt.«

Anthea spürte, wie sich ihr Magen schlagartig zusammenzog. Woher wusste er davon?

»Wie könnt Ihr …?«

»Bemüht Euch gar nicht erst. Ich kenne den Sohn des Bösen inzwischen länger, als mir lieb ist. Dank ihm habe ich einige meiner fähigsten Krieger verloren. Sie alle dienen nun als willenlose Sklaven in der Armee eines Wahnsinnigen.«

Er sprach die Worte mit einer solchen Härte aus, dass der Thronerbin speiübel wurde. Die Gedanken rasten durch ihren Verstand, während sie fieberhaft versuchte, sich einen Reim auf all dies zu bilden. Himmel, sie würden Reav töten!

»Er hatte keine Wahl«, erwiderte sie und zwang sich, dem Elf ins Antlitz zu sehen.

»Oh, das weiß ich.«

Obwohl das Feuer dafür sorgte, dass sich Antheas Glieder allmählich lockerten, spannte sich jede Faser ihres Körpers an. Reav hatte Recht. Dieser Mann versuchte sie mit jedem einzelnen Satz zu verwirren.

»Allerdings geht es hier nicht um Salis' verfluchte Marionette oder um das, was er meinem Volk angetan hat«, erwiderte er und stieß sich vom Esstisch ab.

»Worum dann?«

Obwohl sie die Antwort nicht kannte, beschlich sie doch eine dunkle Vorahnung.

»Um Euch.«

Die Magie rauschte mit der Stärke eines reißenden Flusses durch ihre Venen und ließ sie leise nach Luft schnappen.

Was um alles in der Welt ging hier vor?

»Ich verstehe nicht …«

»Wer seid Ihr?«

Die Frage traf Anthea so unvermittelt wie die Spitze eines Pfeils. Panisch ließ sie ihren Blick zur Tür schweifen, ehe der Elf auf sie zu trat. Sie wusste, dass die Wahrheit ihrem Todesurteil entsprach.

»Ich bin nur eine einfache Menschenfrau.«

»Ihr lügt.«

Er benötigte nur eine einzige Bewegung, um plötzlich so dicht vor ihr zu stehen, dass Anthea seinen raschen Atem hören konnte.

»Die Fähigkeit, Magie zu wirken, wurde den Menschen bereits vor Jahrhunderten genommen. Und selbst unter meinesgleichen gibt es nur noch wenige, die dazu imstande sind, einem Portanon die Stirn zu bieten.«

Die Prinzessin spürte, wie sich ihre Augen vor Schock weiteten.

»W-was?«

»Ihr könnt aufhören, Eure Arme unter dem Fell zu verbergen. Ich weiß, welche Kräfte in Euch ruhen.«

Anthea fehlten die Worte. Jeder klare Gedanke versank in einem Wirbel aus Chaos und Unsicherheit. Wer war dieser Mann, und wieso wurde sie das Gefühl nicht los, dass er mehr über sie wusste als sie selbst?

»Woher?«

»Ich sehe Euer Licht ebenso wie ihr das meine wahrnehmen könnt. Wie, glaubt Ihr, haben meine Wachen Euch sonst gefunden? Eure Magie war meilenweit zu spüren. Und Magie ist es, die uns auch über große Entfernung zusammenhält. Oder zumindest das, was von uns noch übrig ist.«

In jenem Moment wollte Anthea nichts weiter als fliehen. Und zwar gemeinsam mit Reav. Die Worte des Elfen erweckten den Anschein, als bestünde eine Art Verbindung zwischen ihnen. Als wäre sie Teil von etwas, das sie weder wollte noch verstand. Und sie war es so verdammt leid, ewig im Dunkeln zu tappen.

»Und selbst, wenn dem so wäre, was wollt Ihr von mir?«

Ihre Stimme war kaum lauter als das Heulen des Windes.

»Ich will wissen, wer Ihr seid.«

»Das sagte ich Euch bereits«, presste die Thronerbin mühsam hervor.

»Nein, Prinzessin. Das meinte ich nicht.«

Er wusste es.

Er wusste, wer sie war und doch ließ er sie nicht in den Kerker werfen? Das ergab keinen Sinn. Nichts ergab einen Sinn.

»Bitte, lasst uns gehen.«

Sie wollte weder weinen noch flehen, denn beides suggerierte Schwäche. Doch sie war am Ende ihrer Kräfte.

»Es tut mir leid.«

Erstaunlicherweise klangen seine Worte überaus ehrlich. Entweder beherrschte er die Kunst des Lügens in reiner Perfektion, oder er sprach tatsächlich die Wahrheit. Für den Bruchteil einer Sekunde sahen sie einander schweigend an und Anthea glaubte, so etwas wie Trauer hinter dem Funkeln seiner eisblauen Augen erkennen zu können. Allerdings war sie nicht sicher, ob sie ihren Sinnen länger vertrauen konnte.

»Solange Ihr mir nicht die richtige Antwort nennen könnt, kann ich Euch nicht gehen lassen.«

Kaum hatte er seinen Entschluss verkündet, warf er einen Seitenblick zur Tür, die bereits einen Herzschlag später aufging. Zwei Elfen betraten den Raum. Eine von ihnen war Dineth. Panik erfasste Anthea und riss sie wie eine Welle mit sich.

»Nein, bitte, ich habe die Wahrheit gesagt!«, rief sie verzweifelt, ehe sie erneut an den Schultern gepackt wurde. »Wo bringt Ihr mich hin? Wo ist Reav? Was habt Ihr mit uns vor?«

Ihre Stimme überschlug sich, während sie die Tränen nicht länger zurückhalten konnte.

»Das wird sich noch zeigen.«

Noch ehe die Prinzessin es hätte verhindern können, spürte sie eine warme Hand auf ihrem Unterarm. Mehlions Magie breitete sich in ihrem Körper aus, ließ ihre Adern so hell wie die Sonne erstrahlen und stürzte sie nur einen Augenblick später in eine undurchdringliche Finsternis.

17. DER EINZIGE WEG

Reav

Unaufhörlich schlugen seine Fäuste gegen das massive Gitter. Immer wieder riss und zog er an den Stäben, so lange, bis ihm das Blut in dünnen Rinnsalen über die Hände floss und von den schweren Eisen tropfte, die um seine Gelenke lagen.

Obwohl Reav wusste, dass es nicht das Geringste brachte, konnte er trotzdem nicht aufhören, sich gegen die verschlossene Tür seiner Kerkerzelle zu stemmen. Er konnte einfach nicht anders. Der Schmerz war eine Ablenkung, den er wie einen alten Freund willkommen hieß. Denn jedes Mal, wenn er vor Erschöpfung die Arme senken wollte, überschlugen sich die Bilder in seinem Kopf und brachten Gefühle zutage, die er kaum ertragen konnte. Die ihm vollkommen fremd erschienen und ihn mehr ängstigten, als er zugeben wollte.

Es mussten inzwischen Stunden vergangen sein, seit man ihn und Anthea getrennt hatte. Stunden, in denen die Elfen ihr möglicherweise die schlimmsten Dinge angetan hatten. Allein die Vorstellung machte ihn beinahe wahnsinnig. Ihn zu foltern wäre eine Sache. Immerhin rechtfertigten seine Taten eine solche Behandlung, und er hatte gelernt, solcherlei Qualen durchzustehen. Doch sie war unschuldig.

Noch einmal schlug er so fest gegen die Stäbe, dass es durch den gesamten Kerkertrakt hallte und kniff gequält die Augen zusammen. Die nagende Ungewissheit zerfetzte ihn und riss ihn innerlich in tausend Stücke. Schwer atmend lehnte Reav seine schweißnasse Stirn gegen die Eisenstäbe.

Es war so absurd, denn schließlich war es ausgerechnet seine Aufgabe gewesen, Anthea nach Caésirat zu bringen. Er war die rechte Hand des Henkers, der die Prinzessin zum Schafott geleiten sollte. Doch jetzt stand er hier. Hier, in einer feuchten Zelle und sorgte sich um jene Frau, die er noch vor wenigen Tagen auf skrupellose Art und Weise entführt hatte. Die es irgendwie fertiggebracht hatte, etwas in ihm zum Vorschein zu bringen, von dem er glaubte, dass Salis es schon vor Jahren vernichtet hatte. Bei den Arbonen, er hätte sie beinahe geküsst.

Unwirsch fuhr sich Reav durch das weißblonde Haar, drehte sich erschöpft zur Seite und ließ sich gegen die kalten Stäbe sinken. Intuitiv glitten seine Finger über die Oberfläche des Amuletts, allerdings konnte er bis auf seinen eigenen Herzschlag und ein schwaches, kaum fühlbares Pulsieren rein gar nichts spüren. Die Verbindung zu Salis schien kaum noch vorhanden. Ein ungewöhnlicher wie gefährlicher Zustand. So sehr Reav es sich auch wünschte, er konnte sich nicht vorstellen, dass Antheas Berührung eine so langfristige Änderung bewirken mochte. Dafür waren der Wille und die Macht des Schwarzmagiers schlicht zu groß. Vielmehr befürchtete er, dass Salis seinen Plan geändert und möglicherweise einen neuen Weg eingeschlagen haben könnte. Einen, der sich seiner Kenntnis entzog und ihn somit zu einer unkontrollierten Bedrohung machte. Reav wusste weder, wie lange sein jetziger Zustand anhalten würde, noch, ob er dazu in der Lage wäre, die Macht des Amuletts abzuwehren, falls Salis sich erneut seiner bemächtigen wollte.

»Lass mich dir helfen, dich von dem Amulett zu befreien.«

Der Klang ihrer hellen Stimme hallte in seinen Gedanken wider und brachte ihn dazu, sein Gesicht in den Handflächen zu vergraben.

Verdammt, ja, er wollte es. Er wollte sich von der Dunkelheit befreien. Und er wollte verstehen, was da zwischen ihnen war. Woher diese unerklärliche Verbindung kam, die sie beide offensichtlich spürten. Was sah Anthea nur in ihm, das sie dazu veranlasste, ausgerechnet ihm helfen zu wollen? Etwa diese Person, von der sie gesprochen hatte? Die, die sie vor Jahren verloren hatte? Das war unmöglich. Ihre verzweifelte Hoffnung ließ sie Trugbilder sehen.

Das plötzliche Klirren von Metall hallte von den kargen Wänden wider und ließ Reav ruckartig zurück auf die Beine kommen. Während er seine aufgeschürften Hände zu Fäusten ballte, sah er ein flackerndes Licht über dem schmalen Gang vor seiner Zelle aufleuchten, das mit jedem Atemzug an Kraft gewann. Erst kurz bevor die Wachen vor seiner Zelle erschienen, hörte er ihre leisen Schritte auf dem Steinboden. Provokativ stellte er sich direkt vor die massive Gittertür und beobachtete, wie sich insgesamt sieben Männer einen Weg zu ihm bahnten.

Sieben gegen einen? Wie ehrenhaft.

»Zurücktreten«, forderte ein großgewachsener, jedoch schmächtiger Elf. In seinen Händen hielt er den Schlüssel zu seiner Zelle.

»Wo ist sie?«

Die Wache stand so dicht vor den Eisenstäben, dass Reav sie trotz seiner Fesseln mühelos hätte packen und gegen das Metall drücken können. Nur unter größter Anstrengung schaffte er es, diesem Drang zu widerstehen.

»Ich sagte, du sollst zurücktreten.«

»Und ich will wissen, wo ihr sie hingeschafft habt.«

»Selbst wenn ich es wüsste, wärst du der Letzte, der es erfahren würde«, erwiderte der Elf und verzog die Lippen zu einem hämischen Grinsen. Ein Ausdruck, bei dem sich Reavs Nackenhaare gefährlich sträubten. Offensichtlich würde er so nicht weiterkommen.

»Und jetzt tritt endlich zurück.«

»Warum so vorsichtig? Fürchtest du dich?«

»Das ist meine letzte Warnung.«

Reav konnte nicht anders, als trocken aufzulachen. Hörte sich diese lächerliche Witzfigur eigentlich selbst reden?

»Sonst was?«

Kaum hatte er die Frage ausgesprochen, trat ein weiterer Elf nach vorne und schlug mit dem Knauf seines Schwertes blitzschnell zwischen die Eisenstangen hindurch. Er traf Reav gezielt auf die Brust, genau auf jene Narben, die Anthea erst vor wenigen Tagen genäht hatte.

Keuchend taumelte er nach hinten, denn auch wenn die schwarze Magie seine Wunden geheilt hatte, die Schmerzen würden niemals ganz versiegen. Im selben Moment ertönte das Klacken des Türschlosses, woraufhin alle sieben Männer eintraten.

»Also hatte ich recht«, bemerkte Reav und richtete sich grinsend auf. »Du fürchtest dich tatsächlich.«

Ohne zu antworten, hob der Elf seine rechte Hand und schenkte ihm einen hasserfüllten Blick. Sogleich zogen die restlichen Wachen ihre Schwerter und richteten sie unverhohlen auf seine Kehle.

»Ich werde dir jetzt sagen, wie es ablaufen wird, und solltest du auch nur daran denken, einen von uns angreifen zu wollen, lasse ich dich vom Nabel bis zum Scheitel aufschlitzen.«

Das Blut rauschte durch Reavs Venen, während sich jeder Muskel seines Körpers anspannte. Abermals konzentrierte er sich auf die Macht des Amuletts, doch er spürte nicht den Hauch einer Verbindung. Lägen seine Hände nicht in Eisen, hätte er zumindest versucht, eines der Schwerter an sich zu reißen und sich den Weg freizukämpfen. In dieser Situation schien es jedoch klüger, Worte anstatt Muskelkraft sprechen zu lassen. Schließlich konnte er nicht abschätzen, wie sich seine Taten auf Anthea auswirkten. Das Risiko war zu groß.

»Erstens wirst du dir das hier anziehen.«

Instinktiv fing Reav das alte, fadenscheinige Hemd auf, welches ihm der Elf widerwillig zuwarf.

»Zweitens wirst du uns folgen, ohne Ärger zu machen.«

»Und wohin, wenn ich fragen darf?«

»Darfst du nicht«, erwiderte die Wache knapp. Dem triumphierenden Lächeln nach zu urteilen, schien ihm seine Machtposition überaus zu gefallen.

Reavs Finger gruben sich in den groben Leinenstoff, während er sich fieberhaft darum bemühte, seinen Zorn zu kontrollieren. Eine Aufgabe, die mit jeder Sekunde schwieriger wurde.

»Und diesen dreckigen Fetzen soll ich überziehen, weil …?«

Er traute den Elfen durchaus zu, das Hemd in irgendeine Art Magie getränkt zu haben. Möglicherweise verätzte es seine Haut oder entzündete sich, sobald er es überzog.

»Wenn es nach mir ginge, würdest du hier unten erfrieren und dieselben Qualen durchleiden, die du meinem Bruder zugefügt hast.«

Die Art, wie er die Worte aussprach, löste einen ungeahnten Druck in Reavs Brust aus. Wenn es eine Sache gab, die schlimmer war, als der Gedanke an eine grausame Tat, dann die, sich nicht mehr daran erinnern zu können. Sobald die Macht des Amuletts seinen Geist befiel, hüllte sie sein Gedächtnis in dichten Nebel. Er erinnerte sich später nur an einzelne, verzerrte Bilder, die von den Schreien seiner Opfer untermalt wurden ... und ihn bis in seine Träume verfolgten. Er wusste weder wer sein Bruder gewesen war noch was er ihm angetan hatte. Allerdings kamen nur zwei Möglichkeiten infrage. Entweder hatte er ihn getötet oder nach Caésirat verschleppt. Zwei Schicksale, von denen das erste das wohl gnädigere wäre.

»Ich halte mich jedoch an Mehlions Befehle. Schließlich weiß ich im Gegensatz zu dir, was Ehre bedeutet. Außerdem ist es für uns alle eine Wohltat, sich *das* nicht länger ansehen zu müssen.«

Mit einer abwertenden Geste deutete der Elf auf Reavs Brust und verzog angewidert das Gesicht. Es gab eine Zeit, in der ihn eine solche Aussage verletzt hätte. Mittlerweile jedoch prallten die Worte an ihm ab und hinterließen nichts weiter als ein dumpfes Gefühl.

»Also erwartet mich eine Audienz bei deinem Fürsten?«, schloss Reav aus dem Gesagten und versuchte, sich auf das Wesentliche zu konzentrieren. Das Schweigen und der unzufriedene Gesichtsausdruck seines Gegenübers bestätigten diese Annahme. Es überraschte ihn, konnte aber durchaus nützlich sein. Auch wenn Mehlion als erbarmungslos und gerissen galt, so war es vielleicht seine einzige Möglichkeit, etwas über Antheas Verbleib zu erfahren.

Von den Wachen umringt, wurde Reav über den spärlich beleuchteten Gang in einen Trakt geführt, der sich direkt über dem Kerker befand. Hier war es nicht ganz so kalt wie in seiner Zelle, doch dafür war die Luft so feucht, dass sie sich klamm auf Haut und Haar legte. Sowohl der Boden als auch die Wände erweckten den Eindruck, als wäre das Gemäuer bereits seit Jahren verlassen. Risse zogen sich durch das Mauerwerk, während der Wind ungehindert Blätter, Äste und Erde hineinwehte. Die Elfen führten Reav über mehrere Gänge und bogen schließlich in einen Flur ein, an dessen Ende sich ein vollkommen leerer Raum befand. Bis auf ein paar Fackeln an den Wänden und einer nur noch schwach zu erkennenden Bodenmalerei wirkte er ebenso verlassen wie der Rest des verfallenden Palastes. Erst bei genauerer

Betrachtung bemerkte Reav zwei breite Metallringe an der gegenüberliegenden Wand, von denen massive Ketten hingen.

»Mitkommen.«

Während die Wachen weiterhin ihre Klingen auf ihn gerichtet hielten, wurde er zu eben jenen Ringen geführt. Mit einem unguten Gefühl beobachtete Reav, wie zwei der Elfen die Eisenketten vom Boden hoben und sie mittels eines verschließbaren Hakens mit seinen Handschellen verbanden: Sie fesselten ihn buchstäblich an die Wand. Ein Zustand, der mehr als eine ungute Erinnerung an seine Ausbildung aufflammen ließ und seinen Puls beschleunigte.

»Das ist doch genau der richtige Platz für dich«, spottete der Elf, der ihm bereits zuvor das Hemd gegeben hatte. Mit einem angriffslustigen Funkeln in den Augen trat er an Reav heran, jedoch nur so weit, dass er ihn nicht erreichen konnte.

»Wie ein Tier in Ketten gelegt.«

Obwohl er wusste, dass die Länge der Ketten nicht ausreichen würde, stürzte Reav nach vorne und riss lautstark an den Eisenbeschlägen – und erzielte die erhoffte Wirkung. Erschrocken wich der Elf zurück, seine Augen vor Angst geweitet.

»Pass auf, dass du dich vor lauter Furcht nicht einnässt.«

Binnen eines Herzschlags wandelte sich der verängstigte Ausdruck seines Gegenübers in heißblütigen Zorn. Ohne ausweichen oder sich schützen zu können, schlug ihm der Elf mit der Faust ins Gesicht. Sofort konnte Reav den metallischen Geschmack von Blut auf seinen Lippen schmecken.

»So viel zu deiner Ehre«, bemerkte er und zog provozierend die Mundwinkel nach oben. Egal, wie fest er auch zuschlug, dieser lächerliche Waldkobold konnte ihn nicht verletzen. Er hatte schon so viel Schlimmeres durchlebt.

»Das ist für meinen Bruder«, zischte dieser ungehalten und holte abermals aus. Diesmal traf er ihn direkt über der rechten Augenbraue, sodass Reav zwangsläufig nach hinten stolperte. Während er sich erneut zu voller Größe aufrichtete, spürte er das Blut über seine Wangen rinnen.

»War das alles?«

»Ich werde dir zeigen, was ich …«

»Noam, das reicht!«

Eine kräftige Stimme donnerte von den Wänden wider und ließ den Elf in seiner Bewegung erstarren. Ein Mann mit einer markanten Narbe auf der rechten Gesichtshälfte betrat den Raum, seine Augen glühend vor Zorn. Reav brauchte ihn nicht einmal anzusehen, um zu wissen, dass es sich um den Elfenfürsten handeln musste. Er strahlte eine so machtvolle Aura aus, dass die Luft regelrecht zu flirren begann.

»Ich dachte, ich hätte mich klar ausgedrückt«, zischte er und sah zwischen der Wache und Reav hin und her. »Niemand vergreift sich an dem Gefangenen, ehe ich mit ihm gesprochen habe.«

»Er ließ mir keine andere Wahl«, verteidigte sich Noam, allerdings ließ sein Tonfall keinen Zweifel an seiner Unsicherheit.

»Keine Wahl?«, wiederholte Mehlion verächtlich. »Was kann er dir in seiner Lage schon angetan haben? Du bist der Leutnant meiner Wachen und hast als solcher meinen Befehlen Folge zu leisten. Und zwar ungeachtet deiner persönlichen Ansichten und Gefühle.«

»Verzeiht«, erwiderte der Elf kleinlaut und senkte seinen Blick gen Boden. Sein Kopf war feuerrot angelaufen.

»Darüber werden wir uns später noch unterhalten. Und jetzt raus, und nimm deine Männer mit.«

Ohne ein weiteres Mal aufzuschauen, machte Noam auf dem Absatz kehrt und nickte den umstehenden Wachen zu, bevor sie gemeinsam den Raum verließen.

»Ich werde mich für die Taten meiner Männer weder rechtfertigen noch entschuldigen«, begann Mehlion nach einem Moment des Schweigens.

»Das habe ich auch nicht erwartet«, erwiderte Reav und schaute dem Fürsten direkt in die Augen. Es war ihm vollkommen gleich, was Mehlion in ihm sah oder ihm antun würde, er wollte nur eines. Antworten.

»Wo habt Ihr sie hingebracht?«

»Wer will das wissen?«

»Wie bitte?«

»Ich frage, wer genau das wissen will. Der Sohn des Bösen oder der Mann, der sich offenbar irgendwo in dir verbirgt?«, entgegnete der Elf und musterte ihn aus kalten eisblauen Augen.

Verwirrt runzelte Reav die Stirn. Er hatte nicht vor, sich auf irgendein Spiel einzulassen. Sein Nervenkostüm war inzwischen genauso dünn wie dieser lächerliche Fetzen, den er sich hatte überziehen sollen.

»Ich bezweifle, dass es da eine klare Trennung gibt«, erwiderte er zähneknirschend, woraufhin der Fürst einen frustrierten Laut ausstieß.

»Das ist in der Tat bedauerlich. Denn scheinbar glaubt die Prinzessin daran.«

Reav konnte förmlich spüren, wie ihm die Gesichtszüge entglitten. Nicht nur aufgrund seiner Aussage, sondern weil Mehlion anscheinend genau wusste, wer Anthea wirklich war.

»Was habt Ihr mit ihr gemacht?«

»Wieso habe ich den Eindruck, dass du glaubst, dass ich sie ununterbrochen foltern lasse?«

Der Elf verschränkte die Arme vor der Brust und musterte ihn durchdringend. Beinahe so, als versuchte er allein durch seinen Blick bis in die Abgründe seiner Seele vorzudringen.

Ein Schauer jagte über Reavs Rücken. Zuerst kalt, dann glühend heiß. Die Tatsache, dass dieser verfluchte Kobold ausschließlich mit Gegenfragen antwortete, trieb ihn an den Rand des Wahnsinns.

»Ist das nicht offensichtlich?«, erwiderte er und hob die Hände so weit hoch, dass die schweren Ketten zu Klirren anfingen.

»Ich bitte dich«, entgegnete der Fürst und schüttelte herablassend den Kopf. »Hältst du mich für so kaltblütig? Sie ist eine Thronerbin und …«

»Und ein Mensch.«

Kaum hatte Reav das Wort ausgesprochen, versteiften sich Mehlions Muskeln. Er presste seine Kieferknochen sichtlich aufeinander, während die Fackeln an den Wänden gefährlich aufloderten. Seine Magie war gewaltig. Sie brach in unsichtbaren Wellen durch den Raum und schien die Luft regelrecht aufzuladen.

»Ist sie das?«, zischte er ungehalten und machte einen Schritt auf Reav zu. »Man müsste meinen, dass kaum jemand mehr über die Wirkung von Magie weiß als du. Schließlich bist du schon seit Jahren das Spielzeug eines Verräters. Du weißt ebenso gut wie ich, dass Menschen nicht in der Lage sind, Magie zu wirken. Schon gar nicht eine, die so mächtig ist, dass sie Naturgeister besänftigen kann.«

Reav stockte der Atem. So hatten die Elfen sie also gefunden. Wie Motten waren sie Antheas Licht gefolgt und so lange um sie herumgeschwirrt, bis sie einen günstigen Moment zum Angriff sahen.

»Was wollt Ihr damit sagen?«

»Spiel nicht den Unwissenden, Reav. Erzähl mir nicht, dass du es nicht längst bemerkt hättest.«

Er spie seinen Namen aus, als wollte er einen bitteren Geschmack loswerden. Während sein Verstand sich überschlug, spürte Reav den Druck in seiner Brust wachsen. Ja, er hatte gewusst, dass mehr in Anthea steckte, als es der Schein vermuten ließ. Sie war nicht nur schön und klug, sondern ebenso gütig wie mächtig. Und er wusste, dass es keine Götter gab, die ihre Gaben an Menschen weiterreichten. Ihr Leben hatte von Anfang an mit einer Lüge begonnen.

Und ja, er ahnte, wer sie war. Was sie war.

»Aber das ist unmöglich«, erwiderte er stockend.

»Unmöglich?«, wiederholte Mehlion und sah mit einem Mal unfassbar erschöpft aus. Sein Gesicht mochte in jugendlicher Schönheit erstrahlen, doch der Glanz seiner Augen war erloschen. »Auf dieser Seite des silbernen Flusses existiert ein solches Wort nicht. So erstaunlich es auch sein mag, doch du bist das beste Beispiel dafür.«

Abermals zog Reav die Stirn in Falten und versuchte, den Sinn hinter dieser Aussage zu verstehen.

»Seit Jahren ziehst du gemeinsam mit Salis' versklavten Kreaturen durch den veterischen Wald. Tötest und verschleppst meine Leute und hast dafür gesorgt, dass die Dunkelheit ihre Macht zurückerlangt. Doch ausgerechnet jetzt, wo ich dich endlich in meiner Gewalt habe, schaue ich nicht in die bleichen Augen eines Monsters, sondern blicke in das Gesicht eines bedauernswerten Mannes. Sag mir, wie hat sie es fertiggebracht, etwas so *Unmögliches* zu schaffen?«

Die Schuldgefühle stürzten sich mit der Stärke einer Naturgewalt auf ihn. Noch niemals zuvor war Reav die Tragweite seiner Taten derart bewusst geworden. Niemals zuvor hatte er sich so sehr für das geschämt, was er all die Jahre getan hatte. Zu was er gezwungen worden war.

»Ich weiß es nicht.«

Mehrere Herzschläge lang sahen sie einander an, doch irgendetwas an Mehlions Gesichtsausdruck sagte ihm, dass er ihm glaubte.

»Anthea trägt eine Macht in sich, die so einzigartig wie gefährlich ist. Sollte sich Salis ihrer bemächtigen, wird er nicht nur Städte, sondern ganze Königreiche versklaven. Nicht einmal die Länder jenseits des Meeres werden dann noch vor ihm sicher sein. Er darf sie nicht in die Hände bekommen. Du darfst sie nicht nach Caésirat bringen.«

Jeder einzelne Satz ähnelte einem Donnerschlag. Er sprach die Worte mit einer Dringlichkeit aus, die deutlich machte, dass nicht nur einzelne Leben, sondern ganze Völker auf dem Spiel standen. Als läge das letzte Quäntchen Hoffnung allein in seinen Händen. *Was für eine katastrophale Vorstellung.*

»Ja, so wie Ihr es ausdrückt, klingt es unfassbar leicht«, erwiderte Reav bitter. »Doch falls es Euch entgangen ist, das ist es nicht. Es geht nicht um das, was Ihr wollt, geschweige denn um das, was ich will. Nichts davon spielt eine Rolle, solange Salis die Zügel in der Hand hält.«

»Dann entreiße sie ihm!«

»Glaubt Ihr, das habe ich nicht versucht?«, zischte Reav ungehalten und ballte die Hände zu Fäusten. »Ich habe Jahre damit vergeudet, nach einer Möglichkeit zu suchen, das verfluchte Ding um meinen Hals loszuwerden.«

Obwohl er es um jeden Preis verbergen wollte, begann sein Körper vor Anspannung zu zittern. »Ich weiß nicht mehr, wie oft ich versucht habe, es mir mit bloßen Händen vom Leib zu reißen. Selbst, als ich versuchte, es mithilfe einer scharfen Klinge herauszuschneiden, wollte es nicht funktionieren. Am Ende habe ich mir einen glühenden Holzscheit in die Brust gedrückt, in der Hoffnung, es ausbrennen zu können. Doch es hat nichts genützt. Nichts von alldem konnte mich von dem Fluch befreien.«

Für den Bruchteil einer Sekunde glaubte Reav, einen Hauch Verblüffung in Mehlions Augen aufblitzen zu sehen, ehe sein Blick langsam zu den Konturen des Amuletts glitt.

»Ich verstehe«, murmelte er nach einem Moment der Stille und zog die glatte Stirn in Falten.

»Was? Was versteht Ihr?«

Reavs Stimme klang lauter als beabsichtigt. Doch er hatte genug von derlei Ungenauigkeiten. Von allen Geschichten, die er gehört hatte, stimmte eine definitiv: Elfen schienen nicht imstande, sich klar auszudrücken.

»Salis ist ebenso grausam wie gerissen. Seine Magie bildet dabei keine Ausnahme. Du wirst die Macht des Amuletts nicht mit Gewalt abwehren können.«

»Habt Ihr mir nicht zugehört?«, presste Reav mühevoll hervor. »Ich … ich kann sie weder abwehren, noch kontrollieren.«

Seine Stimme brach, ehe er das letzte Wort vollständig ausgesprochen hatte.

»Weil du bisher keinen Grund dazu hattest«, erwiderte der Fürst und griff so unvermittelt nach seinem Arm, dass Reav instinktiv zurückschreckte. Er spürte, wie Mehlions Magie in seinen Körper drang, wie sie durch seine Adern floss und eine Brücke zu seinem Geist erschuf. Erschreckenderweise war ihm dieses Gefühl nicht unbekannt. Er hatte es schon einmal gespürt. Fassungslos blickte er in das Gesicht seines Gegenübers, während die Erkenntnis ihn wie ein Blitzschlag traf. Nun gab es keinen Zweifel mehr an seiner Vermutung.

»Doch du wirst schon bald einen Grund haben.«

Schwer atmend wich der Fürst von ihm zurück.

»Was war das gerade?«, hauchte Reav schockiert.

»Es ist dir noch nicht bewusst«, entgegnete Mehlion und schluckte schwer. »Doch eure Verbindung reicht tiefer, als du dir vorstellen kannst.«

»Wie meint Ihr das? Was ist hier gerade passiert?«

Ohne zu antworten, trat sein Gegenüber mehrere Schritte zurück.

»Die Prinzessin befindet sich im Ostflügel. Die Tür zu ihrem Zimmer wird von einer Efeuranke umrahmt«, erklärte der Elf und blickte starr zu Boden. »Der Tag ist vor knapp einer Stunde angebrochen. Der nächste Wachwechsel findet bei Sonnenuntergang statt.«

»Was soll das?«

Völlig entgeistert blickte Reav dem Fürsten entgegen und konnte kaum glauben, was er da von sich gab. Das konnte nicht wahr sein, es musste sich um irgendeinen bizarren Trick handeln. Was veranlasste Mehlion dazu, solche Informationen preiszugeben? Ausgerechnet ihm gegenüber!

»Du hast nur einen einzigen Versuch«, hauchte der Elf, griff in die Innentasche seines Wamses und warf ihm einen schmalen Eisenring zu, an dem zwei Messingschlüssel hingen, der zielsicher in Reavs gefesselten Händen landete. »Sollte er misslingen, werde ich keine Gnade walten lassen.«

Fassungslos schaute Reav zwischen den Schlüsseln und ihrem Besitzer umher und versuchte zu realisieren, was hier gerade geschah.

»Wieso tut Ihr das?«

Einen Augenblick lang schien der Fürst wie in Trance. Als wäre er in seinen eigenen Gedanken gefangen. Reav konnte förmlich mitansehen, wie die aufgelegte Maske in sich zusammenfiel und einen Blick auf sein wahres Antlitz gewährte. Er schien um Jahrzehnte gealtert. Sein Gesicht spiegelte nicht nur Widerwillen und Zweifel, sondern auch eine tiefe Trauer wider.

»Weil es der einzige Weg ist.«

18. EIN STÜCK VERGANGENHEIT

Anthea

Panisch hastete sie einen dunklen Gang entlang, der weder einen Anfang noch ein Ende zu haben schien. Ihr Herz schlug im Einklang mit ihren Schritten. Ihre Lunge brannte, als stünde sie in Flammen. Immer wieder schaute die Thronerbin ängstlich über die Schulter zurück, doch da war nichts. Nichts, außer einer tiefschwarzen Finsternis, aus der die entsetzlichsten Laute drangen. Peitschenschläge hallten von den endlosen Wänden wider, das Rasseln von Ketten zerschnitt die Luft, während sich schmerzverzerrte Schreie mit einem tiefen Knurren vermischten. Obwohl Anthea weder wusste, wer dort um sein Leben schrie noch aus wessen Kehle die bedrohlichen Klänge kamen, verlangte jede Faser ihres Körpers nach Flucht. Sie rannte so schnell sie ihre Beine trugen, doch ganz gleich, wie viele Meilen sie auch hinter sich brachte, die Geräusche wollten nicht versiegen. Im Gegenteil, sie schienen mit jedem Schritt intensiver zu werden.

Als sie ein weiteres Mal einen Blick nach hinten warf, jedoch abermals nichts erkennen konnte, schnellte ihr Kopf zurück nach vorn und ließ sie atemlos innehalten.

Nicht weit von ihr entfernt erkannte sie eine großgewachsene Gestalt, die bewegungslos in die Dunkelheit starrte. Da sie mit dem Rücken zu ihr stand, konnte Anthea das Gesicht nicht erkennen, doch das blonde schulterlange Haar, dessen graue Strähnen schimmernd aus der Finsternis herausstachen, ließen keinen Zweifel an seiner Identität.

»Vater!«

Obwohl sie all ihre verbliebene Kraft zusammennahm, drang kein Laut über ihre Lippen. Egal, wie sehr sie sich bemühte, wie tief sie auch Luft holte, sie blieb stumm. Panisch stürzte die Prinzessin nach vorne, eilte dem König entgegen und erreichte ihn in jenem Moment, als die grauenhaften Geräusche so laut wurden, dass nicht nur der Boden, sondern auch die Wände zu beben begannen. Ungestüm packte sie Gawain am Ärmel, riss ihn zu sich herum und taumelte sogleich zurück.

Zu ihrem Entsetzen sah sie nicht in das Antlitz ihres Vaters, sondern in die eisblauen Augen Mehlions. Sämtliche Laute erstarben mit einem einzigen Schlag und hinterließen nichts außer einer knisternden Atmosphäre.

»Nein«, stammelte Anthea und spürte, wie sich ihr beim Anblick des Elfen die Nackenhaare sträubten. Er wirkte mehr tot als lebendig, wie eine Statue, deren leerer Blick durch sie hindurch glitt. Die Angst durchfuhr sie wie eine geifernde Welle und trieb sie dazu, hastig herumzuwirbeln. Doch in dem Augenblick, in dem sie den ersten Schritt in die entgegengesetzte Richtung machen wollte, sickerten schwarze Nebelschwaden aus den Wänden und schnitten ihr den Weg ab.

Ähnlich einem wildgewordenen Raubtier stürzte Reav aus der Dunkelheit, die Augen so bleich, dass sich weder ihr Antlitz noch die glänzende Waffe in seiner Hand darin spiegeln konnten. Verzweifelt schrie Anthea seinen Namen, ehe sie hilflos mitansehen musste, wie er sein Schwert erhob und sie mit der Klinge durchbohrte.

Sie spürte, wie das Leben aus ihrem Körper wich und sich ihr Geist in Luft auflöste. Und noch ehe ihr Körper auf dem kalten Boden aufschlug, konnte sie die grauenvolle Gestalt hinter Reav erkennen. Das Gesicht übersäht von tiefen, dunkelroten Narben.

Salis.

***

Ein heiserer Schrei entfuhr ihr und weckte Anthea aus einem tiefen Schlaf. Verstört riss sie die Augen auf, ehe sie ruckartig hochfuhr. Die Angst raste pulsierend durch ihre Venen und sorgte dafür, dass die verzerrten Bilder nur langsam aus ihrem Gedächtnis verschwanden.

Beim Sonnengott, es hatte sich so real angefühlt. Zu real. Schwer atmend fuhr sich die Thronerbin durch das Haar, während sich ihr Blick allmählich klärte und sie ihre Umgebung genauer wahrnahm.

Verdammt, wo war sie?

Unwirsch schlug sie die schwere Bettdecke zurück und kam mit nur einem Satz auf die Beine. Ihr Körpergewicht ließ die Dielen unter ihren Füßen knarzen, wodurch sie sich erneut erschreckte. Rasch huschten ihre Augen über das spärliche Mobiliar und suchten jeden Winkel des Raumes nach einer potenziellen Gefahr ab. Doch sie konnte nichts finden. Sie war allein. Aber wie war sie hierhergekommen? Das Letzte, an das sich Anthea erinnern konnte, war das Gefühl von Mehlions gewaltiger Magie. Ein Gedanke, der einen kribbelnden Impuls durch ihre Körper sandte. Verunsichert ließ sie ihren Blick zu der Stelle gleiten, an der er sie zuvor berührt hatte, ehe sie weiter an sich hinabsah.

Himmel, wer hatte sie umgezogen?

Perplex fuhren ihre Finger über den dunkelgrünen Leinenstoff und die feine Silberborte, bevor sie unweigerlich an Dineth zurückdachte. Die Frau, die sie nicht nur bedroht, sondern durch die Gänge dieser verfallenen Palastruine geschleppt hatte. Allein die Vorstellung daran, dass die Elfe sie während ihrer Bewusstlosigkeit angefasst und ausgezogen haben könnte, schnürte ihr regelrecht die Kehle zu. Anthea wusste weder, was Mehlion von ihr wollte, noch wieso er sie hierhergebracht hatte. Sein Verhalten passte nicht ansatzweise zu dem Bild, welches man ihr von klein auf eingebläut hatte. Allerdings spielte dies keine Rolle. Nichts davon war auch nur im Geringsten von Bedeutung. Denn das Einzige, was jetzt zählte, war, diesem Ort zu entkommen. Und zwar so schnell wie möglich. Wer wusste schon, was Mehlion als Nächstes geplant oder was er Reav inzwischen angetan hatte.

Von diesem Gedanken angetrieben, eilte Anthea zu einer kleinen Kommode, die sich neben dem Bett befand, und zog an jeder der drei Läden. Doch egal wie kräftig sie daran zerrte, sie ließen sich nicht öffnen. Anschließend lief sie zu einer gegenüberliegenden Kleidertruhe und versuchte, den Deckel aufzuklappen. Allerdings blieb auch dieser fest verschlossen.

Ein frustrierter Laut glitt über ihre Lippen, während sie sich hektisch umsah. Nichts in diesem Raum würde ihr als Waffe dienen. Sie hatte wortwörtlich nichts in der Hand, um diesem wahrgewordenen Alptraum zu entkommen. Doch es nützte nichts. Sie durfte keine Zeit verlieren.

Während ihr das Herz bis zum Hals schlug, hastete die Thronerbin zur Tür und drückte die Klinke nach unten. Zu ihrer Überraschung war sie nicht verschlossen. Angespannt hielt sie die Luft an und riskierte einen vorsichtigen

Blick in den Gang. Doch auch dieser war vollkommen leer. Sie konnte weder Dineth noch irgendeine andere Wache sehen.

War das ein Trick? Eine List, um sie in Sicherheit zu wiegen? Nervös biss sich Anthea auf die Unterlippe und trat von einem Bein aufs andere. Selbst wenn es sich um irgendeine arglistige Täuschung handelte, welche Wahl blieb ihr schon? Untätig in diesem Zimmer bleiben und darauf warten, dass irgendjemand über ihr Schicksal entschied? Mitnichten. Sie hatte ein für alle Mal genug davon. Von nun an würde sie ihre Entscheidungen allein treffen, sämtliche Konsequenzen inbegriffen. Kaum hatte sie diesen Entschluss verinnerlicht, setzte die Prinzessin einen Fuß auf den Flur und betete, dass all die Jahre, in denen sie heimlich durch ihren Palast geschlichen war, wenigstens zu etwas nütze gewesen waren. Rasch lief sie den Gang entlang, penibel darauf bedacht, dem zerbrochenen Glas und all den Kletterpflanzen auszuweichen, die sich wie Adern über den Steinboden zogen. Sie bahnten sich einen Weg über die offenen Fenster, durch die Anthea nichts weiter außer dunkelrotem Laub und dichtem Geäst erkennen konnte. Sie musste sich also in einem höher gelegenen Stockwerk befinden. Nachdem sie das Ende des Flurs erreicht hatte, bog sie intuitiv in einen Gang, aus dem sie einen frischen Luftzug wahrnahm. Auch hier war weit und breit keine einzige Wache zu sehen. Ein Umstand, der ihr Misstrauen wachsen ließ und sie zur Eile antrieb. Als sie schließlich eine hölzerne Wendeltreppe erreichte, die so weit nach unten führte, dass sie ihr Ende nicht erkennen konnte, lehnte sich Anthea gegen die kalte Wand und hielt einen Moment inne. Angespannt horchte sie in die trügerische Stille, doch sie konnte weder Stimmen noch Schritte vernehmen. Entweder schien sie nach all der Zeit endlich ein wenig Glück zu haben, oder aber sie lief auf direktem Weg in eine Falle.

Ein letztes Mal nahm die Thronerbin einen tiefen Atemzug, ignorierte ihre weichen Knie und stieß sich von der Wand ab. Während sie ihren hämmernden Puls bis in die Zehenspitzen fühlen konnte, eilte sie die Stufen hinab, in der Hoffnung, dass diese sie in den Kerker führen würden. Denn selbst, wenn sie nicht wusste, wie, so musste sie zumindest versuchen, Reav zu befreien. Sie konnte ihn schließlich nicht einfach hier zurücklassen. Alles in ihr sträubte sich gegen diese Vorstellung. Nein, sie brauchte ihn. Vermutlich sogar auf eine Weise, die sie sich selbst kaum eingestehen wollte.

Mit jeder Stufe, die Anthea tiefer in das Gebäude drang, wurde die Luft kälter. Nun dauerte es nicht mehr lang, bis das gedämpfte Tageslicht vollends verschluckt und durch den Feuerschein weniger Fackeln ersetzt wurde. Als sie schließlich den untersten Treppenabsatz erreichte, war es so dunkel, dass sie den anschließenden Gang kaum erkennen konnte. Darum bemüht, ihren flachen Atem unter Kontrolle zu bringen, lugte die Prinzessin in beide Richtungen, konnte jedoch nur auf der linken Seite ein fernes Licht erkennen. Demnach würde sich der Kerkertrakt wohl rechts befinden. Ohne lange zu zögern und ihren Gedanken Raum für Zweifel zu geben, schlug sie den dunklen Weg ein. Doch kaum, da sie die ersten Schritte hinter sich gebracht hatte, hallten mehrere Stimmen von den kargen Steinwänden wider ... und wurden mit jedem Atemzug lauter.

Während ihr Herz vollends aus dem Takt geriet, wirbelte Anthea herum und rannte zur Treppe zurück. Für einen kurzen Moment überlegte sie, zumindest ein halbes Stockwerk wieder hinaufzueilen und sich so lange in einem der dunklen Winkel zu verstecken, bis die Stimmen verklangen. Aber was, wenn die Elfen ebenfalls diesen Weg nahmen und sie entdeckten? Dort oben fehlte ihr jedwede Möglichkeit zur Flucht. Nein, ihr blieb nur der Gang nach links. Als sich der Klang von Schritten unter das Stimmenwirrwarr mischte, bewegten sich ihre Füße wie von selbst. So schnell sie nur konnte, hetzte sie den schmalen Weg entlang.

Panisch warf sie einen Blick nach hinten, konnte jedoch niemanden in der Dunkelheit ausfindig machen. Fahrig wischte sie sich den Schweiß von der Stirn und zwang sich weiterzulaufen. Sie durfte jetzt nicht aufgeben! Als das Licht am Ende des Ganges endlich an Kraft gewann, fühlte sie mit einem Mal nicht länger harten Stein unter ihren Füßen, sondern etwas Weicheres. Es fühlte sich an wie ... Stroh?

Kaum hatte sie es identifiziert, stach ihr der charakteristische Geruch von Pferdemist in die Nase und bestätigte ihre Annahme.

Himmel, sie lief in die Stallungen!

Als Anthea den langgestreckten Gebäudeteil durch einen offenen Türbogen erreichte, hätte sie am liebsten frustriert geseufzt. Allerdings fehlte ihr dafür der benötigte Atem.

Zu beiden Seiten erblickte sie Reihen von Koben, von denen fast jede mit einem Pferd besetzt war. Während die Tiere ihr kaum Beachtung schenkten, schlich sie vorsichtig an den ersten Boxen vorbei und hoffte inständig, dem Stallburschen nicht direkt in die Arme zu laufen. Dabei hielt sie erneut Ausschau nach einer potenziellen Waffe, konnte doch bis auf Zaumzeug und Sattel nichts finden. Bewahrten die Elfen selbst ihre Mistgabeln hinter verschlossenen Türen auf?

Während sie langsam Zweifel an ihrem unüberlegten Fluchtversuch überkamen, ertönte plötzlich ein lautes Schnauben, das sie augenblicklich innehalten ließ. Irritiert schaute sie in die Kobe rechts von sich und spürte sogleich, wie sich ihre Augen ungläubig weiteten.

»Cavon?«

Obwohl sie seinen Namen kaum hörbar aussprach, schnaubte der Rappe erneut, ehe er mit dem Huf aufschlug.

Unfassbar!

Rasch trat sie in die kleine Box und strich Reavs Pferd über die Stirn. Sie hatte nicht damit gerechnet, ihn jemals wiederzusehen. Sie war fest davon ausgegangen, dass die Elfen ihn an der Quelle zurückgelassen hatten. Offensichtlich ein Irrtum. Sie hatten sich sogar die Mühe gemacht, ihn abzusatteln und mit Heu zu versorgen. Die Taschen hatten sie achtlos in eine Ecke geworfen, was Anthea leise nach Luft japsen ließ. Unverzüglich stürmte sie darauf zu, schlug die Riemen zurück und begann darin zu wühlen. Fieberhaft suchte sie nach der Lederrolle, in der sich nicht nur das Verbandsmaterial, sondern auch die spitze Schere befunden hatte.

Doch es hatte keinen Zweck. Sie waren beide leer.

Unwirsch warf Anthea eine der Taschen ins Heu und hätte am liebsten aufgeschrien. Wie war sie nur auf den wahnwitzigen Gedanken kommen, allein etwas bewirken zu können? Doch anstatt sich verzweifelt die Hände vor das Gesicht zu schlagen, fiel ihre Aufmerksamkeit auf einen kleinen

Gegenstand, der just in diesem Moment aus einer der Taschen gefallen war. Verwirrt zog sie die Stirn in Falten und griff intuitiv danach. Für einen kurzen Augenblick fühlte es sich so an, als wäre die Zeit zum Stillstand gekommen. Als gäbe es nur noch sie ... und den silbernen Flügel in ihrer Hand. Die Erinnerungen durchzogen Anthea wie ein Lauffeuer und versetzten sie zurück an jenen Tag, an dem sie gemeinsam mit Aris auf dem Dach der Palastküche gesessen und in den Sonnenuntergang geblickt hatte. Als er ihr einen kupferfarbenen Anhänger in Form eines Flügels geschenkt und selbst einen zweiten aus Silber behalten hatte.

Die Erkenntnis ließ ihren Körper erzittern, während Tränen ungehindert über ihre Wangen liefen. Sie hatte es gewusst. Tief in ihrem Inneren hatte Anthea von Anfang an gespürt, dass Reav mehr war, als er vorgab zu sein. So viel mehr.

Dieser unscheinbare kleine Flügel war Beweis für seine wahre Identität. Er mochte sich vielleicht nicht mehr daran erinnern, doch sie tat es. Und ihre Erinnerung war so stark, dass sie für sie beide reichen würde. Salis mochte Reav erschaffen haben, doch er hatte Aris nicht getötet. Nicht ganz.

Während Anthea mit einem Ruck zurück auf die Beine kam, umschloss sie den Flügel fest mit ihren Fingern und drückte das Metall in ihre Handfläche. Sie würde nicht kampflos aufgeben. Das war sie nicht nur Aris, sondern sich selbst schuldig.

Von diesem Entschluss angetrieben, lief sie an Cavon vorbei, trat aus seiner Kobe heraus und begann am gesamten Körper zu zittern. Sie spürte, wie ihre Magie mit einem Schlag zum Leben erwachte und ihr buchstäblich den Atem raubte.

»Ich dachte, wir hätten eine Abmachung.«

Obwohl sie ihre Beine gedanklich anflehte zu laufen, konnte sie nichts weiter tun, als reglos dazustehen und Mehlion in die funkelnden Augen zu sehen. Er stand nur wenige Meter von ihr entfernt, die Arme vor der Brust verschränkt und musterte sie mit undurchdringlichem Blick.

»Bitte«, stammelte sie und glaubte, goldene Lichter vor ihren Augen tanzen zu sehen. »Lasst uns gehen.«

»Darüber haben wir schon gesprochen«, erwiderte der Elf und ging gemächlich auf sie zu. »Zuerst müsst Ihr mir sagen, wer Ihr wirklich seid.«

»Das habe ich«, presste die Thronerbin mühsam hervor.

»So kommen wir nicht weiter. Diesen Kampf haben wir bereits vergangene Nacht bestritten.«

Anthea spürte, wie eine ungeahnte Wut durch ihren Körper schoss und die Magie zusätzlich anfachte.

»Ihr seid ein Sadist«, zischte sie zornerfüllt, »Wie kann es Euch nur erfreuen, jemanden derart zu quälen?«

»Ich will gewiss viele Dinge. Manche davon mögen durchaus grausamer Natur sein. Doch Euch zu quälen gehört ganz sicher nicht dazu.«

Obwohl seine Worte unverhofft ehrlich klangen, weigerte sich die Prinzessin, ihnen Glauben zu schenken. Immerhin waren Elfen dafür bekannt, die Wahrheit zu verdrehen.

»Und was ist mit Reav?«

»Über sein Schicksal wird noch entschieden.«

Ein Schauer jagte über Antheas Rücken.

»Was habt Ihr ihm angetan?«

»Noch nichts«, erwiderte der Fürst und blieb nur wenige Schritte vor ihr stehen. »Doch um ihn geht es hier nicht. Ich will, dass Ihr ein Stück mit mir geht.«

Ungläubig starrte die Thronerbin Mehlion an und spürte, wie die Wellen der Magie allmählich abebbten. Sie war sich sicher, dass der Elf dahintersteckte. Er schien sie auf irgendeine perfide Art und Weise kontrollieren zu können. Nun begriff sie allmählich, wie Reav sich fühlen musste.

»Wohin?«

»An einen Ort, an dem Eure Fragen beantwortet werden.«

Hätte Anthea auch nur ein wenig mehr Kraft gehabt, hätte sie laut aufgestöhnt. Jeder Satz klang wie ein verfluchtes Rätsel, bei dem es keine eindeutige Lösung zu geben schien.

»Habe ich denn eine Wahl?«, fragte sie, darum bemüht, so viel Abneigung wie möglich in ihre Stimme zu legen.

»Nein.«

Noch während er das Wort aussprach, streckte er ihr seinen Arm entgegen und brachte Anthea damit vollkommen aus der Fassung. *Das konnte doch nicht sein Ernst sein?*

»Ich brauche Eure Hilfe nicht.«

Ihren wackeligen Beinen zum Trotz, versuchte sie eine entschlossene Haltung zu wahren.

»Ganz wie Ihr wollt«, erwiderte Mehlion, doch entging der Prinzessin das leise Seufzen nicht, als er seinen Arm zurückzog. »Dann eben nach Euch.«

Während sich ihre Finger ein wenig fester um den Anhänger schlossen, schritt sie an dem Elfen vorbei und ließ sich von ihm aus dem Stall geleiten. Gemeinsam gingen sie den schmalen Gang zurück, bis sie die Treppe erreichten. Mit einem bedrückenden Gefühl in der Brust ließ Anthea ihren Blick nach links gleiten, wo sie nach wie vor den Kerkertrakt vermutete.

»Falls es Euch interessiert, er sorgt sich ebenso um Euch, wie Ihr Euch um ihn.«

Ein Prickeln durchfuhr ihren Körper, ehe sie Mehlion genau musterte.

»Ihr habt ihn also aufgesucht?«

»Nichts in diesem Gebäude geschieht ohne mein Wissen«, entgegnete er kryptisch. »Sämtliche Gedanken und Gefühle eingeschlossen.«

Verunsichert runzelte Anthea die Stirn. Sie fühlte sich mit jedem Herzschlag unwohler in der Gegenwart dieses Elfen.

»Und jetzt kommt.«

Ohne weiter auf ihre Frage einzugehen, stieg er die Stufen hinauf und wartete, dass sie es ihm gleichtat. Im ersten Stockwerk angekommen, führte er sie einen Gang entlang, welcher einst prächtig gewesen sein musste. Riesige Wandteppiche wechselten sich mit mannshohen Spiegeln ab und verzierten die Wände auf eindrucksvolle Art und Weise. Nun jedoch hingen die gewebten Teppiche in Fetzen, während sich über den gesamten Boden Glassplitter erstreckten. Es war ein trauriger und zugleich beängstigender Anblick.

»Was ist hier geschehen?«, fragte Anthea und stieg über eine trockene

Wurzel. Sie beobachtete, wie Mehlion ihrem Blick folgte und glaubte, so etwas wie Bedauern in seinem Antlitz zu erkennen.

»Der Wald ist wild geworden«, erläuterte er knapp. »Er verschlingt alles, was sich ihm in den Weg stellt. Egal, ob Holz, Stein oder Fleisch.«

Während sich ihr Puls abermals beschleunigte, dachte die Prinzessin an den Portanon und ihre sonderbare Verbindung zurück. Ja, sie hatte seine Wildheit gespürt, doch auch die beklemmende Angst, sich selbst zu verlieren.

»Aber warum?«, flüsterte sie nachdenklich und versuchte, sich aus all diesen Fragmenten einen Reim zu bilden, »Warum ist der Wald wild geworden?«

Ohne zu antworten trat der Elf an eine massive, mit Eisen beschlagene Holztür heran und öffnete diese mit einem kräftigen Stoß. Ein kalter Luftstrom zog über Antheas Wangen, der den Geruch von Moos und heruntergebranntem Wachs in sich trug.

»Weil die Dunkelheit mit jedem verstrichenen Tag an Kraft gewinnt.«

Als er ihr bedeutete, einzutreten, zögerte die Thronerbin einen Moment. Sie konnte die Schwere seiner Worte mit jeder Faser ihres Körpers fühlen. Sie waren furchterregend und wirkten wie ein dunkles, unabwendbares Omen. Allerdings erweckten sie ebenso ihr Interesse. Ihr Leben lang hatte die Prinzessin nach Antworten gesucht. Niemand hatte sich jemals dazu herabgelassen, ihre Fragen ernst zu nehmen oder ihr wirklich zuzuhören. Vermutlich war dies ihre einzige Möglichkeit, aus dem Schatten ihrer Unkenntnis zu treten. Und diese musste sie nutzen. Andernfalls würde sie es womöglich für immer bereuen.

Noch einmal nahm sie einen tiefen Atemzug, ehe sie sich zögerlich in Bewegung setzte und über die Türschwelle schritt.

»Willkommen in Mevileá, dem Herzen des Waldes.«

Antheas Mund öffnete sich vor Erstaunen. Sie stand am Rande eines quadratischen Saals, dessen Decke sich aus einer halbrunden Kuppel zusammensetzte, die jedoch nicht geschlossen war, sondern ein Loch in ihrer Mitte trug. Ein warmer Lichtstrahl fiel dadurch herab und tauchte den Raum in einen goldenen Schein. Er erhellte die vier Wände, auf denen großflächige Malereien zu finden waren, die stellenweise bis zum Gewölbe reichten. Es handelte sich fast ausschließlich um naturalistische Darstellungen des veterischen Waldes. Jedoch offensichtlich aus einer anderen Zeit, denn hier wirkte die Natur hell, üppig und einladend. Vor jeder Wand waren zahlreiche Kerzen aufgestellt worden, die meisten davon inzwischen weit heruntergebrannt.

»Das ist ... unglaublich schön«, hauchte Anthea ergriffen und konnte sich an all den Details kaum sattsehen.

»Das war es«, erwiderte Mehlion mit einer solch sehnsuchtsvollen Stimme, dass die Prinzessin ihn unweigerlich ansehen musste. »Diese Malereien sind Jahrhunderte alt. Sie markieren die Anfänge unserer Welt. Als die Natur sich dazu entschied, ihre Kräfte an die reinsten und edelsten Wesen weiterzugeben, damit diese sie nutzen und an ihre Nachkommen vererben konnten.«

Nachdenklich trat die Thronerbin an eine der vier Wandmalereien heran, in dessen Zentrum sich eine Gruppe von sechs Personen befand, die von innen heraus zu leuchten schienen. Sie knieten auf dem Waldboden, die Köpfe huldvoll gesenkt, während goldene Strahlen aus der Erde stiegen und direkt in ihre Körper glitten.

»Dies sind die Arbonen«, erklärte Mehlion und trat an ihre Seite. »Außerwählt von der Natur, um ihre Gabe aufzunehmen und kontrollieren zu können. Sie gehören zu den ältesten Vorfahren der Elfen und waren die Ersten, die Magie wirken konnten.«

Noch während Anthea seine Erzählung verinnerlichte, legte sie die Stirn in Falten. Im Laufe der Jahre hatte sie unzählige Bücher gelesen. Geschichten über die Entstehung ihrer Welt, Berichte über Helden längst vergangener Zeit. Diese hier hörte sie jedoch zum ersten Mal.

»Aber das würde bedeuten, dass die Natur der Ursprung aller Magie ist«, schlussfolgerte sie zögerlich.

»So ist es.«

»Und allein die Elfen und ihre Nachfahren dazu imstande wären, sie zu nutzen.«

Der Elf nickte knapp, während sein Blick sie regelrecht zu durchbohren schien.

»Aber das ... das kann nicht sein«, erwiderte die Thronerbin und schüttelte verwirrt den Kopf. »Ich bin der Beweis dafür, dass diese Geschichte fehlerhaft sein muss. Möglicherweise sind Eure Überlieferungen ungenau. Schließlich bin ich ein Mensch und trotzdem dazu in der Lage, Magie zu wirken. Sie wurde mir geschenkt. Der Sonnengott persönlich hat mich außerwählt und mir seine Gabe vermacht. Zum Schutze meines Volkes.«

Es folgte ein Moment der Stille, der allein durch das laute Pochen ihres Herzens unterbrochen wurde. Anthea wusste nicht genau warum, doch tief in ihrem Inneren spürte sie erste Zweifel in sich wachsen. Vollkommen gleich, wie sehr sich ihr Verstand auch dagegen sträubte, irgendwas stimmte nicht.

»Es gibt keine Götter, die über eine solche Macht verfügen, geschweige denn weitergeben können. Es hat sie nie gegeben. Den Glauben deines Volks in allen Ehren, doch Magie entspringt allein den Kräften der Natur. Es mochte eine Zeit geben, in der ein menschlicher König diese Gabe besaß, doch sie wurde ihm weder von einem Gott gegeben, noch von einem genommen.«

Mehlions Gesichtszüge verhärteten sich zunehmend.

»Das ist nicht wahr«, flüsterte die Prinzessin und spürte, wie der Knoten in ihrem Hals mit jedem Atemzug enger wurde. »Das kann nicht sein. Mein Leben lang wurde mir beigebracht, dass ...«

»Man hat dich genau das gelehrt, was du wissen musstest! Ungeachtet der Tatsache, dass es sich dabei um verdammte Lügen handelte! Du weißt so wenig, Anthea.«

Mehlions plötzlicher Zorn ließ die Thronerbin instinktiv zurückweichen. Seine eisblauen Augen funkelten wutentbrannt. Binnen einer Sekunde fiel seine sonst so gefasste Haltung in sich zusammen und offenbarte, wie es tatsächlich in seinem Inneren aussah. Zu behaupten, dass ihr dieser ungeahnte Stimmungswechsel keine Angst einjagte, wäre schlicht gelogen gewesen. Allerdings brachte die Art, wie er ihren Namen aussprach, ein Gefühl zutage, mit dem sie nicht im Geringsten gerechnet hatte. Vertrautheit.

Obwohl sie den Elf bis zu ihrer Ankunft noch niemals zuvor gesehen, geschweige denn ein Wort mit ihm gesprochen hatte, lag da ein Klang in seiner Stimme, der irgendetwas in ihr bewegte. Er erweckte nicht nur ihre Magie, sondern etwas, das tiefer reichte. Etwas, das sie nicht verstand, das sie ängstige und furchtbar verunsicherte. Sowohl seine Stimme als auch seine markanten Augen strahlten nicht allein Zorn, sondern unermesslichen Schmerz aus.

Und ungeachtet dessen, ob sie seinen Worten glaubte oder nicht, dieser Ausdruck war echt. Ein Umstand, der sie verwirrte und es ihr zunehmend schwerer machte, klar zu denken. Ihr Leben war von Anfang an einer klaren Linie gefolgt. Sie hatte stets geglaubt zu wissen, wer sie war. Sie besaß eine Aufgabe. Eine, die sie vielleicht nicht immer glücklich gemacht hatte, doch ihrem Leben zumindest einen Sinn gab. Sie konnte nicht glauben, dass all dies auf einer Lüge basieren sollte. Das konnte nicht sein. Das durfte es einfach nicht.

Unbewusst trat sie einen weiteren Schritt von Mehlion weg und schüttelte protestierend den Kopf.

»Nein. Nein, ich weigere mich, das zu glauben.«

Für einen kurzen Moment sahen sie einander schweigend an. So lange, bis der Elf seufzend die Schultern senkte.

»Also gut. Ich habe ohnehin nicht erwartet, dass es so leicht werden würde«, bemerkte er und zog einen Dolch aus der Halterung seines Gürtels.

Ein heißer Impuls jagte durch Antheas Venen, während ihr Blick zur Tür schoss. Egal, wie schnell sie auch wäre, Mehlion würde ihr den Weg abschneiden. Sie war gefangen.

Doch anstatt sich ihr zu nähern oder sie daran zu hindern, die Flucht zu ergreifen, ging der Elf auf den Lichtstrahl in der Mitte des Raumes zu und entblößte seinen rechten Unterarm.

»Wenn dich meine Worte nicht zum Umdenken bewegen können, dann vielleicht das hier.«

Anthea sog scharf die Luft ein, als Mehlion die Klinge an seinen Arm ansetzte und ohne auch nur ein wenig das Gesicht zu verziehen, zustach. Kaum da das Blut über seine Haut floss, trat er in den Lichtkegel und sorgte dafür, dass sich die Prinzessin fassungslos eine Hand auf den Mund legte.

Sein Blut schimmerte golden.

Zögerlich trat sie auf ihn zu und blickte von der Wunde zu seinen eisblauen

Augen. Der Zorn schien verflogen und war einem sanfteren Ausdruck gewichen.

»Ich will, dass du verstehst, dass du nicht so allein bist, wie du glaubst«, erwiderte Mehlion, ehe sich ein trauriges Lächeln auf seine Lippen stahl. »Du hast ein Recht auf die Wahrheit. Und zwar in all ihren Facetten.«

19. WAHRE LEGENDEN

Anthea

Die Worte hallten wie ein dunkles Omen in ihrem Kopf wider und verankerten sich in ihrem Verstand.

»Du hast ein Recht auf die Wahrheit. Und zwar in all ihren Facetten.«

Die Thronerbin wusste weder, was genau Mehlion mit dieser Aussage meinte, noch, worauf diese Unterhaltung hinauslaufen sollte. Von welcher Wahrheit sprach er? Während ein Teil von ihr sie dazu drängte, so schnell wie möglich aus dem Saal zu laufen und all das Gesagte als Unsinn abzutun, hielt ein anderer sie fest an Ort und Stelle. Anthea fühlte sich hin- und hergerissen. Eingepfercht zwischen einer Vergangenheit, die möglicherweise auf Lügen basierte und einer Zukunft, die vollkommen im Dunkeln lag.

»Warum sollte ich Euch glauben? Ihr sprecht von Wahrheit? Das Einzige, das ich weiß, ist, dass Ihr uns gefangen genommen und hierher verschleppt habt. Ihr könntet ebenso gut versuchen, mich zu manipulieren und meinen Geist zu verwirren.«

»Das könnte ich«, entgegnete der Elf, zog ein Tuch aus seinem Wams und strich sich das Blut vom Arm. »Daher möchte ich, dass du allein auf die Stimme in deinem Inneren hörst. Nur so wirst du erkennen, was tatsächlich der Wahrheit entspricht. Du musst lernen, dir selbst zu vertrauen und dich von deinen Sinnen leiten zu lassen. Den Anfang hast du bereits getan.«

Verdutzt zog die Prinzessin die Augenbrauen zusammen.

»Inwiefern?«

»Nicht viele würden es wagen, schutzlos durch einen Palast zu schleichen, der voll von Meinesgleichen ist.«

Der unterschwellige Sarkasmus war nicht zu überhören.

»Und dennoch hat es mir nicht viel gebracht«, bemerkte Anthea trocken.

Allerdings war dies, zumindest in Teilen, eine Lüge. Etwas hatte ihr Fluchtversuch definitiv gebracht. Während sich ihre Finger enger um den silbernen Anhänger in ihrer Hand schlossen, hielt sie Mehlions stechendem Blick stand.

»Das liegt ganz im Auge des Betrachters.«

Die Art, wie er die Worte aussprach, ließ sie misstrauisch aufhorchen.

»Ihr habt damit gerechnet, nicht wahr? Ihr wusstet, dass ich versuchen würde, zu entkommen.«

»Sagen wir, ich habe es geahnt«, entgegnete der Elf und neigte den Kopf zur Seite. »Wie ich bereits sagte, nichts geschieht in diesem Palast ohne mein Wissen.«

Eine Gänsehaut breitete sich auf ihrem Körper aus. So, wie er es ausdrückte, klang es, als könne er ihre Gedanken lesen. Als wusste er um jeden ihrer Schritte, noch bevor sie diese überhaupt tat. Deswegen war sie auf keine Wache gestoßen. Nicht etwa aus Glück, sondern weil Mehlion es so gewollt hatte.

Verunsichert richtete Anthea ihren Blick auf die Wunde auf seinem Unterarm und versuchte, all das Gesagte einzuordnen. So viele Gedanken wirbelten durch ihren Verstand. Einer verworrener als der andere. Angenommen, seine Worte entsprachen der Wahrheit und sie war niemals vom Sonnengott gesegnet worden – woher stammte ihre Magie dann?

»Ihr sagtet, dass Menschen nicht in der Lage wären, Magie zu wirken. Doch Ihr habt auch angedeutet, dass es einen König gab, der einst diese Gabe besessen hat, diese jedoch nicht durch die Hand eines Gottes erhielt. Wie habt Ihr das gemeint?«

Sie sah, wie Mehlion sich merklich anspannte, ehe er sich durch das glatte, dunkelbraune Haar fuhr.

»Ich gehe davon aus, dass du weißt, wieso dein Volk uns Elfen einst aus Aurasis vertrieben hat?«

»Weil ihr versucht habt, unseren König mithilfe von Magie zu manipulieren und ihn anschließend zu töten,« erwiderte Anthea zögerlich. Jeder in Aurasis kannte diese Geschichte. Man erzählte sie den Kindern, ehe sie laufen konnten.

»Ja und Nein.«

Verwundert runzelte sie die Stirn. Mit einer so schonungslosen Antwort hatte sich nicht gerechnet. Er stritt die abscheuliche Tat nicht einmal ab.

»Hat man dir auch den Grund genannt? Wieso wir euren Regenten töten wollten?«

»Weil ihr euch vor seiner Macht gefürchtet habt und es nicht länger ertragen konntet, dass die Goldene Stadt unter der schützenden Hand des Sonnengottes aufblühte. Niemand sollte mächtiger sein als ihr.«

»Das erzählt man sich? Du glaubst, Neid und Habgier haben uns zu solch einer Tat getrieben?«

In Mehlions Stimme schwang eine Mischung aus ehrlicher Bestürzung und Resignation mit.

Unsicher biss sich Anthea auf die Unterlippe. Sie hatte inzwischen so viel gehört, dass nichts mehr gewiss schien.

»Ich habe von Kriegen gelesen, bei denen die Gründe niederere waren«, erwiderte sie ausweichend.

Der Elf schnaufte frustriert und schüttelte den Kopf.

»Ich werde dir jetzt erzählen, was damals tatsächlich geschah. Und zwar die gesamte Geschichte. Du brauchst nichts weiter zu tun als zuzuhören. Ob du mir am Ende glaubst, sei dir überlassen. Ich will nur, dass dein Urteil allein auf deiner inneren Stimme basiert.«

Anthea wusste, dass ihr keine andere Wahl blieb, als sich darauf einzulassen. Scheinbar war genau dies Mehlions Plan gewesen. Von Anfang an. Daher nickte sie knapp und folgte seinem Blick, der auf eine Malerei rechts von ihnen fiel. Drei Personen waren darauf zu sehen. Ein Mensch und zwei Elfen.

»Wie du sicher weißt, kamen die ersten Menschen vor vielen Jahrhunderten über das Meer nach Aurasis und siedelten sich jenseits des veterischen Waldes an. Sie lebten in Frieden mit den Bewohnern des Waldes, auch wenn sie es vorzogen, auf ihrer Seite des Flusses zu bleiben. Dennoch waren gelegentliche Begegnungen unausweichlich. Die Elfen waren die Ersten, zu denen die Menschen eine engere Bindung aufbauten. Wir halfen ihnen dabei, das Land nutzbar zu machen und zeigten ihnen die kostbaren Erzvorkommen inmitten des Gebirges. So wuchs das Reich der Menschen über die Jahre an. Aus Dörfern bildeten sich Städte und aus diesen entwickelte sich irgendwann ein ganzes Königreich.«

Diesen Teil der Geschichte kannte Anthea. Sie war vertraut mit der Gründungsgeschichte ihres Königreiches. Schließlich hatte sie viele Jahre damit zugebracht, Daten und Namen auswendig zu lernen.

»An einem stürmischen Herbsttag vor etwa 1200 Jahren übertrat der damals noch recht junge Menschenkönig während eines Jagdausflugs den silbernen Fluss. Er hetzte seiner Beute gnadenlos nach, so lange, bis er irgendwann die Orientierung verlor. In den Tiefen des Waldes traf er schließlich auf einen mächtigen Naturgeist. Einen Wächter des Waldes.«

Mehlion hielt für einen Moment inne und schenkte Anthea einen bedeutungsvollen Blick.

»Einen Portanon«, erwiderte sie nachdenklich, worauf er zustimmend nickte.

»Doch anstatt Vernunft walten zu lassen und sich zurückzuziehen, griff er den Wächter an. Sein Schicksal wäre an diesem Tag besiegelt worden, hätten der damalige Elfenprinz Eonín und sein Weggefährte nicht die lauten Schreie gehört. Eonín stellte sich dem Naturgeist entgegen und schaffte es, ihn zum Rückzug zu bewegen. Er rettete dem König das Leben, was dieser ihm über alle Maßen dankte. Er lud ihn in die Goldene Stadt ein, richtete zu seinen Ehren prachtvolle Feste aus und festigte so das Bündnis zwischen Elfen und Menschen.

Und so geschah es, dass zwischen den beiden Herrschern eine tiefe Freundschaft entstand. Ein Umstand, der dem engsten Vertrauten des Elfenprinzen von Beginn an missfiel. Vielleicht aus Neid, möglicherweise auch, weil dieser nie viel für das Volk der Menschen übriggehabt hatte. Er warnte Eonín vor der Habgier der Menschen und riet ihm, die Geheimnisse ihres Volkes um keinen Preis zu offenbaren. Dieser tat seine Befürchtungen jedoch ab. Und so wuchsen Eonín und der Menschenkönig zu ebenbürtigen Regenten heran, die sich allein in einer Fähigkeit unterschieden.«

»Magie«, hauchte Anthea und konnte die beiden Herrscher genau vor Augen sehen. Sie hörte zum ersten Mal von dieser besonderen Freundschaft. Ihre Lehrmeister hatten sie niemals erwähnt. Auch in keinem Buch der Palastbibliothek ließ sich ein einziger Hinweis darauf finden. Eine Tatsache, die ein ungutes Gefühl in ihr aufkeimen ließ, während Mehlion mit seiner Erzählung fortfuhr.

»Immer wieder bat der Menschenkönig darum, die Gabe der Magie zu erhalten, um sie zum Zwecke Gutes zu tun einzusetzen. Er wollte sein Reich von innen heraus stärken, Krankheiten bekämpfen und Missstände unterbinden. Und zwar ohne auf die dauerhafte Unterstützung seines Freundes angewiesen zu sein. Viele Male lehnte der Prinz diesen Wunsch ab, denn schließlich durften die Kräfte der Arbonen nur an deren Nachkommen weitergegeben werden.

Bis zu jenem schicksalhaften Abend, der alles verändern sollte. Nach einem rauschenden Fest, bei dem viele Nettigkeiten ausgetauscht und noch mehr Wein ausgeschenkt wurde, bat der Menschenkönig Eonín erneut um die Gabe der Magie. Bis heute ist nicht eindeutig überliefert, was den Prinzen schließlich dazu bewog, seine Meinung zu ändern. Vielleicht lag es an der Wirkung des Weins oder an den tiefen Gefühlen, die er für seinen Freund hegte. Was es auch war, diese Nacht markierte den Anfang vom Ende. Denn er gab dem König, was dieser so sehr begehrte.«

Ein leises Seufzen glitt über Mehlions Lippen, ehe er sich erschöpft über die Stirn fuhr.

»Für eine gewisse Zeit, etwa 10 Jahre, hielt der König sein Wort und nutzte die Magie ausschließlich, um Gutes zu bewirken. Er wurde stärker, mächtiger und strebte danach, seine Fähigkeiten zu erweitern. Sein Volk sah zu ihm auf, als wäre er ein Gott. Schließlich war er der einzige Mensch, der dazu imstande war, Magie zu wirken. Und aus dieser Verehrung quoll ein Rausch, der den König wie eine Krankheit befiel.

Eonín warnte ihn, sich nicht von der Macht der Magie verleiten zu lassen, denn der Missbrauch einer solch mächtigen Gabe würde zwangsläufig in Wahn und Tod enden. Doch es war zu spät. Der König vergaß, wer ihm dieses einzigartige Geschenk vermacht hatte und bezeichnete sich fortan als *Auserwählter des Sonnengottes.* Er begann seine Kräfte zu intensivieren und nutze sie zum Zwecke der Bestrafung und der Folter. Als er schließlich anfing, Experimente durchzuführen, um seine Kräfte auf andere zu übertragen und somit ein Heer zu erschaffen, dem kein Königreich gewachsen wäre, griffen Eonín und seine Gefolgsleute ein. Obwohl sein engster Vertrauter ihm dazu riet, den König sogleich zu töten, wollte der Prinz in Gedenken an ihre einstige Freundschaft zuerst das Gespräch suchen.

Er bot dem König Hilfe an und versuchte, ihn von seinem Vorhaben abzubringen. Doch dieser hatte nichts weiter als Spott für ihn übrig. Dies veranlasste Eonín zu dem Entschluss, dem einstigen Freund die Gabe der Magie wieder entwenden zu wollen, denn nur wer sie einst gegeben hatte, war auch dazu imstande, sie zu nehmen.

Daraufhin entbrannte ein Kampf, der die Erde bis in ihre Grundfesten erschüttere und darin endete, dass der Prinz durch die Hand des Königs starb. Vor den Augen seines treuen Beraters sank Eoníns lebloser Körper zu Boden und löste eine ungeahnte Wendung des Schicksals aus.

Von Trauer und Hass übermannt, schnitt sich sein Berater die Hand auf und verband sein Blut mit dem des toten Prinzen. Seine Kräfte gingen auf ihn über und entfachten den Kampf von Neuem. Es gelang ihm, den König zu überwältigen und ihm die Magie zu entreißen, jedoch nicht, ihn zu töten. Er floh zurück in den veterischen Wald, mit dem Ziel, sich für den Tod des Prinzen zu rächen und das Königreich der Menschen auszulöschen.«

»Ich kenne die Berichte über die brutalen Auseinandersetzungen. Es hieß, dass sich der silberne Fluss in nur wenigen Tagen in ein dunkelrotes Gewässer verwandelt hätte. Getränkt vom Blut der zahlreichen Opfer«, hauchte Anthea betroffen.

»Die Verluste waren zahlreich. Auf beiden Seiten. Der Menschenkönig trieb seine Soldaten gnadenlos an und schürte unter seinem Volk das Gerücht, dass Eonín ihn aus Gründen der Habgier und des Neides hatte töten wollen. Er forderte die Bevölkerung auf, jeden von uns zu jagen und zu töten. Und all dies im Namen des Sonnengottes, der diejenigen belohnen würde, die seine

Feinde niederstreckten. Er schürte einen blinden, unbändigen Hass, der jegliche Vernunft im Keim erstickte.

Nach Wochen der Kämpfe und des Mordens wurden die Elfen hinter den Fluss gedrängt. Die Schlacht schien verloren. Der einstige Berater des Königs, der mittlerweile das Kommando innehatte, wollte dies jedoch nicht akzeptieren. Er ordnete an, die Menschen mit Magie zu bekämpfen. Ein Befehl, den seine Krieger jedoch verweigerten. Denn ganz gleich, ob Mensch oder Elf – wer Magie zum Zwecke des Mordens einsetzt, bezahlt den Preis dafür. So endete der Krieg und uns blieb nichts weiter übrig, als mit der Niederlage fertigzuwerden und Abstand von den Menschen zu nehmen. Der Kommandant wollte sich jedoch nicht damit abfinden. Er entsagte seinem eigenen Volk und schwor, einen Weg zu finden, das menschliche Geschlecht und die Königslinie der Goldenen Stadt ein für alle Mal auszulöschen. Er zog sich ins Gebirge zurück und wurde zu dem, was er einst versucht hatte, zu bekämpfen. Ein Monster.«

Unfähig, auch nur einen Ton über ihre Lippen zu bringen, starrte Anthea das Bildnis der drei Männer an. Ihr Augenmerk richtete sich auf jenen Elf, der dicht neben dem Prinzen stand, während sie versuchte, all die Zusammenhänge zu begreifen. Die Erkenntnis war so erschreckend wie einleuchtend.

»Salis«, flüsterte sie fassungslos.

Mehlion nickte. »Er hat Eoníns Tod nie überwinden können. Die Trauer um seinen Freund stürzte ihn in einen Strudel aus Hass und dem unbändigen Wunsch nach Rache. Er verlor sich in der Dunkelheit und vergaß, wer er einst gewesen ist.«

Überwältigt von all den Bildern in ihrem Kopf wich Anthea mehrere Schritte zurück und fuhr sich durch das schwarze Haar. So hatte sie die Geschichte noch nie gehört. Wenn dies wirklich der Wahrheit entsprach, dann hatte ihr Volk den Elfen all die Jahre Unrecht getan. Sie hatten ihr Königreich niemals stürzen, sondern es retten wollen. Vor einem Mann, der aufgrund seines Machthungers wahnsinnig geworden war. Antheas Urahnen.

»Aber wenn es wirklich stimmt und der König seine Kräfte nie vom Sonnengott erhalten hat, woher stammen dann meine?«

Die Frage brachte ihre Stimme zum Zittern. Während ihr Verstand sich mit aller Kraft gegen die einzig logische Erklärung wehrte, wog ihr Herz mit jedem Schlag schwerer. Mehlion wollte, dass sie auf die Stimme in ihrem Inneren hörte. Doch das, was sie ihr sagte, würde alles zerstören, alles, woran sie jemals geglaubt hatte.

»Die Geschichte deiner einzigartigen Macht nahm ihren Anfang vor knapp 22 Jahren. In einer Nacht, in der eine verzweifelte Menschenfrau den silbernen Fluss überquerte, in der Hoffnung, ihrer Bestimmung zu entfliehen, ohne zu wissen, dass sie ihrem Schicksal direkt in die Arme lief.«

Während der Druck in Antheas Brust immer schmerzhafter wurde, griff sie instinktiv nach der Kette um ihren Hals.

»Sie traf dort auf einen jungen Elfen. Einem, dessen Weg ebenfalls vorbestimmt schien und der recht beeindruckt von ihrem vorlauten Mundwerk und der Treffsicherheit ihrer Faust war.«

Ein schwaches Lächeln bildete sich auf Mehlions Lippen. Er schien nicht länger in diesem Raum zu verweilen, sondern an einem weit entfernten Ort. Anthea wünschte, sie könnte dieser Situation ebenfalls auf solch einer Art entfliehen. Doch sie fühlte sich wie angewurzelt. Unfähig, das Bild ihrer Vergangenheit länger aufrechtzuerhalten, konnte sie lediglich dabei zusehen, wie es in sich zusammenfiel und in tausend Teile zerbrach.

»Aus einer zufälligen Begegnung wurden viele heimliche Treffen. Trotz aller Vernunft konnten sie ihre aufkeimenden Gefühle füreinander nicht verbergen. Ungeachtet ihrer Herkunft, ihrer Pflichten und einer Grenze, die nicht nur Völker, sondern ganze Welten voneinander zu trennen schien.«

Es klang so schön. So aufrichtig und wunderbar. Doch Anthea wusste, dass die Wahrheit eine vollkommen andere Sprache sprach. Dass diese schicksalhafte Verbindung etwas nach sich zog, das alles verändern würde. Tränen sammelten sich in ihren Augen. Sie spürte, wie die Last dieser Erzählung ihr die Luft zum Atmen raubte.

»Beiden war bewusst, dass ihre Liebe verboten war und sie weder in ihrem noch in seinem Reich hätten zusammen sein können. Also entschieden sie, gemeinsam ein Schiff zu besteigen und über das Meer in ein anderes Land zu fliehen. Sie malten sich ihre Zukunft aus und verloren sich in einer Wirklichkeit fernab der eigentlichen Realität. In der Nacht ihrer geplanten Flucht wartete der Elf an ihrem vereinbarten Treffpunkt. Stunden um Stunden vergingen, doch sie tauchte nicht auf … und für ihn brach eine Welt zusammen. Er begann sie zu suchen, schlich immer wieder über die Grenze, doch das Königreich der Menschen war groß, und hätte man ihn erkannt, wäre er getötet worden. So wartete er Tage, Wochen, sogar Monate, doch sie kehrte nie mehr zurück. Erst als es zu spät war, erfuhr er, was ihr wirklich widerfahren war, und dass er sie unwiderruflich verloren hatte.«

Ein Windhauch durchzog den Raum und nahm Antheas leises Schluchzen mit sich.

»Was ist mit ihr geschehen?«

Sie kannte die Antwort. Tief in ihrem Inneren wusste sie, wer die junge Frau gewesen war. Doch aus irgendeinem Grund musste sie es hören. Vielleicht, weil es erst so tatsächlich real wurde. Mehlion stieß ein schwermütiges Seufzen aus. Sein Gesicht spiegelte nichts als Schmerz und Trauer wider.

»Sie starb. Kurz nachdem sie ein Kind geboren hatte.«

Als sich ihre Blicke trafen, wirkten seine Augen verklärt, getrübt von einem Leid, welches er nie überwunden hatte.

»Sein Kind.«

Es fühlte sich an, als würde sich ein tiefer Abgrund vor ihr auftun, der Anthea gnadenlos verschlingen sollte. Als würde sie fallen, doch niemals auf dem Boden aufschlagen. Sie spürte, wie ihre Beine nachgaben und sie unweigerlich auf die Knie sank. Fassungslos presste sie eine Hand auf den Mund und sah das Gemälde ihrer Mutter vor sich, jenes, welches ihr Vater all die Jahre in einem unscheinbaren Abstellraum verwahrt hatte.

»Aber das … das kann doch nicht sein«, stammelte sie unter Tränen und schüttelte unwirsch den Kopf. »Mein Vater ist der König der Goldenen Stadt. Ich bin unter seiner Obhut aufgewachsen. Er hat …«

»Anthea, sieh mich an.«

Mehlion ging vor ihr auf die Knie. Für den Bruchteil einer Sekunde schien er seine Hand nach ihr ausstrecken zu wollen, doch er zog sie sogleich zurück.

»Gawain hat dich all die Jahre in diesen Palast gesperrt und dir deine wahre Herkunft vorenthalten.«

»Aber wieso? Er hasst euer Volk mehr als alles andere. Hätte er es gewusst, hätte er mich niemals als seine Tochter großgezogen.«

Erinnerungen flammten vor Antheas Augen auf. Bilder, die so schmerzhaft waren, dass sie ein Schluchzen nicht länger unterdrücken konnte. Sie sah das Gesicht ihres Vaters vor sich. Seine kalten Augen, die gefühllosen Blicke. Ihr Leben lang hatte sie sich gefragt, wieso er sie stets derart abweisend behandelt hatte. Wieso er ihr nie das geben konnte, was sie sich all die Jahre gewünscht hatte: Einen freundlichen Blick. Ein liebevolles Wort. Eine väterliche Umarmung.

»Und doch tat er genau das«, erwiderte Mehlion bedrückt.

»Aber warum?« Ihre Worte verloren sich in einem erstickten Schrei.

»Weil deine Macht zu kostbar und viel zu nützlich ist. Er erkannte deinen unschätzbaren Wert und machte ihn sich zu eigen. Ebenso wie der damalige Menschenkönig nutzte auch er den Sonnengott als Vorwand. Seine vermeintliche Tochter wuchs zu einer Heiligen heran, welche das Reich allzeit vor der Magie des Bösen schützte. Deren unvorstellbare Kräfte er nach seinem Belieben nutzen konnte und die ihn zum mächtigsten Mann im gesamten Königreich machte.«

Verzweifelt kniff Anthea die Augen zusammen. Auf schmerzhafte Art und Weise ergab all dies Sinn. Und so schwer es auch war, sie fühlte, dass Mehlion die Wahrheit sprach. Denn auch wenn sie wünschte, dass es anders wäre, so verstand sie nun, warum sie ihr Leben lang derart behandelt worden war. Wieso sie all die Jahre den Palast nie hatte verlassen dürfen und es dort keinen einzigen Hinweis auf die wahre Geschichte zwischen Elfen und Menschen gab. Warum ihr Vater sie stets abweisend behandelt hatte.

Langsam ließ sie den Blick zu ihrer Hand gleiten und versuchte, die Worte des Elfen zu verinnerlichen.

»Wenn meine Kräfte tatsächlich so stark sind wie Ihr sagt, warum sind sie dann in den letzten Monaten immer schwächer geworden?«

Schließlich war dies der Grund für ihre rasche Vermählung mit Marius gewesen. Um einen Nachkommen zu zeugen, der mit ein wenig Glück dieselbe Gabe in sich trug, bevor ihre Kräfte gänzlich versiegten.

»Sind sie das denn?«

Verwirrt schaute Anthea in Mehlions Gesicht. Sie sah, wie er einen Moment mit sich haderte, ehe er vorsichtig die Hand ausstreckte und sie am Oberarm berührte. Das gewohnte Kribbeln durchfuhr ihren Körper, und bereits einen Atemzug später begannen ihre Adern zu schimmern. *Wie machte er das nur?*

»Mir scheint es, als wären sie stärker geworden.«

Nachdenklich betrachtete Anthea die goldenen Linien, die sich wie Flüsse über ihre Haut zogen. Er hatte mit seiner Bemerkung nicht ganz unrecht. Der tägliche Schwindel war verschwunden, ebenso wie dieses bestimmte Gefühl der Schwäche und der Kraftlosigkeit. Obwohl die letzten Tage zu den wohl schwersten und anstrengendsten ihres Lebens zählten, schien ihre Magie nicht darunter gelitten zu haben. Ganz im Gegenteil. Sie erstarkte, und zwar seitdem sie … Der Gedanke kam so unerwartet, dass Anthea nicht anders konnte, als nach Luft zu schnappen.

»Der Brunnen«, hauchte sie ungläubig.

Mehlion nickte wissentlich.

»Anstatt dir dabei zu helfen, deine Fähigkeiten auszubilden und wachsen zu lassen, hat Gawain sie bewusst eingedämmt. Allerdings ohne die Grundlagen der Magie zu verstehen. Denn je mehr er nahm, desto schwächer wurde dein Körper. Ebenso wie deine Kräfte.«

»Aber ohne den Brunnen … ohne mein Blut, ist die Grenze auf Dauer ungeschützt«, erwiderte die Thronerbin verunsichert.

»Anthea, bitte versteh doch. Durch den Brunnen mochte dein Blut mit dem Wasser des silbernen Flusses erstmalig in Berührung gekommen sein. Doch hättest du gelernt, deine Magie bewusst zu lenken, hättest du die Grenze auch ohne ihn schützen können. Dieser Brunnen war keine Brücke zwischen dir und dem Fluss. Er war deine ganz persönliche Krücke. Er hat dich daran gehindert, allein laufen zu lernen. Andernfalls wärst du zu schnell geworden … zu stark und zu gefährlich.«

Während die Tränen haltlos über ihre Wangen glitten und sowohl auf ihre als auch auf Mehlions Hand tropften, konnte sie kaum die Tragweite von dem erfassen, was sie soeben erfahren hatte. Selbst wenn ein Teil von ihr sich noch immer dagegen sträuben und sie vor der Wahrheit schützen wollte, so schien es doch keinen Zweifel daran zu geben. Obwohl erstmals alles einen Sinn zu ergeben schien, fühlte Anthea sich so allein wie niemals zuvor. Sie war ihr Leben lang belogen und benutzt worden.

»Ich verstehe«, flüsterte sie mit gebrochener Stimme.

Es war, als würde sie die Welt zum ersten Mal mit klaren Augen sehen, auch wenn sie den Blick am liebsten abwenden wollte.

»Es tut mir leid«, erwiderte der Elf mitfühlend. »Ich wünschte, die Zeit würde nicht derart drängen und du hättest die Wahrheit nicht auf solch schonungslose Art erfahren müssen.«

Sein Tonfall nahm einen wehmütigen, dringlichen Klang an, der die Prinzessin aufhorchen ließ. Er schien einen Augenblick lang mit sich zu hadern, ehe er sich um eine entschlossene Miene bemühte.

»Du musst gehen.«

Antheas Augen weiteten sich ungläubig.

»W-was?«

»Die Dunkelheit hat den Wald beinahe verschlungen. Salis ist kurz davor, seine alte Stärke zurückzuerlangen. Ihm fehlt nur noch ein letztes entscheidendes Element.«

Die Thronerbin fühlte sich wie vor den Kopf gestoßen. Nichtsdestotrotz begriff sie, was Mehlion ihr sagen wollte. Sie verstand, um welches entscheidende Fragment es sich handelte.

»Meine Magie.«

Vorsichtig griff der Elf nach ihrem Unterarm und zog sie langsam, aber bestimmt zurück auf die Beine.

»Deine Kräfte hätten Salis in der Nacht deiner Geburt beinahe ausgelöscht. Nun benötigt er sie, um sich in etwas zu verwandeln, das mehr Macht besitzt als alle magischen Kreaturen zusammen. Er wird nicht nur die Goldene Stadt, sondern ganz Aurasis zerstören. Du musst zurück, und zwar so schnell wie möglich.«

Dies war zu viel. Das alles war viel zu viel. Die Erkenntnisse prasselten mit einer Geschwindigkeit auf sie ein, die ihr Verstand kaum verarbeiten konnte. Antheas Gedanken überschlugen sich, prallten gegeneinander und verloren sich in einem wirren Durcheinander.

»Aber wenn ... wenn die Dunkelheit sich weiter ausbreitet und den Wald vollends verschlingt, was wird dann aus Euch und den restlichen Naturgeistern? Was geschieht mit ihnen?«

Mehlions Mundwinkel verzogen sich zu einem traurigen Lächeln.

»Du trägst die Eigenschaften einer Königin in dir, Anthea.«

Ein Moment der Stille folgte, in dem der Elf die Schultern streckte und seine natürlichen Gesichtszüge einer undurchdringlichen Maske wichen.

»Noch hat Salis seine vollen Kräfte nicht zurückerlangt. Und im Augenblick zählt nur, dass du so viel Abstand zwischen dich und die schwarze Festung bringst wie irgend möglich. Meine verbliebenen Krieger und ich werden versuchen, das zu retten, was noch zu retten ist und ihm so lange die Stirn bieten, wie es unsere Kräfte zulassen.«

»Aber es muss doch einen Weg geben, Salis aufzuhalten. Irgendeine Möglichkeit, ihn zu bezwingen und all das zu beenden«, entgegnete Anthea und dachte nicht nur an den Wald und seine Bewohner, sondern auch an Aris.

»Um eine derartige Finsternis zu besiegen, benötigt es eine Macht, die seiner nicht nur ebenbürtig ist, sondern weit darüber hinausgeht. Eine solche Bosheit kann nicht allein durch einen bloßen Kampf bezwungen werden. Sie bedarf eines Opfers. So wie Licht und Schatten sich seit jeher gegenseitig verschlingen, doch das eine nicht ohne das andere existieren kann.«

»Wie meint Ihr das?«

Obwohl Mehlion bereits zu einer Antwort ansetzte, hielt er die Worte in letzter Sekunde zurück und schüttelte kaum merklich den Kopf.

»Das alles spielt keine Rolle und brauch dich nicht zu interessieren. Ich habe dir genügend Lasten auf die Schulter gelegt. Jetzt zählt nur, dass du zurück in dein Königreich gelangst und die magische Grenze aufrechterhältst. Und zwar ohne dein Blut zu verschwenden.«

Skeptisch runzelte Anthea ihre Stirn. Irgendetwas sagte ihr, dass ebenjene unausgesprochenen Worte sehr wohl eine tragende Rolle spielen würden. Allerdings stellten diese nicht ihr einziges Problem dar.

»Und wie soll ich das anstellen? Wie Ihr bereits feststelltet, habe ich nie gelernt, meine Fähigkeiten zu beherrschen. Wie soll ich meine Heimat schützen, ohne den Brunnen als Verbindung zu nutzen?«

»Die Magie ist ein Teil von dir. Sie reagiert ebenso auf deine Gefühle, wie sie sich deinem Willen beugt. Dir mag Erfahrung im Umgang mit ihr fehlen, und dennoch liegt sie dir im Blut. Stell sie dir wie einen rauschenden Fluss vor, dessen Lauf du mit deinem Geist lenken kannst. Bisher staute er sich allerdings hinter zwei entscheidenden Hindernissen. Eines hast du bereits überwunden. Deine Kräfte sind erstarkt, seitdem du dein Blut nicht mehr hergeben musstest und gezielt geschwächt wurdest«, erklärte Mehlion, während er ihre Hand in seine legte.

»Und das Zweite?«

Die Prinzessin spürte, wie sich das kribbelnde Gefühl vom Scheitel bis zur Sohle ausbreitete.

»Erst wenn du erkennst, wer du wirklich bist und woher deine Gabe tatsächlich stammt, wird sie sich dir vollends offenbaren.«

Während sich ihre Augen ungläubig weiteten, erkannte sie winzige goldene Lichter von ihren Fingerspitzen aufsteigen. Wie Funken stiegen sie empor, ehe sie in der Luft zerstoben.

»Also frage ich dich nun noch einmal. Wer bist du?«

Während sie die Antwort gedanklich formulierte, spürte Anthea einen Ruck durch ihren Körper jagen. Es fühlte sich an, als sprenge sie eine unsichtbare Kette, als befreie sie sich von Fesseln, deren Existenz sie all die Jahre ignoriert hatte. Das letzte Hindernis schien überwunden und erlaubte dem Fluss, sich ungehindert auszubreiten und bis an die Oberfläche zu dringen. Es war ein überwältigendes, nicht zu beschreibendes Gefühl, das ihre Hand erzittern ließ, ehe sich eine flackernde Lichtkugel daraus erhob.

»Ich …«

»Du brauchst es nicht laut auszusprechen, denn dies sagt mehr, als Worte jemals formulieren könnten«, unterbrach sie Mehlion, dessen eisblaue Augen durch den goldenen Schein zu funkeln begannen. Fasziniert beobachtet die Thronerbin, wie die Kugel über ihre Hand schwebte. Sie konnte die Verbindung spüren.

Kraftvoll, fließend, befreiend.

Vielleicht würde sie die Grenze tatsächlich auf diese Weise schützen können. Eine Vorstellung, die durchaus hoffnungsvoll erschien, doch zugleich neue Konflikte aufwarf. Sollte es ihr tatsächlich gelingen, zurück in ihr Königreich zu gelangen, wie sollte sie ihrem Vater gegenübertreten? Einem Mann, der diese Bezeichnung weder verdiente noch jemals hätte tragen dürfen? Wie konnte sie einen solchen Verrat verwinden? Sie war ein Teil von dem, was er aus tiefster Seele hasste. Ebenso wie ihr Volk. Während sich ihre wirren Gedanken mit einer Fülle von Gefühlen verbanden, deren Ausmaß sie unmöglich erfassen konnte, schloss sich ihre Hand wie von selbst. Die Verbindung löste sich auf und die Lichtkugel erstarb.

»Ich weiß nicht, ob ich das schaffe«, hauchte sie und spürte, wie die Last der Wahrheit sie zu übermannen drohte. Obwohl sie nach all den Jahren endlich wusste, wer sie wirklich war, fühlte sie sich verloren. Sie gehörte weder zum Volk der Menschen noch zu dem der Elfen. Sie bewegte sich auf dem schmalen Grat dazwischen, der von jahrhundertealtem Hass, Misstrauen und Lügen gezeichnet war.

»Es sind ebenjene Momente, in denen wir erkennen, wie viel Stärke tatsächlich in uns ruht. Und auch, wenn es sich jetzt so anfühlen mag, bist du nicht allein.«

Noch ehe die Thronerbin die Bedeutung dieser Worte erfassen konnte, zog Mehlion etwas aus der Brusttasche seines Wamses hervor und griff nach ihrer linken Hand, die sie bis zu diesem Zeitpunkt fest an ihre Brust gedrückt hatte. Wie von selbst öffneten sich ihre Finger und gaben den kleinen Silberanhänger preis. Anthea wollte ihre Hand zurückziehen, um das darin enthaltenen Geheimnis um jeden Preis zu bewahren, als der Elf völlig unerwartet einen zweiten Gegenstand dazulegte und sie so in ihrer Bewegung stoppte.

Vollkommen unerwartet erblickte sie einen kupferfarbenen Flügel. *Ihren* Flügel. Das Gegenstück zu Aris' silbernem Anhänger.

»Aber wie …?«

»Dineth fand ihn, als sie dir die nasse Kleidung auszog. Allerdings war mir nicht bekannt, dass man ein solches Schmuckstück in einem Schuh verwahrt.«

Die Bilder tauchten blitzartig vor ihren Augen auf und ließen sie förmlich erstarren. Plötzlich fand sich Anthea erneut in ihrer Hochzeitskutsche wieder. Sie sah in Isobels Gesicht, nahm den vertrauten Klang ihrer Stimme wahr und spürte die Kälte des Metalls, als sie den Anhänger sicher unter den Schnürungen ihres ledernen Schuhs versteckte. Kurz darauf waren sie angegriffen worden. Nur wenige Augenblicke danach hatte sie zum ersten Mal nach über acht Jahren in Aris' Gesicht geblickt. Ohne zu wissen, dass er es war.

Himmel, sie hatte den Anhänger vollkommen vergessen. Sie hatte ihn weder gespürt noch auf ihn geachtet. Die Vergiftung und Tarzdalls anschließende Behandlung schienen einen Teil ihrer Erinnerungen ausgelöscht zu haben. Zumindest bis zu diesem Moment.

»Ich hätte nicht gedacht, dass ich ihn jemals wiedersehen würde«, flüsterte sie und konnte nicht anders, als über die Doppeldeutigkeit dieser Aussage zu lächeln.

»In einigen seltenen Fällen führt das Schicksal das zusammen, was zusammengehört. Selbst wenn es längst verloren geglaubt schien. Dieses besondere Geschenk wird nur den wenigstens zuteil, und auch wenn es gute Gründe geben mag, sollte man sich dem niemals in den Weg stellen«, erwiderte Mehlion bedrückt. Der Klang seiner Stimme genügte, um Anthea verstehen zu lassen, dass ihm dieses Glück offenbar nicht vergönnt gewesen war. Und obwohl es völlig unmöglich schien, begriff sie, dass er von Aris und ihr sprach. Dass er um ihre einzigartige Bindung wusste. Woher auch immer. Ein Umstand, der die darauffolgenden Worte wie von selbst über ihre Lippen brachte.

»Dann wisst Ihr, dass ich nicht ohne ihn gehen kann.«

»Unglücklicherweise ahnte ich es«, seufzte der Elf und fuhr sich über die glatte Stirn. Er wirkte hin- und hergerissen, was sie nur allzu gut nachvollziehen konnte.

»Also werdet Ihr ihn freilassen?«, hakte die Thronerbin nach und schloss ihre Finger fest um beide Anhänger.

»Möglicherweise.«

»Was soll das heißen?«

»Es liegt ganz bei ihm.«

Abermals wurde Anthea aus seinen Worten nicht schlau und hätte am liebsten frustriert aufgestöhnt. Ihr Bedarf an ungenauen Antworten schien für die nächsten Jahre gedeckt.

»Geht das vielleicht auch ein klein wenig präziser?«

Sie sah, wie Mehlions Mundwinkel nach oben zuckten, ehe er den Blick hob und durch die offene Kuppel und in den Himmel sah.

»Die Sonne wird bald den Horizont erreichen. Wir sollten gehen.«

»Wohin?«, fragte Anthea verunsichert. Doch anstatt ihr auch nur eine der Fragen zu beantworten, hielt er ihr abermals seinen Arm hin und besah sie mit einem derart traurigen Lächeln, dass sie unverhofft einen feinen Stich in der Brust spürte.

»Dein Schicksal erwartet dich.«

20. FLUCHTVERSUCHE

Reav

Den Rücken an die Wand gelehnt, hockte Reav auf dem Boden seiner kalten Zelle und hielt die Augen fest geschlossen. Er konzertierte sich auf das gleichmäßige Geräusch der Wassertropfen, die immerzu auf den nackten Stein fielen. In einer derart dunklen Umgebung, die weder Tageslicht noch einen winzigen Blick nach draußen gewährte, wurde dieser Klang zu seinem einzigen Zeitmesser. Ein Trick, den Tarzdall ihn einst gelehrt hatte. Die Tropfen verwandelten sich in Sekunden und halfen ihm dabei, weder das Zeitgefühl noch den Verstand zu verlieren.

»Der nächste Wachwechsel findet bei Sonnenuntergang statt.«

Immer wieder hallten Mehlions Worte durch seinen Kopf und ließen die beiden Schlüssel, die er sicher in seinem Stiefelschaft verwahrte, ein wenig schwerer werden. Er konnte sich nicht erklären, warum ausgerechnet der Fürst der Elfen ihm eine Möglichkeit zur Flucht verlieh. Doch selbst, wenn es sich um eine Falle handelte, würde er es versuchen. Allein um Antheas Willen.

Angespannt sog er die feuchte Luft in seine Lunge und strich sich ein paar verirrte Strähnen aus dem Gesicht. Auch wenn er Mehlion nicht ansatzweise über den Weg traute, hoffte er, dass er zumindest in einem Punkt die Wahrheit gesagt hatte und es Anthea gut ging. Dass er sie nicht gefoltert oder anderweitigen Qualen ausgesetzt hatte. Eine Befürchtung, die seinen Puls unweigerlich beschleunigte.

»Eure Verbindung reicht tiefer als deine Vorstellungskraft.«

Auch wenn Reav nicht verstand, was genau hinter dieser Aussage steckte, so stimmte er doch in einem wesentlichen Punkt mit Mehlion überein.

Die Prinzessin durfte nicht einmal in die Nähe der schwarzen Festung gelangen. Er musste sich Salis' Befehl widersetzen und es irgendwie schaffen, sie bis zur Grenze zu bringen, ohne von der Macht des Amuletts überwältigt zu werden. Es war ein Spiel mit dem Feuer. Unsicher, gefährlich und unvorhersehbar. Doch er würde es versuchen. Er musste einfach. Als Anthea ihn inmitten der Quelle berührt hatte, war irgendetwas mit ihm geschehen. Etwas, das er nicht beschreiben, sondern lediglich fühlen konnte. Und ganz gleich, was auch geschehen mochte, er wollte dieses Gefühl nicht verlieren. Er wollte sich nicht länger verlieren.

Nein, diesen Kampf durfte der Schwarzmagier nicht für sich entscheiden. Nicht diesmal. Hier ging es nicht um das Plündern von Dörfern oder die Versklavung von Menschen und Elfen für seine willenlose Armee. Diese Aufträge waren grausam genug gewesen, und er würde für immer mit der Schuld und dem Blut an seinen Händen leben müssen. Doch wenn er sich diesmal nicht zur Wehr setzte, würde er nicht nur Anthea, sondern ganze Völker opfern. Salis wäre dann unbesiegbar. Ein Gedanke, bei dem sich Reav die Nackenhaare sträubten und der ihn zurück auf die Beine brachte.

Der Klang des letzten Tropfens besiegelte die vergangene Stunde. Wenn seine Rechnung stimmte, würde die Sonne in Kürze untergehen. Nun lag es an ihm.

Langsam schritt er an seine Zellentür heran und spähte den Gang entlang. Es war niemand zu sehen, geschweige denn zu hören. Rasch trat er mehrere Schritte zurück, ging auf die Knie und zog den Schlüsselring aus seinem Schaft. Konzentriert nahm er einen tiefen Atemzug und hoffte, intuitiv den richtigen der zwei Schlüssel ausgewählt zu haben. Während er den Ring zwischen seine Lippen presste, führte er die Eisenfesseln zum Mund und hätte am liebsten erleichtert geseufzt, als er das leise Klacken des Schlosses vernahm.

Darauf bedacht, so wenig Geräusche wie möglich zu verursachen, legte Reav die schweren Beschläge auf den Boden und ignorierte seine aufgeschürften Handgelenke. Anschließend eilte er zur Tür, zog den zweiten Schlüssel hervor und führte ihn blind durch die Gitterstäbe in das schmale Schlüsselloch. Er brauchte genau drei Anläufe, um das verdammte Metall im richtigen Winkel zu drehen und endlich den knackenden Laut der Freiheit zu hören. Darauf bedacht, das Gitter nur soweit zu öffnen, dass er gerade so hindurchpasste, schlich er auf den Gang hinaus und verharrte einen Moment in der Dunkelheit. Erst als er sicher war, dass niemand ihn bemerkt hatte, rannte er den Flur entlang und rief sich erneut die Worte des Elfen ins Gedächtnis. Demnach befand sich Anthea im Ostflügel, in irgendeinem Zimmer, das von Efeu umrahmt wurde. Eine wirklich großartige Beschreibung, wenn man bedachte, dass dieses verfluchte Gebäude von oben bis unten mit Pflanzen überwuchert wurde.

Am Ende des Ganges angekommen, hastete er mehrere Stufen hinauf und gelangte über einen unscheinbaren Seitengang in eine Art Vorhalle. Umrahmt von einer Reihe hoher Säulen und diversen Podesten, auf denen riesige, teils zerschlagene Steinkübel standen, befand sich am Kopfe des Raumes eine imposante Freitreppe. Sie führte in ein höhergelegenes Stockwerk und teilte sich dort in zwei Richtungen: Ost und West.

Dies war sein Weg.

Vorsichtig setzte Reav einen Fuß nach vorn und vernahm das Geräusch herannahender Schritte. Hastig versteckte er sich hinter einer der Säulen, darauf bedacht, auf keine der vielen Scherben und spitzen Steine zu treten. Während er versuchte mit dem Schatten der Säule zu verschmelzen, konnte er beobachten, wie zwei Wachen über einen Eingang auf der gegenüberliegenden Seite in die Halle traten und gemächlich die Treppe hinaufgingen. Auch wenn er nicht viel verstehen konnte, so hörte er dennoch heraus, dass die beiden anscheinend ihren Dienst für heute beendet hatten.

Mehlion schien ihn tatsächlich nicht belogen zu haben. Der Wachwechsel musste soeben stattgefunden haben. Nachdem die beiden Elfen in Richtung Westflügel abgebogen waren, eilte Reav aus seinem Versteck und stürmte ebenfalls die Stufen hinauf. Er spürte seinen Herzschlag bis in die Fingerspitzen, ermahnte sich jedoch, seinen neuerlichen Gefühlen keinerlei Beachtung zu schenken. In einer solchen Situation waren sie alles andere als hilfreich. Nachdem er die Abzweigung nach Osten eingeschlagen hatte, erreichte er einen langen Korridor. Zu seiner linken erstreckte sich eine Reihe bodentiefer

Rundbogenfenster, während sich auf der gegenüberliegenden Seite mehrere Räume aneinander schlossen. Allerdings war keine der Türen davon mit Efeuranken umrahmt.

Großartig!

Rasch eilte er den Flur entlang und konnte sich nur mühsam einen zornigen Fluch verkneifen. Bis er besagtes Zimmer fand, würde er wohl noch mindestens fünf Wachen in die Arme laufen. Und im Augenblick trug er weder eine Waffe noch spürte er einen Funken Dunkelheit im Leib.

Kurz bevor Reav das Ende des Flurs erreichte, glaubte er ein Geräusch zu hören, das ihn abrupt innehalten ließ. Angespannt horchte er auf und vernahm den verhängnisvollen Klang von Schritten, gefolgt von gedämpften Stimmen, die aus dem angrenzenden Flur kamen.

Verdammt!

Hastig wirbelte er herum, konnte jedoch auf den ersten Blick keine potenzielle Versteckmöglichkeit erkennen. Ihm blieb nur das Überraschungsmoment, um einen Vorteil aus der Situation zu ziehen. Er musste die herannahenden Elfen so schnell wie möglich überwältigen und durfte ihnen keine Zeit lassen, um nach ihren Waffen zu greifen. Mit Geschick und Schnelligkeit konnte es gelingen. Seinen Körper flach an die Wand gedrückt, wartete er direkt an der Abzweigung zum nächsten Gang. Während das Blut durch seine Venen rauschte, spannte er jeden einzelnen Muskel an. Er hatte nur diesen einen Versuch. Er durfte nicht scheitern.

Als die Schritte nur noch zwei Atemzüge von ihm entfernt waren, ballte Reav die Hände zu Fäusten und stürzte mit einem Satz um die Ecke. Er war bereits im Begriff, zuzuschlagen, als ein spitzer Schrei ertönte, der ihn wie ein Blitzschlag durchfuhr. Vollkommen entgeistert erhaschte er einen Blick auf Antheas erschrockenes Gesicht, ehe sich Mehlion vor ihr aufbaute und seinen Dolch aus der Gürtelhalterung zog. Erst im letzten Augenblick schaffte er es, seine Beine zum Stillstand zu bringen und seine Faust zurückzuhalten. Für einen kurzen Moment stand er so dicht vor dem Fürsten, dass kein Blatt dazwischen gepasst hätte. Reavs Blick bohrte sich in den des Elfen, dessen magische Aura ihn wellenartig durchfuhr.

»Na sieh mal einer an. Beinahe pünktlich«, bemerkte Mehlion und hob die Mundwinkel zu einem freudlosen Lächeln.

»Reav!«

Noch ehe er seine zynische Antwort aussprechen konnte, schob sich die Prinzessin vor den Elfen und musterte ihn besorgt. Sein Herz machte einen Satz nach vorne, als er in ihre geröteten Augen sah, die sich von den aschfahlen Wangen abhoben. Sie sah aus, als wäre ihr Schreckliches widerfahren.

Bei den Arbonen, er würde diesen verfluchten Kobold mit bloßen Händen erwürgen!

»Was hat er dir angetan? Geht es dir gut?«

»Ob es mir gut geht?«, wiederholte Anthea, während sie ihn mit glasigem Blick musterte. »Die Frage müsste ich wohl eher dir stellen. Sieh dich nur an, was ist passiert?«

Perplex zog Reav die Stirn in Falten. Erst jetzt wurde ihm bewusst, dass er vermutlich noch immer voller Blut war, dank der fürsorglichen Behandlung eines gewissen Elfenleutnants.

Abermals glitt sein Blick zu Mehlions funkelnden Augen, der ihn mit einer Mischung aus Argwohn und Hochmut besah.

»Es geht mir gut. Los jetzt, lass uns von hier verschwinden.«

***

Anthea

Während sich ihr galoppierendes Herz nur schwer beruhigen wollte, konnte sie nicht anders, als Reavs geschundenes Gesicht anzustarren. Über seiner rechten Augenbraue zog sich eine längliche Platzwunde, während seine Unterlippe aufgerissen und an der Seite geschwollen war. Beide Verletzungen mussten stark geblutet haben, denn nicht nur der Großteil seiner rechten Gesichtshälfte, sondern auch das lumpenartige Hemd waren mit getrockneten Spuren übersäht. Erst, als er seine Hand ausstreckte und nach ihren Fingern griff, löste sie ihren Blick und begann allmählich zu verstehen.

»Warte.« Zögerlich drehte sie sich zu Mehlion, der offensichtlich versuchte, seine Emotionen hinter einer ausdruckslosen Miene zu verstecken.

»Das habt Ihr also damit gemeint«, flüsterte sie und konnte seine Worte in ihrem Kopf widerhallen hören.

Dein Schicksal erwartet dich.

»Ihr habt das alles geplant. Seit dem Moment unserer Ankunft habt Ihr jeden einzelnen Schritt vorherbestimmt«, schlussfolgerte sie, während sich in ihrem Kopf allmählich alle Einzelteile zusammenfügten. »Wieso?«

»Wir alle haben unsere Beweggründe und Geheimnisse, Prinzessin. Manchmal überschneiden sie sich sogar. Und wenn dem so ist, wird es notwendig, dem Schicksal ein wenig unter die Arme zu greifen. Und ich für meinen Teil werde alles dafür tun, um den Rest meines Volkes vor Salis' Macht zu schützen. Selbst wenn dies bedeutet, Entscheidungen zu fällen, die gegen sämtliche Regeln und Prinzipien verstoßen«, erklärte der Fürst, ehe er sein Augenmerk erneut auf Reav legte. »Wenn ihr den Weg über die blutrote Lichtung nehmt, seid ihr in weniger als zwei Tagen an der Grenze.«

Anthea bemerkte, wie Reav neben ihr hörbar einatmete.

»Wenn wir diesen Pfad nehmen, werden wir erst gar nicht dort ankommen. Er ist übersäht mit Schlingpflanzen und wird von diversen Naturgeistern überwacht.«

»Dann werdet ihr mir wohl oder übel vertrauen müssen«, entgegnete Mehlion ernsthaft.

»Das soll wohl ein schlechter Scherz sein«, fauchte Reav zornig.

»Mitnichten. Schließlich haben wir dasselbe Anliegen. Ich werde dafür sorgen, dass ihr den Weg passieren könnt. Allerdings solltet ihr euch beeilen. Auch meine Kräfte sind nur begrenzt und Salis ist nach wie vor auf dem Vormarsch.«

Anthea sah, wie Reav mit sich haderte. Er presste die Kieferknochen unentwegt aufeinander, während er ihre Hand intuitiv ein wenig fester drückte.

»Und um meine Aufrichtigkeit zu verdeutlichen ...«

Noch während der Elf sprach, ging er einige Schritte zurück und legte seine Hand zwischen die Blätter einer dichtbewachsenen Kletterpflanze, die sich einen Weg von der Decke über die Wand gebahnt hatte. Mühelos schob er die immergrünen Ranken zur Seite, hinter denen sich ein schmaler Korridor offenbarte.

»Dieser Gang ist mit einer Treppe verbunden, die euch bis zu den Stallungen führt. Die Prinzessin kennt den Weg.«

Anthea sah aus dem Augenwinkel, wie Reavs Blick umgehend zu ihr schoss. *Himmel, wann würden sie nur endlich einen einzigen ruhigen Moment haben, um miteinander zu reden?*

»Und jetzt geht, ehe ich meine Meinung ändere«, forderte Mehlion und wirkte abermals hin- und hergerissen. Zögerlich trat Reav näher und schaute misstrauisch in den dunklen Weg hinein, ehe er sich an den Fürsten wandte. Es sah so aus, als wollte er ihm etwas sagen, das er nicht leichtfertig über die Lippen brachte. Zweimal nahm er einen tiefen Atemzug, ehe er sich schließlich besann und dem Elfen lediglich stumm zunickte. Dieser erwiderte die Geste in knapper Form.

»Verfalle nicht der Annahme, dass ich es für dich getan habe.«

»Solange Ihr nicht der Annahme verfallt, dass ich irgendetwas jemals aus freien Stücken getan habe«, erwiderte Reav, ehe er sich zu Anthea wandte, und ihr bedeutete, ihm zu folgen.

Nachdem er bereits einen ersten Schritt in die Dunkelheit gemacht hatte, blieb die Prinzessin vor Mehlion stehen und musterte ihn intensiv. Auch wenn sich ihr die meisten seiner Beweggründe nicht gänzlich erschlossen, so hatte er ihr dennoch etwas gegeben, für das sie wohl ewig dankbar sein würde. Er hatte ihr die Wahrheit gesagt. In all ihren schmerzvollen und tiefgreifenden Facetten. Nichts würde jemals wieder so sein, wie es einst gewesen war. Sie würde nie wieder die sein, die sie einst gewesen war. Und während sie vermutlich noch nicht einmal ein Drittel von dem verinnerlicht hatte, was ihr der Elf offenbart hatte, brannte ihr doch eine letzte Frage auf der Seele. Eine, von der sie nicht genau wusste, ob sie die Antwort tatsächlich hören wollte.

»Vergiss niemals, wer du bist, Prinzessin.«

Mehlions Worte wirkten ebenso traurig wie der Ausdruck seiner Augen.

»Wenn ich Euch eine letzte Frage stelle, werdet Ihr sie mir klar und ohne weitere Rätsel beantworten?«

»Das kommt wohl ganz darauf an.«

»Ihr kanntet meine Mutter, nicht wahr?«

Sie konnte es nicht genauer formulieren. Jedes weitere Wort wäre zu viel gewesen. Für sie beide. Doch sie konnte es ebenso wenig unausgesprochen lassen.

Ein Schatten zog über das Gesicht des Fürsten. Er entriss ihm die undurchdringliche Maske und offenbarte sein wahres Antlitz. Es spiegelte eine Verletzlichkeit wider, die ein tiefes Mitgefühl in ihr weckte. Sie wusste, was er empfand, denn sie fühlte dasselbe.

»Sollten wir uns jemals wiedersehen, werde ich dir diese Frage beantworten«, erwiderte Mehlion mit brüchiger Stimme, ehe er den goldenen Verschluss seines Gürtels löste und ihn ihr mitsamt des daran befindlichen Dolches entgegenhielt.

»Bis dahin vertraue auf die Stimme in deinem Inneren.«

Zögerlich nahm sie das ungewöhnliche Geschenk entgegen und ließ ihre Finger über das weiche Leder gleiten. Wenn sie ehrlich war, hatte sie mit einer solchen Antwort gerechnet. Allerdings bezweifelte sie, dass sich ihre Wege abermals kreuzen würden. Eine Befürchtung, die ihr einen unverhofft schmerzlichen Stich versetzte.

»Lebt wohl, Mehlion. Und danke.«

Sein innerer Zwiespalt war unübersehbar. In diesem Moment erinnerte nichts mehr an den unnahbaren Elfenfürsten. Während er kaum merklich nickte, zog er die breiten Ranken ein weiteres Stück zurück und öffnete ihr den Weg in eine allumfassende Dunkelheit. Rasch band sie sich den Gürtel um ihre Hüfte und schluckte schwer. Ihr einziger Halt würde nun die Hand des Mannes sein, der einst ihre Zukunft gewesen war.

»Alles in Ordnung?«

Reavs Stimme drang nur gedämpft an ihr Ohr, während die Finsternis sie mit jedem weiteren Schritt umhüllte.

»Am besten fragst du mich das erst, wenn wir diesen Ort hinter uns gelassen haben.«

Während sie gemeinsam den schmalen Korridor entlangeilten, hörte Anthea ihren unregelmäßigen Atem viel zu laut in den Ohren widerhallen. Die Tatsache, dass sie nicht einmal die Hand vor Augen sehen konnte, ließ eine beklemmende Panik in ihr wachsen. Es hatte den Anschein, als würden sie eine Schräge hinablaufen, als führte sie der Gang immer tiefer durch das Mauerwerk, während die Wände immer dicker und die Luft zunehmend kälter wurde. Instinktiv drückte sie Reavs kräftige Hand fester, die sie unermüdlich weiterzog.

»Wir haben es gleich geschafft«, bemerkte er angespannt. Sie erkannte ein grünlich schimmerndes Zwielicht, das langsam aber stetig an Kraft gewann. So wie es aussah, lag der Ausgang ebenfalls hinter einer lebendigen Wand aus Kletterpflanzen, deren dichte Blätter nur wenig Licht gewähren ließen.

Vorsichtig näherten sie sich den Ranken und hielten kurz davor inne. Aufgrund der vorherrschenden Enge standen sie so nah beieinander, dass Anthea Reavs heißen Atem auf ihrer Haut fühlen konnte. Ein heißkalter Schauer jagte über ihren Rücken, als sie den Kopf hob und sich ihre Blicke trafen. Seine grauen Iriden wirkten durch das getrübte Licht dunkler als gewöhnlich. Ebenso betonte es die Konturen seines Gesichts und den gleichmäßigen Bartschatten. Wie von selbst kehrten ihre Gedanken zu der versteckten Quelle zurück. Zu jenem Moment, in dem sie sich beinahe geküsst hätten.

Himmel, was um alles in der Welt stimmte nicht mit ihr? Wie konnten sie in einer derartigen Situation nur an sowas denken?

Anthea sah, wie sich die Muskulatur seiner Oberarme anspannte, ehe sein Blick zu ihrem Mund glitt. Die Atmosphäre wirkte plötzlich zum Zerreißen gespannt.

***

Reav

Sie mussten weiter.

Sein Verstand wusste das. Der Rest von ihm wollte davon jedoch nichts wissen. Zumindest nicht in diesem Augenblick. Völlig unvermittelt hatten sich ihre Blicke getroffen und schienen nicht fähig, sich wieder voneinander zu lösen. Ebenso wie ihre Körper, die so dicht gedrängt beieinanderstanden, dass Reav ihr nervöses Zittern spüren konnte.

Dieser Moment war wohl der schlechteste, um seinen Gefühlen in irgendeiner Form nachzugeben. Doch möglicherweise war es der einzige. Wer wusste schließlich schon, in welches Unheil sie als nächstes geraten würden?

Und jetzt, da er so nah vor ihr stand, konnte er gar nicht anders, als sich in ihrem Antlitz zu verlieren. Er vernahm ihren schnellen, unregelmäßigen Atem, sah den Glanz in ihren tiefbraunen Augen und spürte die Hitze ihres Körpers. Erst jetzt wurde ihm bewusst, wie groß seine Angst gewesen war. Er hätte es niemals verkraftet, wenn ihr aufgrund seiner Taten etwas geschehen wäre.

Wie von selbst hob Reav seine Hand und strich Anthea sanft über die Wange.

»Wir sollten uns beeilen«, hauchte sie, doch lag weder Willen noch Überzeugung in ihrer Stimme. Im Gegenteil, er fühlte, wie sie ihren Kopf stärker gegen seine Berührung lehnte.

»Ja«, erwiderte er knapp, selbst wenn er nicht fähig war, sich auch nur ein Stück zu bewegen. Er hörte, wie sie zitternd einatmete, ehe sie ihre Finger auf seine Brust legte und damit ein Feuer entfachte, dem er kaum standhalten konnte.

»Und … wir … wir müssen reden«, flüsterte sie zaghaft und ließ ihren Mund leicht geöffnet.

»Später.«

Noch ehe er bewusst realisierte, was er tat, legte Reav seine Lippen auf ihre und küsste sie mit einer Intensität, als würde sein Leben davon abhängen. Und verdammt, noch niemals zuvor hatte sich etwas in seinem verfluchten Leben derart richtig angefühlt. Im ersten Moment schien Anthea von der Heftigkeit seiner Reaktion überrumpelt, doch erwiderte sie den Kuss binnen weniger Herzschläge. Sie zog ihn an sich, als wäre er der einzige Mensch, der ihr Halt geben konnte, als fürchtete sie sich davor, dass er sie jemals wieder loslassen könnte. Und er hielt sie. So lange, bis sie sich allein von ihm lösen würde. Zugegeben, es war nicht der passende Zeitpunkt und zweifelsohne der falsche Ort, doch jetzt, in diesem einen Augenblick, schien all dies nicht von Bedeutung. Wäre es nach ihm gegangen, hätte er diesen Moment in eine Ewigkeit verwandelt, doch unglücklicherweise schien sie vernünftiger als er.

Schwer atmend löste sich die Prinzessin von ihm, ließ ihre Finger von seiner Brust zu seiner Hand gleiten und umschloss sie fest.

»Wir sollten jetzt wirklich gehen«, hauchte sie und lächelte schüchtern.

Während Reav das Herz noch immer bis zum Hals schlug, nickte er und wandte sich widerwillig dem Ausgang zu.

Seinem rasenden Puls zum Trotz lugte er zwischen den Ranken hindurch und spähte in einen kurzen Gang, der an eine Wendeltreppe schloss.

»Komm, ich weiß, wo wir entlang müssen.«

Perplex sah er dabei zu, wie Anthea an ihm vorbeihuschte und ihn ohne Umschweife mit sich zog.

»Woher zum Henker kennst du den Weg?«

»Du bist nicht der Einzige, der versucht hat, von hier zu fliehen.«

Verdutzt zog Reav die Stirn in Falten. *Sie* hatte versucht, zu fliehen? Nun, was wunderte es ihn überhaupt. Immerhin war sie ihm auch entkommen. Sie schien ein Talent dafür zu besitzen.

Gemeinsam rannten sie die letzten Stufen hinab, ehe die Thronerbin sie durch einen schmalen Korridor führte, der tatsächlich in den Stallungen mündete.

»Ich weiß, wo Cavon steht«, bemerkte sie atemlos und lief zielsicher durch die langgestreckte Halle.

Moment, was? Cavon war hier?

Reavs Augen weiteten sich vor Unglauben, als er nach wenigen Schritten vollkommen unerwartet vor seinem Pferd stand. Er hatte nicht damit gerechnet, seinen Freund jemals lebend wiederzusehen. Als der Rappe ihn erkannte, schnaufte er freudig auf und streckte Reav den Kopf entgegen. Dieser strich ihm liebevoll über die Stirn, ehe er sich aufmerksam umsah.

»Sobald ich ihn gesattelt habe, laufe ich auf die andere Seite und entriegele das Tor. Du steigst währenddessen auf und reitest mir entgegen«, erklärte er und wandte sich zu Anthea, die dicht an seiner Seite stand.

***

Anthea

»In Ordnung«, erwiderte sie und spürte ein Kribbeln durch ihren Körper jagen. Sie führte es auf die Nervosität zurück. Oder aber es lag an dem einzigartigen Gefühl von Reavs Lippen, das sie nach wie vor regelrecht gefangen nahm.

Nachdem er Cavon mit geübten Handgriffen gesattelt und ihm das Zaumzeug angelegt hatte, eilte er wie abgesprochen aus der Kobe.

»Also gut, wir schaffen das«, flüsterte Anthea angespannt, strich dem Pferd über den Hals und umfasste den Zwiesel so fest sie konnte. Während sie einen Fuß in den Steigbügel stellte, stieß sie sich mit dem anderen kraftvoll vom Boden ab und schwang sich in den Sattel. Überrascht strich sie sich die schwarzen Haare aus dem Gesicht und nahm die Zügel in die Hand.

»Das ging besser als erwartet«, bemerkte sie, doch erstarb dieses Gefühl in jenem Moment, als sie einen wütenden Schrei vernahm.

Entsetzt riss sie den Kopf herum und sah, wie sich ein Elf, vermutlich der Stallbursche, auf Reav stürzte, nachdem dieser das Tor geöffnet hatte. Gemeinsam gingen sie zu Boden, schlugen mit den Fäusten aufeinander ein und brachten die umstehenden Pferde dazu, nervös in ihren Koben zu tänzeln.

»Los, Cavon!«

Intuitiv drückte Anthea dem Pferd die Fersen in die Flanken. Gemeinsam stürmten sie los, direkt auf Reav zu, der noch immer gegen den Elfen kämpfte. Sie sah, wie er dem Stallburschen kraftvoll ins Gesicht schlug, ehe er ihn mit einem gezielten Tritt von sich stieß. Kurz bevor sie ihn erreichten, zog sie fest an den Zügeln und hoffte, dass Cavon den Befehl verstand.

»Reav!«

Unter lautstarkem Protest kam der Rappe zum Stehen und gab seinem Herrn die Möglichkeit aufzuspringen. Noch ehe die Prinzessin sich's versah, spürte sie Reavs Körper in ihrem Rücken. Er zog sie ruckartig an sich, nahm ihr die Zügel ab und trieb Cavon in einen halsbrecherischen Galopp aus dem Stall.

Panisch klammerte sich Anthea an die Sattelhalterung, während Reav seine Arme eng an ihre Mitte drückte. Sie preschten einen steinernen Vorhof entlang, über den sie auf einem verwurzelten Pfad direkt in den Wald gelangten.

Obwohl der Wind ihr Tränen in die Augen trieb, riskierte sie einen Blick über die Schulter. Sie vernahm den Klang wütender Schreie und sah mehrere Elfen aus unterschiedlichen Eingängen des Palastes stürzen. Ihre hektischen Rufe wurden jedoch von einer einzigen kraftvollen Stimme übertönt, welche die Luft zum Vibrieren brachte. Auch ohne seine großgewachsene Gestalt hätte Anthea den Elfenfürsten erkannt, denn sie spürte seine Macht mit jeder Faser ihres Körpers. Er stand auf einem Balkon in der Mitte des halbverfallenen Gebäudes und schaute ihnen hinterher.

Obwohl sie sein Gesicht aufgrund der Entfernung nicht erkennen konnte, fühlte sie dennoch ihre magische Verbindung. Für einen kurzen Moment öffnete er seinen Geist und gewährte ihr einen Einblick in seine Gefühlswelt.

Sie nahm seinen Zwiespalt wahr. Eine Mischung aus Verlust und dem Schmerz des Abschieds, verbunden mit Zuneigung und einer Emotion, die sie kaum in Worte fassen konnte.

Er gab ihr zu verstehen, dass er an sie glaubte.

Ihr Leben lang hatte sich Anthea nach jenem Gefühl gesehnt. Aber es war nie genug gewesen. Sie war nie genug gewesen.

Mehlion gab ihr etwas, das sie stets gesucht, doch nie gefunden hatte.

Und sie würde niemals aufhören, ihm dafür zu danken.

21. MAGISCHE MOMENTE

Anthea

Das fahle Licht des Mondes schien von einem klaren Himmel herab und tauchte den veterischen Wald in ein mystisches Schattenreich. Es half ihnen, den unscheinbaren Pfad, der so schmal war, dass nicht einmal zwei Menschen nebeneinander hätten laufen können, zu verfolgen. Zu beiden Seiten erhoben sich riesige Baumstämme, umgeben von knorrigen Sträuchern und undurchdringlichem Gestrüpp. Der blasse Mondschein drang nur schwerlich bis zum Boden vor und verlor sich in einem Meer aus Dunkelheit. Anfangs hatte sich Anthea immer wieder nervös umgesehen, aus Angst, dass die Elfen sie doch noch einholen könnten. Mittlerweile jedoch zwang sie sich, den Blick starr geradeaus zu richten und nicht länger zur Seite zu schauen. Zu oft hatte sie eine Bewegung in der Finsternis wahrgenommen und sich eingebildet, ein Paar funkelnde Augen aufblitzen zu sehen. Sie wusste nicht genau, wie viel Zeit inzwischen vergangen war, doch ihren schmerzenden Muskeln nach zu urteilen, mussten sie bereits seit Stunden auf der Flucht sein.

Während Reav sie fortwährend an sich drückte, trieb er Cavon unnachgiebig an. Sie spürte seinen heißen Atem in ihrem Nacken und die harte Brustmuskulatur im Rücken. Seit ihrem Kuss hatten sie kaum mehr ein Wort miteinander gesprochen. Ein Fakt, der nicht nur ihren Puls beschleunigte, sondern ihr allmählich die Kehle zuschnürte. Die Wahrheit lastete mit jedem Hufschlag schwerer auf ihren Schultern und ließ das Bedürfnis, sie endlich auszusprechen, unerträglich werden. Sie mussten dringend miteinander reden. Es gab so viel zu sagen, so viel zu erklären. Und sie wusste weder wo, noch wie sie anfangen sollte. Nur eines schien gewiss – von nun an würde sich alles ändern.

Als Reav schließlich an den Zügeln zog, schien der heranbrechende Tag nicht mehr weit entfernt. Die Schwärze der Nacht wurde zunehmend schwächer und verwandelte sich in ein sattes Dunkelblau. Schon bald würde der Mond mitsamt den unzähligen Sternen verblassen und der aufgehenden Morgensonne weichen.

»Glaubst du, wir sind hier sicher?«

Sie hielten im Schatten eines hohen Baumes, der an eine weitläufige Wiese grenzte. Sie tat sich ganz plötzlich inmitten des dichtbewachsenen Waldgebiets auf und erlaubte einen freien Blick in den klaren Himmel.

»Soweit würde ich nicht gehen«, erwiderte Reav und stieg aus dem Sattel. Der plötzliche Verlust seiner Nähe hinterließ ein unangenehmes Gefühl der Kälte auf ihrem Körper.

»Allerdings geht die Sonne bald auf, was bedeutet, dass die Aussichten auf einen unvorhergesehenen Angriff schwinden. Außerdem meiden Naturgeister die Freiflächen, zumindest die meisten.«

»Sehr ermutigend«, murmelte Anthea erschöpft, ehe sie sich darum bemühte, ihr rechtes Bein über Cavons Rücken zu heben und langsam auf dem Boden aufzukommen. Obwohl ihr Körper nach Ruhe und Schlaf schrie, war ihr Geist hellwach und drängte sie unaufhörlich dazu, endlich das Gespräch zu suchen.

»Wie lange werden wir hierbleiben können?«

Als sich ihre Blicke trafen, zog Reav nachdenklich die Stirn in Falten.

»So, wie du aussiehst, sollten wir mindestens drei Tage rasten. In diesem Fall können wir uns jedoch nur ein paar Stunden erlauben.«

»Sagt derjenige, dem das Blut nicht nur auf der Kleidung, sondern an jeder freien Körperstelle zu kleben scheint«, entgegnete sie und ging auf ihn zu. Besorgt musterte sie die Platzwunde über seinem Auge, die inzwischen eine bläuliche Färbung annahm.

»Was haben sie dir nur angetan?«

»Mach dir um mich keine Gedanken. Die Elfen haben allen Grund, mich zu hassen. Ich an ihrer Stelle hätte die Gelegenheit ebenfalls ergriffen«, erwiderte er schulterzuckend. »Außerdem habe ich in meinem Leben weit Schlimmeres als diese mickrigen Kratzer überstanden.«

Seine emotionslose Stimme machte Anthea bewusst, wie wenig Reav von sich selbst hielt. Er schien nicht einmal wütend auf seine Peiniger zu sein. Es klang so, als würde er ihre Misshandlungen verdienen, was sie nicht nur traurig, sondern auch ein wenig zornig stimmte.

»Hör auf, so zu reden.«

»Es ist die Wahrheit«, erwiderte er knapp.

»Nein! Nein, das ist sie eben nicht.«

Es war nur ein einfacher Satz, doch er reichte aus, um sämtliche Dämme einstürzen zu lassen. Ihre Stimme begann zu zittern, während sie fieberhaft versuchte, die Fassung zu wahren. Sie wollte nicht weinen. Himmel, sie durfte jetzt nicht schwach werden und sich ihren Emotionen ergeben. Doch das, was sie in so kurzer Zeit erfahren hatte, war so viel mehr, als sie ertragen konnte. Und je mehr Anthea davon zu realisieren begann, desto schlimmer schienen die Ausmaße zu werden. Ihrer beider Schicksale mussten verflucht sein. Verflucht und dennoch eins.

***

Reav

»Was hat Mehlion dir erzählt?«

Sein Tonfall klang härter als beabsichtig. Allerdings fiel es ihm nicht sonderlich leicht, in solch einer Situation ruhig zu bleiben und seine Wut zu unterdrücken. So, wie Anthea jetzt vor ihm stand, wirkte sie verlorener denn je. Sie schien vollkommen überfordert und kaum in der Lage, ihre Gedanken auszusprechen. Er sah die Tränen in ihren Augenwinkeln, das Beben ihrer vollen Lippen und hörte, wie sie immer wieder nach Luft schnappte, unfähig, die richtigen Worte zu finden. Zögerlich legte er eine Hand auf ihren Oberarm und strich sanft darüber.

»Er hat ... er hat mir die Wahrheit erzählt«, stammelte sie und wischte sich fahrig die Tränen aus dem Gesicht.

Auch wenn er nicht wusste, was genau sie damit sagen wollte, sträubten sich ihm die Nackenhaare.

»Inwiefern?«

»Über Salis … und mich … uns«, erwiderte sie und sah ihm direkt in die Augen. Sein Herz begann so wild zu pochen, dass er es in den Ohren widerhallen hörte. Einerseits wollte er der Situation sofort entfliehen, andererseits konnte er Anthea nicht einen Augenblick allein lassen. Mit jedem ihrer raschen Atemzüge schien sie ein Stück in sich zusammenzufallen. Unbeholfen trat er von einem Bein aufs andere und sah sich nervös um. Die nächtliche Kälte war nach wie vor allgegenwärtig. Es würde noch mindestens eine Stunde dauern, ehe es langsam wärmer wurde. Ein Feuer konnten sie sich am Rande der Wiese jedoch nicht erlauben. Die Gefahr, gesehen zu werden, war schier zu groß.

»Komm, ich denke es ist besser, wenn wir uns setzen«, bemerkte er und bedeutete ihr, sich am Fuße eines hohen Baumes niederzulassen, der zumindest halbwegs im Windschatten lag. Er setzte sich ihr gegenüber und fühlte sich äußerst unwohl in seiner Haut. Reav war sich ziemlich sicher, dass ihm das, was sie zu sagen hatte, alles andere als gefallen würde. Darüber hinaus war er weder ein guter Redner noch verstand er sich darauf, jemandem Trost zu spenden. Solche Dinge waren ihm absolut fremd.

»Also«, begann er unruhig und stützte die Ellbogen auf seine Knie. »Was genau hast du über dich und … uns erfahren?«

Fröstelnd schlang Anthea die Arme um ihre Mitte und schaute ziellos ins Leere.

»Ich weiß nicht, wo ich anfangen soll«, hauchte sie und schüttelte verzweifelt den Kopf. Der Wunsch, sie in seine Arme zu schließen, wuchs mit jedem Herzschlag.

»Vielleicht versuchst du es einfach der Reihe nach.«

Sehr hilfreich. Verdammt, er fühlte sich wie der letzte Tölpel.

Kleine Dunstwolken verloren sich in der Atmosphäre, als die Prinzessin leise seufzte, sich jedoch langsam zu fangen schien. Nachdenklich hob sie den Blick und schaute in den sternenklaren Himmel.

»Nachdem man uns getrennt hatte, wurde ich in eines von Mehlions Zimmern geführt. Ich befürchtete, dass er mich aufgrund meiner Herkunft töten würde, doch dann es kam alles ganz anders.«

Stockend begann Anthea von ihrer ersten Begegnung mit dem Elfenfürsten zu erzählen. Anschließend berichtete sie, wie sie nach seiner Berührung ohnmächtig geworden und in einem fremden Zimmer aufgewacht war. Als sie von ihrem Fluchtversuch sprach, verkrampfte sich Reavs Magen unwillkürlich.

»Du hast versucht, mich zu finden?«, fragte er ungläubig und runzelte die Stirn.

»Ja, natürlich. So lautete zumindest mein Plan. Allerdings habe ich statt dir Cavon gefunden.«

»Entschuldige, aber natürlich ist das nicht. Du hättest die Möglichkeit gehabt zu entkommen, und hast dennoch versucht, einen Weg zu mir zu finden? Ich habe dich entführt, Anthea.«

»Ich sagte nicht, dass es ein gut durchdachter Plan war«, erwiderte sie, während ein schwaches Lächeln über ihre Lippen huschte. »Allerdings konnte ich dich dort nicht zurücklassen. Einer muss mich schließlich durch dieses endlose Labyrinth bis zur Grenze führen.«

Kaum hatte sie die Worte ausgesprochen, erstarb das Lächeln und sie schlang sich die Arme enger um ihren Körper.

»Außerdem gibt es da noch einen weiteren Grund ...«

Angespannt berichtete sie, was ihr Mehlion offenbart hatte. Als sie vom Vermächtnis der Arbonen und Salis' wahrer Geschichte sprach, versteifte sich jeder einzelne Muskel in seinem Leib. Obwohl Reav die Geschichte in groben Zügen bereits von Tarzdall kannte, wirkte sie jetzt so viel bedeutsamer und weitaus fataler.

»Ich habe nichts von alledem gewusst«, wisperte Anthea und schluchzte leise auf. Tränen liefen ihr über die Wangen, während ihr Blick nichts als Enttäuschung widerspiegelte.

»Vielleicht wollte dein Vater dich vor dem Unbekannten schützen«, erwiderte er in dem hoffnungslosen Versuch, ihre Last ein wenig erträglicher zu machen. Allerdings schien er damit das genaue Gegenteil erzielt zu haben.

Ein zorniger Glanz trat in ihre geröteten Augen, ehe sie einen verzweifelten Laut ausstieß.

»Er ist nicht mein Vater«, hauchte sie, während Reav hilflos mitansehen musste, wie sie in tausend Teile zerbrach. Er hatte es geahnt. Tief in seinem Inneren hatte er gewusst, dass ihre Magie unmöglich durch die Verbindung zweier Menschen entstanden sein konnte. Obwohl seine Unsicherheit ihn zurückhalten wollte, ließ er sich von seinem Instinkt leiten und setzte sich vorsichtig neben sie. Behutsam legte er einen Arm um sie, was sie dazu veranlasste, ihren Kopf an seine Schulter zu betten.

»Das Einzige, was dieser Mann jemals wollte, war meine Macht. Ich schätze, sie war es, die mich bis heute am Leben gehalten hat.«

Reav besaß keine Worte für Gawain. Zumindest keine, die für Antheas Ohren bestimmt waren. Er konnte in diesem Moment nichts weiter tun als sie zu halten, während sie schluchzend die Geschichte ihrer Mutter erzählte. Von der verbotenen Liebe zu einem Elfen und ihrem tragischen Ausgang. Immer wieder verlor sie sich währenddessen in einem Schwall aus Tränen. Fortwährend strich er ihr über den Rücken und wartete geduldig, bis sie sich allmählich beruhigte. Reav konnte sich kaum vorstellen, was in ihr vorgehen musste. Allerdings wurde ihm in jenem Augenblick bewusst, dass es tatsächlich etwas Schlimmeres gab, als gänzlich ohne Erinnerungen leben zu müssen – der Gedanke daran, dass das gesamte Leben allein auf Lügen und Verrat aufbaute.

»Es tut mir leid«, murmelte er betroffen.

Während Anthea einen tiefen Atemzug nahm, strich sie sich ein paar ihrer schwarzen Haarsträhnen aus dem Gesicht und versuchte sich ein wenig aufrechter hinzusetzen.

»Ich wollte es nicht glauben. Ich habe tatsächlich gehofft, dass Mehlion mich belogen und all dies nur erfunden hat, um mich in die Irre zu führen. Lächerlich, nicht wahr?«

»Ganz und gar nicht«, erwiderte Reav ernsthaft. »Ich denke, dass die meisten derart reagieren und eher davonlaufen würden, als sich der Situation zu stellen.«

»Ich wollte fliehen. Mehrmals habe ich darüber nachgedacht, einfach aus dem Raum zu laufen und das Gesagte zu vergessen.«

»Was hat dich abgehalten?«

Ein Moment der Stille folgte, in dem die Prinzessin über seine Frage nachzudenken schien.

»Plötzlich schien alles einen Sinn zu ergeben«, flüsterte sie bedrückt. »Mehlion wollte, dass ich auf die Stimme in meinem Inneren höre. Er hat mir die Wahl gelassen, ihm zu glauben oder seine Worte als Unsinn abzutun. Und ich spürte, dass er die Wahrheit sprach. So schrecklich sie auch sein mochte.«

Einmal mehr kam Reav nicht umhin festzustellen, wie viel Stärke in Anthea ruhte. Sie war eine außergewöhnliche Frau. Vollkommen gleich, wie schwer ihr Schicksal auch wog, sie wandte sich nicht davon ab. Anthea versuchte, die Last zu tragen, selbst wenn sie daran zu zerbrechen drohte.

»Mein Leben lang habe ich gespürt, dass irgendetwas falsch war. Ich wusste immer, dass etwas mit mir nicht stimmte. Dass ich anders war. Nicht allein aufgrund meiner Gabe, sondern weil ich die Gedanken und Gefühle meines Va– … des Königs nie nachempfinden konnte«, bemerkte sie und begann an den Falten ihres Kleides herumzunesteln.

»Es gab nie viele Momente, in denen ich mich verstanden, geschweige denn glücklich gefühlt habe. Umso mehr klammerte ich mich an die wenigen Augenblicke, in denen ich all das hatte. In denen ich fröhlich, unbeschwert und voller Hoffnung war.«

Als sich ihre Blicke trafen, schien die Zeit stillzustehen. Antheas Augen spiegelten so viele Emotionen wider, dass es Reav die Sprache verschlug. Unbewusst hielt er den Atem an und war nicht fähig, sich zu rühren.

»Ich habe jeden einzelnen davon mit dir erlebt.«

»W-was?«

Während ihm das Herz aus der Brust zu springen drohte, zog die Prinzessin etwas aus ihrer Rockfalte hervor, streckte ihm die Hand entgegen und öffnete sie.

Vollkommen entgeistert betrachtete er die beiden Flügelanhänger. Einer aus Silber, der andere kupferfarben.

Und noch ehe Reav wusste, wie ihm geschah, schoss ein Ruck durch seinen

Körper, der ihn panisch auf die Beine brachte. Unzählige Bilder flackerten vor seinem inneren Auge auf. Erst verschwommen, dann immer klarer werdend, rasten sie durch seinen Verstand und brachten ihn unweigerlich ins Taumeln. Er sah ein junges Mädchen mit rabenschwarzem Haar vor sich, hörte ihr helles Lachen und blickte in ihre tiefbraunen Augen. Anschließend schaute er in das ernste Gesicht eines Mannes und in das Antlitz einer schönen Frau, die ihm ein liebevolles Lächeln schenkte. Dann änderte sich die Szenerie und er vernahm das laute Prasseln von Regentropfen, das Sekunden später durch das Geräusch von quietschenden Rädern übertönt wurde. Metall schlug klirrend aufeinander, Schreie hallten durch die Luft und noch ehe Reav realisieren konnte, was vor sich ging, spürte er ein ungeheures Brennen in der Brust. Schwarze Nebelschwaden krochen unaufhaltsam auf ihn zu, rissen ihn mit sich und führten ihn zu einem Wesen, dessen tote Augen ihn aufmerksam musterten. Ein schmales Lächeln lag auf seinen Lippen, als es die knochige Hand nach ihm ausstreckte und ihn in einen Strudel aus Dunkelheit und Schmerz zog.

Schwer atmend prallte Reav gegen einen Baum und spürte, wie sein gesamter Körper unter den plötzlichen Erinnerungen zu zerbersten drohte. Er konnte all die Bilder und damit verbundenen Gefühle nicht ansatzweise in Worte fassen. Er fühlte sich erschlagen und zugleich befreit. Zutiefst verletzt und dennoch in gewisser Weise erlöst. Nicht von dem Fluch, sondern von all den Jahren der Unwissenheit und des Zweifels.

Er erinnerte sich daran, wer er wirklich war oder vielmehr, wer er einst gewesen war.

»Geht es dir gut? Ist alles in Ordnung?«

Er sah in das Gesicht einer jungen Frau, die er plötzlich mit vollkommen anderen Augen betrachtete. Fassungslos öffnete er den Mund, doch brachte er kaum einen Ton heraus.

Er erinnerte sich. Er erinnerte sich an jeden einzelnen glücklichen Moment mit ihr. Damals war sie seine beste Freundin gewesen. Das Mädchen, mit dem er gemeinsam Streiche ausheckte und dem er all seine Geheimnisse anvertraute.

Und jetzt … jetzt war sie mehr. Viel mehr. Sie hatte ihn gefunden.

»Anthea.«

Ihr Name glitt nur flüsternd über seine Lippen. So leise wie der Hauch des Windes und doch so bedeutungsvoll, dass seine Stimme brach. Er sah, wie sich ihre Augen weiteten, wie sich der Glanz darin verstärkte und ihre Lippen zu zittern begannen.

»Aris?«

Der Klang seines Namens brachte jede Faser seines Körpers zum Beben. Vorsichtig streckte sie ihre Hand nach ihm aus, doch noch ehe sie ihn berühren konnte, zog er sie fest an seinen Körper.

Es mochten Stunden oder vielleicht auch nur Sekunden vergangen sein, in denen sie eng umschlungen am Rande der Lichtung standen und einander hielten. Es spielte keine Rolle. In diesem Augenblick wurde die Zeit bedeutungslos. Es zählte einzig das Hier und Jetzt.

Während Aris sein Gesicht in ihrem Haar vergrub, ließ Anthea ihren Gefühlen freien Lauf. Er konnte jedes einzelne davon nachempfinden, was ihn nicht nur überwältigte, sondern in gewisser Weise ängstigte. So lange war er nicht fähig gewesen, irgendetwas zu fühlen. Jetzt wurde er regelrecht davon übermannt. Behutsam nahm er ihr Gesicht in seine Hände, legte die Stirn an ihre und versuchte, den Sturm aus Gedanken und Emotionen zu besänftigen.

»Wie hast du den Anhänger gefunden?«, fragte er mit belegter Stimme und senkte seinen Blick zu den kleinen Flügeln in ihrer Hand.

»Er war in einer der Satteltaschen«, erwiderte Anthea stockend und erzählte ihm in wenigen Worten von dem schicksalhaften Fund. »Du hattest ihn die ganze Zeit über bei dir?«

Aris nickte bedrückt. »Ich habe ihn all die Jahre vor Salis versteckt und ihn irgendwann in eine von Cavons Taschen eingenäht. Ich wusste nicht, was es war, doch ich war sicher, dass er Teil meiner Vergangenheit war. Ich hatte mich nie von ihm lösen können.«

Jetzt verstand er, was ihn unterbewusst davon abgehalten hatte.

»Alle haben gesagt, du wärst tot«, wisperte Anthea und legte eine Hand an seine Wange. Ihre Berührung fachte den Sturm von neuem an.

»Das war ich.«

Acht Jahre lang war er im Schatten gewandelt. Hatte im Auftrag eines Wahnsinnigen Befehle ausgeführt, die an Grausamkeit kaum zu übertreffen waren. Er hatte so viele Seelen in den Tod geschickt ... und schlimmer noch, er hatte sie zu willenlosen Sklaven seiner Armee gemacht.

»Aber das ist jetzt vorbei«, hauchte sie und besah ihn mit einer Zärtlichkeit, die ihm das Herz zerriss. »Du bist zurück.«

Aris spürte, wie sich ihm bei diesen Worten der Magen zusammenzog. Verunsichert griff er nach ihren Händen und drückte sie sanft.

»Das ändert jedoch nichts an meinen Taten«, erwiderte er und schluckte schwer.

»Für die du nicht die Verantwortung trägst!«

»Anthea, bitte versteh doch«, begann er und seufzte schwermütig. Er wollte sie nicht verletzen. Verdammt, dies war das Letzte, was er wollte. Doch so einzigartig und bedeutsam dieser Moment auch war, er konnte nichts an einer entscheidenden Tatsache ändern.

»Selbst wenn ich nun weiß, wer ich einst war, ändert das nichts daran, dass ich nach wie vor verflucht bin. Solange ich das Amulett trage, bin ich eine Gefahr.«

»Aber ... ich spüre keine Dunkelheit davon ausgehen. Ich kann in deine Augen sehen. Ich kann dich sehen!«, erwiderte sie.

»Aber für wie lange? Deine Magie mag seine Macht für den Moment auf Abstand halten, doch wir wissen beide nicht, wie lange dieser Zustand anhalten wird. Vielleicht will Salis genau das. Möglicherweise will er uns in Sicherheit wiegen, um in einem günstigen Augenblick zuzuschlagen. Du kannst mir nicht trauen. Ich kann mir nicht trauen.«

Aris sah, wie sich die Verzweiflung einen Weg zurück in ihren Blick bahnte. Wie sie fieberhaft versuchte, irgendeinen Ausweg zu finden, der sie nicht erneut voneinander trennen würde.

»Dann finden wir einen Weg, das Amulett zu zerstören.«

Antheas Willenskraft war beeindruckend. Er wusste, dass sie trotz aller Schicksalsschläge an seiner Seite stehen würde. Sie verschloss die Augen vor dem Monster in seinem Inneren. Doch er konnte es nicht. Er würde es niemals können. Jahrelang hatte er nach seinen Erinnerungen gesucht. Doch nun, da sich die Fragmente Stück für Stück zusammenfügten, wurde Aris bewusst, dass Salis ihm so viel mehr genommen hatte. Seine Familie. Sein Leben. Seine Bestimmung.

Und er würde dafür zahlen. Er würde nicht eher ruhen, bis der Schwarzmagier das erhielt, was er verdiente.

Doch nicht jetzt. Nicht in dem Moment, in dem Anthea vor ihm stand und er sie endlich nach all der Zeit mit Herz und Verstand zu sehen vermochte. Es war der wohl schönste und zeitgleich schmerzhafteste Augenblick seines bisherigen Lebens. Denn obwohl er nichts sehnlicher wollte, als bei ihr zu bleiben, sie zu beschützen und ihr das zu geben, was sie verdiente, würde er es nicht können. Zwischen ihnen stand so viel mehr als eine magische Grenze.

»Noch genauso stur wie früher«, bemerkte er und rang sich ein Lächeln ab. Er musste versuchen, das Gespräch von sich und dem Amulett wegzulenken. Augenscheinlich mit Erfolg, denn ihre Mundwinkel hoben sich ein wenig an.

***

Anthea

»Sollte das ein Kompliment sein? Falls ja, musst du dringend daran arbeiten.«

Die Thronerbin war weder leichtgläubig noch naiv. Sie wusste, dass Aris dem eigentlichen Thema ausweichen wollte. Allerdings entschied sie, dass es in diesem Moment vielleicht sogar das Beste wäre. Immerhin hatten sie beide Dinge erfahren, deren Verarbeitung schon jetzt ein ganzes Leben brauchen würde.

»In Anbetracht der Tatsache, dass mir deine Hartnäckigkeit inzwischen zwei Mal das Leben gerettet hat, kannst du es als solches betrachten.«

Ein trauriges Lachen glitt über ihre Lippen. Es fühlte sich unverhofft gut an. Nicht richtig und eher unangebracht, aber dennoch gut. Es ähnelte einem Stück Holz, an welches man sich verzweifelt klammerte, um nicht ertrinken zu müssen.

»Du bist wirklich ein grauenhafter Entführer«, stellte Anthea fest, während ihr die Tränen haltlos über die Wangen liefen. Obwohl sie versuchte sie zu unterdrücken, wollte es ihr einfach nicht gelingen.

»Ich schätze, das ist das Netteste, was du je zu mir gesagt hast«, entgegnete er und strich ihr mit dem Daumen die Tränen von der Wange.

»Wie hat das alles nur so weit kommen können?«

Seufzend schüttelte die Thronerbin den Kopf. Entweder hatte das Schicksal etwas Großes mit ihnen vor, oder es war schlicht wahnsinnig. Sie befürchtete eher Letzteres.

»Ich weiß es nicht. Doch es spielt keine Rolle. Nicht jetzt.«

Ein heißkalter Schauer lief Anthea über den Rücken, als sie in Aris' stahlgraue Augen sah. Seine Stimme hatte einen rauen Unterton angenommen, der ihre Haut zum Prickeln brachte. Obwohl ihr bewusst war, dass bereits der erste Kuss jedwede Regel gebrochen und gegen sämtliche Konventionen verstoßen hatte, konnte sie nicht leugnen, dass sich jede Faser ihres Körpers nach seiner Berührung sehnte. Und ja, vielleicht war es falsch, möglicherweise sogar gefährlich, doch sie hatte es satt, sich für ihre Gefühle entschuldigen oder gar schämen zu müssen. Ihr gesamtes Leben hatte aus Verzicht und Gehorsam bestanden, doch dies war jetzt vorbei. Sie war nicht länger eine scheue Prinzessin, die sich stumm ihren Pflichten hingab. Sie war eine Frau, die das Blut zweier Völker in sich trug und eine Macht besaß, welche die Dunkelheit auf Abstand hielt. Und ja, sie fürchtete sich. Sie wäre dumm, wenn sie es nicht täte. Doch diese Angst würde sie nicht länger zum Schweigen bringen, denn sie besaß eine Stimme. Und die würde sie nutzen.

Von diesem Gedanken angetrieben, stellte sie sich auf die Zehenspitzen, ignorierte das laute Pochen ihres Herzens und legte ihre Lippen auf die seinen. Sie wollte es. Sie wollte nichts lieber, als sich in seinen Armen zu verlieren und die Welt um sich herum zu vergessen. In jenem Augenblick zählte nicht, wer oder was sie waren, es ging nur um sie beide, verloren in einer Fülle von Emotionen, für die es keinerlei Worte gab.

Kaum hatten sich ihre Lippen berührt, legte Aris seine Hand in ihren Nacken und zog sie so dicht an sich heran, dass sie regelrecht miteinander verschmolzen. Sie vernahm ein leises Raunen, als er den Kuss vertiefte und sie nahezu in Brand steckte. Es war, als würde sie in Flammen stehen. Doch anstatt zurückzuweichen, ließ sie sich bereitwillig von ihnen verzehren. Aris küsste sie mit einer Leidenschaft, die all ihre Sinne gefangen nahm. Als seine Zungenspitze langsam über ihre Lippen strich, öffnete sie diese bereitwillig und erzitterte am gesamten Körper. Noch niemals zuvor war sie einem Mann derart nahe gewesen und doch wollte sie nicht, dass er aufhörte. Er löste ein Verlangen in ihr aus, das sich nicht nur verboten, sondern unerhört gut anfühlte. Und noch ehe Anthea wusste, wie ihr geschah, hatte Aris sie mit der freien Hand gepackt und mit einer ruckartigen Bewegung gegen den nächstbesten Baum gedrückt. Sie spürte die Kälte des Holzes in ihrem Rücken, die mühelos durch den dünnen Stoff ihres Kleides drang. Doch es war ihr vollkommen gleich. Sie konzentrierte sich allein auf den Mann, der sie mit jeder weiteren Berührung nach Atem ringen ließ.

Während sie mit einer Hand durch sein weißblondes Haar fuhr, legte sie die andere auf seine Brust und vergrub ihre Finger in dem Stoff seines Hemdes. Sie spürte die Hitze seines Körpers, die sich verbunden mit ihrer zu einem unaufhaltsamen Inferno entwickelte. Langsam suchte sich seine Hand einen Weg zu ihrer Taille und begann, ihre weiche Haut zu massieren. Ein tiefes Stöhnen erklomm seiner Kehle, ein Klang, der sie beinahe um den Verstand brachte. Während Anthea nicht länger fähig war, auch nur einen klaren Gedanken zu fassen, reagierte ihr Körper von ganz allein. Wie von selbst glitten ihre Finger hinab zu seinem Hosenbund und zogen das Hemd daraus hervor, ehe er es sich mit einer fließenden Bewegung über den Kopf zog. Neugierig erkundeten ihre Finger die harte Bauchmuskulatur und zeichneten die sanften Erhebungen seiner Narben nach. Doch kurz bevor sie seine Brust und das dort befindliche Amulett erreichte, spürte sie, wie Aris instinktiv zurückwich. Für einen kurzen Moment trafen sich ihre Blicke und sie konnte die tiefe Unsicherheit in seinen Augen erkennen.

»Vielleicht sollten wir aufhören«, hauchte er atemlos.

»Wieso?«

»Weil ich nicht weiß … ich …«

Fieberhaft suchte er nach den richtigen Worten. Anthea spürte, wie seine

Finger zu zittern begannen, während er die Lider senkte und auf das Amulett deutete.

»Ich will dich nicht verletzen.«

Behutsam strich sie ihm über den dunklen Bartschatten, ehe sie ihre Hand vorsichtig auf den silbernen Schlangenkopf legte. Sie spürte die scharfen Kanten, die sich bereits so viele Male in seine Haut gebohrt hatten und hörte, wie Aris leise nach Luft schnappte.

»Das wirst du nicht. Das würdest du niemals«, erwiderte sie entschlossen.

»Das kannst du nicht wissen.«

»Doch, das kann ich. Wenn du dir selbst nicht vertraust, dann vertraue mir.«

»Und deine Bestimmung? Du weißt, dass ich nicht mehr der bin, der ich einst war ... Der dazu bestimmt war, an deiner Seite zu regieren. Doch du bist noch immer die Thronerbin von Aurasis.«

Ein feiner Stich fuhr durch ihr Herz. Dieser Titel mochte zwar nach wie vor ihr gehören, doch er baute auf einem Berg von Lügen auf. Er klang nicht länger richtig.

»Du warst meine Bestimmung«, erwiderte Anthea und schluckte schwer. »Ich wurde mein Leben lang hintergangen. Nichts schien bisher ehrlich oder wahrhaftig zu sein. Doch jetzt ... Jetzt will ich ein einziges Mal etwas spüren, das wirklich echt ist.«

Für einen kurzen Moment sahen sie einander schweigend an. So lange, bis Aris seine Hand auf ihre legte und sie mit der anderen abermals an sich zog.

Als er diesmal seine Lippen auf ihre legte, küsste er sie mit einem solch leidenschaftlichen Verlangen, dass Anthea nicht anders konnte, als leise aufzustöhnen. Intuitiv presste sie ihren Körper an seinen und stieß einen erstickten Laut aus, als er sie kurzerhand packte, hochhob und sie ihre Beine um seine Hüften legte. Eng umschlungen trat Aris auf die Lichtung, legte einen Arm um ihren Rücken und ging zeitgleich in die Knie. Vorsichtig legte er sie in das weiche Gras, während er sich mit dem Ellenbogen abstützte und sich dicht über sie beugte. Ein tiefes Raunen drang an ihr Ohr, als sie ihre Finger zaghaft über seinen Hosenbund gleiten ließ und schließlich den obersten Knopf öffnete.

Abermals begann er ihren Hals zu küssen, ehe seine Lippen weiter nach unten wanderten und jeden einzelnen Zentimeter ihrer Haut versengten. Ein nie gekanntes Verlangen ergriff von Anthea Besitz. Ein Gefühl, welches ebenso neu wie überwältigend war.

Langsam schob er den Saum ihres Kleides hoch, ließ seine Hand hauchzart über ihren Oberschenkel kreisen und entlockte ihr ein erregtes Seufzen. Nie hätte sie gedacht, dass ein solcher Mann zu so sanften Berührungen fähig wäre. Noch niemals zuvor hatte sich etwas derart richtig angefühlt.

Als seine Finger sich erneut einen Weg nach oben bahnten und über ihre Brust fuhren, die nur durch den dünnen Stoff ihres Kleides bedeckt wurde, presste sie ihren Körper begierig an seinen. Sie spürte seine Härte an ihrem Unterleib und atmete zitternd ein.

»Anthea.«

Ihr Name verlor sich in einem kehligen Raunen, der prickelnde Impulse in ihr auslöste. Während sie das Rauschen ihres Blutes in den Ohren hören konnte, sah sie Aris' stahlgraue Augen. Sein Blick spiegelte Verlangen und Sehnsucht wider, doch sie wusste, dass er nicht weiter gehen würde, wenn sie an dieser Stelle verneinte. Er überließ ihr die Wahl. Es war allein ihre Entscheidung.

Und sie wusste, was sie wollte.

Schwer atmend hielt sie seinem Blick stand, nickte und küsste ihn mit all ihrer Leidenschaft. Sie spürte, wie er die letzten beiden Knöpfe seiner Hose öffnete, ehe er sich vorsichtig zwischen ihren Beinen positionierte.

Ein letztes Mal sah er ihr in die Augen, brachte ihr Herz dazu, sich rasend zu überschlagen, und legte seine Lippen auf die ihren.

Während er seine Hüfte vorsichtig nach vorne schob, konnte sie nicht anders, als leise aufzustöhnen. Sie spürte einen kurzen ziehenden Schmerz, der aber bereits nach wenigen Sekunden einem Gefühl wich, welches sie unmöglich beschreiben konnte. Langsam führte Aris seine Bewegungen fort und gab ihr Zeit, sich an ihn zu gewöhnen. Mit jedem schweren Atemzug spürte Anthea eine Woge der Lust durch ihren Körper jagen, die sie dazu brachte, ihre Finger in seine Schulter zu krallen und ihre Beine enger um seine Hüfte zu schlingen. Als seine Stöße an Kraft gewannen, verlor sie sich unaufhaltsam in einem Sturm aus Leidenschaft und unbändigem Verlangen. Keuchend schloss sie die Augen und ließ sich von seinem schnellen Rhythmus mitreißen. Ihre Gefühle drohten sie zu übermannen, rissen sie unaufhaltsam mit sich und entluden sich in einem Beben, das ihren gesamten Körper durchfuhr. Ein lustvoller Schrei brach sich auf ihren Lippen, als sie den Höhepunkt erreichte, dem Aris nur wenige Sekunden später folgte.

Keuchend legte er seine verschwitzte Stirn an ihre und kitzelte ihre Wangen mit seinen weißblonden Strähnen.

Unfähig zu denken, geschweige denn ein einziges Wort zu sagen, genoss Anthea diesen intimen Moment der Nähe und schloss ihn für immer in ihrem Herzen ein.

Nachdem sich ihrer beider Atem allmählich beruhigt hatte, erhoben sie sich aus dem Gras und ließen sich unter einem der hohen Bäume nieder. Während Aris mit dem Rücken gegen den Stamm lehnte, saß sie zwischen seinen Beinen und lehnte ihren Kopf an seine Schulter. Erst jetzt begann die Prinzessin vollends zu realisieren, was sie soeben getan hatten und obwohl sie wohl mit jeder einzelnen Tugend gebrochen hatte, fühlte sie weder Scham noch Reue. Ganz im Gegenteil. Zum ersten Mal in ihrem Leben hatte sie sich wirklich frei gefühlt. Ohne jegliche Art von Zwängen, Regeln oder Pflichten. In Aris' Gegenwart konnte sie sie selbst sein. So war es immer gewesen und so würde es immer fortwähren.

Sie saßen eine Weile schweigend beisammen und genossen die Nähe des anderen. Vermutlich würde dies einer der letzten ruhigen Momente sein, ehe sie die Grenze erreichten. Ein Gedanke, der Antheas Blick nach oben gleiten ließ. Schon jetzt erstrahle der Himmel in einem goldgelben Schein, der in dünnen Lichtkegeln durch die Bäume brach und die Lichtung zunehmend erhellte. Die Kälte der Nacht wich einer klaren Morgenluft, die nach nassem Gras und feuchter Erde roch. Dieser Moment wirkte so friedlich und trug eine solch natürliche Harmonie in sich, dass er Antheas Herz schwerer wiegen ließ.

»Vielleicht sollten wir für immer hierbleiben«, flüsterte sie gedankenverloren.

»Eine schöne Vorstellung.«

Behutsam zog Aris sie ein Stück näher an sich heran und strich ihr sanft über den Arm. »Doch hier bist du nicht sicher.«

Sie wusste nicht genau, ob er von Salis, dem Wald oder sich selbst sprach, doch wenn die Thronerbin ehrlich war, bezweifelte sie, dass sie innerhalb ihres Königreiches sicherer wäre. Nicht mit dem Wissen, welches sie nun besaß.

»Wie weit ist es noch bis zum Fluss?«

»Wenn wir in Kürze aufbrechen, müssten wir ihn bis zum Abend erreichen«, erwiderte Aris seufzend. »Ich sage es nur ungern, aber Mehlion scheint tatsächlich sein Wort zu halten. Normalweise wimmelt es auf dem Weg hierher nur so vor Naturgeistern.«

»Warum trägt die Wiese eigentlich den Namen blutrote Lichtung?«, fragte Anthea und dachte an das Gespräch mit dem Elfenfürsten zurück.

»Das wirst du gleich sehen. Warte, bis die ersten Strahlen auf das Gras treffen.«

Gespannt beobachtete die Prinzessin, wie die Sonne allmählich zwischen den Bäumen erschien und lange Schatten über die Wiese zog. Als sie so hoch stand, dass ihre Strahlen direkt auf die Lichtung fielen, weiteten sich Antheas Augen vor Verblüffung. Unzählige kleine Pflanzen hoben ihre Köpfe und öffneten nacheinander ihre Blütenkelche. Ein Meer aus leuchtend roten Blumen tauchte vor ihnen auf und zog Anthea restlos in seinen Bann. Winzige Tautropfen reflektierten das Licht der Sonne und ließen die Lichtung in einem wundersamen rötlichen Glanz erstrahlen. Ihre winzigen Blüten erinnerten an die Form von Blutstropfen und machten deutlich, wie dieser Ort seinen Namen erhalten hatte.

»Das ist ja wunderschön«, hauchte die Thronerbin, ehe sie sich langsam erhob und zwischen die Blumen trat. Sie spürte, wie die Sonne ihre Haut erwärmte und die Magie von ganz allein erweckte. Antheas Finger strichen sanft über die kleinen Blütenkelche, während sie die uralte Macht des Waldes wahrnahm. Sie spürte sie unter den Sohlen ihrer Schuhe, in der Luft, die vom süßlichen Geruch der Blüten getränkt wurde, und schlussendlich sogar in sich selbst. Ein Lächeln legte sich auf ihre Lippen, als sie zum ersten Mal vollends realisierte, dass sie ebenso wie die Naturgeister ein Teil des veterischen Waldes war. In ihren Adern floss dieselbe Magie, die diesen Ort zum Leben erweckte.

Machtvoll, unzähmbar und strahlend hell.

Von dieser Erkenntnis überwältigt, wandte sie sich zu Aris um, der sie vom Rand der Lichtung aus beobachtete und sie mit einem Blick besah, der ihr Herz unweigerlich schneller schlagen ließ.

***

Aris

Sie war das Schönste, das er jemals gesehen hatte.

Äußerlich wie innerlich. Während die Sonne auf ihr schwarzes Haar schien und sowohl die Blumen als auch ihre Adern zum Leuchten brachte, verlor sich Aris in ihrem magischen Antlitz. Ihr Anblick löste Gefühle in ihm aus, die bis in die Tiefe seiner geschundenen Seele drangen. Und er war dankbar dafür. Dankbar, dass sie niemals aufgehört hatte, an ihn zu glauben, dass sie ihre Verbindung trotz aller Widrigkeiten aufrechterhalten hatte und dass sie hier, an diesem außergewöhnlichen Ort, etwas geteilt hatten, das selbst die Dunkelheit nicht zerstören konnte. Spätestens in dem Moment, als er sich in ihr verloren hatte, war Aris bewusst geworden, wie tief seine Gefühle für Anthea reichten, und dass er sie bis zu seinem letzten Atemzug beschützen würde. Selbst wenn dies bedeutete, dass er sie gehen lassen musste. Ein Gedanke, der seiner Brust einen schmerzhaften Stich versetzte. Es war grausam, dass sich ihre Wege, jetzt, nachdem sie sich endlich wiedergefunden hatten, erneut trennen würden, doch es war die einzige Möglichkeit, sie in Sicherheit zu bringen. Denn wo er hingehen würde, konnte er sie nicht mitnehmen. Der einzige Weg, Anthea für den Rest ihres Lebens in Sicherheit zu wissen, ging Hand in Hand mit seinem Wunsch nach Rache.

Salis musste für das, was er ihm, seiner Familie und all den unschuldigen Opfern angetan hatte, bezahlen. Und solange seine menschliche Seite über das Monster in seinem Inneren gebot, würde er versuchen, das Amulett zu zerstören und den Fluch zu brechen. Koste es, was es wolle.

22. DER SCHMERZ DES ABSCHIEDS

Anthea

Als sie die Lichtung hinter sich ließen, warf Anthea einen letzten wehmütigen Blick über die Schulter zurück. Sie mochten nicht lang dort gewesen sein, doch das, was sie auf der Wiese gesehen und mit Aris geteilt hatte, war Grund genug, um diesen Ort fortan zu vermissen. Und auch, wenn sie wusste, dass es durchaus naiv und mehr als unwahrscheinlich war, so wünschte sie doch insgeheim, einmal hierher zurückzukehren.

Zu einer anderen, besseren Zeit.

Nachdem sie etwa einen halben Tag lang über verschlungene Pfade und schmale Wege geritten waren, zog Aris mit einem Mal die Zügel an und drückte sie kurzerhand in Antheas Hände. Verwundert sah sie dabei zu, wie er leichtfüßig aus dem Sattel sprang und ohne ein Wort zu sagen Richtung Unterholz marschierte.

»Sollte ich wissen, wieso wir plötzlich anhalten?«, rief sie ihm hinterher und zog verwirrt die Augenbrauen hoch, als er nach wenigen Augenblicken zurückkehrte und ihr eine Art schmutzigen Stock entgegenhielt.

»Hier, nimm das.«

Perplex griff sie danach und hatte nicht die leiseste Ahnung, was es mit diesem vertrockneten Stück Pflanze auf sich hatte.

»Danke, aber Blumen hätten es auch getan.«

»Das ist kein Geschenk«, erwiderte er mit einem schiefen Lächeln und sprang erneut in den Sattel. Kaum da sie seinen Körper an ihrem spürte, fuhr ihr ein wohliger Schauer über Rücken.

»Du sollst sie essen.«

»Bitte was?«

Entgeistert drehte sie den Kopf zur Seite und versuchte, einen Blick auf

Aris' Miene zu erhaschen. Es musste sich um einen Scherz handeln. Unglücklicherweise deuteten sein Gesichtsausdruck und die Tatsache, dass er sich selbst auch einen solchen knorrigen Stock mitgebracht hatte und nun beherzt hineinbiss, auf das Gegenteil hin.

»Das ist eine Visuntwurzel. Sie macht nicht nur satt, sondern speichert Wasser in ihren Ausläufern. Sie schützt deinen Körper vor dem Austrocknen.«

»Das ist ein abgestorbenes Stück Holz mit kleinen Fäden daran«, erwiderte die Thronerbin und verzog das Gesicht. »Außerdem habe ich keinen Hunger.«

»Dein Magen knurrt mittlerweile so laut, dass wir jeden Naturgeist im Umkreis von drei Meilen anlocken«, entgegnete Aris und brachte Cavon in einen leichten Trab.

Eine Tatsache, die Anthea nicht einmal abstreiten konnte. Schließlich hatte sie seit einer gefühlten Ewigkeit nichts mehr gegessen.

»Jetzt versuch es. Sie schmeckt besser, als sie aussieht. Cavon mag sie übrigens auch.«

»Cavon ist ein Pferd«, erwiderte Anthea trotzig.

»Vertrau mir einfach. Wir haben beide nichts davon, wenn du halb verhungert aus dem Sattel fällst. Außerdem wirst du deine Kräfte brauchen.«

Misstrauisch beäugte sie die Wurzel und strich einen Rest dunkler Erde von der rauen Oberfläche. Als ihr Magen daraufhin erneut zu knurren begann, seufzte sie geschlagen auf.

»Wenn ich daran ersticke, bist du schuld.«

»Dieses Risiko bin ich gewillt, einzugehen.«

Abermals warf sie ihm einen vielsagenden Blick zu, den er mit einem amüsierten Grinsen beantwortete. Ein unverhofft seltener wie schöner Anblick.

Noch einmal nahm sie einen tiefen Atemzug, brach etwas von dem Pflanzenstück ab und schob es sich widerwillig in den Mund. Im ersten Moment spürte sie nur knirschenden Sand zwischen ihren Zähnen, doch breitete sich schon nach kurzem Kauen ein nussig herber Geschmack in ihrem Mund aus. Zu behaupten, dass die Wurzel schmecken würde, wäre restlos übertrieben.

Allerdings war sie auch nicht so übel wie gedacht. Sie würde zumindest das schlimmste Hungergefühl verdrängen.

»Wie kommt es eigentlich, dass du so viel über Pflanzen und ihre Wirkungsweise weißt?«, fragte Anthea und brach eine weitere kleine Ecke ab.

»Einen Teil habe ich mir selbst angeeignet«, entgegnete Aris, ehe seine Stimme einen ernsteren Tonfall annahm. »Das meiste habe ich jedoch von Tarzdall gelernt.«

Anthea spürte, wie sich sein Körper merklich anspannte.

»Ihr scheint euch recht nahe zu stehen, nicht wahr?«

Umgehend dachte sie zurück an ihre Begegnung mit dem Gnom und an die Art, wie er und Aris miteinander umgegangen waren. Es erinnerte sie an eine Art Hassliebe.

»Er war einst ein Gefangener der schwarzen Festung. Er musste Salis bei einer Reihe von Experimenten dienen und verschiedene Tränke für ihn brauen. Später sollte er mir alles über Gifte und ihre Wirkungsweisen beibringen. Er hat mich jedoch weitaus mehr gelehrt. Wofür ich rückblickend sehr dankbar bin.«

In Aris' Worten schwang ein ungeahnt trauriger Unterton mit.

»Das klingt fast so, als wäre er dir ein guter Freund gewesen.«

»Er war mehr als das«, entgegnete Aris bedrückt. »Er rettete mir in vielerlei Hinsicht das Leben. Und ich ihm das seine.«

Überrascht horchte die Prinzessin auf und schaute ihm fragend entgegen.

»Nachdem Salis seinen Nutzen aus ihm gezogen hatte und nicht länger auf seine Unterstützung angewiesen war, gab es keinen weiteren Grund, ihn am Leben zu lassen.«

Antheas Nackenhaare sträubten sich unweigerlich.

»Ich versuchte, Salis von Tarzdalls Fähigkeiten zu überzeugen, und setzte mich für ihn ein. Daraufhin stellte der Schwarzmagier mir ein Ultimatum.«

»Was für ein Ultimatum?«

Die Frage glitt nur zögerlich über ihre Lippen. Sie wusste nicht genau, ob sie die Antwort überhaupt hören wollte.

»Er verlangte von mir, ihm das Haupt eines Arletes zu bringen. Eines seltenen Naturgeistes, der von den Elfen als heilig angesehen wird und dessen Herz magisches Potential in sich trägt. Sollte ich scheitern, würde er mich zwingen, Tarzdall eigenhändig den Kopf abzuschlagen.«

»Das ist bestialisch«, hauchte Anthea.

»Ich tat, was ich tun musste. Andernfalls hätte ich das einzige Geschöpf verloren, das mir in all den Jahren mit Freundlichkeit und Güte begegnet war.«

Diese Erzählung machte Anthea nicht nur fassungslos, sondern löste tiefes Mitleid in ihr aus.

»Es tut mir so leid.«

»Braucht es nicht. Salis wird dafür bezahlen.«

Sein Tonfall hatte eine solche Härte angenommen, dass sich ihr Magen unweigerlich zusammenzog. Anthea fürchtete, dass hinter seinen Worten mehr als tiefer Zorn lag. Es schien sich nicht allein um eine leere Drohung zu handeln.

Sie hoffte, dass sie sich irrte.

***

Aris

Obwohl der silberne Fluss noch nicht in Sichtweite war, hörten sie das leise Rauschen bereits aus der Ferne. Der Wind trug es auf seinen Schwingen und trieb es bis an ihre Ohren. Es gewann mit jedem von Cavons Hufschlägen an Kraft und verstärkte den Druck in Aris' Brust. Die Sonne war inzwischen hinter dem Horizont versunken und gewährte so der Nacht Eintritt. Während der Himmel in seinen letzten feuerroten Farben erstrahlte, konnte er nichts gegen die aufziehende Dunkelheit ausrichten.

Je näher sie der Grenze kamen, desto unruhiger schien Anthea zu werden. Reav spürte, wie sich ihre Muskulatur zunehmend verspannte und sah, wie sie ihre Finger immer fester um den Sattelknauf klammerte. Unweigerlich begann Aris mit sich zu hadern und seinen Entschluss infrage zu stellen. Noch konnte er seine Meinung ändern, allerdings zu einem Preis, den er nicht bezahlen wollte. Er hatte keine Wahl.

»Wir sind gleich da«, bemerkte er mit rauer Stimme und räusperte sich sogleich.

»Ich weiß«, erwiderte die Thronerbin angespannt. »Ich spüre die Magie.«

Als sich der silberne Fluss zwischen den Bäumen auftat, verspürte Aris einen Moment lang den Drang, die Zügel anzuziehen und Cavon in die entgegengesetzte Richtung zu treiben. Doch so schnell dieser Gedanke gekommen war, so rasch versuchte er ihn zu verdrängen. Antheas Schutz war zum Greifen nahe. Für sie bedeutete die Grenze Sicherheit, für ihn jedoch markierte sie den Abschied.

Als sie das Ufer erreichten, brachte er Cavon zum Stehen, sprang aus dem Sattel und befestigte die Zügel an einem breiten Ast.

»Soll ich dir helfen?«

Erst, als er sie direkt ansprach, konnte sich Anthea vom Anblick des Flusses lösen. Sie wirkte ungemein angespannt, beinahe verunsichert.

»Nein, es geht schon«, erwiderte sie und bemühte sich um eine selbstsichere Miene. Langsam glitt sie Cavons Rücken hinab und trat anschließend näher an das rauschende Wasser heran.

»Wo genau sind wir hier?«

»Wir befinden uns relativ weit im Osten«, erwiderte Aris und deutete auf die alte Steinbrücke, die links von ihnen über den Fluss führte. »An dieser Stelle befand sich einst ein alter Handelsposten, der das Königreich mit dem Wald verband. Allerdings ist bis auf diese Brücke nichts mehr davon übriggeblieben.«

Das hölzerne Geländer existierte längst nicht mehr, dafür zogen sich entlang der Außenseiten dichte Moos- und Kletterpflanzen. Das Wasser rauschte mit hoher Geschwindigkeit darunter hindurch, angefacht von den Regenfällen der letzten Tage. Mit einer Breite von knapp drei Metern bildete der Fluss eine eindrucksvolle Grenze, die jeden, der dort hineinfiel, mitreißen und in die Tiefe ziehen würde.

»Glaubst du, wir werden die Goldene Stadt noch vor Morgengrauen erreichen?«

Der Druck in seiner Brust wurde so stark, dass Aris kaum einen tiefen Atemzug nehmen konnte. Doch er zwang sich dazu, den Blick geradeaus zu richten und jedwedes Gefühl zu unterdrücken. Ein Vorhaben, das zum Scheitern verurteilt war.

»Die Goldene Stadt ist ungefähr einen halben Tagesritt entfernt. Du wirst noch vor Sonnenaufgang dort ankommen.«

Ihr Blick durchdrang ihn bis ins Mark.

»Ich werde allein gehen?«

»Ja.«

Es war ein so einfaches Wort. Doch es löste eine Reaktion aus, die ihm das Herz förmlich aus der Brust riss. Antheas Lippen begannen zu zittern, während sie fieberhaft versuchte, ihre Tränen zurückzuhalten.

»So muss es nicht enden«, wisperte sie betroffen.

»Doch, das muss es.«

Er wollte ihr so viel mehr sagen. Er wollte sich erklären, seine Gefühle in Worte fassen und sie an seinen Ängsten teilhaben lassen. Doch er konnte nicht. Vielleicht, weil er zu feige war und fürchtete, sein eigentliches Vorhaben aus den Augen zu verlieren. Und verdammt, er hasste sich dafür.

»Ich weiß, dass du fürchtest, dass dich das Amulett erneut in seinen Bann ziehen könnte. Aber ich bin an deiner Seite. Meine Magie wird Salis' Dunkelheit auf Abstand halten. Wir können gemeinsam einen Weg finden, dich davon zu befreien.«

Er wollte ihr glauben. Nur zu gerne hätte er alle Zweifel verworfen und sich allein auf ihre Magie verlassen. Doch tief in seinem Inneren erkannte Aris, dass es nur einen einzigen Weg gab.

»Es existiert nur eine Möglichkeit, den Fluch zu brechen. Du bist sicher, sobald du die Brücke überquert hast. Doch mit mir an deiner Seite wärst nicht nur du, sondern ebenso dein Volk in Gefahr.«

»Es wäre auch dein Volk«, erwiderte sie, ehe ihre Stimme brach.

»Wie bitte?«

»Unsere Verbindung wurde allein aufgrund deines vermeintlichen Todes aufgelöst. Doch du bist am Leben.«

Noch ehe er es unterdrücken konnte, stieß Aris einen ungläubigen Laut aus.

»Nein, Anthea.«

»Nein? Das ist alles, was du dazu zu sagen hast?«

»Mehr gibt es dazu nicht zu sagen«, erwiderte er mit belegter Stimme und trat einen Schritt zurück. Er versuchte, so entschlossen wie möglich zu klingen, während ein Sturm in seinem Inneren wütete.

»Das sehe ich anders«, erwiderte sie.

»Versteh doch, ich bin nicht mehr der, der ich einst war. Ich bin alles andere als ein unschuldiger Junge, der dazu auserkoren war, ein Königreich zu regieren!«

»Und was bist du dann?«

»Ein verdammtes Monster!«, schrie er verzweifelt, sodass Anthea unweigerlich zusammenzuckte. »Ich habe Befehle ausgeführt, die ich nicht einmal aussprechen will. Davon abgesehen würde mich nicht ein einziger Mensch in Aurasis akzeptieren. Für sie bin ich nach wie vor der Sohn des Bösen. Daran wird sich nichts ändern.«

»Mit mir an deiner Seite werden sie die Wahrheit erfahren! Die Menschen vertrauen mir und meiner Magie. Gib ihnen Gelegenheit, ihre Meinung zu ändern. Wir könnten dich vorerst an einen sicheren Ort bringen. Wir könnten es gemeinsam schaffen. Du hast nichts von alledem freiwillig getan! Du konntest nichts dafür!«

»Das ändert nichts an der Tatsache, dass ich es dennoch getan habe. Es mag eine Erklärung sein, doch keine Entschuldigung!«

Ein quälender Moment der Stille breitete sich zwischen ihnen aus. Ein Augenblick, in dem er Zeuge wurde, wie der Glanz in Antheas braunen Iriden erlosch.

»Du weißt, dass ich recht habe«, endete er und bemühte sich, die Fassung zu wahren. Ihr verzweifelter Blick verdeutlichte ihm, dass sie ihn insgeheim verstand. Dass sie begriff, wieso er nicht mit ihr gehen konnte.

»Es tut mir leid.«

Ein hoffnungsloser Laut glitt über Antheas Lippen.

»Also ist dies der Abschied?«

Langsam trat Aris einen Schritt auf sie zu, und obwohl sein Verstand ihn daran hindern wollte, befahl ihm sein Herz, ihr Gesicht ein letztes Mal in seine Hände zu nehmen und seine Stirn an ihre zu betten.

»Wenn all dies vorbei ist, werde ich zu dir zurückkommen. Doch solange Salis lebt, können wir weder hier noch jenseits der Grenze zusammen sein.«

»Bis dahin werden sie mich gezwungen haben, einen anderen zu heiraten.«

Ein schmerzhafter Stich fuhr durch seine Brust. Noch niemals zuvor hatte Aris sich so sehr gewünscht, jemand anderer zu sein. Jemand, der ihrer würdig war.

»Vielleicht ... vielleicht ist es besser so.«

»Das kann nicht dein Ernst sein«, wisperte sie und wich einen Schritt zurück. »Bin ich dir denn so gleichgültig? Ist dir das, was wir geteilt haben, etwa vollkommen egal?«

»Nein!«, rief er rasch und hätte sich für seine stümperhaften Worte am liebsten selbst geohrfeigt. Verzweifelt ballte er seine zitternden Hände zu Fäusten und konnte ihrem verletzten Blick kaum mehr standhalten.

»Das ist es ja gerade ... du ... du bedeutest mir alles. Und deshalb habe ich keine andere Wahl, als dich gehen zu lassen. Solange ich an das Amulett gebunden bin, werde ich immer eine Gefahr darstellen. Erst wenn der Fluch gebrochen ist, werde ich mir selbst vertrauen können.«

»Du kannst Salis nicht allein besiegen.«

»Ich muss es versuchen.«

»Du wirst sterben«, hauchte sie unter Tränen.

»Wenn ich eines in all den Jahren gelernt habe, dann zu überleben.«

»Ich ... ich will dich nicht verlieren. Nicht noch einmal.«

Ihre Worte zerrissen ihn in tausend Stücke, während eine einzelne Träne über seine Wange rann.

»Anthea, ich ...«

Noch ehe er den Satz beenden konnte, wieherte Cavon unruhig. Umgehend wirbelte Aris herum und spähte in die Dunkelheit. Er spürte, wie der Boden unter ihm zu vibrieren begann, gefolgt von wirrem Geraschel, in das sich nur einen Herzschlag später Stimmen mischten.

Das Blut schoss durch seine Venen, während sich seine Gedanken überschlugen. Er musste Anthea über die Brücke bringen. Sofort!

Hastig griff er nach ihrer Hand und wollte Richtung Wasser stürmen, doch preschten in jenem Moment mehrere Reiter durch das Dickicht und hielten direkt auf sie zu. Schützend zog Aris die Prinzessin hinter sich, bereit, sie so lange zu verteidigen, bis sie es auf die andere Seite geschafft hatte. Doch kurz bevor der Trupp sie erreichte, zügelte der vorderste Soldat sein Pferd und besah sie mit stechendem Blick. Ein Schock jagte durch Aris' Venen, als ihm bewusst wurde, dass er das Gesicht dieses Mannes kannte. Bruchstücke einer Erinnerung an die eisblauen Augen, die ihm schon einmal voller Angst und Abscheu begegnet waren, brachen auf ihn ein. Sie hatten gegeneinander gekämpft. An jenem Tag, an dem er Anthea entführt hatte.

»Beim Sonnengott, Prinzessin!«

Aris hörte, wie Anthea lautstark nach Luft schnappte, ehe sie neben ihn trat und den Reiter mit weit aufgerissenen Augen anstarrte.

»Marius?«

***

Anthea

Das war unmöglich. Sie konnte es nicht glauben. Wie in Trance sah sie dabei zu, wie ihr Verlobter aus dem Sattel sprang und Aris fixierte. Er trug eine Schlinge um den Hals, die seinen linken Arm stützte, was ihn jedoch nicht daran hinderte, mit dem rechten sein Schwert zu ziehen.

»Ergreift ihn!«

Von der Situation überwältigt, schaffte Anthea es kaum, zu reagieren. Die Ereignisse überschlugen sich in Windeseile. In dem Moment, in dem die Soldaten auf sie zustürmten, wandte sich Aris um, zog kurzerhand den Dolch aus der Halterung ihres Gürtels und sah ihr ein letztes Mal in die Augen, bevor er sie gezielt zur Seite stieß. Ein spitzer Schrei entfuhr ihr, als sie nach hinten stolperte und sich nur mit Mühe auf den Beinen halten konnte. Entsetzt musste Anthea mitansehen, wie sich ein Dutzend Soldaten zeitgleich auf Aris stürzte. Intuitiv wollte sie zurück an seine Seite eilen und versuchen, ihm irgendwie zu helfen, als sie plötzlich einen starken Griff um ihr Handgelenk spürte. Panisch drehte sie sich um und blickte in Marius' Antlitz.

»Seid Ihr von Sinnen?«

Seine Stimme war so kalt wie das Blau seiner Augen.

»Sagt Euren Männern, dass sie aufhören sollen, sofort!«

Überrascht zog er die Augenbrauen hoch.

»Aufhören?«, wiederholte er ungläubig und stieß einen abschätzigen Laut aus. »Dieses Monstrum hat Euch den Kopf verdreht, Prinzessin. Ihr könnt nicht klar denken.«

Die Art, wie er mit ihr sprach, brachte das Feuer in ihrem Inneren zum Lodern.

»Ich denke klarer als jemals zuvor!«, zischte sie und löste sich ruckartig aus seinem Griff, ehe sie auf die Soldaten zueilte.

»Aufhören! Sofort!«

Obwohl sich einige zu ihr umwandten und kurz zu zögern schienen, setzten sie den Kampf dennoch fort. Sie hörten nicht auf sie. *Verdammt, wieso ignorierten sie ihre Befehle?* Machtlos musste Anthea mitansehen, wie Aris von den Männern eingekreist und immer näher ans Ufer gedrängt wurde. Trotzdem inzwischen vier von ihnen stöhnend auf dem Boden lagen, waren sie dennoch nach wie vor in der Überzahl.

»Das reicht jetzt!«

Abermals trat Marius an ihre Seite, umfasste ihr Handgelenk und zog sie fest an sich.

»Ist das der Dank dafür, dass ich Euch tagelang ohne Unterlass gesucht habe? Was ist los mit Euch? Ihr benehmt Euch wie eine Wilde!«

Anthea spürte, wie die Magie durch jede Faser ihres Körpers schoss. Binnen eines Herzschlags begannen ihre Adern zu leuchten, woraufhin Marius seinen Griff augenblicklich löste. Er musterte sie mit einer Mischung aus Unsicherheit und Entsetzen.

»W-was soll das?«

»Sagt Euren Männern, dass sie sich zurückziehen sollen«, forderte die Thronerbin bestimmt. In jenem Augenblick ertönte jedoch ein Schrei, der sie panisch herumwirbeln ließ. Entsetzt musste sie mitansehen, wie Aris in die Knie ging, umringt von sechs Männern, die unaufhörlich auf ihn einschlugen. Ein Moment, den Marius zu seinen Gunsten nutzte.

»Ich habe nicht die leiseste Ahnung, was dieser Abschaum mit Euch angestellt hat, doch ich versichere Euch eines: Solltet Ihr Euch weiterhin gegen meine Befehle stellen, werde ich die Gesetze unseres Reiches kurzzeitig vergessen und ihn direkt hier, vor Euren Augen, köpfen lassen. Ich rate Euch also dringend davon ab, etwas Unüberlegtes zu tun. Entweder nehmt Ihr jetzt Vernunft an oder ich werfe seinen toten Körper eigenhändig in den Fluss. Eure Entscheidung.«

Ein Beben ungeahnter Stärke jagte durch Antheas Körper. Marius' hasserfüllte Stimme machte deutlich, dass er jedes einzelne Wort genau so meinte. Schlimmer noch als sein böswilliger Tonfall, war jedoch die unterschwellige Freude, die darin mitschwang. Sie hatte schon immer geahnt, wie skrupellos ihr Verlobter war, doch dass ein solcher Sadist unter seiner Oberfläche lauerte, überstieg ihre schlimmsten Befürchtungen.

Die panische Angst um Aris lähmte nicht nur ihren Verstand, sondern durchbrach den Fluss ihrer Magie. Sie konnte sie nicht gezielt einsetzen. Sie hatte es nie gelernt. Und schon ein Fehler würde genügen, um Marius' Drohung wahrwerden zu lassen. Ihr waren die Hände gebunden. Entweder, sie ordnete sich unter, oder Aris würde sterben.

»Ich denke, ich habe mich klar genug ausgedrückt?«

Marius' Worte lösten einen heißkalten Impuls in ihr aus, der sie leise nach Luft schnappen ließ. Er hatte ihr diese Frage schon einmal gestellt. An ihrem Hochzeitstag. Nachdem er sie, ebenso wie hier, vor die Wahl gestellt hatte. Entweder hätte sie fortan geschwiegen und sich seiner Willkür untergeordnet, oder er hätte Isobel etwas angetan.

Unfähig, etwas zu erwidern, konnte Anthea nichts weiter tun, als knapp zu nicken. Sie hatte das Gefühl, ersticken zu müssen. Machtlos musste sie mitansehen, wie Aris vor ihren Augen in Ketten gelegt und grob zurück auf die Beine gezogen wurde. Als sich ihre Blicke trafen, wäre sie am liebsten schreiend zu Boden gesunken. Obwohl er derjenige war, der soeben zusammengeschlagen wurde, galt sein sorgenvoller Ausdruck allein ihr.

»Schafft den Gefangenen auf ein Pferd und achtet darauf, dass er sicher im Sattel sitzt«, befahl Marius mit einem heimtückischen Grinsen im Gesicht.

»Wir wollen doch schließlich nicht, dass er herunterfällt und zu Tode geschleift wird.«

»Hör zu du Mistkerl, du machst einen verdammten Fehler. Nehmt die Prinzessin und verschwindet. Wenn du mich über die Grenze bringst, wird ...«

Noch ehe Aris weitersprechen konnte, packte ihn einer der Soldaten an den Haaren und riss seinen Kopf zurück. Anthea konnte den Anblick kaum ertragen.

»Du bist der Letzte, von dem ich Befehle annehme«, erwiderte Marius und spuckte Aris ins Gesicht, ehe er unvermittelt ausholte und ihm kraftvoll in den Bauch boxte. Während Aris sich unter Schmerzen krümmte, presste sich die Prinzessin die Hände vor den Mund und versuchte, ihren Aufschrei zu unterdrücken.

»Das war für meine Schulter.«

Mit einem widerwärtig zufriedenen Ausdruck im Gesicht wandte sich der Fürstensohn zu Anthea um und deute auf die Brücke.

»Wir sind nun bereit zum Aufbruch. Und wir sollten uns beeilen, schließlich haben wir eine Hochzeit zu feiern.«

Die Thronerbin spürte, wie sich ihr schlagartig der Magen umdrehte. Nicht Aris war hier das Monster, sondern allein ihr Verlobter. Ganz gleich, was auch geschehen mochte, sie würde ihn niemals heiraten. Nicht um ihrer selbst willen, sondern zum Schutze ihres Volkes. Dieser Mann durfte dem Thron nicht zu nahe kommen, niemals.

»Hört auf, so ein bedrücktes Gesicht zu machen. Schließlich bringe ich Euch endlich nach Hause. Und glaubt mir, Ihr werdet dort sehnlichst erwartet«, flötete Marius, als er Anthea zu seinem Pferd führte. Während der Druck in ihrer Brust unerträglich wurde, erinnerten sie seine Worte plötzlich an ihr Gespräch mit Mehlion. Umgehend schaute sie auf den tosenden Fluss und spürte, wie ihr Herz einen Satz nach vorne sprang.

»Wir dürfen noch nicht aufbrechen!«

»Wie bitte?«

Der Fürstensohn besah sie mit einer Mischung aus Belustigung und Ungeduld.

»Die Grenze … ich muss versuchen, sie zu schützen, und zwar jetzt und hier.«

»Ihr werdet sie schützen, sobald wir zurück in der Goldenen Stadt sind. Seid froh, dass ich Euch gefunden habe. Eure Blutvorräte sind beinahe aufgebraucht.«

»Marius, Ihr versteht nicht. Ich kann den Fluss auch ohne Blut mit meiner Magie tränken. Bitte, lasst es mich versuchen!«

Skeptisch schaute er auf ihre Hände. Sein Gesicht zierte dabei derselbe misstrauische Ausdruck, den er auch beim Anblick ihrer goldenen Adern gehabt hatte. Er vertraute ihr nicht. Es hatte sogar fast den Anschein, als wäre ihm ihre Magie zuwider.

»Ich habe genug von derlei Spielchen. Setzt Euch auf das Pferd.«

»Bitte, so hört mir doch wenigstens …«

»Ihr werdet die Grenze so schützen, wie Ihr es immer getan habt! Vergesst nicht, wer Ihr seid und wo Eure Pflichten liegen, Prinzessin!«

Er spie ihren Titel regelrecht aus und verdeutlichte ihr, wo ihr Stand seiner Ansicht nach lag.

Widerwillig stellte Anthea ihren Fuß auf den Steigbügel und zog sich auf den Sattel. Sie wusste, dass sie Marius nicht umstimmen konnte. Es hatte sich nichts geändert – mit einer Ausnahme.

Sie wusste nun, wer sie war und kannte ihren Wert. Und sie würde nicht aufgeben.

Während sie versuchte, so viel Abstand wie möglich zwischen ihrem und dem Körper ihres Verlobten zu bringen, schaute sie zu Aris, der gefesselt auf einem Pferd hinter ihr saß. Das Herz trommelte wild gegen ihre Brust.

Nun lag es allein an ihr.

23. WENN DIE DUNKELHEIT ERWACHT …

Anthea

Während Marius seine Männer erbarmungslos zur Eile antrieb, zog die Nacht allmählich über ihnen hinweg. Ein dünner Sichelmond erhellte ihren Weg, der sie sicher über die weiten Ebenen von Aurasis geleitete. Obwohl ihr der kalte Ostwind unaufhörlich Tränen in die Augen trieb, konnte Anthea nicht aufhören, immer wieder zurückzusehen und Aris besorgt zu mustern. Anfangs waren sich ihre Blicke noch mehrmals begegnet, doch inzwischen hielt er den Kopf immerzu gesenkt. Sein Anblick ließ ihr Herz mit jedem Atemzug schwerer wiegen. Alles in ihr schrie danach, ihm irgendwie zu helfen.

»Findet Ihr nicht, wir sollten eine Rast einlegen? Die Männer sehen erschöpft aus.«

Sie bemühte sich darum, so diplomatisch wie möglich zu klingen. Als sie den Kopf jedoch zur Seite drehte und in Marius' verbissenes Gesicht sah, schwanden ihre Hoffnungen.

»Darum braucht Ihr Euch keine Gedanken machen«, erwiderte er und untermalte seine Antwort, indem er seinem schnaufenden Pferd abermals die Sporen gab.

»Ich könnte ebenfalls eine Pause gebrauchen«, versuchte sie es erneut.

»Ihr habt mehrere Tage in der Wildnis überlebt. Ihr werdet auch diesen Ritt überstehen.«

Die Rücksicht ihres Verlobten schien ebenso ausgeprägt wie seine Fürsorge. Doch noch ehe Anthea protestieren konnte, ließ sie ein tiefes Grollen verstummen. Umgehend schaute sie über die Schulter zurück und sah, wie die Silhouette des veterischen Waldes durch einen gleißend hellen Blitz erleuchtet wurde. Ein Unwetter braute sich jenseits der Grenze zusammen.

Es kam von Norden. Aus dem Gebirge.

Aris schien das Donnern ebenfalls vernommen zu haben, denn plötzlich hob er den Kopf und besah sie mit einem Blick, der mehr als tausend Worte sagte. Ihr Puls beschleunigte sich, während ihre Haut unangenehm zu kribbeln begann. Seine Befürchtungen schienen sich zu bewahrheiten. Salis plante seinen nächsten Schachzug. Dies war kein gewöhnliches Gewitter. Es war ein Zeichen. Ihnen rannte die Zeit davon.

Als die tiefschwarze Nacht einer langsam voranschreitenden Dämmerung wich, rückten die Umrisse der Goldenen Stadt erstmals in Sichtweite. Der Palast ragte mit seinen vielen Türmen und spitzen Dächern wie ein Dorn aus der flachen Umgebung hervor. Mit klopfendem Herzen blickte die Prinzessin ihrer Heimat entgegen, doch entgegen aller Hoffnung konnte sie weder Glück noch Erleichterung empfinden. Sie fühlte lediglich eine schleichende Angst, die jede Faser ihres Körpers gefangen nahm. Nun dauerte es nicht mehr lange, bis sie dem König gegenübertreten würde. Ihr einziger Lichtblick war allein die Tatsache, dass sie Isobel endlich wiedersehen würde. Himmel, wie sehr sie doch hoffte, dass es ihrer Freundin gut ging. Wie würde sie auf all das Geschehene reagieren? Ob ihre Zofe sie trotz ihrer wahren Herkunft genauso sehen würde wie zuvor?

Allerdings spielte auch das in jenem Moment keine Rolle. Vollkommen gleich, wie schwer die Last der Wahrheit auch wog, sie durfte sich nicht unterkriegen lassen. Die Vergangenheit hatte vorerst keine Priorität, denn die Gegenwart stellte sie vor wesentlich größere Probleme. Ihre erste Aufgabe würde darin bestehen, Gawain von Aris' wahrer Identität zu überzeugen und ihn schnellstens aus Marius' Fängen zu befreien. Ein Vorhaben, das alles andere als einfach werden würde. Falls dies nicht gelingen sollte, musste sie es irgendwie schaffen, Aris so schnell wie möglich zu befreien und an einen sicheren Ort zu bringen. Ein weiteres überaus schwieriges Unterfangen, denn genau genommen war sie ebenfalls eine Fremde innerhalb ihres eigenen Reiches.

Darüber hinaus hatte sie nicht vor, jemals wieder auch nur einen Tropfen Blut in den Brunnen zu geben und somit ihre Magie systematisch zu schwächen. Sie musste einen anderen Weg finden. Und zwar so schnell wie möglich.

Kaum hatten sie den Weg entlang der Stadtmauer eingeschlagen, hörte Anthea die Rufe der Turmwachen durch die Morgenluft hallen und ihr Eintreffen verkünden.

Als sie das riesige, aus Sandstein erbaute Stadttor erreichten, wurden abermals Dutzende Befehle laut, woraufhin das eiserne Fallgitter nach oben gezogen wurde. Nachdem sie den Eingang passiert hatten, hob Marius die Hand und bedeutete dem Trupp zu halten.

»Die Verletzten begeben sich zum Haus des Medicus, der Rest von euch reitet mit mir zum Palast«, befahl er an seine Männer gewandt, ehe er Aris mit einem gehässigen Lächeln musterte. »Schließlich wollen wir den König nicht warten lassen.«

Sein böswilliger Tonfall versetzte Anthea eine Gänsehaut, für den Aris jedoch nur einen abschätzigen Blick übrighatte.

»Sorg lieber dafür, dass mehr Wachen aufgestellt werden«, bemerkte Aris mit rauer Stimme und deutete mit dem Kopf auf die beiden Wachtürme, die direkt an das Stadttor anschlossen. Die Prinzessin spürte, wie sich Marius' Haltung augenblicklich anspannte, ehe er sein Pferd direkt neben Cavon trieb. Jetzt, da sie Aris so nahe war, musste Anthea mit Erschrecken feststellen, wie schlecht er inzwischen aussah.

Das weißblonde Haar hing ihm strähnig ins Gesicht und klebte an seiner schweißnassen Haut. Dunkle Ringe zeichneten sich unter seinen Augen ab, während sich sein Brustkorb heftig hob und senkte. Auch wenn er es offensichtlich zu verbergen versuchte, schien er Schmerzen zu haben. Unweigerlich glitt ihr Blick zu den Umrissen des Amuletts, die sich deutlich unter dem dünnen Stoff seines Hemdes abzeichneten. Sie nahm ein unangenehmes Pulsieren wahr, welches ihre eigene Magie kribbelnd in Bewegung setzte.

»Ich wiederhole, ich nehme keine Befehle von räudigen Straßenkötern an«, zischte Marius und spie die Beleidigung in Aris' Gesicht. Zu Antheas Erstaunen blieb dieser jedoch unverhofft ruhig.

»Dann bist du nicht nur dumm, sondern in Kürze tot.«

»Soll das eine Drohung sein?«, entgegnete der Fürstensohn unter zusammengebissenen Zähnen.

»Nein. Ein Versprechen.«

Für den Bruchteil einer Sekunde richtete Aris seinen Blick auf Anthea, welche die Tragweite seiner Worte sofort verstand. Sie musste ihm so schnell wie möglich helfen. Salis durfte ihn nicht erneut in seinen Bann ziehen. Doch noch ehe sie reagieren konnte, riss Marius an den Zügeln seines Pferdes.

»Einer von uns wird mit Sicherheit in Kürze sterben. Doch ich bezweifle, dass ich derjenige sein werde«, entgegnete er hasserfüllt, hob den Arm erneut und gab seinen Männern den Befehl, ihm zu folgen.

Sie schlugen den direkten Weg über die Hauptstraße ein, welche die Stadt vom äußersten Tor mit dem Palast verband. Unzählige Seitengassen gingen von ihr ab, die zu den verschiedenen Vierteln und auf die wichtigsten öffentlichen Plätze führten. Kaum hatten sie die ersten Sandsteinhäuser passiert, stiegen Anthea die vertrauten Gerüche von frischen Backwaren und kaltem Rauch in die Nase. Obwohl die meisten Fensterläden noch verschlossen waren und die Stadt erst mit Anbruch des Tages vollends erwachen würde, erkannte sie dennoch ein paar müde Gesichter, die verstohlen hinter Vorhängen und angelehnten Türen hervorlugten. Kein Wunder, denn die Hufe ihrer Pferde schlugen mit der Lautstärke einer Marschtrommel auf die mit Feldsteinen gepflasterte Straße.

Als sie den massiven Schutzwall erreichten, der den Palast umschloss, krampfte sich Antheas Magen unweigerlich zusammen. Die hohen Mauern wirkten im Zusammenspiel mit den dahinter befindlichen Gebäuden wie ein steinernes Gefängnis. Ein Ort, an dem sie niemals wieder eingesperrt werden wollte.

Nachdem sie das prunkvolle Palasttor passiert hatten, ritten sie durch einen langgestreckten Vorplatz, der mit zahlreichen Blumenbeeten und zurechtgestutzten Büschen bestückt war. Dieser führte sie über einen offenen Torbogen direkt in den Innenhof des Palastes, in dessen Zentrum sich der Brunnen des Sonnengottes befand. Der Anblick ließ Anthea schwer schlucken. Sie spürte einen prickelnden Impuls durch ihren Körper jagen, während Mehlions Worte laut und deutlich durch ihr Gedächtnis hallten.

Dieser Brunnen war keine Brücke zwischen dir und dem Fluss. Er war deine ganz persönliche Krücke. Er hat dich daran gehindert, allein laufen zu lernen.

Als Marius sein erschöpftes Pferd endlich zum Stehen brachte, drängte sich Anthea augenblicklich aus dem Sattel. Hastig lief sie Aris entgegen, der in jenem Moment von Cavons Rücken gezogen wurde. Kaum waren seine Füße auf dem Boden angekommen, begann er sich gegen den Griff der Soldaten zu wehren und stieß einem von ihnen seinen Ellenbogen ins Gesicht.

»Lasst ihn sofort los!«

Ihre Stimme echote von den Wänden um sie herum und ließ die verwunderten Soldaten in ihrer Bewegung innehalten. Ihre Blicke ignorierend, eilte Anthea auf Aris zu und legte ihm eine Hand auf die Wange, während sie die andere an seine Brust presste. Seine Haut glühte unter ihren kalten Fingern.

»Es tut mir so leid!«

»Ich muss hier weg«, brachte er mühevoll hervor und besah sie mit glasigen Augen. »Das Amulett … es wird nicht mehr lange dauern, bis …«

Noch ehe sie reagieren konnte, spürte sie eine Hand an ihrem Oberarm, die sie von Aris wegzog.

»Das reicht jetzt«, knurrte Marius hasserfüllt.

Während Anthea sich mit ganzer Kraft gegen seinen Griff stemmte, befiel sie panische Angst. Er durfte sie nicht voneinander trennen.

»Nimm deine dreckigen Pfoten von ihr!«, hörte sie Aris brüllen, der ebenfalls mit aller Gewalt versuchte, sich aus den Fängen der Soldaten zu befreien.

»Marius, Ihr versteht das nicht! Ich bin die Einzige, die gegen die Dunkelheit …«

»Ich verstehe das ganz genau«, entgegnete der Fürstensohn und zog sie so dicht an sich heran, dass Anthea das zornige Blitzen in seinen eisblauen Augen sehen konnte. Ein stechender Schmerz breitete sich in ihrem Oberarm aus, während er sie mit aller Gewalt umklammert hielt.

»Du bist jetzt also zu einer kleinen Hure geworden«, zischte er wutentbrannt. »Nur so ein naives Ding wie du schafft es, Gefühle für eine solche Bestie zu entwickeln.« Antheas Blick weitete sich vor Entsetzen. Aus Marius sprach die zügellose Eifersucht. »Doch damit ist jetzt Schluss.«

Kaum hatten die Worte seinen Mund verlassen, wandte er sich den umstehenden Wachen zu.

»Bringt den Gefangenen dahin, wo er hingehört. Der König wird sich sicher freuen, noch vor Sonnenuntergang ein Urteil fällen zu können«, befahl er und schenkte der Prinzessin ein gehässiges Lächeln. Die Panik schnürte ihr die Kehle zu und hinderte ihre Magie daran, bis an die Oberfläche vorzudringen.

»Nein! Nein, tu das nicht!«

Fieberhaft versuchte sie sich aus seinem Griff zu winden. Sie schlug gegen seinen Oberkörper, wollte nach ihm treten und sich seinen Händen entziehen, doch Marius umschlang sie mit beiden Armen und drückte sie fest an seinen Körper.

»Noch ein Wort, und ich schwöre, ich bringe ihn um.«

Heiße Tränen glitten über ihre Wangen, als Anthea hilflos mitansehen musste, wie Aris aus dem Innenhof geschleppt wurde. Es war über ein Dutzend Männer nötig, um ihn zu bändigen. Selbst als er bereits durch einen der Seitengänge verschleppt worden war, konnte sie seine zornigen Schreie vernehmen. Erst jetzt wurde ihr bewusst, dass sie von allen Seiten aus beobachtet wurden. An jedem Eingang, jedem noch so kleinen Fenster standen Bedienstete und verfolgten die Szenerie mit bleichen Gesichtern.

»Du stürzt uns alle ins Verderben«, fauchte sie und funkelte den Fürstensohn an. Dieser schnaubte lediglich auf und versah sie mit einem verächtlichen Blick.

»Das wird unser Volk anders sehen. Und jetzt kommt mit.«

Abermals riss er die Prinzessin mit sich und brachte sie ins Innere des Palastes. Sie hatten den nahegelegenen Empfangssalon kaum betreten, als König Gawain, noch in seinen Morgenmantel gekleidet, gefolgt von Hauptmann Enior hereinstürmte, und Anthea mit weit aufgerissenen Augen ansah. Als sich ihre Blicke trafen, fühlte sie sich einen Moment lang wie gelähmt. Ein tiefer Schmerz mischte sich unter die beklemmende Angst, während sich der bittere Geschmack des Verrats auf ihrer Zunge ausbreitete. Ungestüm eilte ihr vermeintlicher Vater auf sie zu, stieß Marius kurzerhand beiseite und umfasste ihre Schultern. Seine Berührung war ebenso unsanft wie die ihres Verlobten.

»Dem Himmel sei Dank, du bist zurück«, hauchte er, ehe sein Blick von ihrem Gesicht hinab auf ihre Arme fiel.

»Geht es dir gut? Bist du verletzt?«

Seine rauen Finger packten sie bei den Handgelenken, während seine Augen suchend über ihre Haut glitten. Der Druck in ihrer Brust drohte Anthea zu zersprengen. Es ging ihm nicht um ihr Wohlbefinden. Es ging ihm allein um ihre Magie. Er hatte es nicht einmal geschafft, ihr für wenige Sekunden in die Augen zu sehen. Er hatte weder eine Umarmung noch ein Lächeln für sie übrig.

»Es geht mir gut«, erwiderte sie knapp, entzog sich seinem Griff und nahm einen tiefen Atemzug. Ihre Gefühle durften in diesem Moment keine Rolle spielen. Sie musste versuchen, sie vorerst zu unterdrücken.

»Vat-... Majestät, ich verlange, dass Ihr den Mann, den Marius gefangen genommen hat, umgehend freilasst. Es handelt sich dabei um einen schrecklichen Fehler.«

Ein überraschter Ausdruck trat in sein Gesicht, ehe er sich dem Fürstensohn zuwandte.

»Mein König, unter Einsatz meines Lebens habe ich es geschafft, Eure Tochter aus den Fängen des Monsters zu befreien. Meine Männer und ich haben ihn überwältigen können und ihn hierhergeschafft, damit Ihr über ihn richten könnt.«

»Ihr habt ihren Entführer gefasst?«

Gawains Miene nahm einen zufriedenen und durchaus erfreuten Ausdruck an.

»Er ist kein Monster!«, rief Anthea und zog die Aufmerksamkeit des Königs erneut auf sich.

»Sein Name lautet Aris! Und er ist der Sohn von Fürst Raoul, Eures einstigen besten Freundes.«

Sein verblüffter Gesichtsausdruck verdüsterte sich augenblicklich. Ungläubig runzelte er die Stirn und verzog die Lippen zu einer schmalen Linie.

»Das ist unmöglich. Die Fürstenfamilie starb bei einem Überfall vor–«

»Vor knapp acht Jahren«, beendete die Prinzessin und legte all ihre Entschlossenheit in die nächsten Worte.

»Bei der Überfahrt in ihr Fürstentum wurden sie an der Grenze des silbernen Flusses von Salis' Männern überfallen. Nur Aris hat überlebt. Er wurde in die schwarze Festung verschleppt, wo ihm nicht nur seine Erinnerungen geraubt wurden, sondern er dazu gezwungen wurde, Salis' Befehle auszuführen. Der Schwarzmagier ist es auch, der für meine Entführung verantwortlich war. Doch Aris hat mich zurück zur Grenze bracht. Er ... er hat mich gerettet.«

Ein Moment der Stille breitete sich aus, ehe Marius abfällig schnaubte und ungläubig die Augenbrauen hochzog.

»Was für eine gut einstudierte Geschichte.«

»Es ist die Wahrheit«, entgegnete die Prinzessin bestimmt.

»Für mich klingt es eher danach, als hätte der Wald Euren Geist verhext. Ihr scheint nicht klar denken zu können und die Wahrheit zu verdrehen.«

»Wie könnt Ihr es wagen ...«

»Genug!«

Gawains Stimme donnerte durch den Salon, ehe er sie mit seinem Blick durchbohrte.

»Salis ist tot. Ebenso wie Fürst Raoul und der Rest seiner Familie. Es gab keine Überlebenden.«

»Das ist nicht wahr. Salis ist am Leben. Er ist schuld daran, dass der veterische Wald der Dunkelheit anheimfällt, und er ist es auch, der für das Verschwinden der Bauern nahe der Grenze verantwortlich ist. Er ist im Begriff, sich eine eigene Armee zu erschaffen!«

»Majestät, vielleicht sollten wir ...« Hauptmann Enior machte einen Schritt auf den König zu und besah ihn mit besorgter Miene.

»Das ist eine Lüge!«

Erschrocken beobachtete Anthea, wie Gawains Gesichtsfarbe sich binnen Sekunden veränderte. Rote Flecken sprenkelten seine Wangen, während sich seine grünen Augen gefährlich verdunkelten.

»Daran sind allein diese verfluchten Elfen schuld. Sie sind der Ursprung allen Übels. Sie haben die Dorfbewohner entführt und ihre Häuser niedergebrannt. Weil sie dazu verdammt worden sind, ein sittenloses Leben im Dreck zu führen. Wahrscheinlich waren sie es auch, die deine Entführung geplant und diesen abtrünnigen Söldner angeheuert haben.«

Fassungslos klappte Anthea der Mund auf. Er glaubte ihr nicht. Wie hatte sie nur so naiv sein und etwas anderes hoffen können? Seine Worte spiegelten nichts als blinden Hass wider, genährt von Lügen, Vorurteilen und einer unaussprechlichen Furcht. Sie fachten ihre Magie von Neuem an und verwandelten sie in einen wütenden Sturm. Sie durfte jetzt nicht kleinbeigeben.

»Aber das ergibt doch überhaupt keinen Sinn! Die Elfen haben nichts mit alledem zu tun. Im Gegenteil, sie sind diejenigen, die versuchen, die Dunkelheit auf Abstand zu halten. Doch sie sind Salis schutzlos ausgeliefert und das nur, weil sie sich auf der falschen Seite des Flusses befinden!«

»Ach, haben sie dir das erzählt? Offenbar haben sie dich nicht nur in ihre schmutzige Kleidung gesteckt, sondern dich auch noch in ihren Bann gezogen!« Gawains Augen musterten sie von oben bis unten, allerdings konnte Anthea genau erkennen, wie sein Blick einen Herzschlag lang an der Kette ihrer Mutter hängen blieb.

»Jetzt hört mir doch endlich zu! Hier geht es um so viel mehr als um Euren Hass gegen die Elfen! Es geht um unser aller Überleben! Wenn wir nicht umgehend handeln, wird das Böse die Grenze überschreiten! Aris muss auf der Stelle freigelassen werden, denn er steht in direkter Verbindung zu ...«

»Ich habe genug von deinen wirren Geschichten. Es ist so, wie Marius sagt. Der Wald hat deine Gedanken befallen und dich deines Verstandes beraubt. Du wirst so lange in deinen Gemächern bleiben, bis du wieder klar denken kannst. Dein Entführer wird indes für seine Verbrechen bezahlen. Noch heute.«

Jeder Muskel ihres Körpers spannte sich augenblicklich an. Panisch schaute Anthea zwischen ihrem Vater und Marius umher.

»Ich werde nicht zulassen, dass Ihr Aris etwas antut! Tötet Ihr ihn, sind wir alle verloren!«

»Mein König, vielleicht sollten wir den Worten der Prinzessin Gehör schenken«, meldete sich der Hauptmann abermals zu Wort. Er schien der Einzige in diesem Raum zu sein, der ihr überhaupt ansatzweise zuzuhören schien.

»Ich werde nichts dergleichen tun! Was ist in Euch gefahren? Haben die Jahre Eure Wahrnehmung getrübt? Seid Ihr inzwischen zu alt, um Euch daran zu erinnern, wem Ihr bedingungslose Treue geschworen habt? Falls ja, kann ich Euren Posten ohne weiteres einem jüngeren, zielstrebigerem Mann zukommen lassen.« Gawain musterte seinen Hauptmann mit glühendem Blick, während dieser ein letztes Mal zu Anthea sah, ehe er stumm die Lider senkte.

»Und nun zurück zu dir«, knurrte der König und trat einen Schritt auf die Prinzessin zu. »Wie kannst du es wagen, in einer solchen Art und Weise mit mir zu sprechen. Du hast offenbar vergessen, wer vor dir steht!«

»Nein. Nein, das habe ich nicht«, erwiderte Anthea und zwang sich, weder ihre Stimme zu senken noch sich abzuwenden. Sie besah ihn mit einem solch durchdringenden Blick, dass der König zögerlich in seiner Bewegung innehielt. Für einen kurzen Augenblick sahen sie einander lediglich an. Ein stummer Moment, der doch so viel mehr sagte, als es Worte jemals vermochten. Sein Gesicht trug die Emotionen seines Inneren nach außen und machte der Thronerbin deutlich, dass er sie genau verstand. Er wusste, dass er sie nicht länger belügen konnte. Dass sie die Wahrheit kannte. Während sich seine Atmung hörbar beschleunigte, fiel sein Augenmerk zurück auf ihre Hände. Sein Mund öffnete sich tonlos, während sein Gesicht aschfahl wurde. Obwohl Anthea es spüren konnte, folgte sie seinem Blick und schaute auf ihre Adern, die ganz ohne den Schein des Feuers oder das Licht der Sonne zu schimmern begannen. Ihre Magie schien die Ketten ihrer Angst zu sprengen und sich allmählich einen Weg an die Oberfläche zu bahnen.

»Das ist nicht möglich«, flüstere Gawain schockiert und besah sie mit einem Ausdruck, der seine wahren Gefühle zutage brachte. Kalt. Ablehnend. Skrupellos.

»Doch, das ist es. Von nun an werde ich die Grenze schützen, ohne mein Blut dafür zu vergießen«, antwortete die Thronerbin und hielt dem Blick des Königs stand. »Ohne meine Magie zu schwächen.«

Ihre Worte ließen Gawains Gesichtsmuskeln zucken. Während er die Kieferknochen fest aufeinanderpresste, ballte er die Hände zu Fäusten und schien kurz davor, die Kontrolle zu verlieren. Anthea schlug das Herz bis zum Hals, sie konnte ihren Puls bis in die Zehenspitzen fühlen.

»Das reicht jetzt.« Augenblicklich packte Gawain die Thronerbin und stieß sie in Marius' Richtung.

»Nehmt Eure Männer und bringt die Prinzessin sofort in ihre Gemächer. Und sorgt dafür, dass die Blutabnahme ohne Zwischenfälle vonstattengeht. Ihr Entführer wird noch vor Sonnenuntergang gehängt.«

***

Aris

»Ihr macht einen verdammten Fehler!«

Seine Worte hallten durch die kalte Luft und dröhnten von den kargen Wänden wider. Mit ganzer Kraft versuchte Aris, sich aus den Fängen der Soldaten zu befreien. Doch für jeden Mann, den er mit seinem Ellenbogen oder Fuß traf, schienen drei neue zu kommen. Der Schweiß rann ihm brennend in die Augen, während das Blut immer lauter in den Ohren rauschte. In seiner jetzigen Verfassung konnte er nichts gegen die Überzahl an Männern ausrichten. Das Amulett pochte unter seinem Hemd und schickte glühende Impulse durch seinen Körper. Immer wieder sah er tanzende Lichter vor seinen Augen aufflackern und kniff fieberhaft die Lider zusammen. Seine schlimmsten Befürchtungen schienen sich zu bewahrheiten.

»Schafft mich aus der Stadt, ihr Schwachköpfe!«

»Das hättest du wohl gerne, was?«

Brutal stießen sie ihn in eine kleine Kerkerzelle, die nach schimmligem Heu und Exkrementen roch. Schmerzhaft prallte Aris gegen den harten Stein, doch rappelte er sich sogleich auf und rüttelte an den Gitterstäben, die einer der Soldaten just in diesem Moment verschlossen hatte.

»Ihr verdammten Bastarde, ihr werdet alle sterben«, keuchte er und schlug mit den Fäusten gegen das kalte Eisen.

»Irgendwann bestimmt, doch nicht vor dir«, spottete einer der Männer und grinste ihm unverhohlen entgegen. »Einen angenehmen Aufenthalt wünsche ich, auch wenn ich bezweifle, dass er von Dauer sein wird.«

Verzweifelt musste Aris mitansehen, wie sich die Wachen von seiner Zelle entfernten und schmetterte abermals seine Hand gegen das Gitter. Doch selbst der Schmerz schaffte es nicht, die schonungslose Wahrheit zu verdrängen. Er war gefangen. Erneut. Doch diesmal konnte er auf keine Rettung hoffen. Fahrig fuhr er sich durch das zerzauste Haar und schaute sich um. Er suchte nach einer potenziellen Schwachstelle, nach irgendeinem Schlupfloch, durch das er versuchen könnte zu entkommen. Doch da war nichts. Nichts, das ihm dazu verhelfen könnte, diesen Ort so schnell wie möglich zu verlassen. Seine Atmung überschlug sich ebenso wie sein galoppierender Puls. Er gab einen gequälten Laut von sich, als erneut ein brennender Impuls durch seinen Körper jagte und das Amulett zum Glühen brachte. Mit all seiner verbliebenen Kraft versuchte er seinen Geist zu verschließen und das drohende Unheil abzuwehren. Seine Gedanken galten allein Anthea. Er sah ihr Antlitz klar und deutlich vor sich. Hörte ihre helle Stimme und erinnerte sich an das Gefühl ihrer weichen Lippen.

»Du kannst dich nicht dagegen wehren.«

Eine Stimme so dunkel wie eine sternenlose Nacht ertönte in seinem Kopf und ließ ihn panisch nach Atem ringen.

»Nein«, stieß Aris verzweifelt hervor, presste die Lider zusammen und umklammerte das Amulett. Die scharfen Kanten zerschnitten problemlos seine Haut.

»Deine Bemühungen sind vergebens.«

»Ich werde nicht zulassen, dass du ihr etwas antust«, wisperte er und versuchte vergeblich, sich zu konzentrieren. Es fühlte sich so an, als würde sein Körper in Flammen stehen. Als würde er brennen, doch niemals zu Asche zerfallen.

»Sie ist bereits verloren.«

Panisch riss Aris die Augen auf, doch anstatt der dunklen Kerkerzelle flackerten verzerrte Bilder vor seinen Augen auf.

Er sah in Antheas Antlitz, blickte in ihre trüben, glanzlosen Augen, während sie einen langen, von unzähligen Menschen gesäumten Gang entlangschritt. Obwohl sie ein prunkvolles, mit Perlen und Spitzen besetztes Kleid trug, wirkte ihr Gesicht leer und eingefallen. Sie schritt auf den Fürstensohn zu, der sie mit einem kalten Lächeln musterte. Unweigerlich riss Aris den Mund auf und schrie ihren Namen. Doch kein Laut trat über seine Lippen. Er wollte sie aufhalten, sie aus der Menschentraube retten, doch sie blieb nicht stehen. Eine Träne glitt über ihre bleiche Haut, als Marius einen Schritt zur Seite trat. Vor ihr erhob sich jedoch weder ein Altar noch ein Thron. Sie stand vor einem Scheiterhaufen.

Das Letzte, das Aris bewusst wahrnahm, waren ihre Todesschreie, die sich mit seinen vermischten und qualvoll in seinen Ohren widerhallten. Verzweifelt sank er zu Boden, krümmte sich vor Schmerz und spürte, wie sein Widerstand in sich zusammenfiel.

Er hatte sie ihrem Schicksal ausgeliefert. Ganz gleich, was auch geschehen würde, er konnte sie nicht retten. Sie war verloren. Ebenso wie er.

Ein unsichtbarer Stoß ließ seinen Kopf gegen die Wand prallen. Dunkle Nebelschwaden sickerten aus dem Amulett, glitten seine Brust hinauf und verklärten seine Sicht. Aris spürte, wie Salis die Tür zu seinem Geist mit einem einzigen Schlag zerschmetterte und ihn gnadenlos in die Tiefe riss.

Fieberhaft versuchte er Halt zu finden, sich an einen letzten klaren Gedanken zu klammern, doch es war vergebens.

Er fiel in eine undurchdringliche Finsternis, aus der es kein Entkommen gab. Die dunkle Magie durchströmte seinen Körper, vergiftete jede Faser seines Selbst und löschte jegliches Leben in ihm aus.

Es war zu spät.

Nun würde ihn nichts mehr aufhalten.

24. … ERLISCHT DAS LICHT

Anthea

»Du ignoranter Mistkerl!«

Nur unter größter Anstrengung und mithilfe zweier Männer hatte Marius es geschafft, sie zurück in ihre Gemächer zu bringen. Immer wieder hatte Anthea versucht sich loszureißen und wild um sich geschlagen. Mehrmals hatte sie dabei aus dem Augenwinkel wahrgenommen, wie einige der Bediensteten sie beobachtet und sich vielsagende Blicke zugeworfen hatten. Unterdessen hatte sie fortwährend versucht, ihre Magie zu manifestieren, doch es wollte einfach nicht gelingen. Ihre Gedanken waren zu zerstreut und die benötigte Konzentration so gut wie nicht vorhanden. Alles schien im Chaos zu versinken.

»Offensichtlich sind nicht nur deine Manieren, sondern auch dein Respekt abhandengekommen«, presste Marius hervor, ehe er die Tür ihres Salons öffnete und sie hineinstieß. »Aber keine Sorge, den werde ich dir noch beibringen.«

»Du verdienst weder Respekt noch Anerkennung!«, entgegnete Anthea und ballte die Hände zu Fäusten. Der Fürstensohn schien sie allein mit seinem Blick erdolchen zu wollen, doch noch ehe er zu einer Antwort ansetzen konnte, hallte ein lautes Donnern durch die Luft. Hastig wirbelte die Thronerbin herum, trat an eines der bodentiefen Fenster und sah, wie der Horizont in Dunkelheit versank. Blitze zuckten durch monströse Wolkengebilde, die sich immer weiter auftürmten und sich mittlerweile über den gesamten veterischen Wald erstreckten. Noch schien der Fluss das Königreich zu schützen, doch was wurde aus den Landen jenseits der Grenze? Was wurde aus Mehlion und den übrigen Waldbewohnern? Sie betete, dass sie der Finsternis entkommen konnten und irgendwo Schutz gefunden hatten. Allein die Vorstellung, dass niemand von ihnen länger am Leben war, schnürte ihre die Kehle zu. Als ein gleißender Blitz durch die dunklen Wolken fuhr, schoss ein kribbelnder Impuls durch ihren Körper. Wenn sie jetzt nichts unternahm, waren sie alle verloren.

Wie von selbst glitt Antheas Blick nach links, zu einem reich verzierten Schreibpult, das vor ihrem Bücherschrank stand. Neben einem Stapel ungeöffneter Briefe befanden sich dort mehrere saubere Federn, verschiedene Tintenfässer und ein goldener Brieföffner in Form eines Dolches. Intuitiv griff sie nach dem spitzen Gegenstand und wandte sich Marius zu. Darauf bedacht, das Zittern ihrer Finger zu ignorieren, trat sie einen Schritt auf ihn zu. Das Leuchten ihrer Adern gewann mit jedem Atemzug an Kraft.

»Ich lasse nicht zu, dass du mich länger davon abhältst, das Richtige zu tun.«

Marius hob überrascht die Augenbrauen. »Und was genau willst du jetzt tun? Mich mit diesem lächerlichen Stück Metall erstechen?«

»Ich will mein Volk retten«, erwiderte Anthea und machte einen Satz zur Salontür.

»Du gehst nirgendwo hin«, knurrte der Fürstensohn und stellte sich ihr in den Weg.

»Mach die Augen auf, Marius! Wenn ich nichts unternehme, wird uns die Finsternis verschlingen!«

»Es ist mir vollkommen gleich, ob dieser verfluchte Wald bis auf den letzten Baum niederbrennt. Die Dunkelheit kann die Grenze nicht überschreiten!«

»Sie ist längst hier!«, schrie Anthea ungehalten. »Salis wird versuchen, in die Stadt zu gelangen! Ich bin die Einzige, die das verhindern kann! Ich muss zu Aris! Sofort!«

Kaum hatte sie das letzte Wort ausgesprochen, stürmte sie auf Marius zu und versuchte, ihn zur Seite zu drängen. Dieser stieß sie jedoch so kraftvoll zurück, dass sie gegen den nahestehenden Esstisch prallte.

»Ich lasse mich von dir nicht täuschen. Du willst nur versuchen, diesen dreckigen Bastard zu befreien. Doch das werde ich zu verhindern wissen!«

Mit pochendem Herzen beobachtete Anthea, wie Marius sein Schwert aus der Scheide zog und seinen Blick über die glänzende Klinge schweifen ließ. Himmel, er hatte den Verstand verloren! Hastig wich sie mehrere Schritte zurück und hob den Brieföffner ein wenig höher. Er wirkte nahezu lächerlich im Gegensatz zu seiner Waffe.

»Entweder, du wirst nun deiner Pflicht nachkommen, oder ich werde dich dazu zwingen müssen«, drohte er mit einem eiskalten Funkeln in den Augen. Kaum hatte er die Worte ausgesprochen, hastete Anthea hinter den Esstisch und versuchte, so viel Abstand wie möglich zwischen sich und den Fürstensohn zu bringen. Was hatte er vor? Wollte er sie etwa aufschneiden und ihr Blut mitsamt seinem Schwert in den Brunnen befördern?

»Du wirst mich nicht noch einmal anfassen«, erwiderte sie und umklammerte den Brieföffner so fest sie konnte.

»Ach nein?«

Mit einem lauten Knall schlug er den Esstisch beiseite und stürmte auf die Thronerbin zu. Während diese instinktiv zurückwich, stieß sie gegen das Schreibpult und riss abwehrend die Hände nach oben. Dabei schnitt die Spitze des Brieföffners quer über Marius Schwertarm. Ein zorniger Schrei entfuhr ihm, während das Blut aus der frischen Wunde quoll.

»Du dreckige kleine ...«

In jenem Moment, in dem Anthea bewusst wurde, dass sie es nicht schaffen würde, erneut auszuweichen, spürte sie einen prickelnden Impuls, der jede Faser ihres Körpers durchdrang. Goldene Lichter flackerten vor ihren Augen auf, als sie abermals ihre Hand ausstreckte und wie aus dem Nichts eine helle Lichtkugel in Marius' Richtung entsandte. Sie schoss mit der Geschwindigkeit eines Pfeils durch die Luft und traf den Fürstensohn mit voller Wucht. Der Aufprall ließ ihn durch die Luft wirbeln und schleuderte ihn gegen den massiven Bücherschrank. Vor Schreck erstarrt, sah sie dabei zu, wie Marius bewusstlos zu Boden sank. Sie hatte nicht den Hauch einer Ahnung, wie sie dies fertiggebracht hatte, doch noch ehe sie weiter darüber nachdenken konnte, erklangen laute, tumultartige Geräusche. Panisch riss Anthea den Kopf herum und streckte abermals ihre Hand aus. Die Magie rauschte noch immer durch ihre Venen, bereit, sie ein weiteres Mal zu schützen. Als die Tür ihres Salons mit einem Schlag aufgerissen wurde, zuckte die Thronerbin unweigerlich zusammen.

Mehrere Bedienstete stürmten in den Raum, bewaffnet mit Knüppeln, Messern und diversen Gebrauchsgegenständen. Als sie Anthea und Marius erblickten, hielten sie perplex in ihrer Bewegung inne. Nur eine Person rannte ohne zu zögern auf sie zu und legte die Hände auf ihre glühenden Wangen.

»Anthea, geht es dir gut? Bist du verletzt?«

»Isobel«, hauchte die Prinzessin überwältigt und konnte ein Schluchzen kaum unterdrücken. Sie zog sie in eine kurze, jedoch feste Umarmung, ehe sie in die Gesichter der Männer und Frauen sah, die sie bereits seit ihrer Kindheit kannte. Sogar der Hofmarschall, Isobels Vater und höchster Beamter bei Hofe, war unter ihnen.

»Was hat das zu bedeuten?«

»Wir sind eigentlich hier, um dich zu retten«, erwiderte die Zofe und schaute hinüber zu Marius, ehe sie verwundert die Stirn in Falten legte.

»Allerdings ist das wohl überflüssig. Wie hast du das geschafft?«

»Wenn ich das wüsste«, erwiderte Anthea und schaute auf ihre Hände, deren goldener Schimmer an Kraft verlor.

»Ihr wolltet mich retten? Ihr stellt euch absichtlich gegen die Befehle des Königs? Das ist Hochverrat.«

»Hochverrat wäre es, Euch nicht zu helfen«, erwiderte der Hofmarschall und trat einen Schritt in den Salon hinein.

»Ihr seid unsere Prinzessin und die Beschützerin des Reiches. Wir haben gesehen und gehört, was Ihr im Innenhof gesagt habt. Und wir glauben Euch.«

»Aber ihr …«

»Außerdem wart Ihr stets gut zu uns. Dem König ist es mittlerweile gleich, was mit uns geschieht, doch Euch nicht. Für ihn sind wir alle ersetzbar. Er interessiert sich nur für Gold und Macht. Er würde uns ohne Zögern den Wölfen zum Fraß vorwerfen«, pflichtete ihm eine ältere Frau bei, die Anthea aus der Palastküche kannte.

Der Thronerbin fehlten die Worte. Mit solch einer Hilfe hätte sie nicht im Entferntesten gerechnet.

»Ich habe es dir schon einmal gesagt. Das Volk liebt dich. Wir stehen an deiner Seite. Wenn du sagst, dass Aurasis in Gefahr schwebt, dann glauben wir dir. Schließlich hast du dein bisheriges Leben für unseren Schutz geopfert. Wieso solltest du jetzt, da du wieder hier bist, eine solche Geschichte erfinden?«, bemerkte Isobel und lächelte entschlossen.

Anthea schlug das Herz bis zum Hals. So viele unterschiedliche Gefühle stürzten zeitgleich auf sie ein und raubten ihr schier den Atem.

»Ich muss so schnell wie möglich zu Aris.«

»Aris? Moment, *der* Aris?«

Ein ungläubiger Gesichtsausdruck trat in Isobels Gesicht.

»Ja, er ist am Leben, doch Salis hat ihn in seinen Fängen. Ich habe keine Zeit für Erklärungen. Ich muss sofort zu ihm, um dafür zu sorgen, dass die Finsternis nicht über die Grenze tritt. Marius' Männer haben Aris in den Kerker gebracht.«

Die Zofe tauschte einen alarmierten Blick mit ihrem Vater aus, der verstehend nickte.

»Nehmt die Dienstbotengänge. Ich gebe Enior Bescheid, dass er sich um die Soldaten kümmern soll.«

Anthea horchte überrascht auf.

»Der Hauptmann ist auf unserer Seite?«

Ein verschwörerisches Lächeln zeichnete sich auf den Lippen des Marschalls ab.

»Er hat schon immer seinem Land, doch vor allem seinem Volk gedient.«

»Dann richtet ihm aus, dass er zusätzliche Wachen auf den Mauern postieren soll. Wir werden sie womöglich brauchen«, entgegnete die Thronerbin und dachte an Aris' warnende Worte zurück.

»Wie Ihr befehlt.«

»Und was machen wir mit ihm?«, fragte Isobel und deutete auf Marius, der nach wie vor bewusstlos inmitten einer Vielzahl von Büchern lag.

»Macht Euch um den keine Gedanken. Wir sorgen dafür, dass er Euch nicht in die Quere kommt«, entgegnete die alte Küchenmagd und umklammerte den Griff ihres Fleischmessers ein wenig fester. Die gesamte Situation schien völlig skurril. Niemals hätte Anthea sich träumen lassen, solch unerwartete Unterstützung zu erhalten, was sie unweigerlich lächeln ließ.

»Ich danke euch. Von ganzem Herzen.«

Ein letztes Mal ließ sie ihren Blick über jedes einzelne Gesicht schweifen, ehe sie Isobels Hand ergriff und gemeinsam mit ihr zur Tür hinausstürmte.

»Ich schätze, du hast mir einiges zu erzählen«, bemerkte die Zofe, während sie den Flur entlang rannten und in einen schmalen Seitengang einbogen, der über etliche Stufen hinunter in den Dienstbotenflügel führte.

»Dafür werden wir Tage brauchen«, schnaufte Anthea, raffte ihr Kleid und versuchte, mehrere Stufen mit einem Satz zu nehmen.

»Bist du dir sicher, dass es sich wirklich um Aris handelt?«

Als sie den untersten Absatz erreichten, hielten sie kurz inne und spähten in den anschließenden Gang hinein.

»Mehr als sicher.«

»Weiß dein Vater davon?«

»Natürlich! Doch für ihn gibt es nur eine Wahrheit. Außerdem ist er nicht mein Vater.«

Noch ehe die Zofe antworten konnte, schlug die Thronerbin den Dienstbotengang ein.

»Anthea!«

Als Isobel sie einholte, fasste sie kurzerhand an ihre Schulter und zog sie herum.

»Wie hast du das gemeint?«

»So, wie ich sagte.«

»Aber … aber wie kann das sein? Und wenn er nicht dein Vater ist, wer dann?«

Anthea wusste, dass ihre Freundin nicht lockerlassen würde, ehe sie eine Antwort erhielt. Doch wenn sie ehrlich war, fürchtete sie sich davor. Vor ihrer Reaktion und davor, dass die Wahrheit ihre Freundschaft möglicherweise zerstören könnte. Sie wollte nicht, dass Isobel sie mit anderen Augen sah, nur weil sie elfisches Blut in sich trug. Angespannt nahm sie einen tiefen Atemzug und spürte ein unangenehmes Brennen in ihrer Lunge.

»Ich schätze, ich bin ihm im Wald begegnet«, erwiderte sie und schluckte schwer.

Ein verblüffter Ausdruck trat in Isobels Gesicht, ehe sie die Lippen zu einem schiefen Lächeln verzog.

»Ich habe schon immer gewusst, dass dein Dickkopf nur von einem Waldgnom stammen kann«, erwiderte sie, ehe sie abermals ihre Hand ergriff und sie sanft, aber bestimmt drückte. Eine Geste, die Anthea mehr als alles andere bedeutete. Sie machte deutlich, dass ihre Freundschaft stärker war als jegliche Grenzen und Vorurteile.

»Wenn das alles vorbei ist, werde ich dir jede Einzelheit erklären.«

»Oh, glaub mir, du wirst gar keine andere Wahl haben.«

Gemeinsam setzten sie ihren Weg fort und eilten den schmalen Gang entlang, der für gewöhnlich als Verbindung zwischen den Wirtschaftsräumen und dem eigentlichen Palastgebäude genutzt wurde. Sie waren kurz davor, den Küchentrakt zu erreichen, als die Prinzessin mit einem Mal abrupt stehen blieb und keuchend nach Atem rang.

»Anthea? Was ist los? Was hast du?«

»Ich weiß es nicht. Ich … meine Magie … irgendetwas stimmt nicht«, erwiderte sie und hatte das Gefühl, als würde das Licht in ihrem Inneren unkontrolliert flackern. Es schickte prickelnde Stoßwellen durch ihren Körper, die sich immer wieder auftürmten und tosend zerschlugen.

»Was soll ich tun? Kann ich irgendetwas machen?«, fragte Isobel mit einem Anflug von Panik in ihrer Stimme.

»Nein. Wir müssen weiter«, erwiderte Anthea und zwang sich, ihren Blick geradeaus zu richten. Sie durften keine weitere Zeit verlieren. Doch noch ehe sie es schaffte, einen Fuß vor den anderen zu setzen, begann der Boden unter ihnen zu beben, gefolgt von einem tiefen Grollen, das durch die Gänge hallte und die Wände um sie herum erzittern ließ.

»Nein.«

Anthea brauchte es weder zu sehen noch zu hören. Sie konnte es fühlen.

Schwarze Magie schoss flirrend durch die Luft und breitete sich bis in den letzten Winkel des Palastes aus. Sie war mächtiger als alles, was sie jemals gespürt hatte und von einer Dunkelheit getränkt, die alles zu verschlingen drohte.

Es war zu spät.

»Beim Sonnengott, was passiert hier?«

Verängstigt presste sich Isobel mit dem Rücken gegen die bebende Wand, während winzige Staubkörner von der Decke rieselten.

Die Dunkelheit war in die Goldene Stadt gedrungen. Salis hatte seinen nächsten Schachzug ausgeführt. Er hatte Aris erneut in seiner Gewalt. Heiße Tränen stiegen Anthea in die Augen und ließen ihre Sicht verschwimmen. Himmel, wie hatte es nur so weit kommen können?

Doch noch durfte sie nicht aufgeben. Nicht, solange sie noch einen Funken Magie im Leib trug. Sie hatte Aris schon einmal der Dunkelheit entrissen. Sie konnte es erneut. Sie musste einfach!

Fieberhaft versuchte sie, einen klaren Gedanken zu fassen und den nächsten Schritt des Schwarzmagiers zu erahnen. Jetzt, da er sich Aris bemächtigt hatte, würde er versuchen, den Fluss zu überwinden und in die Stadt zu dringen. Ein erstickter Laut entfuhr ihr, als ihr schlagartig bewusst wurde, was der Hexer offenbar als Nächstes geplant hatte.

Es gab nur einen einzigen Weg, den Schutzzauber zu zerstören und die Grenze für das Böse zu öffnen.

»Der Brunnen«, hauchte sie entsetzt und sah Isobels verängstigtes Gesicht. »Wir müssen sofort in den Innenhof, schnell!«

Als sie die Küche erreichten, rannten ihnen bereits etliche Dienstmägde und Knechte entgegen. Panisch stürmten sie an ihnen vorbei, die Gesichter kreidebleich, die Augen verängstigt aufgerissen. Immer wieder wurden Anthea und Isobel zur Seite gedrängt, sodass sie nur mit Mühe vorwärtskamen. Als sie sich endlich durch den langgestreckten Raum gekämpft und die geöffnete Tür zum Innenhof erreicht hatten, spürte Anthea, wie ihre Magie zu pulsieren begann. Ihr Blick eilte über den Palasthof, als ein blindwütiger Schrei von den Mauern widerhallte.

»Vorsicht!«

Im letzten Moment schaffte Anthea es, Isobel zurück in die Küche zu ziehen und sich gemeinsam mit ihr zu Boden zu werfen. Schwarze Nebelschwaden wirbelten über ihre Köpfe hinweg und zerschlugen alles, was sich ihnen in den Weg stellte. Ihre Vermutung schien sich zu bewahrheiten – Salis hatte es auf den Brunnen abgesehen.

»Du bleibst hier«, befahl die Thronerbin an ihre Zofe gewandt, ehe sie sich hastig aufrappelte und hinter dem Türrahmen versteckte. Von überall her hörte sie verängstigte Schreie und schroffe Befehle erklingen. Die Atmosphäre wurde so stark von Salis' Magie aufgeladen, dass sie ihren bitteren Geschmack sogar auf der Zunge schmecken konnte.

Als Anthea abermals ein unmenschliches, tiefes Brüllen vernahm, lugte sie vorsichtig um die Ecke und sah, wie Aris auf eine Gruppe Soldaten zustürmte. Die Augen so weiß wie Schnee, umgeben von einer dunklen, wabernden Aura. Es war ein Anblick, den sie kaum ertragen konnte. In nur wenigen Sekunden entbrannte im Innenhof ein tödlicher Kampf. Während die Männer versuchten, Aris gemeinsam anzugreifen, schlug dieser wild um sich, entwaffnete einen Soldaten und rammte ihm das Schwert in den Bauch. Anschließend streckte er den Arm ruckartig aus und entsandte eine weitere Salve Nebelpfeile. Entsetzt musste Anthea mitansehen, wie die Männer der Reihe nach zu Boden stürzten. Einige blieben reglos liegen, andere schrien unter Todesqualen auf.

»Tu es nicht«, hörte sie Isobel verängstigt flehen, doch sie hatte keine andere Wahl. Ein letztes Mal sah sie ihrer Freundin entgegen und versuchte, sich auf ihre Magie zu konzentrieren. Ganz gleich, wie ausweglos es sein mochte, sie musste es wenigstens versuchen. Für Aris. Für ihr Volk.

Als sie in den Innenhof trat, stürmten immer mehr Soldaten aus den Seitengängen. Einige schossen sogar aus den oberen Fenstern, doch verhinderte Aris' dunkle Aura, dass auch nur ein Pfeil sein Ziel erreichte. Während der Sohn des Bösen sich langsam einen Weg zum Brunnen bahnte, versuchte Anthea ebenfalls, sich dem Becken zu nähern. Sie musste es irgendwie schaffen, in seine Nähe zu kommen.

»Prinzessin, verschwindet von hier!«

Als einer der Männer auf sie aufmerksam wurde, schrie er entsetzt auf und bedeutete ihr, sich zurückzuziehen. Ein fataler Fehler, denn plötzlich riss Aris seinen Kopf zu ihr herum. Einen Herzschlag lang sahen sie einander an, und auch, wenn sie vermutete, es sich lediglich einzubilden, so glaubte sie dennoch, einen kurzen verzweifelten Ausdruck in seinem Gesicht erkannt zu haben. Ein Moment, der ihre Magie zurück an die Oberfläche brachte und ihre Adern schimmern ließ. Doch noch ehe sie es schaffte, ihre Hand auszustrecken, in der Hoffnung, eine weitere Lichtkugel erzeugen zu können, schrie der Sohn des Bösen auf und schlug mit der Faust auf den Boden. Eine Druckwelle erschütterte den Innenhof und traf Anthea mit voller Wucht. Ohne es verhindern zu können, verlor sie den Halt unter ihren Füßen und prallte schmerzhaft gegen einen alten Heukarren, der vor dem Küchengebäude stand. Die Luft wurde schlagartig aus ihrer Lunge gepresst, während ihr kurzzeitig schwarz vor Augen wurde. Erst als sich Sekunden später ihr Blick allmählich klärte und sie verwackelte Bilder erkennen konnte, musste sie mit Entsetzen feststellen, das es zu spät war.

»Aris, nein!«

Sie wusste nicht genau, ob sie tatsächlich schrie oder ihre Stimme lediglich in ihrem Kopf erklang, als er mit einem Satz in das Becken sprang, die Hände ausstreckte und einen Strom schwarzer Nebelschwaden ins Wasser stieß.

Abermals begann der Boden unter ihren Füßen zu beben. Die Statue des Sonnengottes geriet ins Wanken, während sich tiefe Risse durch das marmorne Becken zogen.

In jenem Moment, in dem die schwarze Magie durch den Brunnen bis zum silbernen Fluss gelangte, spürte Anthea, wie der Schutzzauber erlosch. Die Dunkelheit vergiftete das Wasser und erstickte alles Licht. Es fühlte sich an, als würde sie innerlich in tausend Stücke gerissen werden. Als rammte man ihr eine glühende Klinge in den Leib.

Mit einem lauten Knacken spaltete sich die goldene Statue und fiel krachend auseinander. Die Risse breiteten sich vom Becken über den steinernen

Boden aus. Sie gruben tiefe Furchen in den Innenhof, zogen sich die Mauern entlang und schienen sich in Sekundenschnelle vom Palast bis hinunter in die Stadt auszubreiten. Von überall her drangen panische Schreie an ihr Ohr. Die Erde erzitterte so stark, dass es die Prinzessin nicht schaffte, zurück auf die Beine zu kommen. Eine Hand fest auf ihre schmerzende Brust gedrückt, musste sie dabei zusehen, wie sich das Wasser des Brunnens in eine schwarze, zähflüssige Substanz verwandelte. Sie ergoss sich sowohl aus dem Becken als auch aus den immer größer werdenden Rissen im Boden. Binnen Sekunden wurde die Luft von einem bestialischen Gestank erfüllt. Während die Soldaten verängstigt zurückwichen und teilweise die Flucht ergriffen, sprang Aris zur Seite und hielt seinen Blick auf den Brunnen gerichtet, der immer tiefer in einem schwarzen Nichts versank. Als die Materie auch den letzten Überrest der einstigen Statue verschlungen hatte, hallte ein ohrenbetäubendes Donnern von den Mauern wider. Panisch riss die Thronerbin den Kopf nach oben und sah, wie sich der Himmel schlagartig verdunkelte.

»Anthea, wir müssen hier weg, schnell!«

Als Isobels kreidebleiches Gesicht vor ihr auftauchte, kämpfte sie sich mit ihrer Hilfe zurück auf die Beine. Sie fühlte sich, als hätte sie ein Wirbelsturm mitgerissen. Dennoch konnte sie nicht anders, als verzweifelt in Aris' Richtung zu sehen, ehe sie mit einem Schlag erstarrte. Im ersten Moment hoffte Anthea, dass ihr ihre Sinne lediglich einen Streich spielten, doch als Isobel ihrem Blick folgte und panisch aufschrie, wurde sie vom Gegenteil überzeugt.

Grauenhafte Kreaturen stiegen aus der zähflüssigen Substanz empor und stürzten sich sogleich auf die verbliebenen Soldaten. Sie waren in etwa so groß wie Hunde, doch hing ihnen das Fell in Fetzen von der verbrannten Haut. Ihre Augen waren ebenso bleich wie die von Aris. Im selben Moment erklangen entsetzliche Schreie, die aus jedem einzelnen Winkel der Stadt zu kommen schienen. *Himmel, sie waren überall!*

»Lauf!«

Gemeinsam hasteten sie zurück zum Küchengebäude, doch noch ehe sie den Eingang erreichten, wurde ihnen der Weg von einer der Kreaturen abgeschnitten. Geifernd versuchte sie nach ihnen zu schnappen und bleckte die nadelartigen Reißzähne. In ihrer Todesangst wirbelte Anthea herum und griff nach dem erstbesten Gegenstand, der in Reichweite lag. Als die Bestie im nächsten Augenblick den Saum von Isobels Kleid zu fassen bekam, stürzte sie ohne nachzudenken nach vorne und stieß dem Wesen die spitzen Zinken ihrer Heugabel in den Kopf.

»Zurück, du Monster!«, schrie Anthea panisch, während ihre Freundin hart zu Boden stürzte und wild mit den Beinen strampelte. In diesem Moment sprang bereits eine zweite Kreatur nach vorne und verbiss sich in dem hölzernen Stiel. Ein unheilvolles Knacken drang an ihr Ohr, ehe das Holz zersplitterte und Anthea nichts weiter als einen abgebrochenen Stock in den Händen hielt. Ihrer einzigen Waffe beraubt, stellte sie sich schützend vor ihre Zofe und streckte die leuchtenden Hände aus. Selbst wenn sie es schaffte, ihre Magie einzusetzen, so fürchtete sie doch, dass es nicht ausreichen würde. Immer mehr Kreaturen erhoben sich aus der Dunkelheit und verwandelten den Innenhof in einen Ort des Grauens. Qualvolle Schreie hallten durch die Luft und vermischten sich mit dem Jaulen der Bestien. Aris hatte seinen Kampf inzwischen wieder aufgenommen und bestritt diesen an der Seite der Ungeheuer gegen die verbliebenen Soldaten. Egal wohin man auch blickte, überall lagen die leblosen Körper gefallener Männer.

Während Anthea Isobels verängstigtes Winseln vernahm, hielt sie den Blick starr auf die Kreatur vor sich gerichtet. Wenn sie starb, würden die Wesen ihre Freundin zerfetzen. Sie musste versuchen, sie so lange wie möglich zu beschützen. Mit einem unheilvollen Knurren stieß sich die Bestie vom Boden ab und sprang direkt auf die Prinzessin zu. Sie konnte seinen fauligen Atem riechen, als es nach ihrer Kehle schnappte. Sie spürte seine raue, verbrannte Haut bei dem fieberhaften Versuch, seinen Körper abzuwehren. Anthea stieß einen hellen Schrei aus, der sich in einem gleißenden Lichtstrahl entlud. Geschockt sah sie dabei zu, wie die Kreatur zurückgeschleudert wurde und in einiger Entfernung zu Boden stürzte. Sein Fell begann zu glühen, Funken zerstoben auf seiner Haut und brannten die Dunkelheit von seinem Körper. Zurück blieb der leblose Körper eines Naugirim. Eines unschuldigen Naturgeistes.

Noch ehe sie die Situation vollends realisieren konnte, ertönte ein lautes Krachen, gefolgt von wildem Kampfgeschrei. Wie in Trance schaute Anthea über die Schulter zurück und sah, wie Hauptmann Enior gefolgt von einer Vielzahl Soldaten durch den Haupteingang des Palastgebäudes in den Innenhof stürmte.

Dies war vermutlich ihre einzige Gelegenheit, Isobel zurück hinter die schützenden Mauern zu schaffen. Als der Hauptmann sie entdeckte, wies er augenblicklich mehrere Männer an, ihm zu folgen. Unterdessen beugte sich die Prinzessin zu ihrer Zofe hinab und zog sie zurück auf die Beine.

»Schnell, wir bringen Euch hier weg!«

Während der Hauptmann und seine Soldaten sie von beiden Seiten schützten, liefen sie quer über den Platz und erreichten den Haupteingang nach wenigen Herzschlägen. Noch einmal schaute Anthea zurück und sah, wie Aris gegen mehrere Männer gleichzeitig kämpfte, das Gesicht zu einer wilden Miene verzerrt, die Augen leer, beinahe tot.

Kaum hatten sie die Eingangshalle erreicht, befahl Enior, die riesigen Flügeltüren zu schließen und anschließend zu verbarrikadieren.

»Nein, wartet noch«, rief Anthea atemlos, »Ich gehe wieder hinaus.«

»Du tust was?«, schrie Isobel entsetzt. Sowohl ihres als auch Eniors Gesicht spiegelten blankes Entsetzen wider.

»Du hast gesehen, was meine Magie bewirken kann. Ich muss versuchen, ihn zu retten«, erwiderte die Prinzessin entschlossen.

»Anthea, nein! Dieses Monster ist nicht Aris!«

Ein feiner Stich fuhr durch ihre Brust. Sie konnte nicht erwarten, dass ihre Freundin sie verstand. Das konnte sie von niemandem.

»Es ist mir gleich, was du denkst«, erwiderte sie und bemühte sich um einen tiefen Atemzug. »Doch ich werde ihn nicht im Stich lassen. Nicht noch einmal.«

»Das kann ich nicht zulassen Prinzessin«, bemerkte der Hauptmann und trat auf sie zu.

»Doch, das könnt Ihr«, entgegnete sie und ballte ihre zitternden Hände zu

Fäusten. »Und müsst es sogar. Denn ich befehle Euch hiermit, mich gehen zu lassen.«

Seine buschigen Augenbrauen zogen sich überrascht nach oben. Vermutlich war es das erste Mal, dass er solche Worte aus dem Mund einer Frau gehört hatte. Ein Grund mehr, nun standhaft zu bleiben.

»Wenn Ihr da rausgeht, werdet Ihr sterben.«

»Nicht, wenn wir zusammenarbeiten«, erwiderte sie entschlossen. »Ich muss es nur schaffen, bis zu Aris vorzudringen. Meine Magie kann ihn aufhalten.«

»Das ist Selbstmord!«

»Das ist unsere einzige Möglichkeit«, protestierte sie und sah Enior in die blauen Augen. »Wir können die Dunkelheit nur in Schach halten, wenn wir zusammenarbeiten. Also schickt so viele Männer, wie Ihr entbehren könnt, hinunter in die Stadt. Die Bewohner müssen so schnell wie möglich aus der Stadt fliehen! Ich werde mich um Aris kümmern.«

Für einen kurzen Moment besah sie der Hauptmann mit einer Mischung aus Unglauben und Fassungslosigkeit. Perplex zog er die Stirn in Falten und fuhr sich über seinen gestutzten grauen Bart.

»Wie Ihr befehlt.«

Obwohl Anthea sich um eine gefasste Miene bemühte, konnte sie nichts gegen die aufsteigenden Tränen ausrichten. Es waren nur drei einfache Worte, doch sie bedeuteten ihr die Welt. Sie wurde gehört. Endlich, nach all den Jahren, wurde sie gehört.

Noch einmal sah sie zu Isobel, die sie voller Verzweiflung musterte. »Geh nicht.«

»Ich bin bald zurück«, erwiderte die Prinzessin und rang sich ein gequältes Lächeln ab. Sie wusste, dass es ein Spiel mit dem Feuer war und es womöglich in Flammen und Asche enden würde. Doch was wäre sie für eine Thronerbin, wenn sie es nicht täte?

Mut wurde aus Stärke geboren. Und nun würde sie stark sein. Hier ging es um so viel mehr als um die Gefühle zweier Menschen. Sie hatte ihren Platz gefunden. Er war genau hier.

»Leutnant Calan!«, die kräftige Stimme des Hauptmanns hallte durch den Raum, ehe ein blonder Soldat auf sie zu gerannt kam.

»Nimm unsere schnellsten Männer und eile auf die Straßen. Unterstützt die Wachen auf den Außenmauern, beschützt das Volk und evakuiert die Stadt!«

Unschlüssig sah der Leutnant zwischen seinem Vorgesetzten und der Prinzessin umher.

»Jetzt beeile dich!«

Calan war gerade im Begriff loszulaufen, als eine weitere Stimme die Luft zerschnitt und der Thronerbin einen Schauer über den Rücken jagte.

»Halt! Niemand geht hier irgendwo hin!«

Anthea fuhr vor Schreck zusammen, als Gawain schleunigst die Eingangshalle durchschritt und direkt auf sie zuhielt. Zornesfalten zeichneten sich auf seiner Stirn ab, während seine Augen wie wild funkelten. Zumindest trug er nicht länger seinen Morgenmantel, sondern hatte eine Art Uniform an, die jedoch weniger zum Kämpfen, sondern vielmehr für repräsentative Zwecke gemacht worden war.

»Sämtliche Männer bleiben hier und verteidigen den Palast!«, brüllte er und musterte den Hauptmann abwertend.

»Aber was ist mit den Bewohnern der Stadt? Sie brauchen unsere Hilfe! Das könnt Ihr nicht machen!«, entgegnete die Prinzessin aufgebracht.

»Kann ich nicht? Seit wann verstehst du etwas von strategischen Vorgehensweisen?«, erwiderte der König wutentbrannt. »Du hast schon genug angerichtet! Das alles ist allein deine Schuld.«

Die Worte trafen sie mit ganzer Härte.

»Und jetzt nimm deine Männer, scher dich in den Hof hinaus und erfülle deine verdammte Pflicht!«, schrie Gawain an Enior gewandt und spie ihm das letzte Wort direkt ins Gesicht.

In diesem Moment krachte ein gewaltiger Donnerschlag vom Himmel, der nicht nur die Wände, sondern selbst die hohen Säulen innerhalb der Eingangshalle erzittern ließ. Und noch ehe Anthea wusste, wie ihr geschah, durchfuhr sie ein stechender Schmerz von Kopf bis Fuß. Schreiend fiel sie auf die Knie und presste die Hände auf ihre Ohren. Ihre Magie zerschlug sich tosend in ihrem Inneren. Sie versuchte gegen das anzukämpfen, was in jenem Augenblick durch die Atmosphäre drang. Eine Macht von solcher Stärke, dass sie selbst die Luft zu zerreißen drohte. Es war zu spät.

Er war hier.

25. DER KAMPF ZWISCHEN SCHATTEN UND FLAMMEN

Anthea

»Anthea!«

Noch ehe Isobel sie erreichen konnte, wurden die hohen Flügeltüren der Eingangshalle aufgerissen und in tausend Einzelteile zersprengt. Holzsplitter und Metallteile flogen durch die Halle und trafen die umstehenden Soldaten. Ein eisig kalter Windstoß durchzog den Raum, gefolgt von einem monströsen Heulen, das selbst den furchtlosesten Mann in Angst und Schrecken versetzt hätte.

Der aufsteigenden Panik zum Trotz kämpfte sich Anthea zurück auf die Beine und versuchte, der schwarzen Magie standzuhalten. Sie hatte damit gerechnet, dass die verfluchten Naugirim in Scharen durch die zerstörte Pforte stürmen würden, doch stattdessen traten lediglich zwei Wesen ein. Während Aris wie in Trance einen Fuß vor den anderen setzte, bewegte sich neben ihm eine großgewachsene Gestalt, deren Gesicht unter einer tiefen Kapuze verborgen lag. Den Körper in einen blutroten Mantel gehüllt, bewegte sie sich nahezu schwebend über den Boden. Als das Wesen stehen blieb, hielt auch Aris in seiner Bewegung inne. Die gesamte Halle schien erstarrt vor Angst. Allein die dunkle Magie wirbelte unsichtbar umher und durchdrang Stein, Metall und Fleisch. Erst als die Gestalt seine Arme hob und die Kapuze zurückstrich, erklang ein leises, verängstigtes Raunen. Selbst wenn Anthea seinen Namen nicht gekannt hätte, wäre ihr spätestens in jenem Augenblick bewusst geworden, dass dieses Wesen dem reinen Bösen entspringen musste. Zwei bleiche, leblose Augen stachen aus einem ausgemergelten Gesicht hervor. Unzählige tiefrote Narben zeichneten sich auf seiner Haut ab und verliehen ihm einen furchteinflößenden Anblick. Schwarze

Nebelschwaden umwaberten das weiße Haar und zogen sich schlangenartig um seine Gliedmaßen.

»Salis«, hauchte Gawain entgeistert. Anthea konnte sehen, wie er am ganzen Körper zu zittern begann und sogleich einen Schritt nach hinten trat.

»Was für ein gelungener Empfang. Ich danke Euch.«

Salis' Worte schossen wie Pfeile durch die Luft und durchdrangen sie bis ins Mark. Seine kratzige Stimme ähnelte einem schneidenden Windzug, der Anthea erschaudern ließ. Mit jedem Atemzug wurde es ein wenig kälter um sie herum.

»Es ist viel Zeit vergangen, seitdem ich das letzte Mal durch diese Hallen gewandelt bin. Doch ich erinnere mich, als wäre es erst gestern gewesen«, bemerkte der Schwarzmagier und ließ seine toten Augen durch den hohen Raum schweifen. »Schon damals habe ich diesen Palast gehasst. All der Prunk und das viele Gold. Ihr Menschen lasst euch nur zu gerne von Glanz und Reichtum blenden. Eure Gier nach Macht war schon immer grenzenlos.«

Salis' tote Augen glitten durch den Saal, ehe sich ein böswilliges Lächeln auf seine Lippen schlich.

»Doch das ist nun vorbei. Denn heute ist der Tag, an dem all dies sein Ende finden wird«, verkündete er und breitete bedeutungsvoll die Arme aus, ehe er Gawain fixierte.

»Warum so schweigsam, großer König? Hast du mir denn gar nichts zu sagen? Ich fände, ein Dank wäre an dieser Stelle angebracht.«

Anthea sah, wie der Herrscher um Worte rang. Sein Gesicht war kreidebleich, die Lippen bebten unentwegt. Noch niemals zuvor hatte sie ihn in einem derartigen Zustand gesehen. Er wirkte wie zur Salzsäule erstarrt.

»Ich wüsste nicht wofür«, presste er stammelnd hervor. Ein Umstand, der Salis amüsiert grinsen ließ.

»Vielleicht, weil ich euch alle von euren widerwärtigen Eigenschaften befreien und euer Königreich bis auf den letzten Stein zertrümmern werde. Oder möglicherweise auch, weil ich deine mickrigen Schultern endlich von deinem Kopf befreien werde«, flötete er und trat einen Schritt auf den König zu.

»Doch eines nach dem anderen. Du wirst schließlich der Letzte sein, dessen

Leben ich beende. Denn ich möchte, dass du dabei zusiehst, wie ich dir alles nehme. Stück für Stück. Genau so, wie dein verfluchter Vorfahre mir einst alles genommen hat.«

Anthea sträubten sich die Nackenhaare. Sie beobachtete, wie Salis seinen Blick über die versammelte Menge schweifen ließ und einen gespielt nachdenklichen Ausdruck auf sein Gesicht legte.

»Und ich glaube, ich beginne … mit diesen dort.«

Kaum hatte er die Hand ausgestreckt und seine Finger auf eine Gruppe Soldaten gerichtet, rissen sich die Nebelschwaden von seinen Gliedmaßen los und stürzten sich zischend auf die überrumpelten Männer. Verängstigte Schreie hallten durch den Saal, während sich die Männer qualvoll wanden und panisch zu röcheln begannen. Die Nebelschwaden durchdrangen sämtliche Körperöffnungen und hoben ihre Opfer dabei hoch in die Luft. Die Männer konnten sich weder wehren noch konnten sie fliehen. Der Hexer erstickte sie nicht nur, er zerriss sie von innen heraus. Die grausame Szenerie brannte sich in Antheas Verstand, während sich ihr Magen geradezu überschlug. Sie musste den Blick abwenden, um sich nicht auf der Stelle übergeben zu müssen. Unterdessen brach Panik unter den verbliebenen Anwesenden aus. Ein jeder versuchte aus der Halle zu fliehen, doch es bedurfte nur eines einzigen Winks von Salis' Hand, um sämtliche Ausgänge in Dunkelheit zu hüllen. Sie saßen in der Falle.

»Ein guter Anfang, nicht wahr?«

Mit einem dumpfen Aufprall ließ der Magier die leblosen Körper zu Boden fallen und zog seine Nebelschwaden zurück. Währenddessen drangen von draußen verzweifelte Hilferufe herein, verbunden mit qualvollem Jaulen und monströsem Geheul. Die Stadt stand am Rande des Abgrunds.

»Allerdings möchte ich nicht unhöflich sein. Ich habe schon immer viel Wert auf angemessene Manieren gelegt. Daher überlasse ich dir die Wahl meiner nächsten Opfer. Was hältst du von einem guten Kampf? Sagen wir zehn deiner Männer gegen meinen besten Krieger?«

Während der Schwarzmagier auf Aris deutete, verlief dessen Blick ins Leere. Er wirkte gar nicht anwesend, als hätte ihm Salis den letzten Hauch

Leben entzogen. Ein Anblick, der Anthea zu zersprengen drohte. Sollte dies wirklich ihrer aller Ende sein? Das konnte es einfach nicht. Nicht so, nicht auf diese Art und Weise.

Die Prinzessin ließ ihren Blick zu Gawain schnellen, der wie angewurzelt an Ort und Stelle stand. Es sah fast so aus, als wollte er kampflos aufgeben. Er wirkte wie in eine Art Schockstarre versetzt. Doch dies war das Letzte, was seine Männer nun gebrauchen konnten. Wenn sie schon starben, dann ehrenvoll und nicht unter dem Zepter eines Feiglings. Nein, sie verdienten etwas Besseres, ihr Tod sollte nicht vergebens sein. Sie brauchten jemanden, der bis zum Schluss an ihrer Seite stand.

Und in diesem Moment erkannte Anthea, dass es nur eines ehrenhaften Kampfes bedurfte. Keiner der hier anwesenden Männer konnte gegen das Böse antreten, geschweige denn dagegen bestehen. Wie von selbst erklang Mehlions Stimme in ihrem Gedächtnis.

»Um eine derartige Finsternis zu besiegen, benötigt es eine Macht, die seiner nicht nur ebenbürtig ist, sondern weit darüber hinausgeht.«

Zu jenem Zeitpunkt hatte sie seine Worte nicht verstanden. Jetzt tat sie es.

Auch wenn Anthea sich sicher war, dass ihre Macht seiner nicht ansatzweise gleichgestellt war, so war sie doch die Einzige, die sich ihm in den Weg stellen konnte. Selbst wenn es nur dazu reichte, um den anderen eine Gelegenheit zur Flucht zu ermöglichen oder Aris ein letztes Mal einen Hauch Leben zu schenken.

»Jetzt entscheide dich, wir haben nicht den ganzen Tag Zeit!«

Salis' harsche Stimme hallte von den Wänden wider und versetzte Gawain einen Ruck. Panisch sah er umher, ließ seine Augen zu Enior und über die restlichen Soldaten schweifen, deren Gesichter nichts als nackte Angst widerspiegelten. So lange, bis sein Blick auf ihren traf und für einen kurzen Moment daran hängen blieb. Sie sah, wie sich sein Mund tonlos öffnete. Vielleicht wollte er sie opfern, möglicherweise war er im Begriff, sich endlich seiner jahrelangen Last zu entledigen. Doch ganz gleich, was es auch war, sie würden es niemals erfahren. Denn diesmal würde er nicht für sie entscheiden. Diesmal würde sie ihm zuvorkommen.

»Das genügt!«

Obwohl ihre Stimme nicht annähernd so gefasst klang wie beabsichtigt, erzielte sie dennoch die erhoffte Wirkung. Während sich alle Augen schlagartig auf sie richteten, trat sie, ihrer weichen Knie zum Trotz, an Gawain vorbei und stellte sich Salis entgegen.

»Ihr legt Wert auf Anstand und Manieren? Dann werdet Ihr einen ebenbürtigen Kampf wohl kaum abschlagen können.«

Einen Herzschlag lang konnte sie so etwas wie Erstaunen in Salis' Antlitz erkennen. Mit solch einer Wendung schien er offenbar nicht gerechnet zu haben. Seine Mundwinkel verzogen sich zu einem grotesken Lächeln.

»Prinzessin, welch Freude, Euch endlich persönlich kennenzulernen. Auch wenn ich mir unser erstes Zusammentreffen etwas anders vorgestellt hatte, bin ich mittlerweile doch äußerst zufrieden mit den jüngsten Entwicklungen«, flötete der Hexer und deutete eine gespielte Verbeugung an.

»Ich bin Euch zu großem Dank verpflichtet.«

Darauf bedacht, ihre aufsteigende Panik zu ignorieren, zwang sie sich, dem Schwarzmagier direkt ins Antlitz zu sehen. Sie musste sich konzentrieren, schließlich war er trotz allem noch immer ein Elf. Auch er wusste, wie er mit Worten umzugehen hatte und sie zu seinen Gunsten verdrehen konnte.

»Es gibt nichts, wofür Ihr mir danken müsstest«, erwiderte sie und spürte, wie ihre Magie mit jedem Wort schneller durch ihre Venen floss.

»Oh, Ihr irrt Euch, denn ohne Eure Hilfe wäre mein Weg in die Goldene Stadt sehr viel beschwerlicher geworden.«

Unweigerlich glitt ihr Blick zu Aris. Sie sah, wie seine Finger nervös zuckten, während sich eine kaum merkliche Regung in seinem Gesicht abzeichnete. Sie war sich sicher, dass er in jenem Moment ebenso innerlich kämpfte wie sie. Salis folgte ihrem Blick. »Welch wunderbare Fügung des Schicksals es doch war, dass ausgerechnet mein bester Krieger aus Euren Reihen stammt und obendrein so lächerlich tiefe Gefühle für Euch hegt. Was blieb mir da anderes übrig, als meinen ursprünglichen Plan zu ändern und Eure Verbindung auszunutzen?«

»W-wie meint Ihr das?«

Sie durfte sich nicht in die Irre führen lassen, und dennoch lag da ein Klang in seiner Stimme, der sie zutiefst verunsicherte.

»Als ich erkannte, wie sich die Dinge entwickelten, wurde mir bewusst, dass ich so viel mehr erreichen könnte, wenn ich Reav meinen Einfluss entziehen würde. Ich musste nichts weiter tun, als das Amulett ruhen zu lassen und dabei zuzusehen, wie die aufkeimenden Gefühle für Euch seinen Verstand beeinflussten. So konnte er ungehindert die Grenze passieren und ich würde nicht nur Euch, sondern das gesamte Königreich erhalten«, erwiderte er und breitete abermals die Arme aus.

Anthea stockte der Atem. Salis hatte seine Finger die gesamte Zeit über im Spiel gehabt. Er hatte jeden einzelnen ihrer Schritte beobachtet und seinen Nutzen daraus gezogen.

»Es war ein so herzzerreißendes, abstoßendes Schauspiel. Ich muss gestehen, ich habe jeden Augenblick davon genossen. Besonders den Moment, in dem Ihr glaubtet, Reav tatsächlich retten zu können.«

Anthea konnte nur schwerlich einen klaren Gedanken fassen. Die Worte wirbelten durch ihren Kopf und hinterließen nichts als Chaos. Ausgerechnet ihre Gefühle sollten Salis' Weg geebnet und das Schicksal Aurasis' besiegelt haben? Wie konnte etwas so Reines etwas derart Grauenhaftes hervorrufen? Das durfte nicht sein. Er wollte sie verwirren. Er versuchte sie bewusst zu schwächen. Sie durfte ihn nicht in ihren Geist lassen!

»Und daran halte ich fest«, erwiderte sie und ballte ihre zitternden Hände zu Fäusten.

»Eines muss ich Euch lassen, Ihr besitzt mehr Mut als diese lächerliche Witzfigur von einem König«, bemerkte Salis und schnalzte mit der Zunge. »Doch auch Euer Elfenblut wird Euch nicht vor dem Unvermeidlichen retten. Eure Magie ist mein.«

Mit diesen Worten streckte er seine Hand nach ihr aus und neigte den Kopf zur Seite. Nun war es also soweit.

Das Herz schlug ihr bis zum Hals, als Aris auf sie zuschritt. Obwohl alles in ihr danach schrie, auf der Stelle zurückzuweichen, zwang sie sich standhaft zu bleiben und ihre Arme abwehrend auszustrecken. Sie hatte nur diesen einen Versuch. Alles kam auf diesen einen Moment an.

»Aris, bitte«, stieß sie mit bebender Stimme hervor, während ihre Hände immer stärker zu leuchten begannen. »Ich weiß, dass du da drinnen steckst. Du musst dich nur erinnern.«

Kurz bevor er sie erreichte, schloss Anthea die Augen und rief sich jeden einzelnen ihrer gemeinsamen Momente ins Gedächtnis. Sie sah seine stahlgrauen Augen vor sich, hörte sein tiefes Lachen und spürte seine warmen Hände auf ihrer Haut. Für alle anderen mochte er die Dunkelheit verkörpern, doch für sie war er der Funke, der das Feuer in ihr entfachte. Ihre Schicksale mochten verflucht sein, doch sie waren stets eins. So war es seit jeher, und so würde es immer sein. Anthea spürte, wie die Gefühle auf ihre Magie übergingen und sie erstarken ließ. Als sie die Lider öffnete, schwebte eine leuchtende Kugel vor ihren Händen.

»Komm zurück zu mir.«

In jenem Moment, in dem sie die Magie in seine Richtung entlud, spiegelte sich das helle Licht in seinen bleichen Augen wider. Blitzschnell kreuzte er die Arme vor seinem Gesicht, ehe ihn der Aufprall mehrere Meter zurückstieß und in die Knie zwang.

Für einen kurzen Moment herrschte Totenstille im Saal. Einzig ihrer beider Magie wirbelte kraftvoll durch die Luft und hinterließ ein leises Knistern. Vorsichtig machte Anthea einen Schritt auf Aris zu und hoffte, ihn Salis' Fängen entrissen zu haben. Doch als er die Arme senkte und sich langsam aufrichtete, zerfiel all ihre Hoffnung zu Staub. Während sich sein Brustkorb heftig hob und senkte, spiegelte sein Gesicht nichts als blindwütigen Zorn wider. Er besah sie aus bleichen, kalten Augen, die nicht einen Hauch Leben zeigten. Im Gegenteil, seine dunkle Aura wirkte noch stärker als zuvor.

»Euer lächerlicher Versuch ehrt Euch, Prinzessin. Doch Ihr könnt ihn nicht retten. Niemand kann sich meinem Bann entziehen«, bemerkte Salis und lächelte triumphierend.

»Und nun bringen wir es zu Ende.«

Ruckartig setzte sich Aris in Bewegung und stürmte mit unmenschlicher

Schnelligkeit auf sie zu. Noch ehe sie reagieren konnte, stand er bereits vor ihr. Antheas Puls schien einen Augenblick lang auszusetzen, als er sich zu voller Größe vor ihr aufbaute und sie mit seinem Blick gefangen nahm. Obwohl ihr Körper unaufhörlich zitterte und ihr Instinkt sie anflehte zu fliehen, verharrte sie dennoch an Ort und Stelle. Sie würde niemals wieder davonlaufen.

Während sie ihm in die schneeweißen Iriden sah, nahm sie aus dem Augenwinkel wahr, wie er seine Hand anheben wollte. Doch noch ehe er sie berühren konnte, kam sie ihm zuvor.

Entschlossen legte sie ihre Finger auf seine Brust und spürte seinen rasenden Herzschlag. Sie ließ ihrer Magie freien Lauf und fühlte die Verbindung, die seit jeher zwischen ihnen bestand.

»Du kannst mich nicht verletzen«, flüsterte sie und konnte die Träne nicht zurückhalten, die sich aus ihrem Augenwinkel löste. Es mochten nur Sekunden sein, doch plötzlich schien die Zeit zum Stillstand zu kommen. In diesem einen Moment gab es nur sie zwei inmitten eines uralten Kampfes. Sie standen an den Fronten zweier Mächte, die sich seit jeher bekämpften und gegenseitig verzerrten. Licht gegen Dunkelheit. Flammen gegen Schatten. Zwei Kräfte, die tosend aufeinanderprallten, einander anzogen, ehe sie sich abstießen und doch immer wieder zueinanderfanden. Anthea spürte die Hitze seines Körpers und vernahm einen prickelnden Impuls, als Aris mit einem Mal seine Hand auf ihre legte.

Ein Sturm genährt von Licht und Dunkelheit wirbelte durch die Atmosphäre und brachte die Luft zum Flirren. Ihre Kräfte schlugen wie zwei Flutwellen aufeinander, verbanden sich zu einem wilden Strudel und entluden sich in einem einzigen gewaltigen Schlag. Für einen kurzen Moment konnte Anthea nichts weiter als flackernde Lichter erkennen. Doch als sich ihr Blick langsam klärte, weiteten sich ihre Augen schlagartig. Sie sah, wie Aris das Gesicht zu einer gequälten Miene verzog, ehe er seine Stirn an ihre legte und hörte, wie er einen tiefen Atemzug nahm und zwei Worte aussprach, die sich für immer in ihr Gedächtnis brennen würden.

»Verzeih mir.«

Sie wollte etwas erwidern, ihn an sich ziehen und daran hindern, von ihrer Seite zu weichen, doch es war zu spät. Ruckartig riss er sich von ihr los, machte einen Satz nach hinten und streckte seinen Arm aus. Noch während er sich ihm zuwandte, sandte Aris eine Salve Nebelpfeile in Salis' Richtung aus. Die Schatten flogen blitzartig durch die Luft und trafen ihn unvermittelt. Während der Hexer nach hinten geschleudert wurde, löste sich die Dunkelheit vor den Ausgängen auf. Entsetzt musste Anthea dabei zusehen, wie sich Salis' noch in der Luft fing und seinerseits zum Angriff überging. Eine aus schwarzem Nebel geformte Peitsche erschien in seiner Hand, dessen lange Riemen er krachend in Aris' Richtung schlug. Nur knapp schaffte er es, auszuweichen, ehe er den Kopf zu Anthea herumriss.

»Flieht!«

Seine tiefe Stimme hallte durch den Saal und setzte sie wie von selbst in Bewegung. So schnell sie konnte, hastete die Thronerbin auf die verbliebenen Menschen zu, welche sich allesamt in eine Ecke des Raumes gedrängt hatten. In ihren verstörten Gesichtern spiegelten sich Angst und Schrecken.

»Los, raus hier!«, forderte sie und deutete auf einen naheliegenden Seiteneingang, der in ein angrenzendes Speisezimmer führte. Von dort aus würden sie über eine Terrasse in den Garten gelangen, der bis an die Palastmauern reichte. Sie konnten es schaffen.

In diesem Augenblick surrte ein nebelartiger Peitschenriemen über Antheas Kopf hinweg und durchschlug eine der hohen Säulen. Geschockt riss sie den Blick nach oben und sah, wie das Gestein in sich zusammenfiel. Direkt über den verängstigten Menschen. Von der Magie in ihrem Inneren angetrieben, stürzte die Prinzessin nach vorne, riss die Arme nach oben und entsandte eine Lichtkugel, die das herunterfallende Geröll abfing und mithilfe einer Druckwelle in die entgegengesetzte Richtung lenkte. Während Staub und Schmutz ihre Sicht verklärten, drehte sie sich gehetzt um und versuchte das Brennen ihrer Augen zu ignorieren. Salis versuchte, sie an der Flucht zu hindern. Sie durften nicht zögern.

»Lauft!«

Im ersten Moment regte sich niemand, doch dann stürmte ausgerechnet

Gawain als erster los und stieß dabei sogar zwei Soldaten zur Seite. Fassungslos sah sie ihm hinterher, ehe ihm einige Männer nacheilten. Die meisten jedoch verharrten an Ort und Stelle und schauten unsicher zwischen dem Ausgang und der Prinzessin umher. Unter ihnen waren auch Isobel und Enior.

»Jetzt macht schon!«, schrie Anthea panisch und schaute über die Schulter hinweg. Immer wieder versuchte Salis seine Angriffe in ihre Richtung zu lenken. Dabei zerstörte er alles, was sich ihnen in den Weg stellte. Fenster, Statuen, Wände. In Kürze würde die gesamte Halle einstürzen. Aris würde ihn nicht mehr lange aufhalten können, sie musste ihm zur Hilfe eilen!

»Wir gehen nicht ohne dich«, hörte sie Isobel stammeln, während Enior entschlossen nickte.

Anthea glaubte, sich verhört zu haben. Fassungslos eilte sie auf ihre Freundin zu und packte sie bei den Schultern.

»Hier könnt ihr nichts ausrichten!«, schrie sie verzweifelt und riss den Kopf zu Enior herum. »Kümmert euch um die Bewohner der Stadt! Rettet sie!«

»Aber wir können ...«

»Das ist ein Befehl!«

Ihr Blick bohrte sich in den von Isobel und gab ihr zu verstehen, dass jene Worte auch ihr galten. Sie sah, wie etwas in den grünen Augen ihrer Freundin zerbrach, doch sie hatte keine andere Wahl. Hier würden sich ihre Wege trennen.

***

Aris

Der Sturm in seinem Inneren drohte ihn zu zersprengen. Es fühlte sich an, als würde er auf einem dünnen Seil balancieren, während sich unter ihm nichts als Dunkelheit befand. Ein leichter Stoß, ein schwacher Windzug, und er würde erneut in die Tiefe stürzen. Aris wusste nicht genau, was in den letzten Stunden geschehen war. Doch die verzerrten Bilder, die in seinem Gedächtnis aufflackerten, genügten, um ihm das Ausmaß des Grauens vor Augen zu führen. Er hatte all dies nicht gewollt. Er hatte weder Anthea noch irgendjemanden sonst in eine solche Gefahr bringen wollen. Nun konnte er nichts weiter tun, als ihnen eine Möglichkeit zur Flucht zu verschaffen ... und sich selbst in seiner Rache zu verlieren. Während das Amulett gegen Antheas Licht in seinem Inneren ankämpfte, nutzt er die verbliebene Dunkelheit, um sie gegen den Hexer einzusetzen. Abermals ließ er einen Pfeilhagel auf Salis niederregnen, den dieser jedoch mit einem Wisch seines Armes abfing und sogleich zu ihm zurückschickte. In letzter Sekunde schaffte Aris es, hinter einem Gesteinsbrocken in Deckung zu gehen.

»Du lächerlicher Narr! Glaubst du wirklich, mich besiegen zu können? Ich bin die Finsternis!«

»Du hast es selbst einmal zu mir gesagt«, entgegnete Aris und wusste, dass Salis ihn auch über die Entfernung hinweg hören konnte, »früher oder später wird jeder Schüler seinen Meister enttäuschen.«

Mit einem Satz sprang er auf den Gesteinsbrocken, breitete die Arme aus und stieß einen mächtigen Strahl schwarzer Magie in Salis' Richtung. Ihm war bewusst, dass ihn seine Fähigkeiten nach und nach verlassen würden. Jetzt, da ein Funken Licht in ihm ruhte, würden seine Kräfte womöglich nicht ausreichen, um Salis endgültig zu bezwingen. Doch er würde es bis zu seinem letzten Atemzug versuchen.

Kurz bevor der Strahl den Magier erreichte, riss dieser seinen Arm über den Kopf und erschuf eine Art Schutzwall. Der Strom prallte daran ab und wurde in eine andere Richtung geleitet. Ein erstickter Laut erklomm seine Kehle, als Aris sah, dass Salis ihn genau in Antheas Richtung lenkte.

»Pass auf!«

Während die Prinzessin versuchte, die letzten Menschen aus dem Raum zu schaffen, wirbelte sie herum und riss entsetzt die Augen auf. Schützend hob sie die Hände vor das Gesicht, woraufhin ihre Magie den Strahl zwar abfing, sie selbst jedoch kraftvoll zurückschleuderte. Ihr heller Schrei versetzte Aris in blanke Panik. Hilflos musste er mitansehen, wie sie gegen eine der Steinsäulen prallte und anschließend zu Boden sank. Umgehend preschte er nach vorne, sprang über leblose Körper und zerschlagene Statuen hinweg. Aus dem Augenwinkel nahm er wahr, wie der Magier zu einem zweiten

Angriff überging und schaffte es erst im letzten Moment, sich schützend vor Anthea aufzubauen. Der Peitschenhieb traf ihn mit voller Wucht und stieß ihn unwillkürlich zur Seite. Kaum da er auf dem Boden aufschlug, spürte er, wie eine ungeahnte Kälte durch seinen Körper zog. Qualvoll kniff er die Lider zusammen und schrie unter Schmerzen auf. Es fühlte sich so an, als wäre er in einen zugefrorenen See eingebrochen, er konnte seine Glieder kaum mehr bewegen. Als das Gefühl unerträglich wurde, riss Aris die Augen auf und erkannte, dass Salis genau vor ihm stand. Hektisch versuchte er, zurück auf die Beine zu kommen, doch noch ehe er sich bewegen konnte, hob der Hexer seine Hand. Aris spürte, wie er den Boden unter den Füßen verlor. Fieberhaft versuchte er den Bann zu brechen, strampelte wild mit den Beinen und wandte sich in der Schwerelosigkeit, doch es nützte nichts.

»Niemand stellt sich mir in den Weg, ohne dafür zu bezahlen. Ich dachte, die Jahre hätten dich diese einfache Regel gelehrt. Doch anscheinend habe ich mich geirrt«, säuselte Salis, während die Nebelschwaden über seine Gliedmaßen krochen. »Nun wirst du die Konsequenzen zu spüren bekommen.«

Von einer Sekunde auf die andere stand Aris' Körper in Flammen. Kaum war die Dunkelheit auf ihn übergangen, setzte sie jede Faser seiner Haut in Brand und ließ ihn unendliche Qualen erleiden. Obwohl sich Aris sicher war, vor Schmerz zu schreien, konnte er doch nichts hören. Seine Sinne schienen ihn verlassen zu haben. Er wollte sich wehren, wollte um sich schlagen und Salis zurückdrängen, doch sein Körper gehorchte nicht länger. Während die Schmerzen ihn in den Wahnsinn trieben, spürte er, wie der Hexer das Leben aus ihm zog. Er würde sterben. Hier und jetzt. Dies war der letzte Gedanke, der durch seinen Verstand schoss, ehe die Qualen seinen Kopf zu zersprengen drohten. Ein letztes Mal riss er die Augen auf und versuchte sich Anthea zuzuwenden, doch sein Blick verlief ins Leere.

Alles, was er sah, war ein gleißend helles Licht.

***

Anthea

Während sie nichts außer einem lauten Dröhnen vernahm, presste sie ihre

Lider fest zusammen. Anthea spürte einen starken, dumpfen Schmerz, der sich von ihrem Kopf über den gesamten Rücken erstreckte. Sie wusste weder, was geschehen war, noch, wieso sie auf dem Boden lag. Doch als sie eine plötzliche Kälte verspürte, öffnete sie mühsam die Augen. Im ersten Moment konnte sie lediglich verwackelte Bilder erkennen. Alles drehte sich und ergab keinen Sinn. Bis zu jenem Augenblick, in dem ein schmerzverzerrter Schrei an ihre Ohren drang. Fieberhaft versuchte sie sich aufzusetzen, und verengte sogleich die Augen. Es dauerte einen Herzschlag lang, bis sich ihre Sicht klärte, doch das, was sie dann erblickte, ließ sie panisch nach Luft japsen.

Aris. Er starb. Vor ihren Augen.

Hilflos musste sie mitansehen, wie Salis ihn zu Tode foltere. Ein Anblick, der sie bis auf die Grundfesten ihrer selbst erschütterte und ihre Magie in eine reißende Sturzflut verwandelte. Verzweifelt streckte sie die Hand nach ihm aus, schrie seinen Namen aus Leibeskräften und spürte, wie sich all ihre Angst und sämtlicher Schmerz in einem strahlenden Lichtstrahl entluden. Eine Macht, so hell wie die Sonne, durchdrang den Saal und breitete sich bis in den letzten Winkel der Stadt aus. Anthea ließ sich von dem Licht mitreißen, spürte es in jeder Faser ihres Körpers und stieß es dem Hexer mitten in die Brust.

Ein unmenschlicher Laut erfüllte den Raum und ließ die Atmosphäre erzittern. Dunkle Magie wirbelte unkontrolliert durch die Luft und wurde sogleich von dem Licht verschluckt. Während Aris zu Boden fiel, stürzte Salis nach hinten und schlug sich schreiend die Hände vor das Gesicht. Seine Glieder zuckten unkontrolliert, ehe sie sich unter schrecklichen Geräuschen verdrehten und sich wie Schlangen um seinen Körper wandten. Entsetzt wich Anthea zurück und sah dabei zu, wie sich die Narben in Salis' Gesicht aufspalteten und ihm die Haut von den Knochen fiel. Monströse Laute drangen aus seinem weit aufgerissenen Mund, während ihm schwarze Tränen aus den bleichen Augen tropften.

Und in jenem Moment, in dem von seinem Kopf nichts weiter als ein skelettierter Schädel übrigblieb, explodierte das Licht in seiner Brust und zerriss ihn in tausende Stücke.

Stille.

Für einen kurzen Moment wirkte die gesamte Szenerie wie erstarrt. Während das Tageslicht in dünnen Kegeln durch die zerbrochenen Fenster fiel, konnte Anthea winzige Staubkörner erkennen, die lautlos durch die Luft wirbelten. Die Magie um sie herum wurde schwächer und verlor sich in einer Atmosphäre, die mit einem Mal so klar, beinahe friedlich, wirkte.

»Aris«, hauchte sie mit erstickter Stimme und kroch schwerfällig auf ihn zu. Mühsam drehte sie seinen Körper auf den Rücken, ehe sich ein lautes Schluchzen auf ihren Lippen brach. Seine Augen waren geschlossen, die Haut kreidebleich.

»Nein«, wisperte sie und spürte, wie sich ihre Verzweiflung mit einer Hilflosigkeit verband. »Das kannst du nicht machen.«

Unwirsch packte sie ihn bei den Schultern und rüttelte ihn mit all ihrer verbliebenen Kraft. Das konnte nicht sein. Er durfte sie nicht verlassen.

»Tu mir das nicht an«, schluchzte sie und nahm aus dem Augenwinkel eine Bewegung wahr. Hektisch fuhr Anthea herum und sah Isobel entgegen, die gemeinsam mit vielen anderen den Saal betrat.

»Wir brauchen einen Heiler, schnell!«

Ihre heisere Stimme verklang in einem hilflosen Schrei. Abermals schüttelte sie an Aris' Schultern, ehe sie ihren Kopf auf seiner Brust bettete und ein leises Knacken vernahm. Rasch öffnete sie die oberen Knöpfe seines Hemdes und schluchzte abermals auf. Das Amulett war zerbrochen. Der Schlangenkopf lag zerschlagen auf seiner Haut, die einstigen smaragdgrünen Augen waren erloschen.

»Es ist vorbei«, hauchte sie unter Tränen. »Hörst du? Es ist vorbei!«

Abermals sank sie auf seinen Oberkörper herab, ballte ihre Hände zu Fäusten und ließ ihren Gefühlen freien Lauf.

Das ergab einfach alles keinen Sinn.

»Bitte … bitte lass mich nicht allein.«

»Anthea.«

Die Prinzessin spürte, wie sich eine sanfte Hand auf ihren schmerzenden Rücken legte.

»Lass mich«, entgegnete sie unwirsch und versuchte, Isobel verzweifelt von sich zu stoßen. Niemand würde sie von Aris trennen. Sie durfte ihn jetzt nicht verlassen.

»Anthea, sieh doch.«

Die Stimme ihrer Freundin ließ sie aufhorchen und den Kopf anheben. Im ersten Moment glaubte sie, es sich lediglich einzubilden, doch als Aris' Lider zu zucken begannen und ein schwaches Stöhnen von ihm ausging, schien ihr Herzschlag für einen Moment auszusetzen.

»Holt einen Heiler, wir brauchen sofort Hilfe!«

»Der Medicus ist tot.«

Entsetzt schnellte ihr Blick zu der zerstörten Pforte. Enior und weitere blutbefleckte Männer traten langsam auf sie zu.

»Dann holt jemand anderen«, rief sie verzweifelt.

»Ich werde ihm helfen.«

Im ersten Moment glaubte Anthea, nur ein Trugbild zu sehen, doch als sie das leise Raunen vernahm, welches von den umstehenden Menschen ausging, weiteten sich ihre Augen ungläubig.

»Mehlion«, hauchte sie fassungslos und sah dabei zu, wie der Elf, gefolgt von weiteren Kriegern, an der Seite von Leutnant Calan eintrat. Schnellen Schrittes eilte er an ihre Seite und kniete sich neben Aris. Sowohl sein braunes Haar als auch seine lederne Rüstung waren voller Blut.

»Wie ist das möglich?«, hauchte sie mit brüchiger Stimme.

»Die Elfen haben die Stadt gerettet«, antwortete Calan an seiner statt. »Sie haben einen Großteil der dunklen Kreaturen getötet und den Einwohnern geholfen, zu fliehen.«

Während der Elfenfürst seine Hand auf Aris' Brust legte, begannen seine Adern zu leuchten. Anthea spürte die Magie, die ihrer so sehr ähnelte.

»Hast du wirklich geglaubt, ich würde nicht länger über dich wachen?«, bemerkte Mehlion und schenkte der Prinzessin einen bedeutungsvollen Blick. »Wir haben euch seit eurer Flucht nicht mehr aus den Augen gelassen. Als ich erfuhr, was sich an der Grenze zugetragen hatte, sind wir euch kurze Zeit später nachgeritten. Ich ahnte, was geschehen würde.«

»Aber … das Gesetz. Ihr seid für uns ein solches Risiko eingegangen?«

Für einen kurzen Moment ließ der Fürst sein Gesicht über die anwesenden Menschen schweifen, die ihn voller Neugierde und Misstrauen musterten.

»Kein Gesetz der Welt sollte jemanden davon abhalten, unschuldige Leben zu retten.«

Anthea war nicht fähig, etwas zu erwidern. Sie konnte nichts weiter tun, als dabei zuzusehen, wie das Licht von Mehlions Händen auf Aris überging und sich über seine Brust ausbreitete. Schon einen Augenblick später hörte sie, wie er kraftvoll einatmete, ehe er die flackernden Lider öffnete. Sie sah in ein Paar stahlgraue Augen.

»Aris!« Schluchzend nahm sie sein Gesicht in ihre Hände und spürte, wie die Gefühle sie zu übermannen drohten. Ein schwaches Lächeln erschien auf seinen Lippen, ehe er ihr zärtlich über die Wange strich.

»Hör auf zu weinen, Prinzessin.«

Ungestüm schlang sie ihre Arme um seinen Hals und zog ihn zu sich heran. Während ihr die Tränen haltlos über die Wangen liefen, konnte Anthea nicht anders, als glücklich aufzulachen. Ihre Emotionen brachten ein Gefühl zutage, welches all die Zeit über in ihr geruht hatte und sie jetzt endlich in all seiner wunderbaren Intensität frei und unbefangen spüren konnte.

Liebe. Tiefe, unwiderrufliche Liebe.

Als sie sich schließlich voneinander lösten, schaute Aris zu Mehlion, der ihn mit gewohnt undurchdringlicher Miene besah.

»Ich sollte meine Meinung bezüglich der Elfen wohl besser überdenken«, bemerkte er und nickte dem Fürsten dankbar entgegen.

»Das sollten wir wohl alle«, stimmte Enior zu, trat einen Schritt an sie heran und deutete eine Verbeugung an.

»Womit wir bei einem weiteren Problem wären.«

»Und welchem?«

Während sie langsam zurück auf die Beine kamen, ahnte Anthea, worum es sich handelte. Das *Problem* hatte die zerstörte Halle noch nicht einmal betreten, da konnte sie dessen wutentbrannte Stimme bereits vernehmen.

»Nehmt eure dreckigen Finger von mir!«

Gawain wurde in Begleitung zweier Wachen hereingeführt. Das Gesicht puterrot vor Zorn, funkelte er sie aus weit aufgerissenen Augen an. Der Wahn stand ihm regelrecht ins Gesicht geschrieben.

»Wir haben ihn ergriffen, als er aus der Stadt fliehen wollte. Kurz nachdem er einen Mann von seinem Pferd gestoßen und es sich angeeignet hatte«, erklärte Enior mit abfälliger Stimme.

»Wie könnt ihr es wagen, dieses dreckige Elfenpack frei herumlaufen zu lassen! Ergreift sie! Nehmt sie fest! Tötet sie alle!«

Anthea konnte kaum in Worte fassen, wie sehr sie der Anblick dieses Mannes anekelte. Zu ihrer Erleichterung konnte sie sehen, dass sie mit diesem Gefühl offenbar nicht allein war. Viele der Anwesenden, sowohl Soldaten als auch Stadtbewohner oder Dienstboten, begannen zu tuscheln oder schüttelten ungläubig die Köpfe.

»Wie könnt Ihr es wagen, solche Worte in den Mund zu nehmen«, erwiderte die Prinzessin und trat einen Schritt nach vorne. »Ohne ihre Hilfe wären unzählige Menschen gestorben! Sie verdienen nicht nur unseren Dank, sondern unser aller Respekt!«

»Respekt?«, geiferte Gawain und funkelte sie hasserfüllt an.

»Alles, was diese niederen Kreaturen verdienen, sind eiserne Ketten und Peitschenhiebe. Sie sind der Ursprung allen Übels! Ebenso wie du, du dreckiges Halbblut!«

Empörte Laute hallten durch die Luft, während Anthea einen tiefen Atemzug nahm. Sie sah aus dem Augenwinkel, wie Aris sich in Bewegung setzen wollte, doch griff sie nach seinem Unterarm und hielt ihn bewusst zurück.

Dies war ganz allein ihr Kampf.

Mit einem flauen Gefühl im Magen trat sie auf den König zu. Sie hatte erwartet, Wut oder möglicherweise sogar Hass zu empfinden, doch alles, was sie fühlte, waren Mitleid und Enttäuschung.

»Deine Worte haben mich lang genug verletzt. Du hast mich mein Leben lang belogen und meine Magie für deine Zwecke missbraucht. Doch dies ist nun vorbei. Ich werde dafür sorgen, dass du niemals wieder jemandem schaden kannst. Vollkommen gleich, ob es sich dabei um Mensch, Elf oder ein anderes unschuldiges Wesen handelt.«

»Ach ja? Und was willst du jetzt tun? Mich haben schon ganz andere versucht, zu Fall zu bringen, doch sie alle sind kläglich gescheitert! Ich habe jeden Einzelnen von ihnen getötet! Ebenso wie diese verräterische Hure, die dich zur Welt gebracht hat. Sie ist genauso elendig im Kerker an ihren Wunden krepiert wie schon so viele vor ihr.«

Die empörten Laute wandelten sich in blankes Entsetzen. Die Prinzessin sah, wie sich viele der Anwesenden die Hände vor den Mund schlugen oder angewidert auf den Boden spuckten. Unterdessen spürte sie, wie ihre Beine wegzuknicken drohten. Ein brennender Stich fuhr durch ihre Brust und trieb ihr unweigerlich Tränen in die Augen. Sie spürte, wie Mehlions Magie durch die Atmosphäre schoss und sich mit der ihren verband. Sie fühlte seinen Schmerz mit jeder Faser ihres Körpers.

»Prinzessin.«

Eniors Stimme riss sie schlagartig aus ihrer Starre.

»Da dieser Mann den Mord eines Mitglieds der königlichen Familie offen gestanden und sich des Hochverrats bezichtigt hat, beantrage ich, als Vorsitzender des königlichen Rates, dass er auf der Stelle abgesetzt wird und sowohl seinen Titel als auch sein Leben verliert.«

»Ich unterstütze den Antrag!«

Noch ehe Anthea etwas erwidern konnte, erklang die Stimme des Hofmarschalls, der ebenfalls seit jeher ein Mitglied des Rates war. Von überall her ertönten zustimmende Rufe, gefolgt von entrüsteten Worten und üblen Beleidigungen.

Das Volk stellte sich offen gegen seinen König. So etwas hatte es noch nie gegeben.

Während ihre Hände unentwegt zitterten, schaute die Prinzessin erst zu Aris und anschließend zu Mehlion. Beide nickten ihr aufmunternd zu. Sie wusste, was sie nun zu tun hatte. Entschlossen ballte sie die Hände zu Fäusten, nahm einen letzten tiefen Atemzug und spürte eine zarte Berührung am

Oberarm. Verunsichert schaute sie zur Seite und blickte in Isobels mitfühlendes Gesicht.

Sie alle waren an ihrer Seite. Langsam trat sie einen Schritt nach vorn und sah Gawain direkt ins Antlitz.

»Mit der Kraft meines Geburtsrechts und der mir übertragenen Pflicht verurteile ich, Anthea, Tochter des ...«

Unweigerlich geriet sie ins Stocken und hielt verunsichert den Atem an.

»Tochter des Mehlion, Fürst der Elfen und obererster Wächter des veterischen Waldes«, fügte der Elfenfürst hinzu, ehe er an ihre Seite trat und sie mit glänzenden Augen besah. Sie hatte es gewusst. All die Zeit über war es ihr klar gewesen, doch nun, in jenem Moment, fühlte es sich nicht nur richtig an, sondern machte sie unendlich stolz.

»... verurteile ich, Anthea, Tochter des Fürsten Mehlion, oberster Wächter des veterischen Waldes, Euch, Gawain, Sohn des Alarith, dazu, nicht nur Euren Titel, sondern all Eure rechtlichen Ansprüche aufzugeben. Ihr werdet hiermit all Eurer Ämter enthoben und für Eure Vergehen bestraft.«

Noch einmal hielt die Thronerbin in ihrer Rede inne und zog nachdenklich die Stirn in Falten. Sie kannte das Strafmaß für seine Verbrechen. Sie wusste, wie Gawain an ihrer statt urteilen würde. Doch würde sie niemals so sein können. Niemals.

»Ich verbanne Euch hiermit für alle Zeit aus dem Königreich. Nie wieder dürft Ihr einen Fuß nach Aurasis setzen. Ihr werdet in sieben Tagen auf ein Schiff steigen und über das wilde Meer in ein anderes Land segeln. Bis dahin werde ich Euch dieselbe Güte zuteilwerden lassen, die Ihr auch mir erteilt habt«, verkündete sie und schaute entschlossen zu Enior. »Sperrt ihn in den Kerker und bereitet alles für seine Abreise vor.«

»Das kannst du nicht machen! Ich werde dir ...«

Noch ehe Gawain weitersprechen konnte, steckte ihm Enior ein schmutziges Stück Stoff zwischen die Lippen und ließ ihn augenblicklich verstummen.

»Wie Ihr befehlt, meine Königin.«

Anthea spürte, wie ihr Herzschlag einen Moment lang aussetzte. Kaum hatte sich der Hauptmann vor ihr verbeugt, glitt ihr Blick erschrocken durch die Reihen der Anwesenden.

Sie alle taten es ihm gleich. Sie alle knieten vor ihr nieder. Während ihr die Tränen unweigerlich über die Wangen rannen, schaute sie zu Aris, der voller Stolz zu ihr aufblickte.

Und in diesem Augenblick wurde Anthea bewusst, dass, egal wie schwer die kommende Zeit auch werden würde, sie niemals wieder allein war.

Sie war nicht nur frei, sie war zu Hause.

EPILOG

»Das hat ja eine halbe Ewigkeit gedauert«, bemerkte Anthea mit einem vielsagenden Lächeln, während sie beobachtete, wie Aris durch die geöffnete Dachluke stieg.

»Verzeiht, Eure Hoheit«, erwiderte er und ließ sich mit einem schelmischen Grinsen neben ihr nieder.

»Aber so eine Stadt baut sich schließlich nicht von allein wieder auf.«

Langsam ließ Anthea ihren Blick über die unzähligen gelben Dächer schweifen, deren Schindeln in der Abendsonne glänzten. Von überall her erklang der geschäftige Lärm von Hämmern und Sägen, der die Stadt bereits seit Tagen umfing. Seit Salis' Angriff waren inzwischen über drei Wochen vergangen. Nun, da sie die Wunden versorgt, die Toten begraben und die Trümmer beseitigt hatten, nahm der Wiederaufbau langsam aber sicher Gestalt an. Unterstützung erhielten sie dabei nicht nur von den umliegenden Fürstentümern, sondern auch von den Bewohnern des veterischen Waldes.

»Ging alles ohne Probleme vonstatten?«

»Bis auf ein paar böse Blicke, die ein oder andere abfällige Bemerkung und einen unabsichtlichen Schlag von Tarzdalls Hammer, der, wenn du mich fragst, alles andere als ungewollt war, gab es keinerlei Vorkommnisse«, erwiderte Aris und fuhr sich erschöpft durch das weißblonde Haar.

Anthea wusste, wie sehr ihn die Schuldgefühle nach wie vor belasteten. Es würde vermutlich noch Jahre dauern, bis er mit sich ins Reine käme. Womöglich würde die Vergangenheit ihn niemals ganz loslassen.

»Und wie lief es bei dir? Wie war die Ratssitzung?«

»Lang, anstrengend, und sagen wir, nicht ganz so einfach wie erhofft«, antwortete sie und streckte ihre Beine aus. Es fiel den übrigen Landesfürsten nicht unbedingt leicht, eine Frau als Herrscherin anzuerkennen. Noch dazu eine, die magisches Blut in sich trug. Ganz zu schweigen von einem Elfenfürsten und einer Zofe, welche die neusten Mitglieder des königlichen Rates darstellten. Es ließ sich nicht leugnen, dass Aurasis in den letzten Tagen einen enormen Wandel durchlebt hatte.

»Allerdings sind wir uns darüber einig geworden, wie wir mit meinem ehemaligen Verlobten verfahren werden«, bemerkte Anthea und musste abermals an das einmalige Bild denken, als die alte Küchenfrau Marius kurz nach der Schlacht an Händen und Füßen gefesselt in den Hof geschleift hatte.

»So, wie du es ausdrückst, bezweifele ich, dass mich die Strafe zufriedenstellen wird«, erwiderte Aris seufzend und zog die Augenbrauen hoch.

»Mehlion wird ihn mit in den Wald nehmen. Auch sein Palast muss wiederaufgebaut werden, und sie können jede helfende Hand gebrauchen. Außerdem ist er der Meinung, dass ihm die veränderte Luft und der ein oder andere wütende Naturgeist sehr gut bekommen werden.«

Anthea hörte, wie Aris unzufrieden schnaubte, ehe er missmutig den Kopf schüttelte.

»Er hätte eine wesentlich härtere Strafe verdient.«

»Vielleicht. Doch ich finde, dass wir in den vergangenen Wochen genügend Leben entbehren mussten. Ich will nicht so herrschen, wie ... wie Gawain es getan hat.«

Ein feiner Stich zog durch ihre Brust, während sie an Gawains leeren Blick zurückdachte, als er vor zwei Wochen ein Schiff gen Norden bestiegen hatte. Auch wenn der Schmerz wohl niemals ganz versiegen würde, so hoffte sie doch, ihn niemals wiedersehen zu müssen. Er gehörte einer Vergangenheit an, die sie fortan hinter sich lassen wollte. Ihr Blick würde sich von nun an in die Zukunft richten. Einer Zeit, die sie mit Frieden, Toleranz und Verständnis anreichern wollte, auch wenn ihr durchaus bewusst war, dass es noch viele Hürden und Probleme zu beseitigen gab. Es würde nicht einfach werden, doch gemeinsam konnten sie es schaffen.

Aris' sanfte Berührung holte sie aus ihren Gedanken. Während er seinen Arm um ihre Schulter legte, rutschte sie näher an ihn heran. Sie spürte seine warmen Lippen auf ihrer Wange, eine Geste, die ihr Herz umgehend ein wenig schneller schlagen ließ.

Wie von selbst glitt Antheas Blick zu seiner Brust. Auch wenn er die Narben für immer tragen würde, so war das verfluchte Amulett doch fort. An seiner statt hing nun ein ledernes Band um seinen Hals mit einem einzelnen silbernen Flügel daran. Es war das Gegenstück zu ihrem bronzenen Anhänger, den sie nun an der Kette ihrer Mutter trug.

»Woran denkst du gerade?«, fragte sie nach einigen Minuten, in denen sie nichts weiter taten, als die Nähe des anderes zu genießen.

»Ganz ehrlich?«

»Ich bestehe darauf.«

»Ich kann noch immer nicht glauben, dass ich diese lächerliche Uniform zu deiner Krönung anziehen soll.«

Ein amüsiertes Lachen brach sich auf ihren Lippen, während er sie mit gespielter Empörung ansah.

»Was? Ich sehe darin aus wie ein aufgeputzter Gockel!«

»Das ist nun einmal die traditionelle Kleidung der königlichen Garde«, erwiderte sie und stieß ihm spielerisch mit dem Ellenbogen in die Seite.

Wenige Tage nach der Schlacht hatten sie sich zusammengesetzt und erstmals darüber gesprochen, wie sie fortan miteinander leben wollten. Auch wenn Anthea nicht abstreiten konnte, dass es anfangs etwas geschmerzt hatte, so verstand sie doch, dass Aris vorerst auf seinen Anspruch als König von Aurasis verzichten wollte. Er wollte kein Volk regieren, welches ihn weder kannte noch lernen musste, ihn überhaupt zu akzeptieren. Solche Dinge brauchten Zeit, und Anthea hatte nicht vor, ihn unter Druck zu setzen. Daher entschieden sie gemeinsam, dass Aris vorerst Teil der königlichen Garde werden und sie gemeinsam mit Enior, Calan und einigen anderen beschützen würde. So wie er es immer gewollt hatte.

Und sie? Nun, sie würde in knapp zwei Monaten auf der blutroten Lichtung zur ersten alleinigen Königin von Aurasis gekrönt werden. Inmitten des veterischen Waldes, umgeben von allen Völkern, die ein Teil von ihr waren. Eine Zeremonie, die es noch niemals zuvor in einer solchen Art und Weise

gegeben hatte und von allen mit Spannung und Neugierde erwartet wurde.
»Weißt du, worauf ich mich am meisten freue?«, fragte Anthea und sah dabei zu, wie die rote Herbstsonne langsam hinter der Silhouette des veterischen Waldes verschwand.

»Worauf?«

»Gemeinsam mit dir das Königreich kennenzulernen«, erwiderte sie, ehe sie Aris ins Gesicht sah. Ein liebevolles Lächeln umspielte seine Lippen, als er ihr zärtlich über die Wange strich und sich langsam zu ihr hinunterbeugte.

»Ich kann es kaum erwarten.«

ENDE

DANKSAGUNG

Diese Geschichte habe ich zu einer Zeit geschrieben, in der die Welt völlig auf dem Kopf stand, und vielleicht ist sie genau aus diesem Grund zu etwas so Besonderem für mich geworden.

Die letzten Monate waren geprägt von Höhen und Tiefen, von intensiven Momenten, die voller Licht waren und manchmal auch von Dunkelheit gezeichnet wurden. Und ich schätze, dass all diese unterschiedlichen Emotionen auch einen Platz in diesem Buch gefunden haben.

Anthea und Aris werden für immer einen ganz besonderen Platz in meinem Herzen haben – ebenso wie die wunderbaren Menschen, die mir von der ersten Zeile an stets zur Seite gestanden haben.

Mama, Papa, danke, dass es euch gibt. Danke, dass ihr mich schon als kleines Mädchen auf unzählige Burgen und auf etliche Schlössertouren mitgenommen habt und mir die Leidenschaft für mittelalterliche Settings und fantastische Geschichten quasi »in die Wiege« gelegt habt.

Thomas, du bist nicht nur mein Fels in der Brandung, sondern auch der Mann, mit dem ich jedes Abenteuer bestreiten würde. Ich liebe dich! Danke, dass du mich bei jeder meiner verrückten Ideen unterstützt.

Ein weiteres riesiges Dankeschön gilt meiner zweiten Familie, ohne die ich diese Geschichte vermutlich niemals zu Ende geschrieben hätte <3.

Sam – Danke, dass du stets mein »Partner in Crime« bist. Ich kann gar nicht in Worte fassen, wie viel du mir bedeutest! Danke, dass es dich gibt <3.

Ju – Danke – einfach für alles. Ohne dich wäre ich niemals Teil dieser Familie geworden. Es gab nie einen Moment, in dem ich mich nicht auf dich und deine ehrliche Meinung verlassen konnte – du bist einfach großartig!

Cosi – Bei keinem anderen Menschen kann ich mein inneres »Fangirl« so rauslassen wie bei dir. Danke, dass du mich stets motivierst und wir zu jeder Tages- und Nachtzeit über alles quatschen können <3.

Christin – Danke für deine unermüdliche Unterstützung und unfassbare Kreativität! Du und Willy seid einfach wunderbar!

Emy – Du bist nicht nur eine absolute Grafikgöttin, sondern das unangefochtene Multitalent schlechthin. Danke, dass du Anthea und Aris auf so wunderschöne Art und Weise zum Leben erweckt und mir jedes noch so kleine Adjektiv im Manuskript markiert hast :D.

Ein weiteres ganz besonderes Dankeschön gilt meinen zwei großartigen Testleserinnen Ani und Michelle <3.

Danke, dass ihr mich Kapitel für Kapitel begleitet und mir stets eure ehrliche Meinung gesagt habt. Ohne euch wäre diese Geschichte womöglich eine andere geworden, und ich bin so unfassbar dankbar für eure Unterstützung. Ihr bedeutet mir wahnsinnig viel <3.

Außerdem möchte ich mich an dieser Stelle von ganzem Herzen bei meinem Verlag und meiner wunderbaren Impress-Lektorin Kerstin Kopper bedanken! Danke, dass du an Anthea und Aris geglaubt hast und ihnen ein so wunderbares Zuhause gegeben hast. Auch möchte ich mich ganz herzlich bei ihrer bezaubernden Nachfolgerin Ann-Kathrin Path bedanken, die nicht nur das Lektorat von »Die Macht des goldenen Blutes« übernommen hat, sondern auch eine so liebe und herzliche Ansprechpartnerin ist. Danke, dass du das Beste aus dieser Geschichte herausgeholt hast! <3.

Doch was wäre ein Buch ohne seine Leser*innen? Was wäre ich ohne all die wunderbaren Menschen, die meinen Büchern eine Chance geben und sich gemeinsam mit mir ins Abenteuer stürzen?

Danke, dass du mit Anthea und Aris gekämpft und sie bis zum Schluss begleitet hast!

Und in diesem Sinne – glaube an das Licht in deinem Inneren! Du strahlst heller als jeder Stern am Firmament <3.

Deine July

DIE MACHT DER GEFÜHLE
TAUCH EIN IN ROMANTISCH-FANTASTISCHE GESCHICHTEN.
IM PRESS
#IMPRESSBOOKS
ALLES VON IMPRESS HIER:
IMPRESSBOOKS.DE

Gefährliche Liebe
in sagenhaften Welten

Lea McMoon
DARK HILL. IM HERZEN DER ANDERSWELT
ISBN 978-3-551-30221-2
Softcover
Auch als E-Book erhältlich

Fünf Jahre sind vergangen, seit Raven Malins Heimat an der irischen Küste sang- und klanglos verließ. Jetzt steht er als gefeierter Hollywoodstar mitsamt Groupies wieder vor ihr. Doch als die beiden sich zögerlich näherkommen, häufen sich seltsame Ereignisse. Höhere Kräfte scheinen ihre Finger im Spiel zu haben, denn in jeder Legende steckt ein Funken Wahrheit.

Julia Zieschang
KÖNIGSBLAU
ISBN 978-3-551-30111-6
Softcover
Auch als E-Book erhältlich

Ihr Leben lang hat Rosalie gehofft, nie an der königlichen Brautwahl teilnehmen zu müssen. Nichts fürchtet sie mehr, als dass die Entscheidung des Mannes mit den königsblauen Haaren und der eisigen Ausstrahlung auf sie fallen könnte. Doch genau das geschieht und plötzlich befindet sie sich in einer Festung, die ebenso viele Rätsel aufwirft wie der Mann, der sich in ihr verbirgt.

Raywen White
MYSTIC HIGHLANDS 1: DRUIDENBLUT
ISBN 978-3-551-30105-5
Softcover
Auch als E-Book erhältlich

Rona Drummond wagt eine Reise nach Schottland, um mehr über ihre Ahnen zu erfahren. Doch nicht nur die wunderschöne, wilde Landschaft ist eine Augenweide, wie Rona in Inverness herausfindet. Vor ihr steht Sean, ein athletischer, tätowierter Schotte, der sie auf ihre Ausflüge quer durch die Highlands begleiten wird. Er führt sie in eine gefährliche Welt aus Elfen, Magie und Druiden.

IMPRESS

WWW.IMPRESSBOOKS.DE

Impress
Die Macht der Gefühle

Wir produzieren nachhaltig
- Klimaneutrales Produkt
- Papiere aus nachhaltigen und kontrollierten Quellen
- Hergestellt in Europa

FSC
www.fsc.org
MIX
Papier aus verantwortungsvollen Quellen
FSC® C083411

Impress
Ein Imprint der Carlsen Verlag GmbH
März 2022

Lektorat: Ann-Kathrin Path
Umschlagbild: shutterstock.com / © Teo Tarras / © Ironika / freepik.com / © wirestock / © jadethaicatwalk / © korrakot_sittivash / © starline
Umschlaggestaltung: Emily Bähr
ISBN 978-3-551-30422-3
www.impressbooks.de